KB092255

마음속의 비밀

박병대

1942년 1월 28일 흑룡강성 극산현에서 출생.

연변대학통신학부 수학전업졸업, 철령시조선족고중에서 수학교사, 중국수학올림피아드 2급교련원, 철령시고중수학선줄군으로 공작하다가 2002년 3월에 정년퇴직하였다.

1973년 시 “논물관리원”으로 문단에 데뷔하여, 시, 시조, 노랫말 등100여수, 중단편소설 30여편, 수필 10여편 외 중편역사인물전기 ≪조선조의 명신 _학봉 김성일≫. 중편 역사인물전기, ≪광복의 선구자 고헌 박상진≫, 중편 민담 ≪오성대감 이항복≫, 장편역사가사 ≪한양가≫수집정리발표, 민담집 ≪구수한 조선민담≫, ≪갈처사의 예언≫, ≪기묘한 이화접목≫, ≪천하명의 이석간≫, ≪신기한 현판글씨≫등 민담집 5권 출판, 요녕성 우수민간예인 (민담) “조선족민간이야기” 요녕성급 대표성 전승인으로 활동하였다.

단편소설 6편이 “요녕신문압록강문학상 과 요동문학 문학상 수상, 동시 한 수가 초등학교 교과서에 수록, 1980년과 1982년에 연변작각협회와 요녕성작가협회에 각각 가입하였고 요녕성조선족문학회에서 활동, 시 6수와 소설 20여편을 번역하여 중국문단에 발표하였으며, 나머지는 지속적으로 발표중에 있다.

마음속의 비밀

초판 인쇄 2023년 6월 13일
초판 발행 2023년 6월 25일

지 은 이 박병대
펴 낸 이 박찬익
편집책임 정봉선

펴 낸 곳 **박이정**
주 소 경기도 하남시 조정대로45 미사센텀비즈 8층 F827호
전 화 031-792-1195
팩 스 02-928-4683
홈페이지 www.pjbook.com
이 메 일 pijbook@naver.com

등 록 2014년 8월 22일 제2020-000029호

ISBN 979-11-5848-896-3 03810

* 값 20,000원

마음속의 비밀

박병대

박이정

일러두기

1) 이 책은 80세가 넘은 작가가 중국에서 조선어로 쓴 소설를 중국 및 한국에서 배포하기 위해 출판했다.
2) 두음법칙 등은 조선어법에 따르고 한국어 어문규정을 반영했다.
3) 작품의 특성을 살리기 위해 사투리나 대화체는 원문에 충실했다.
4) 한국에서 통용되지 않는 단어는 본문 중에 풀어 쓰거나 찾아보기를 통해 이해도를 높였다.

머릿말을 대신하여

우리 문학동네에 은은히 울려퍼지는 워낭소리

—80대 한 노옹의 문학 사랑은 오늘도 진행형이다. —

임금산

요녕의 조선족문학동네에는 여든을 넘긴 오늘날까지도 묵묵히 그리고 끈질기게 문학농사를 짓는 '실농군'이 있다. 분명 이 동네 원로의 한사람으로서 '꼰대'로 자처한들 누가 탓하랴만 그는 언제 어디서나 항상 설교 대신 경청 모드를 취하고 있다. 말하자면 육성으로가 아닌 글로 말하는 '글쟁이'에 다름 아니다. 이쯤하면 이 동네사람이라면 '그'가 누구를 지칭하는지 짐작했을 것이다. 그렇다, 바로 동네사람들이 푸근한 '옆집 아저씨', '옆집 할아버지' 쯤으로 여기는 그분, 이 글의 주인공 박병대 노옹이다.

우리 주인공은 워낙 과묵하고 항상 저자세여서 요녕조선족문학동네에서는 1세대의 대선배이고 문학창작에서도 괄목할 만한 성과를 이룩한 선구자의 한 사람임에도 불구하고 그의 문학 사랑은 요녕의 조선족 문단에서조차 별로 회자되지 못하고 있는 것이 현실이다. 한 문학동네에서 제법 긴 세월 함께 해온 후배로서의 필자가 이 글을 쓰게 된 이유이기도 하다.

우리 주인공은 한국 경상북도 안동군에서 갓 결혼한 부모님이 징병, 징용을 피해 연고도 없이 흑룡강성 극산현에 이르러 이삿짐을 풀고 중국인 지주의 버려진 습지를 개간하여 벼농사를 짓기 시작한 지 이듬해인 1942년 1월에 7남매의 맏이로 태어났다. 몇년 후 광복을 맞아 고향으로 돌아가려고 했지만 빈주먹 뿐이라 떠날 엄두도 못내였다. 수확철을 기다려 벼를 팔아 차비를 마련한 그들은 가장집물을 버리고 무작정 마을을 떠나 극산역을 찾았지만 돌아온 것은 찻길이 막혔다는 싸늘한 대답 뿐이었다. 다시 살던 곳으로 되돌아왔지만 당시는 정국이 어지러운 때이라 토비무리들이 시도때도 없이 출몰하여 약탈을 일삼는 탓에 피난길에 올라야만 했다. 정처없이 가다 쉬다를 반복하며 그들이 이른 곳은 할빈 교구의 취원창이란 마을이였다. 이곳에 정착하여 한 해 농사를 짓고 나서 1947년초에 만주련군이 이 마을에 입주하게 되었는데 조만간 이곳은 국민당군대와의 전쟁터가 될 것이므로 조선인들을 안전한 지대로 보내주겠으니 이삿짐을 챙기라고 하였다. 그 길로 만주련군이 마련해준 마차에 이삿짐을 싣고 달리고 달려 나흘만에 이른 곳은 해방구인 위하현성(葦河縣城)이였다. 이곳에서 원래 군영으로 쓰던 방에 칸막이를 하여 여러 집이 들게 되였고 한 달 쯤 지나 토지개혁을 맞게 되였다. 토지개혁공작대에서는 위하현성 북쪽에 위치한 천여 무(千如 畝) 토지를 조선인들에게 분배하기로 하고 공작대를 도와 토지개혁을 진행할 간부를 선출하였는데 그의 아버지가 농민대표로 당선되였다. 박대표는 그곳에 모여든 조선족농호들을 인솔

하여 농토 근처에 터를 잡고 초갓집을 대충 지어 마을부터 세운 후 상급의 동의를 거쳐 마을 이름을 신승촌(新勝村)으로 명명하고 박대표는 초대 촌장으로 추대되였다. 이어 1949년 봄 제대군인 허근이란 간부가 이 마을에 '위하진신승조선인학교'를 세웠다.

우리 주인공의 학창생활은 이렇게 아버지가 일떠세운 마을에서 시작되였다. 일찍 시 쓰기와 서예에 조예가 있었던 외조부의 피를 물려받아서였던지 그는 책읽기를 무척 즐겨했고 소학교 4학년 때부터 연변에서 출판하는 ≪소년아동≫ 잡지를 주문해 보았는데 잡지에 실린 동화와 동시는 그의 어린 심령에 깊은 감동을 주었다. 그리고 그 감동을 주체할 수 없어 직접 동시를 지어 편집부에 보냈다. 물론 채용은 되지 못했지만 그때 받았던 편집선생님의 격려 편지가 훗날 그가 문학을 사랑하게 된 계기가 되였는지도 모른다.

소학교를 졸업하고 상지현조선족중학교에 입학했을 때 담임선생님은 그에게 학습위원 겸 조선어과 과대표를 맡겨주었다. 공부에 별로 부담감이 없었던 그는 이 시기에 조선의 작가, 시인들의 작품을 탐독하였고 조선과 중국의 고전작품을 섭렵하였다. 그리고 학교에서 조직한 문학써클에서 활동하는 데 앞장섰다.

1958년 초중을 졸업할 때 그는 다른 한 학생과 함께 학교의 추천을 받아 당시 상지현제1중학교인 일면파고중에 면시(免試)로 진학하였다. 지금까지 조선족동네에서 살았고 조선족학교를 다니면서 소학교 5학년이 되여서야 한어문을 배우기 시작한 그가 일약 한족고중을 다니자니 우선 문자부터가 큰 난관이였다. 그래서 그가 택한 것은 중문으로 된

≪임해설원≫, ≪청춘의 노래≫ 등 장편소설을 사서 읽는 방법이였다.

이 시기에 어머니가 중환으로 앓게 되여 아버지는 수토를 바꾸면 치유될가 싶어 당신이 몸소 세운 신승촌을 떠나 할빈 교구의 한 한족동네에서 논물을 봐주었는데 그해 홍수로 페농하게 되자 다시 할빈을 떠나 아성현의 사리툰이라는 작은 역전마을로 자리를 옮겼다. 따라서 우리 주인공도 아성1중으로 전학하였다. 학교에서는 학기마다 학년별로 수학경연을 가졌는데 워낙 수학에서 뛰여난 재능을 보였던 그는 학년에서 3학기 연속 1등을 차지하였다. 그때부터 그는 동창들 속에서 '수학박사'로 불리웠다. 이에 눈이 잔뜩 높아진 그는 대학에 가려면 북경대학이나 청화대학에 가야 한다며 성적으로 이름난 몇몇 학교를 찾아 전학할 의향을 밝혔으나 정원이 찼다는 이유로 모두 거절당했다. 다시 본교로 돌아가자니 면목이 없어 결국 수화조선족중학교로 전학하게 되였고 이 학교에서 1961년 7월에 고중을 졸업하게 되였다.

고중을 졸업하고 집에 돌아와서야 그는 명문대학을 가겠다고 이 학교 저 학교를 전전했던 것이 얼마나 부질없는 일이였는가를 실감하게 되였다. 당시 동네사람들은 자연재해와 인재로 극심한 기아에 허덕이고 있었다. 당장에 먹고 사는 것이 문제였다. 그때 그네 집은 7남매에 부모 아홉식구였는데 어머니는 장기 병환으로 노동력을 잃었고 아버지 혼자 가족을 먹여살려야 하는 형편이였다. 그 와중에 지인을 통해 오상현의 금성촌이란 데는 그래도 밥은 굶지 않고 산다는 말을 듣고 연줄을 달아 그 동네로 이삿짐을 옮겼다. 그런데 '재수없는 놈은 자빠져도 코를 깬다'고 했던가. 원래 금성촌에서는 가을에 '꼼수'를 써서 양식을 숨겨두었다가 어려울 때 촌민들에게 나눠주어 배는 곯지 않게 해왔는데 그 일이 들통나 얼마 전 숨겨둔 량식을 몽땅 몰수당하는 바람에 여기서도 배를 곯기는 마찬가지였다. 그렇다고 다시 이사짐을 쌀 수도 없는 형편이라 그 해는 집도 없이 생산대 대부에서 살게 되였다. 그때 대부의 방 천정에는 집체식당할 때 쑤어둔 메주덩이가 대롱대롱 걸려 있었는데 며칠이 지나자 메주덩이가 하나 둘 얼금뱅이로 변하기 시작하였다. 굶주림을 참다못한 어린 동생들이 메주덩이에 박힌 콩알을 후벼내여 '포식'을 해버린 것이였다. 그때 어머니께서 하염없이 눈물을 흘리던 모습은 지금도 눈 앞에 삼삼하다고 주인공은 말한다.

눈 앞의 현실은 우리 주인공에게 선택의 여지를 주지 않았다. 그는 주저없이 대학 진학의 꿈을 접고 귀향하였다. '수학박사'로 불리우던 우등생이 대학꿈을 접어야 할 때 어찌 아쉬움이 없었겠냐만 우선 가족을 먹여살려야만 하는 절실함 앞에서 아쉬운 마음을 갖는 것조차 사치였다. 그리고 은연중에 문학공부를 하기 위해 꼭 대학에 가야 한다는 법도 없지 않느냐는 일념으로 아쉬움을 달래였다.

금성촌에서 농사에 첫발을 디딘 그는 고졸자여서 '지식인'으로 받들려 생산대 회계를 맡았고 농삿일을 배우는 한편 문학을 좋아하는 동네 친구들과 문학동아리를 만들어 각자 글을 써서 교류하였다. 그 때는 조선문 잡지사와는 연계가 없어 한문으로 시를 써서 중문 잡지에 투고도 해보았지만 한강에 돌 던진 격이였다.

1963년, 그네들이 살던 지역에 도열병이 돌아 그 해 농사는 완전 폐농이였다. 도열병은 한번 생기면 몇 년간 반복된다는 소문에 마을사람들은 한집 두집 이사를 떠났다. 우리 주인공네도 인맥을 통해 새로운 삶터를 찾아 떠나게 되었는데 그 때 자리를 잡은 것이 바로 요녕성 개원현의 화순툰이라는 한족동네였다. 여기서 우리 주인공은 생산대에서 막노동을 하고 아버지는 논물관리원으로 있었다. 당시 우리 주인공의 두 동생이 외지에서 중학교에 다녔는데 학비를 마련하기 위해 우리 주인공은 낮에는 생산대에서 일하고 밤에는 집에서 가마니를 짰다. 고달픈 하루하루의 연속이였지만 그 와중에도 영감이 떠오르면 그것을 시로 적어두기를 잊지 않았다. 그 때 우리 주인공이 중문으로 썼던 시 한수를 옮겨본다.

가마니를 짜면서

직녀가 노을을 짜는 그림과 마주하고
방안의 새각시 가마니 짜기 바쁘네.
금산 은산 이루 다 담을 수 없어
밤이 늦도록 신선과 솜씨를 겨루네.

이렇게 우리 주인공은 언제 어디서든 시상이 떠오르면 종이쪽지에 대충 적어두었다가 짬이 나면 다시 윤색해서 수첩에 옮겨적곤 하였는데 이 습관이 훗날 그의 문학창작에 큰 도움이 된 것은 말할 것도 없다.

화순툰이라는 한족동네에서도 우리 주인공은 생산대 회계를 맡고 아버지는 논물관리원을 맡아 동네에서 평판이 좋았지만 학교에 다니는 어린 동생들을 위하여 우리 주인공은 아버지에게 청을 들어 조선족 학교가 있는 북화루조선족동네로 이사하게 되였다. 한족동네에서 조선족동네로 오니 성수가 났다. 조선족동네에서 논일에는 5인 1조로 하는 가래질이 빠질 수 없는데 그 때마다 박씨 부자는 '스타'가 되였다. 중장년들은 아빠 박씨와 한조가 되려고, 청년들은 아들 박씨와 한조가 되려고 '쟁탈전'을 벌였다. 가래질이란 5인이 한조가 되여 서로 이야기를 나누며 느긋하게 하는 일이였는데 박씨 부자는 견문이 넓고 입담이 좋아 당연 인기 만점이였다. 후에는 가래질이 아니더라도 일하다 쉬는 참이면 일군들은 자연스럽게 중년패, 청년패로 나뉘여 박씨 부자 곁에 모여들었다. 이 시기에 우리 주인공은 예전에 읽었던 중국과 조선의 고전작품들을 기억 속에서 다시 소환하여 나름대로 재창작을 거친 후 청중들에게 들려주었다. 이렇게 그는 자기도 모르는 사이에 논두렁이 야깃꾼으로 변신하였다.

1970년에 북화루조선족동네에 팔보조선족중학교가 세워지고 1972년 초에 이 학교에서 교편을 잡게 되면서 우리 주인공은 새로운 삶을 시작하게 되였다. 교사로서도 우리 주인공은 뚜렷한 족적을 남겼는바 본문에서는 간략하게 추려서 소개하고자 한다.

처음 교단에 오를 때 그는 역사 교수를 맡았는데 교과서가 없어 자체로 교안을 짜서 수업에 들어가야 했고 후에는 6학년의 수학과 7학년의 조선어문 교수를 동시에 맡기도 했고 때로는 수학과 물리 교수를 동시에 맡기도 하였다. 고졸 학력의 민영교사로서의 그는 재충전의 필요성을 절감하여 1977년 시험을 쳐서 만점의 성적으로 철령사범전문학교 함수생으로 입학하였고 졸업을 1년 앞두고 다시 연변대학으로 전학하여 함수생으로 수학 본과를 마쳤다. 그 사이 1978년에 개원현에서는 시험을 거쳐 민영교사를 정식교사로 채용하였는데 기타 민족과 동일한 시험지로 시험을 본 우리 주인공은 수학시험에서 2등을 37점 차이로 따돌리고 당당히 1등을 하여 전현(全縣) 교육계를 경악케 하였고 그는 당연히 정식교사로 채용되였다.

1982년, 팔보조선족중학교가 개원조선족중학교로 합병되면서 그는 개원조선족중학교로 자리를 옮겼고 1984년부터 줄곧 고중졸업반의 수학교사를 맡게 되였는데 1986년 대학입시에서 21명이 대학에 진학하여 학교의 역사기록을 경신하였고 1987년에는 이 학교에서 전 성 조선족수학장원을 배출해 조선족 사회를 놀라게 했다.

1996년, 개원시조선족중학교 고중부가 새로 세워진 철령시조선족고중으로 합병되면서 우리 주인공은 철령시조선족고중으로 자리를 옮겼는데 이 학교에서도 계속하여 고중졸업반 수학교수를 맡는 한편 중국수학올림픽 2급 코치의 자격으로 수학올림픽 참가학생들을 지도하였고 철령시교육국에서 선정한 유일한 '고중수학선줄군'으로서 맡은 바 교수에 전력을 다하였다. 그리고 2002년 정년퇴직 후에도 학교의 수요에 따라 1년간 연장근무를 하였고 이어서 대련시조선족학교에 특별 초빙되여 2년 간 더 근무하고 나서야 교단과 작별하였다. 꼬박 20년간 고중졸업반 수학교수를 맡았던 것이다.

우리 주인공의 본격적인 문학창작은 교단에 오르면서부터 시작되였다. 한때 조선어문과 교수를 맡아서 학생들의 글짓기를 지도하게 되면서 마음 한구석에 잠들어있던 창작욕이 되살아났던 것이다. 내킨 김에 〈논물관리원〉이란 시를 써서 무작정 연변인민출판사로 보냈는데 그시가 1973년 연변인민출판사에서 출판한 시집 ≪태양의 별빛아래≫에 수록되였다. 드디어 우리 주인공의 처녀작이 볕을 보는 순간이였다. 시집이 우편을 통해 학교에 전달되였을 때 학교에서는 시집을 현관에 버젓이 전시해 놓고 전교 학생들에게 관람시키는 등 완전히 축제분위기였다. 그도 그럴 것이 1970년대 초만 해도 요녕의 조선족문단은 거의 맹아상태였다.

처녀작 발표에 한껏 고무된 우리 주인공은 내처 여러 수의 시를 써서 연변인민출판사에 보냈는데 편집부에서는 연변에 아직 성인 문학잡지는 없고 유일하게 ≪홍소병(원 소년아동)≫잡지가 있으니 동시를 써서 그쪽으로 투고하라고 알려주었다. 그후 동시를 써서 ≪홍소병≫ 잡지에 보냈는데 보내는 족족 발표되였다. 그 중에서 동시 〈사회주의 큰길을 지켜〉는 1977년 소학교 3학년 조선어문교과서에 수록되었다.

1977년, 우리 주인공은 요녕인민출판사 조선문편역실(요녕민족출판사 전신)에서 조직한 '요녕성조선족제1차가사가곡창작회의'에 참가하면서 료녕의 조선족문단에 합류하였고 이듬해 출판한 료녕의 첫 조선족시집 ≪꽃피는 새봄≫에 장시 〈영원히 빛나라, 불멸의 태양이여〉를 비롯하여 시 3수를 올리면서 두각을 나타냈다.

1970년-1980년대 우리 주인공은 시창작을 위주로 하였는데 이 시기에 창작한 100여 수의 시(가사, 시조 포함) 중에서 대표적인 시 〈출근길〉은 건국 30주년을 맞아 연변인민출판사에서 출판한 ≪시선집≫에 수록되였고 시 〈고향을 다녀왔습니다〉는 건국 70주년을 맞아 연변인민출판사에서 출판한 ≪중국조선족시인선집≫에 수록되였다.

1980년 요녕성에서 첫 패로 5명이 연변작가협회에 가입하게 되였는데 우리 주인공도 그중 한 사람으로서 요녕 조선족문단에서 립지를 굳히였다.

1984년 ≪장백산≫ 잡지에 민담 〈이한림의 혼사〉를 발표한 것을 시작으로 우리 주인공의 필봉은 구전문학의 수집정리에 집중되였다. 젊은 시절 생산대에서 '논두렁이야깃꾼'으로 활약했던 그 경력이 밑거름이 되였던 것이다. 이 시기에 그가 수집정리한 장편역사가사 ≪한양가≫와 중편역사인물전기 ≪조선조의 명신 학봉 김성일≫ 등 4편이 요동문학, 조글로 등에 련재되였고 ≪구수한 조선민담≫, ≪갈처사의 예언≫ 등 민담집 5부가 요녕민족출판사에 의해 단행본으로 출판되였다. 그리고 철령시에서는 그의 민담 111컬레를 중문 자막을 곁들인 ≪철령조선족민담≫이란 다큐로 제작하여 타 민족들도 조선족민담을 접할 수 있게 하였다. 민담에서의 상기 업적을 인정받아 '철령조선족민담'은 2009년에 성급무형문화재 항목으로 지정되였고 우리 주인공은 '요녕성우수민간예인(민담)', '철령조선족민담 요녕성급 대표적 전승인' 칭호를 수여받아 지금도 '민담전승인'으로서 활동을 멈추지 않고 있다.

2000년대에 들어서 요녕조선족문단은 소설창작에서 '저조기'를 맞이하였는데 우리 주인공은 오히려 이 시기에 소설창작에 '재미'를 붙이고 열심히 창작하여 요녕조선족문단에서 소설창작의 맥을 이어가고 있다.

우리 주인공은 1982년, 료녕민족출판사의 ≪새마을≫ 잡지에 첫 단편소설 〈부좃곤 20원〉을 발표한 후로 20여년간 민담 수집정리에 몰두하다가 2007년부터 다시 소설창작을 시작하여 2022년 현재까지 중단편소설 30여편을 국내외 여러 잡지에 발표하였는데 그중 단편소설 〈경칠영감의 문화유산〉은 2013년, 료녕조선문보 '기원컵' 압록강문학상 금상을 수여받았고 〈공부고장의 모친상〉은 2018년 심양시조선족문학회 호룡컵요동문학상 금상을 수상하였다. 그리고 료녕성조선족문학회(원 심양시조선족문학회)에서는 근년에 해마다 문학상 시상식을 가지는데 우리 주인공은 거의 해마다 수상대(단편소설로)에 올랐다. 바로 지난 8월에 있었던 료녕성조선족문학회 문학상 시상식에서도 우리 주인공은 단편소설 〈선택〉으로 은상을 수상해 젊은이들과 나란히 수상대에 올랐으니 '수상전문호'로 불리워도 손색이 없을 것이다. 무엇보다 존경스러운 것은 우리 주인공의 문학사랑은 과거형이 아니라 현재 진행형이라는 것이다.

여기서 문학인으로서의 우리 주인공-박병대 노옹에 대한 소개글을 한단락 마무리하고자 한다. '한단락 마무리한다'고 함은 우리 주인공의 문학 사랑은 "필을 들 기력이 있는 날까지 멈추지 않을 것"이기 때문이다. 이 글을 쓰기 위해 필자는 주인공을 만나 이야기를 나누다가 끝날 무렵에 "여든을 넘긴 고령에도 건필을 유지할 수 있는 힘은 어디서 오느냐"고 물은 적이 있다. 그때 되돌아온 것은 "그저 재미로 할 뿐"이라는 대답이였다. 다소 '썰렁'한 그 대답을 들으며 필자는 사래긴 밭에서 보습을 끌고 우직하게 앞만 보고 직진하는 황소의 형상을 떠올렸다. 그리고 그 뒤로는 새벽 안개를 가르는 워낭소리가 긴 여운을 남기며 귀맛 좋게 들려왔다.

차례

1. 없음값음

초겨울의 날씨는 제법 쌀쌀하다. 마작터의 단골손님인 정식이는 아침 식사를 마치자 〈출근장소〉에 도착하였다. 그런데 오늘은 어인 영문인지 그보다 더한 적극분자들이 이미 〈작업터〉에 와서 〈마우(麻友)〉들을 기다리며 한담을 나누고 있었다.

"호근이가 달포전에 한국서 왔다던데 그게 정말이야?"

한 친구의 물음에 다른 친구가 대답했다.

"이사람 참 아직도 한밤중이구먼. 걔가 오기만 한줄 아나? 이번 공일날에 아들 장가보낸다던데 니는 아직 통지도 못받았는 게로구나."

"그럼 아들 장가보낼라고 한국서 왔나? 5년동안 남의 대사에도 낯도 한번 안 내밀었는데 지집 잔치엔 몇이나 갈까? 대사에 부조하는 것도 없음값음인데 안그래?"

정식이는 그들의 말에 동감이 갔으나 붙는 불에 키질하는 건 친구간의 도리가 아닌 것 같아 못들은 척하고 밖만 내다봤다. 기실 그는 며칠 전에 소학교 동창생인 호근이가 걸어온 청첩 전화를 받았었다.

친구가 아들 나이 서른이 넘어서야 결혼하게 되였으니 그보다 더 기쁜 일이 어디 있을까 만은 자기집의 결혼잔치요. 손자 돌 잔치요 하는 대사에 한 번도 오지 않은 친구댁에 하객으로 가는 게 그리 달갑지는 않았다. 하지만 당시 집에 없어서 못 참가한 호근이를 탓할 처지는 아니였다. 그까짓 돈 백원 던지면 그만인데, 그리고 잔칫집에 가서 축하한다는 건 명분일 뿐 그 기회에 떠난 지 오랜 고향도 돌아보고 오랫동안 못 만난 동창들과 젊은 시절의 친구들을 만나 술 한 잔에 지나온 인생사 한 토막을 담으며 가슴속에 쌓이고 쌓인 회포를 푸는 것이 모임의 진짜 동기였다.

일요일날 아침, 나들이옷을 갈아입고 집을 나선 정식이는 장거리버스를 두 번 갈아타고 호근이가 사는 고향마을로 찾아갔다. 버스가 마을 가까이 다가오자 아득히 펼쳐진 논판이 한눈에 안겨왔다. 9년제 학교를 졸업하고 농사일을 배울 때 호도거리를 시작해서 청춘의 희망과 정열을 뿌리던 기름진 논판이 아닌가? 그런데 그 논판이 지금 무슨 꼴이 되였나? 논뚝에는 풀이 한자씩이나 자랐고 벼를 벤 끌터기도 높고 낮아 어설프기 짝이 없었다. 동구앞에서 버스에 내려 마을복판길을 걸으며 주위를 돌아보니 고향마을은 한산하기 그지없었다. 십년 전에는 백 오십호의 조선족이 오붓하게 살던 아담한 마을인데 길에는 행인들을 찾아보기 드물었고 대부분 집의 대문은 쇠장군이 지키고 있었으

며 개 짖는 소리, 닭울음소리조차 들리지 않았다. 마을길에서 간혹 만나는 사람은 떠돌이장삿꾼 뿐이었다

마을 서쪽 끝에 사는 호근이의 집 근처에 가니 사람들의 말소리가 들리였다. 삼층 벽돌집에 벽돌담장을 친 대문 앞에 이르니 한복을 입은 호근이가 달려와서 그의 손을 으스러지게 잡으면서 말했다.

"야, 참 오래간만이구나. 먼 곳에 있는 널 부르긴 미안했어도 네가 안오면 어쩌나 하고 은근히 걱정했는데 정말 고맙다. 손님들이 거의 왔으니 이제 곧 예식을 치를 거야. 불편하지만 잠간 기다려줘." 호근이는 말을 마치자 부랴부랴 예식장을 꾸리는 사람들한테로 갔다. 대문안에 들어서니 20여 명의 하객들이 마당에 모여서서 법석이고 있었다. 그는 마당에 있는 친구들이며 마을사람들과 한참동안 인사를 나누었다.

이윽고 혼례식이 시작되였다. 문옆의 벽에 포장을 치고 그 위에 신랑 누구 신부 누구의 결혼의식이라고 쓴 빨간종이를 붙인 것이 예식장 전부였다. 촌 주임을 맡은 40대의 중년이 사회를 하여 10 여 분만에 의식을 끝냈는데 악대나 녹화따위는 아예 없어 초라하기 짝이 없었다. 한국가서 돈을 벌어온 사람이 시가지의 혼례식장도 못구하나? 정말 째째한 친구같으니라구. 정식이는 농 절반 참 절반으로 한마디 던질가 하다가 남의 희사에 찬물을 뿌리는 것 같아 간지러운 입술을 다물었다.

하객이 약 쉰 명 되기에 이웃집의 방 두 칸을 빌려 술상을 마련하였다. 정식이가 든 방에는 그 나이 또래의 친구들과 동창생들이 들었는데 그들은 잔칫집주인인 호근이가 나타나지 않아 좀 불쾌해하였다.

"호근이는 우릴 놔두고 어디서 뭘하는 거야?"

한 친구가 볼부은 소리를 치자 정식이가 말리었다. 잔칫상이 어디 여기 뿐이냐? "좀 만 기다리면 걔가 오겠지. 자, 이미 받아 놓은 술상인데 우리 마시면서 기다리자구."

친구들은 너도 나도 "위하여!"를 외치며 술잔을 비우고 또 비웠다. 이윽고 호근이가 방에 들어오더니 술잔을 위로 들며 말하였다.

"동쪽집 어른들 대접하느라 늦어서 미안하네. 시내 음식점보다 개인집이 더 편할 것 같아 잔칫상을 일부러 여기서 차렸어. 뜨시한 방에 편안히 앉아 엉치장 지지며 마시는 술은 아마 별 맛 일거야. 자 한잔 쭉 내 자구."

친구들은 일제히 술잔을 비우고 나서 안주를 집었다. 그들은 일변 술을 마시며 일변 이야기를 널어 놓았다. 모처럼만에 동창들이 만나니 술 마시기보다 할 이야기가 더 많았다.

"집에서 잔치 준비하느라 얼마나 시끄러웠니? 시내에서 예식을 지내면 돈은 좀 들겠지만..."

한 친구의 말에 호근이가 대답했다.

"시내에서 잔치를 하면 늬들이 우리집 구경하러 오기나 하겠니? 이 핑계로 고향마을도 구경해야 잖겠나?"

더운 방에서 엉덩이를 지지고 땀을 빼며 술을 마시고 학창시절이며 갓 농사를 시작하던 시절의 이야기를 나누니 어느덧 20 대의 피끓던 시절로 돌아간 것만 같아 술병이 여러 병 굽나 술상아래에 구불어졌건만 어느 누구도 취하는 줄을 몰랐다.

술기운이 도도해진 정식이가 호근이한테 백원짜리 지폐 한 장을 내놓으며 "부조를 어디할지 몰라 갖고 있다가 늬한테 준다. 적지만 받아 넣어라."라고 하자 눈치를 살피던 동창들이 일제히 부좃돈을 내밀었다.

"에이, 내가 언제 부좃돈 바라고 늬들을 불렀나? 어서 호주머니에 넣어."

호근이가 정색하자 얼떨떨해진 친구들이 "그게 무슨 소리야. 잔치집에 부조 안하고 먹는 법이 어딨어? 잔말 말고 어서 받아라!" 라고 말하며 지폐든 손을 내밀었다.

"그 손 놓고 내 말 들어봐. 나는 집 나가 여러 해 동안 있다 보니 늬들 대사에 한번도 참석하지 못해서 본래 사죄삼아 늬들을 따로 부를라고 했는데 잔치가 림박이고 또 늬들 다 모이기도 쉬울 것 같잖아 오늘 겸사겸사 부른 거야. 늬들 뿐 아니라 마을 어른들한테도 일전 한 푼 받지 않았다. 그럼 알만하지?"

호근이의 말이 진심인 걸 안 친구들은 마지못해 내놨던 돈을 다시 호주머니 안에 넣었다

이윽고 마을의 촌장이 술잔을 들고 찾아왔다.

"형님네들 늦게 찾아와서 미안해요. 동네 어르신들 대접하느라 그만 늦었네요. 오늘 이 자리를 빌어서 여러 형님들께 한 가지 기쁜 소식을 알려드리려고 해요. 호근형님이 이번에 시내에 가지 않고 집에서 잔치상을 벌려 남은 돈이라면서 우리마을 노인활동실에 보태 쓰라고 5천원을 내놨어요. 얼마나 장한 일이예요!"

뭐 오천원이나 기부했다고? 좌중의 동창들은 저마다 자기의 귀를 의심하다가 저도 몰래 "야!" 하고 감탄사를 연발하다가 힘차게 박수를 쳤다. 이때 촌장이 한마디 더 말했다.

"그뿐만이 아니예요. 호근형님은 이번에 한족들에게 임대한 20여호의 땅을 되찾아 농사일을 크게 해 쓰러져가는 마을을 살리겠다고 준비하고 있습니다. 이 얼마나 장한 일이예요?"

호근이의 담대한 행동에 친구들은 얼떨결에 또 다시 박수를 보냈다.

이때 호근이 쑥스러워 머리카락을 글쩍 이 면서 말하였다.

"나는 평생 농사나 지어봤지 다른 건 아무 것도 모르니까 농사일밖에 할 수 없잖나? 그리고 농사를 지을 바에는 좀 통 크게 지어야 남을 게 있을 것 같아 경운기, 이앙기 탈곡기부터 마련했는데 비용이 이만저만이 아니라서 마을을 위해 별 힘을 쓰지 못했다네. 어떤 친군 나더러 젊었을 때 고생을 많이 했는데 이젠 시내에 집을 사서 만년을 편히 보내라지만 시내서 하루 드는 돈이 얼마라구. 뼈 빠지게 번 돈 몇 해면 바닥이 날판이고 아직 팔다리 성할 때 노후 밑천이라도 장만할라고 도시생각은 접었다네. 뭐 내가 생색낸다고는 생각 말게나. 다 엎음 갚음이니까. 이 마을이 없다면 우리의 오늘이 있었겠나?"

"하긴 그래. 늬 말이 옳아."

엎음갚음 그게 어디 부조만 가리키는 말인가? 인간세상에서 주고받는 따뜻한 정이 본시 엎음갚음이 아닌가? 친구들은 호근이의 장한 오늘 처사을 두고 제각기 깊은 생각에 잠기였다.

이윽고 노래판이 벌어 졌다. 커다란 알미늄대야에 찬물을 담아와서 그 위에 바가지를 엎어놓고 힘차게 두드리며 신나게 유행가를 부르고 곱새춤을 흥겹게 추며 흘러간 젊은 시절로 되돌아왔다. 어느덧 서산마루에 걸렸던 해가 서서히 지고 밤이 깃들었다. 적막에 잠겼던 고향마을은 오래만에 생기를 찾았다.

2012.2.(요동문학20집)

2. 얄미운 상사

명문대의 석사과정까지 마친 영실이가 남방에 와서 직업을 찾는 길이 이렇게 험난할 줄은 꿈에도 예상하지 못했었다. 수 십 개의 회사에 이력서를 보냈지만 면접을 하겠다는 회사는 불과 여 남 곳 뿐이였는데 면접관을 넘긴다는 것 또한 산 너머 산이였다. 여기저기서 금세 날아와 손에 쥐일 것만 같았던 채용통지는 숨박꼭질하듯 사람을 놀려 밥맛이 없고 입술이 까칠해졌다. 애간장을 태우던 어느 날 마침 일본의 모 전자회사에서 채용통지가 날아왔다. 영실이는 금세 날 것만 같이 기뻤다. 공 든 탑이 무너지랴, 정성이면 돌에도 꽂이 핀다더니 이건 나를 두고 한 말이로구나. 어렵디 어렵게 찾은 회사이니 오색찬란한 빛을 뿜어봐야지.

희망에 부푼 영실이가 가벼운 걸음으로 회사에 찾아오니 마침 그녀를 맞아준 사람은 그녀가 면접시험을 치를 때 면접을 맡았던 본부장인 영준한 젊은이였다.

"영실씨가 우리 회사에 입사한 것을 환영하오. 우리회사는 초창기여서. 아직까지 규모가 크잖지만 이런 회사에서 일하면 배울 것이 많소. 열심히 일하고 많은 것을 배우시오." 본부장은 그녀에게 기대에 찬 눈길을 보내면서 그녀가 할 임무를 알려주었다. 영실이의 정황을 누구보다 잘 아는 본부장이 그녀에게 맡긴 일이란 너무나 실망스러웠다. 그저 팀장이 시키는대로 자료나 정리하고 전화나 받고 타자하는 자질부레한 일 뿐이였다. 내가 연구생학력인 걸 팀장이 모를 리 없는데 고졸생도 식은죽먹기로 해치울 수 있는 이따위 허드레일을 나한테 시키다니 인재를 어디 개발싸개로 아나? 영실이는 자존심이 잔뜩 구겨졌으나 어느 회사에서도 시용기(인턴기간)에는 다 이런 수모를 받는다는 말을 귀에 딱지가 박히게 들어왔기에 부글부글 끓는 불평을 가까스로 억눌렀다. 종종 할 일이 별로 없어 한가할 때면 그녀는 일어에 능통한 장끼를 발휘하여 눈코뜰새없이 바삐 도는 통역의 문자번역도 도와주고 다른 사원을 도와 타자도 해주었다. 그런데 본부장이 이 사실을 알고 그녀를 칭찬하기는 커녕 호되게 힐책할 줄이야 뉘 알았으랴?
"동무는 여기가 신선놀음턴줄 아오? 만약을 대비해 자기 자리를 잠시도 비워서는 안되오 알겠소?"

영실이는 제 딴에는 회사를 위해 좋은 일을 했다 싶었는데 본부장의 꾸중을 듣고나니 오장륙부가 비틀렸다. 정규직 사원이 되면 실력을 인정해주겠지 하고 믿었는데 일년이 지났어도 그 나물의 그 밥이였다.

영실이는 본부장의 지시에 의해 이곳저곳 자꾸 부서를 옮겼다. 한 가지 일에 능숙하여 일손이 잡힐만 하면 새 부서로 옮기라고하니 도대체 무슨 도깨비장난인지 알 수 없었다.

회사에서는 새 프로그램을 개발한다고 기술연구팀을 두었는데 이번에도 그녀는 괄호밖 신세였다. 내가 북방사람이라고 회사에서 색안경을 을 끼고 보는 걸까? 그렇다면 같은 북방사람인 본부장은 회사에서 왜 그렇게 중용할까? 나는 계산기전업을 전공했는데 회사에서 왜 인재를 적소에 쓰지 않고 대졸학력밖에 안 되는 경력사원만 쓰나? 그녀는 본부장의 편견에 은근히 반발심이 일었다. 덩실한 키에 훤한 이마, 만날 때마다 환한 웃음을 흘리지만 속으로 무슨 꿍꿍이를 하는지 알 수 없었다. 본부장을 찾아가 시비곡직을 따지고 싶은 마음이 굴뚝같았으나 상사의 심기를 잘못 건드려 불똥이 튈까봐 두려웠다. 그녀는 상심한 나머지 입에 자물쇠를 채우고 수걱수걱 맡겨준 일만 하였다 저들이 도대체 무슨 프로그램을 개발하길래 이렇게 사람차별을 하나? 반발심이 잔뜩 동한 그녀는 자신의 재능을 한번 보여줘야겠다 마음먹고 연구팀에 있는 친구를 통해 프로그램내용을 대충 알아냈다. 그다지 어려울 것 같지 않았다. 그녀는 그들 먼저 프로그램을 개발해 상사를 깜짝 놀래우려고 퇴근 벨이 울려도 자리를 뜨지 않고 열심히 자료를 뒤지고 컴퓨터를 쳤다. 십여일의 고투끝에 륜곽이 드러나고 실마리가 잡혔다. 성공의 아지랑이가 눈앞에서 아련 거리자 안도의 한숨을 후 몰아쉬고 나니 전신이 나른하고 피곤기가 몰려왔다. 잠시 눈을 붙인다는 게 깜박 잠이 들었다. 그녀가 문여는 소리에 깜짝 놀라 고개를 드니 본부장이 사무실에 들어오는 것이였다.

“밤깊도록 퇴근하지 않고 무얼 하고 있소?”

“저...” 영실이는 수업시간에 손장난 치다가 선생님한테 들킨 소녀마냥 얼굴이 홍당무우로 변했다.

본부장은 그녀의 컴퓨터 앞에 서서 그녀가 개발하는 프로그램을 한동안 자세히 보고 있었다. 영실은 상사가 프로그램설계를 읽고 나서 자신의 실력을 어떻게 평가할지 몰라 참새를 품은 듯 심장이 콩닥콩닥 방망이질했다. 그런데 이게 웬 일인가? 본부장한테서 긍정하는 언사는 일언반구도 없고 입에서 웬 구렁이가 쏟아져 나올 줄이야.

“누가 영실씨 더러 이런 일을 하라 했소? 자신을 나타내고 싶어 안달복달이오? 공연히 긁어 부스럼내지 마오. 연구팀과 척지면 좋을 게 티끌만큼도 없소,... 이후 자기 직책이 아닌 일엔 함부로 손대지 마오, 알겠소?.”

한 달 뒤 영실이는 프로그램개발연구팀에 편입 되였다. 이제야 그렇게도 갈망하던 부서에 왔구나 하고 생각하니 온 몸에 힘이 솟았다. 그녀가 악착스레 일해 바야흐로 두각을 나타내는데 얄미운 본부장은 그녀를 제품류통부서로 보냈고 반년 뒤에는 또 다른 직장으로 발령했다.

“나는 어디 트럼프놀이의 〈훌〉이란 말인가? 한 가지 일에 손 익으면 또 다른 걸 하라 하니 본부장은 왜 나 하나를 떡 반죽으로 만드나?” 생각하면 할수록 기분이 잡치고 서러움이 북받쳐 올랐다. 수 천리밖에 계시는 부모형제가 사무치게 그리웠고 허물없이 지내던 동창들의 웃는 얼굴이 눈에 삼삼했다. 오매불망 그리던 남방의 회사생활도 이젠 신물이 났다. 나이도 한 살 두 살 더 먹어 서른 고개가 눈앞인데 가슴을 설레게 하는 젊은이는 그림자도 찾을 수 없었다. 사표를 내고 싶은 마음이 굴뚝같았지만 구직이 하늘의 별따기이니 결단을 내릴 엄두가 나지 않았다. 고향에 돌아가는 꿈도 꿔봤지만 금의환향하겠다며 큰소리를 탕탕 친 자신이라 삼년 만에 서리 맞은 풀신세로 귀가할 수는 없었다.

어느날 영실이가 퇴근하자 본부장이 그녀를 사무실로 불렀다.

"내가 무슨 잘못을 저질렀다고 본부장이 이 시간에 사무실로 부르나?" 영실이는 두려움이 앞서 푸주간에 끌려가는 늙다리황소같이 천근같은 발을 옮겨 사무실문을 열었다.

"어서 오시오." 본부장은 영실이가 들어오자 의자에서 벌떡 일어나더니 조용한데 가서 이야기를 나누자면서 그녀를 데리고 회사에서 조금 떨어진 한적한 간이음식점으로 데려갔다.

"영실씨, 요즘 회사일이 재미있소?"

영실이는 상사의 뜻밖의 물음에 선뜻 대답을 줄 수 없었다. 재미없다고 속심을 털어놓으면 맘에 드는데 가라 하겠고 재미있다고 입술에 침을 바르자니 마음이 내키지 않았다.

"지금 생각해보니 내가 영실씨를 너무 박대한 것 같은데 량해해주오."

본부장이 빙긋 웃자 영실이는 가슴속에 쌓였던 설음이 왈칵 치밀어올라 뜨거운 이슬이 두 볼을 적시였다.

“영실씨, 나도 요녕 사람이요. 나하고 요녕으로 돌아갈 의향은 없소?”

본부장의 밤중에 홍두깨 내미는 소리에 영실은 소스라쳐 얼떨해진 눈으로 그를 빤히 쳐다봤다.

“이제야 진실를 토로하게 되여 너무 너무 죄송하오. 나는 조선족이요. 더 적절히 말하자면 나는 영실 씨의 대학동기 순옥이의 친오빠요.”

“순옥이 오빠라구요? 그럼 왜 여태까지 저를 감쪽같이 속였나요?”

영실이는 대학시절의 짝 친구 순옥이 한테서 그녀의 오빠에 대한 이야기를 많이 들었고 그를 은근히 맘속에 두었었다. 본부장이 순옥의 낯을 봐서라도 나를 이렇게 괴롭힐 수가 있나? 일종의 배신감이 머리끝까지 치밀어 올랐다.

“기실 회사의 사정에 의해 나는 영실 씨와 알은 체 할 수 없었소. 하지만 나는 시종 영실 씨의 일거일동을 지켜보면서 영실 씨가 흙에 묻힌 진주라는 것을 깊이깊이 느꼈더랬소.”

“제가 진주라고요? 그럼 왜 진주가 빛을 못 내게 흙속에 묻어뒀나요?”

“기실 나는 몇 해 전부터 이 회사에서 기술을 익히고 관리능력을 키운 뒤 고향에 돌아 갈 타산 이였소. 내가 영실 씨한테 야박하게 군건 나대로의 타산이 있었기 때문이였소. 나는 영실 씨가 한 가지만 전공한 인재로 되기보다 다면수가 되길 절실히 바랐던 것이오.”

“그건 왜선데요?” 오리무중에 빠진 영실이가 본부장의 얼굴을 빤히 쳐다보았다.

"솔직히 말한다면 나는 영실 씨를 지켜보면서 고향에 돌아가 영실 씨와 손잡고 우리 자신의 회사를 꾸릴 뜻을 굳혔 댔소. 영실 씨의 생각이 어떤 줄도 모르면서...."

"개인이 회사를 꾸린다는 게 어디 애들 장난인가요?" 영실은 미덥잖은 눈길로 훌겨보며 본부장의 말을 잘랐다.

"총명한 영실 씨가 하나만 알고 둘은 모르는가 보오. 기실 자본도 인재을 못찾아 눈에 쌍심지를 켜고 있다는 것을. 자본은 좋은 인재만 보면 찰거머리같이 달라붙는다는 도리를 왜 모르오? 나는 이미 심양에 회사를 꾸릴 준비를 다 해놨고 투자할 외상도 찾아와 만사구전에 동풍만 모자랄 뿐이오. 어떻소? 나와 손잡고 고향의 진흥에 이바지하지 않겠소?"

열변을 쏟는 본부장의 얼굴에는 자신감이 넘쳤다. 보아하니 만단의 준비가 된 것 같았다. 솜뭉치를 틀어박은 듯 답답하던 가슴이 금세 확 열려 후련했다.

제가 본부장의 말을 진정 믿어도 될까요?"

"되구말구요. 나는 오늘 사표를 써놨는데 영실 씨의 의향을 확인하려고 이렇게 찾았소. 돌연히 불러서 참으로 미안하오. 나와 합작하겠소? 대답해주오."

얼마나 바라 마지 않던 물음인가? 영실이는 대답 대신 고개를 가볍게 끄덕였다.

이때 탁자에 반찬 몇 가지와 맥주병이 올랐다. 본부장은 맥주병을 열고 컵에 맥주를 부었다.

"자, 그럼 우리 요녕의 진흥을 위해, 우리들의 성공을 위해 오늘 통쾌히 한잔 냅시다."

눈부신 앞날을 내다보는 두 젊은이는 스스럼없이 맥주잔을 부딪쳤다. 상사와 하급사이를 가로 막던 무형의 장벽도 어느새 봄눈같이 녹아버렸다.

술기운에 두볼이 홍시로 된 영실이가 가는 눈을 곱게 흘기며 〈기관총〉을 쐈다.

"동무는 정말 정말 얄미운 상사예요. 사람속을 이렇게 재로 만들어 놓고 속이 편하던가요?"

"영실씨, 참으로 죄송하오. 그게 다 우리의 앞날을 위한 고육계였다는 것만 알아주오. 내 오늘 벌주를 달갑게 마시겠소."

본부장은 어줍게 변명하며 자기의 컵에 맥주를 콸콸 부었다.

2011. 6 (요동문학19집)

3. 후회

아침 해가 동산마루에 서너 발 올라 찬란한 빛을 뿜는다. 아침산보를 마친 순보령감이 무거운 다리를 끌고 아파트에 돌아와 대문을 여는데 1층 창문에서 여인의 째지는 목소리가 귀청을 때렸다.

"아부지, 너무해요. 이제 또 맘대로 일을 저질렀다간 나도 가만있지 않을 거예요."

"장병에 효자가 없다지만 아비가 병석에 누운 지 이제 몇 달이 되었다고 자랑에 쉬쓸던* 딸년이 지 아비한테 마구 〈기관총〉 을 쏴대나 후 —" 순보령감*은 남의 일 같지 않아 길게 한숨을 내쉬며 2층에 올라가서 안전문을 열고 방에 들어가서 텔레비젼을 켰다. 그런데 아래층 여인의 앙살이 고막을 마구 짓뭉개 드라마의 내용이 도무지 눈에 들어오지 않았다.

이윽고 "탕탕탕"하고 안전문을 마구 두드리는 소리가 고막을 울렸다.

"누가 무슨 급한 일이 있어 문을 부셔지게 두드린담?" 순보령감은 짜증이 났으나 마지못해 일어나 출입문을 열었다.

문밖에는 아래층 허풍영감의 딸 미분이가 설익은 오얏상*을 해가지고 서있었다.

"아니, 자네가 오늘 어인 일로 우리집 엘 찾아왔나?"

"이거 돌려 주려구요." 40대의 여인은 손에 든 휴대폰을 불쑥 내밀었다.

"그건 내가 자네 부친더러 쓰라고 빌려준 긴데..."

"아니, 필요 없어요. 우리집에도 휴대폰이 있어요. 아저씨, 이제부턴 남의 집일에 헛신경 끄라구요." 녀인은 비양쪼로 얼음장같은 말 한마디 내뱉고 홱 돌아서더니 비 맞은 중이 념불 하듯 무어라고 비양 거리며 층층대를 씽씽 내려갔다.

순보령감은 가는귀가 먹어 미분이가 뭐라 하는지 똑똑히 듣지는 못했지만 자기를 욕한다고 짐작했다.

"뭐, 나더러 남의 집일에 헛 신경 끄라고? 그래 내가 무슨 잘못을 저질렀다고 머리에 쇠똥도 안벗은 계집애가 훈계하는 거지?" 순보령감은 생각하면 할수록 밸이 꼬여 허연 수염이 부르르 떨렸다.

기실 순보령감과 허풍령감 사이에 깊은 교분은 없었다. 재작년에 미분이가 자식 공부시킨다며 학교 근처에 있는 이 아파트 1층을 임대했는데. 몇 해 전에 상처한 허풍영감은 함께 살던 아들내외가 출국하자 딸한테 의탁하러 왔었다. 무르익은 대추같은 얼굴에 땅딸보인 그는 붙임성이 좋고 사람을 잘 웃겨 순보령감은 그와 종종 만나 한담을 하며 고독을 풀었다.

그런데 한치 앞도 내다볼 수 없는 것이 풍운변화라더니 그리도 건장해보이던 허풍영감은 작년 가을 친구 댁에 놀러갔다가 중풍에 걸려 침대신세를 지고 있었다. 순보영감은 병석에서 지옥살이하는 친구가 얼마나 고적해 할까 안타까워서 종종 아래층에 내려가 문병하고 환자의 말동무로 되어주었다.

며칠 전 순보영감이 허풍영감과 한담을 주고받는데 창문턱에 놓인 전화기에서 "따르릉, 따르릉" 하고 벨이 울렸다.

"전화가 왔네, 에익, 요너무 다리가 쬐끔 만 말 들어도 일나겠는데... 김형이 대신 받아보소. ...."

"그래도 되겠능교?" 남의 전화를 대신 받기가 무엇해서 잠시 머뭇거리던 순보영감은 허풍영감이 어서 받으라고 손짓하자 창문턱에 놓인 수화기를 들고 물었다

"여보세요?"

대방은 수화기에서 울려오는 낯 선 목소리를 듣자 전화를 잘못 친 줄 알았던지 송화기를 덜컥 놓아버리는 것이었다.

"우지(휴대폰)가 있으문 이런 낭패가 없을 긴데"

"허형이 전에 씨던 소우지는 우쨌능교?"

"글쎄..." 허풍영감은 반쪽이 된 얼굴에 어설픈 웃음을 바르며 대답을 피했다.

"울집에 노는 소우지 하나 있는데 허형이 두고 쓰이소."

"아니, 그래도 되겠능겨?"

허풍영감이 사양하는 말을 하나 무척 반기는 기색이 역력했다.

다음날 순보영감은 아들이 출국할 때 두고 간 휴대폰을 찾아 충전하고 통화요금까지 넣어 허풍영감한테 가져갔다.

"이거 참, 내가 김 형 신세를 너무 집니다요. 요긴할 때 잘 쓰겠니더." 허풍영감은 휴대폰을 이불밑에 슬쩍 밀어 넣었다. 누가 볼가 봐 감추는 것 같았다…

"오늘 허풍영감이 딸 몰래 누구와 전활 걸다가 들통 난 게로구나 고까짓 손톱만한 일각꼬 삼이웃 시끄럽게 난동을 피워? 에익, 몰상식한 기집 같으니라구."

좋은 일하고 인사받기는커녕 무안만 당한 순보영감은 허풍영감이 가련하기 그지없었으나 미분이의 올빼미 상을 볼 생각을 하면 몸에 소름이 끼쳐 병문안을 많이 자제하였다.

초여름이 찾아오자 순보영감 내외는 새집구경도 하고 관광도 할 겸 꼭 놀러오라는 작은 아들네의 청에 못 이겨 남방에 가서 태산 황산이며 항주, 소주, 계림산수 등 좋다는 명승지를 두루 구경하고 초가을에 집에 돌아왔다. 그날 저녁 순보영감은 허풍영감이 심한 치매에 걸려 제 딸도 못 알아보고 자꾸 헛소리만 친다는 말을 들었다.

"참 불쌍한 늙은이로구나. 허풍영감이 그 꼴이 된건 자식농사 잘못한 탓이지. 하기사 친구를 못 돌본 나도 과실도 적잖구나!" 그는 미분이의 꼴이 보기 싫어 친구의 병문안을 자주 안한 자신의 옹졸한 처사를 후회 하였다. 그리고 남방에 가지 않고 허풍영감의 말동무를 해줬더라면 이렇게 일찍 치매에 걸리지 않았을까 하는 생각도 하였다. 그는 미분이가 귀를 틀어막고 행악을 부리든 말든 그녀 앞에서 “자네는 병석에 누운 아비한테 약만 사주면 자식 된 의무를 다 한 줄만 아나? 너의 아비한테 고독이 얼매나 무서운 질병인지 자네는 글 캐 모르나? 아들놈 용돈 조금 덜주고 가슴이 타 재가 쌓인 자네 아비가 친구들하고 통화하라도 하게 해드리면 죄가 되겠나? 자네가 고런 고약한 심보 쓰다 아비가 더 큰 병에 걸리면 워짤락고 그러나?” 하고 대성질호하며 정신이 부쩍 들 게 일깨워주지 못한 것이 몹시 한스러웠다.

2011.5 (요녕신문, 조글로문학닷컴)

4. 효선이의 시어머니 모시기

효선이 내외는 몇 해 전부터 시부모를 시내에 모셔오려고 하였으나 어른들이 시골은 등 따스고 배부르다며 거절하니 어쩔 수 없었다. 작년 가을에 시아버지가 뇌출혈로 갑자기 유명을 달리하자 더는 지체할 수 없다고 생각한 그들은 시어머니를 다짜고짜 시내로 모셔가려고 했다.

"어무이요. 시골은 교통이 불편하고 의료시절이 나빠서 어무이를 여기 홀로 계시게 할 순 없어요. 어무이가 곁에 안계시면 우린 하루도 맘 놓을 수 없어요."

며느리가 애원하듯 통사정하며 억지로 잡아 끌 듯하자 시어머니의 고집도 어지간히 누그러들었다.

"내사 안죽까진 몇 년은 끄떡 안켓다만 니들이 하도 성화대니 어짤 수 없구나."

아들며느리를 따라 시내에 온 시어머니는 며칠도 못가서 이내 후회하였다. 우선 음식이 입에 맞지 않았다. 아침식사란 콩물에 밀가루튀김이였고 점심과 저녁은 무슨 밥이 그리도 된지 밥알이 뱅글뱅글 입안에서 숨박꼭질을 했고 돼지고기 볶음은 냄새를 맡기조차 거북하였다. 된장과 김치생각이 굴뚝같았으나 20여 년을 따로 살던 며느리가 차린 상에 "배놓아라 감놓아라" 할 수는 없었다. 젓가락을 들어도 집을 만한 반찬이 없어 고양이밥 만큼 입에 넣었으니 한나절도 못가서 창자가 불평을 부렸다. 그녀를 괴롭힌 건 식사만이 아니었다. 아들며느리에 손자까지 출근길에 나서면 횡뎅그렁한 넓은 집안에서 곁에 말동무 하나 없이 텔레비전만 보자니 눈이 아프고 엉덩이가 배겨 하루가 삼추 같았다. 자식들한테 와 호강한다는 건 빛 좋은 개살구고 실은 연금당한 거나 다름 없었다. 눈보라가 휘몰아치는 겨울이 지나고 유리창문에 가득 낀 성에도 사라지고 살구꽃이 하얗게 피더니 뒤이어 가로수 가지에도 새잎이 뾰족뾰족 돋아났다. 이맘때면 시골 뒷산기슭에는 고사리가 돋아나고 들판에도 냉이며 미나리가 머리를 내밀 것이다. 그녀의 뇌리에는 등에 베낭을 메고 앞치마에 캔 나물을 담고 들판을 주름잡던 지난날이 주마등같이 스쳐갔다. 정원에서 채소를 가꾸며 온갖 시름과 고뇌를 말끔히 씻던 전원생활이 사뭇 치게 그리웠다. 옛날을 생각하니 마음은 언녕 시골집에 가있었다.

어느 날 그녀는 며느리가 퇴근하자 반가운 손님을 맞은 듯 만면에 햇빛을 담으면서 조심스레 입을 열었다.

"새아가, 아무리 생각해도 나는 여기서 호강할 팔자가 아닌가봐.

시내에선 갑갑해서 당최 몬 견디겠구나. 제발 날 시골에 보내 다고. 단 몇 해라도 좋으니 말이다. 으이."

정성껏 모셨는데도 시어머니는 또 시골타령이다. "효선이는 속이 발끈했으나 간신히 참고 조용히 타일렀다."

"어무이. 아직은 힘들지만 차차 적응되면 괜찮을 거예요. 조금만 더 기다려주세요. 어무이가 가시면 우린 한시도 못 배겨요. 예?" 효선이의 눈에서는 잔 이슬이 맺혔다.

기왕 함께 있을 바엔 며느리의 심기를 건드리지 말자고 생각한 시어머니는 그만 입을 다물었다. 하지만 창문 밖을 달려 나간 마음은 억제할 수 없었다. 하루가 삼추같은 십 여일이 지나갔다. 고독에 견딜래야 견딜 수 없는 시어머니는 며느리가 퇴근하자 조용히 불러놓고 입을 열기 난처해서 한참동안 뜸을 들이다가 급기야 입을 열었다.

"새아가, 날 양로원에 보내주면 안되겠나? 여기선 갑갑해 몬 견디겠다."

시어머니의 입에서 왕청같은 말이 나오자 불에 덴 듯 흠칫 놀란 효선이는 가까스로 진정하고 나서 대답했다.

"어무이요. 양로원은 아무나 들어가는 곳이 아니 예요. 어무이는 아들며느리가 다 곁에 있는데 양로원에 가신다면 삶은 소대가리도 웃을 거예요."

"내가 정 가고파서 갈라는데 누가 뭐라 카 겠나?"

"어무이, 저는 남의 말밥이 두려워 막는 게 아니예요. 어무이가 말도 습관도 다른 한족 노인들 속에 끼이면 이틀도 안 돼 쓰러질 게 불 보듯 뻔해요. 거긴 절대로 안돼요."

"양로원에 조선 사람은 하나도 없다더냐?"

"그건 저도 몰라요. 아마 있다 해도 기껏해야 한둘이겠지요."

"하나만 있어도 말동무는 될 텐데 제발 자네가 좀 알아봐 다고."

"어무이, 너무 성급해 마세요. 양로원에 가는 일은 번갯불에 콩꾸어 먹듯 다그칠 일이 아니예요. 지내다보면 차차 좋은 방도가 생길 거예요."

말은 그렇게 했지만 효선이에게 어떤 방도가 보이는 것은 아니였다. 시어머니의 입에서 양로원소리까지 나온 걸 봐서 무작정 뒤로 미룰 수는 없는 처지였다. 그녀는 시어머니의 괴로움을 조금이라도 덜어주지 못하는 자신의 무능에 가슴이 찢어질 것만 같았다. 이튿날 학교에 출근한 효선이는 오후 자유 활동시간에 한사무실에 있는 동창생 정숙이와 속심 말을 나누었다. 효선이의 하소연을 듣고 난 정숙이가 그녀의 어깨를 탁 치면서

"니나 내나 참 된 시집살일 하는구나. 우리 시어머닌 이가 나빠서 만날 묽은 음식만 찾으시지, 생선은 비린내가 난다면서 가까이 놓지 못하게 하시지, 그리고 우리가 좋아하는 드라마는 거들떠보지도 않으시지, 날마다 속이 답답하다면서 시가지에 나가시겠다지 않겠니", "참 내가 속상한 건 아무도 몰라."하고 동감을 표시했다.

"세대차이가 이렇게 클 줄은 정말 생각도 못했구나. 아마 노인들은 그들끼리 모여야 마음이 통하는 가 봐. 우리 시어머니들을 한곳에 모셔보면 어떻겠니?" 정숙이의 말에서 일종의 계발을 받은 효선이의 제의였다.

"그렇게 했으면 오죽 좋겠나만 한곳에 모시려면 장소가 필요한데

지금 집 구하기가 어디 여간 어려운 줄 아니?"

"그건 걱정 말아. 나는 시어른들을 모시려고 아파트를 사놨는데 아버님이 세상 떠서 한번 써보지도 못하고 그냥 비워뒀단다."

"그래? 그럼 우리 시어머니들을 한곳에 모시는 경로당을 꾸리면 어때?"

"우리가 경로당을 꾸려? 아무런 경험도 자금도 시간마저 없는 우리가?"

"지금 근무연한이 30 년 된 교원들은 정년퇴직시키는데 우리도 근무연한 령이 30 년이잖아. 아직 새파랗게 젊은 우리가 퇴직하고 집에서 가만히 놀 수는 없잖니?"

"니 말이 옳다. 그럼 시험적으로 작은 경로당을 꾸려보자꾸나. 우리는 퇴직금을 받으니까 돈벌일 생각은 하지 말고 어른들께 효도하는 맘으로 시어머니들 외에 처지가 어려운 노인 몇 분을 더 모셔 와서 돌봐드리자꾸나."

"니만 결단하면 나는 두 손 들고 찬성이다." 정숙이는 효선이와 손뼉을 마주쳤다. 그들은 퇴근 벨이 울린 뒤에도 한참동안 이마를 맞대고 구체적인 방안을 토의하였다.

며칠이 지난 토요일 아침에 효선이와 정숙이는 시어머님과 다른 몇몇 어른들을 경로당으로 모셔왔다. 넓은 방 하나에 대 여섯 명은 이불을 펴고 누울만하였다. 고독에서 해방된 노인들은 유치원에서 들어온 애들마냥 기뻐하였다.

노인들이 짐을 정리하고 나자 효선이는 노인들에게 경로당을 꾸리게 된 경유를 소개하고나서 임시 일과표를 알려 주었다. 그녀는 잠시 일손이 모자라 끼니를 지어드리지 못하니 수고스러운 대로 어르신들께서 사놓은 재료로 입맛에 맞은 음식을 손수 지어 잡수시면 어떻겠냐고 물었다.

"한평생 부엌에서 산 우리가 밥을 못 지어 먹겠나? 반찬을 손수 만드는 것도 재밀세."노인들은 이구동성으로 찬성하였다. 노인들은 일과표에 따라 화투도 치고 한담도 하고 정원에 나가 산보도 하면서 하루하루를 즐겁게 보내냈다. 십 여일 뒤 정년퇴직하고 경로당에 출근한 효선이와 정숙이는 "효정" 경노당이란 패쪽을 걸고 정식일과표를 짰다. 그들은 분공하여 노인들에게 보건체조를 시키고 새로운 노래를 배워주고 재미나는 옛말을 들려주기도 했으며 수수께끼풀이며 즐거운 유희를 진행하였다. 노인들의 얼굴에는 봄볕이 잠시도 사라질 줄 몰랐다. 시어머니와 노인들이 즐거워하는 모습을 보면서 효선이는 자기가 참으로 보람찬 일을 한다는 생각이 들어 가슴이 뿌듯하였다.

어느날 저녁 효선이는 단꿈을 꾸었다. 그는 30 여명이나 되는 노인합창단을 거느리고 시에서 조직한 조선족문예콩클에 출연하여 우수상을 받는다. "효정"경로당은 이미 시의 조선족경로원으로 탈바꿈했고 조선족기업가들과 지성인들의 성원으로 경노원은 더 넓고 환한 보금자리를 바꾸었었다. 효선이는 이 아름다운 꿈이 결코 꿈에 머무르지 않을 것이라 생각하였다. 경노당을 꾸린 그녀는 노인들을 모시는 데는 고정된 틀이 없으며 일단 효심으로 지극정성을 다한다면 좋은 방법은 얼마든지 생길 것이며 세상은 한결 환해지리라 굳게 믿었다.

2013.12 (요녕신문)

5. 벽시계

경환영감의 거실에는 몇 십 년 전에 산 벽시계 하나가 걸려있다. 지금 뉘집에 아직 이런 골동품이 있냐며 친구들이 비웃었지만 경환영감은 그 벽시계가 마치 대물림보배인듯 먼지 한알 떨어질세라 기름기 돌게 닦고 또 닦는다.

경환이는 잠결에 화들짝 놀라 자리를 차고 일어났다.

"이제 밤 열두시가 되나마나한데 하마 일어나세요?"

"뭐? 아직 자정도 안됐단 말이야? 난 새벽이 됐는 줄 알았는데..."

잠자리에 다시 들어간 경환이는 눈을 지그시 감고 잠을 청하려고 무등 애썼으나 정신은 점점 더 또렷해졌다. 래일은 징구량을 마차에 싣고 30 리밖에 있는 현성 알곡수매소를 두 번이나 다녀와야 할테니 새벽3 시반에는 반드시 출발해야 한다는 마차부의 신신당부가 귀에 쟁쟁하였다. 신혼살림이라는 게 겨우 바가지만한 솥 하나에 그릇 몇 개를 달랑 들고 하향지식청년거주점의 서쪽 간 남쪽 방에 옮겨왔으니 서발 장대를 휘둘러도 걸릴 게 없었다.

(벽시계만 있어도 날마다 이런 곤욕은 안치를 텐데.) 경환이는 벽시계도 탁상시계도 없이 살아가는 자신의 처지가 너무도 한심하였다. 30 여원짜리 벽시계도 농가의 네 가지 큰 재산중의 하나로서 설사 손에 돈을 쥐었어도 상품이 가뭄에 콩나듯하니 여간해선 장만할 수 없는 안타까운 현실이였다.

경환이는 다시 잠을 청하다간 자칫하면 굳잠에 빠져 내일 출발시간을 어길 가 두려워서 기지개를 켜고 일어나 속옷을 입고 외투를 걸치고 곧바로 생산대의 대부로 달려갔다. 희미한 25촉 전등을 켜놓은 채 뜨끈뜨끈한 아랫목에 누워 쉬다가 인기척에 놀라 눈을 뜬 50 대의 두 사양원은 문을 열고 방에 들어온 경환이를 보고 다시 벽시계에 눈길을 돌리더니 "이제 겨우 열두시 사십분인데 자네 어째 하마 왔나? 또 잠을 설쳤겠구먼. 때가 되면 우리가 깨워줄 테니 저 웃목에 누워서 잠간 눈을 붙이게."라고 말하였다.

경환이는 대뜸 방 웃목에 쪼그리고 누워 눈을 감았다. 마음의 탕개를 푼 꿀맛같은 단잠이라 그는 차부가 집안에 들어와 어서 일어나라고 불러서야 눈을 비비고 일어났다.

차부가 엊저녁에 볏 마대를 차에 실어놓고 대부 마당에 세워둔 마차에 말을 메우고나자 경환이는 짐차위에 올라앉아 길을 나섰다. 새벽 네 시쯤 되였으나 하늘에는 아직 별이 총총하였다.

마을 밖을 나선 마차가 현성으로 통한 신작로에 올라서자 차부는 "쨔.쨔"하고 채찍을 힘차게 휘둘렀다. 말들은 평탄한 길을 만나자 신바람나게 앞으로 내달렸다. 차위에 앉은지 20 분이 지나자 경환이는 점점 몸이 덜덜 떨리고 발이 시려옴을 느꼈다. 발가락을 꼬물거리다가 급기야 신을 마구 부딪쳤다. 마차에서 내려 한동안 걷고싶은 마음이 굴뚝 같았으나 걸어서는 달리는 마차를 따를 수 없으니 이를 사려물고 참는 수 밖에 없었다.(자전거라도 타면 이런 고생은 면 할텐데.) 하지만 백여호나 사는 큰 조선족동네에 자전거가 있는 집이 한 두호밖에 안되니 자전거를 탈 생각을 하는 것조차 사치한 욕심이라는 생각이 들었다.

그들이 현성에 들어와 량곡수매소에 이르렀을 때는 동녘하늘에 계명성이 반짝이고 있었다. 알곡을 가득 실은 마차, 수레의 행렬은 알곡수매소의 대문에서 수백미터까지 길게 뻗어 장사진을 이루고 있었다. 알곡수매소 노동자들의 출근시간이 아직 멀었기에 농민들은 언 발을 동동 구르며 동녘하늘의 해돋이를 눈빠지게 기다리고 있었다.

한 시간이 훨씬 지나서야 검정 외투를 입은 검질원이 나와 볏마대를 몇 개 무작위로 정해 주둥이며 밑바닥을 검질창으로 쿡쿡 찔러보고 벼의 등급과 수분이며 잡질정황을 적은 검질표를 차부에게 넘겨주면 차부는 차를 몰고 수매소 대문 안에 들어가서 대형저울에 말과 차의 총무게를 달고 나서 마대에 담은 벼를 지정한 곡식더미에 부리운 뒤 돌아와서 말과 빈 마대를 실은 마차의 무게를 달아 부리운 벼의 수량을 계산한 령수증을 받는다. 마차를 호송하는 사람이 알곡수매소의 회계실 창문 앞에 가서 령수증을 건네주고 결산을 기다리면 알곡 수매가 끝나는데 수매자의 수요에 따라 현금을 찾기도 하고 서류결재를 하기도 한다.

공구량을 팔고난 경환이네는 알곡수매소 안에 있는 식당에 가서 아침식사를 하고 말을 먹인 뒤 급히 차를 몰아 마을로 돌아왔다. 그들은 오후에 벼를 한차 더 실어날라야 했기 때문에 바짝 서둘렀다. 그들이 생산대의 탈곡장에 들어서니 이미 벼를 담아놓은 마대가 20여개 줄지어있었다. 그들은 탈곡장에 있는 사원들의 도움을 받아 볏마대를 차에 싣고 나서 밧줄로 꽁꽁 동이였다.

그들이 떠나기 전에 40대의 생산대장이 경환이를 보고 부탁했다.

"회계, 래일 창도 어느 생산대에 가서 그들이 돈이 없어서 못사는 비료를 우리가 볏짚 몇 차를 주고 대신 사와야겠는데 징구량을 팔고 돌아오는 길에 현금 3천원을 찾아오게나."

경환이가 오후에 징구량을 판 뒤 현금 3천원을 찾아가지고 마을에 돌아왔을 때는 저녁해가 서산에 뉘엿뉘엿 지기 시작했다. 돈을 출납원한테 인차 넘기려고 찾아가니 출납원과 생산대의 돼지 사양원을 겸한 호야는 지식청년기숙사의 주방에서 돼지죽을 끓이고 있었다.

경환이를 보자 호야는 하던 일을 마칠 때까지 잠시 기다려달라고 말하였다. 호야가 한동안 바삐 서둘기에 경환이가 기숙사 방안에 들어가 비스듬히 누워서 기다리는데 밤잠을 설치고 또 하루 종일 추위에 떤 탓인지 따스한 방에 눕자 몸이 녹자지근하여 소르르 잠이 들었다.

"회계, 이젠 일어나게나." 호야가 어깨를 건드리자 화뜰 놀라 잠에서 깨어 일어난 경환이는 출납에게 오늘 징구량을 팔고 찾은 돈을 받으라

고 하면서 돈 찾은 표와 돈묶음을 내놓았다. 호야는 돈묶음을 보고나서 경환이 한테로 눈길을 돌리면서

“돈 숫자가 안맞는데.” 라고 말하였다.

“뭐라구? 신용사에서 돈을 찾아올 때 내가 다시 세어봤는데 차이가 날 리가 있나? 다시 한 번 잘 세어 보라구.”

종래로 돈에 대해서 일전한푼의 실수도 없었던 경환인지라 호야가 돈을 잘못 세였다고만 생각하였다.

“내 말뜻은 그런 게 아니고 십원짜리 한 다발이 모자란다는 거야.”..

“뭐? 돈이 한 다발이나 모자랄리가 있나?” 정신이 번쩍 든 환이가 돈 묶음을 살펴보니 확실히 십원짜리 한 다발이 모자랐다. 벌떡 일어나서 자세를 바로하고 아무리 외투안을 뒤져봐도 호주머니엔 아무 것도 없었다. 10원짜리 한 묶음이 모자라니 꼭 천원이 없어진 게 분명하였다. 경환이는 금세 머리가 빙글 빙글 돌고 눈앞이 캄캄하였다. 천원이란 돈은 그가 3년 석달을 하루도 쉬지 않고 일하고 일전 한 푼 쓰지 않아야 겨우 모을 수 있는 거액이니 가히 천문학적 숫자나 다름없었다.

“신용사에서 돈을 잘못 받았을 리도 없고 길에서 돈을 떨굴 리도 없는데 그 돈이 날개가 있어서 날아간담? 참, 귀신이 곡할 노릇이군, 안 그래?”

“글쎄 참.” 호야는 경환이의 눈길을 피하며 눈을 내리쓸고 머리를 글적 거렸다.

“이건 중대한 절도사건이니 내가 여기서 이러고 있을 수가 없으니 당장 대장한테 알려야겠네. 내가 돈을 잃었으니 죽든 살든 책임은 내가

져야겠지만 분뱃 날이 눈앞인데 이 많은 돈을 내가 무슨 수로 당장에 구해대나? 내가 참 사원들한테 죽을 죄를 졌구나."

경환이가 생산대의 탈곡장에 찾아가자 생산대장은 퇴근시간이 다됐는데 왜 퇴근하지 않고 탈곡장에 나왔냐고 물었다.

"급한 일이 생겨서 그러네. 내 급히 알릴 요긴한 일이 생겼네." 경환이가 생산대장을 외진 곳에 데려가서 모기소리로 방금 발생한 일을 고스란히 알리면서 당분간 이 일을 입밖에 내지 말아달라고 신신당부했다. 하지만 한 시간도 못되어 회계가 거금을 잃었다는 특대뉴스는 바람결같이 사원들의 귀에 다 들어갔다. 사원들은 워낙 경환이의 정직함을 철석같이 믿는지라 무작정 호야를 범인이라 지목하고 있었다.

이 일을 자기가 해결하겠다고 장담한 30대의 "꼬꼬댁이" 녀인은 점쟁이를 믿는 몇몇 여인들을 데리고 마을 동쪽 끝에 사는 용하다는 한족점쟁이를 찾아갔다가 돌아와서 말을 퍼뜨렸다.

"점쟁이가 참 귀신같이 용하대요. 한참동안 손가락을 곱으며 뭐라고 중얼거리더니 대번에 돈다발이 서쪽으로 옮겨졌다면서 아직까진 돈이 그 자리에 머물러있지만 이틀이 지나 돈이 자리를 뜨면 영영 못 찾는다고 알려줬어요. 호야네 집이 바로 지식청년 기숙사 서쪽에 있잖아요.? 이건 호야가 한 짓이 분명해요. 우리 한 이틀 잠을 거르더라도 호야의 일거일동을 잘 지켜 보자구요."

"확실한 근거도 없이 생사람을 잡지 말라요. 호야는 몸이 약하기에 내가 제의해서 돼지사양원에 출납까지 시켰고 장부를 적는 방법도 손수 가르쳐줬는데 걔는 절대로 배은망덕할 사람이 아니야요. …" 경환이는 호야의 행동이 좀 이상하단 생각이 들었으나 감정적으로 그를 티끌만큼도 의심하고 싶지 않았다.

“열길 물속은 알아도 한길 사람 속은 모른다잖아요? 알 수 없는 게 사람 마음인데 서뿔리 혐의범위에서 배제하지 말라구요.”

경환이가 “꼬꼬댁이” 녀인의 말을 들어보니 일리가 있었다. 허나 굳게 믿어오던 친구를 의심하기란 황련을 먹기보다 쓰거웠다.

가을분배에 쓸 돈 천원이 순식간에 사라졌으니 사원들은 더없이 당황하였다. 젊은이들은 자발적으로 혐의자라 의심되는 호야네 집주위를 뱅뱅돌면서 온 밤 집안의 동정만 살피었다.

이튿날 아침, 경환이의 부친 백영감은 일찌감치 산에 가서 상두를 메는데 쓰던 굵은 벼짚멜끈을 가져와서 마을복판에 놓인 수도물에 휠휠 씻느라 부산이였다.

“어르신, 행상 메던 멜끈을 뭘하러 씻으세요.’

“아무래도 오늘은 고양이 양밥을 치러야겠네.”

“고양이 양밥이 뭔데요?” 호기심이 동한 한 젊은이가 묻자

“도둑놈을 징벌하는 최고의 방법이라네.” 백영감이 간단히 대답하였다.

“어르신, 고양이 양밥을 하면 도적의 손이 금세 썪어 뭉청 떨어진다는데 그건 너무 잔혹한 징벌이 아닌가요?”

“훔쳐간 돈을 순순히 내놓으면 낸들 고생스레 이런 하책을 쓰겠나? 죄를 짓고도 고치려 하지 않는 자는 으례 중벌을 받아야 마땅하지.”

“혹시 도적질한 사람이 고양이 양밥하는 줄 알면 겁이 나서 돈을

가져올지 모르니까 하루만 기다려보세요."

"그러세요. 아무리 도둑질을 했어도 평생 병신으로 살게 한다면 벌이 너무 혹독하잖아요?"

"자네들이 다들 그렇게 통사정하니 나도 어쩔 수 없구나.. 딱 오늘 하루만 기다려주겠네만 래일 아침까지 돈을 돌려주지 않으면 그때에 나는 누가 말려도 어림없네.." 백영감은 사원들의 만류에 못이기는 척 멜끈을 둘둘 감아서 집에 가져와 마당에 내동댕이쳤다. 백영감은 워낙 사회생활을 많이 해서 견문이 넓고 지혜가 비범하여 줄곳 마을 사람들의 존경을 받아오는 노인이였다. 그분은 마음속으로 고양이양밥이 효험을 본다는 미신을 근본 믿지 않았다. 그는 고양이양밥이 초범은 놀래울 수 있지만 진짜 도둑은 놀래우지 못한다는 것까지 알고 있었다. 그리하여 일부러 고양이양밥을 하는 시늉만 하면서 소동을 부리다가 여러 사람들이 말리자 마지 못해 하루 미루는 척하면서 주위의 동정을 살폈던 것이다.

이때 호야도 밖에서 여럿이 자기의 집을 물샐틈없이 감시한다는 것을 느끼고 함부로 거동할 수 없었고 밤잠도 잘 수 없었다. 더구나 백영감이 "고양이양밥"을 한다는 말을 듣고선 안절부절 못하였다.

사흗날 아침, 밤교대를 하고 낮에 쉬는 "꼬꼬댁이" 녀인이 경환이댁을 찾아왔다가 정주에 놓인 광주리에 담긴 배추시래기 사이를 보고 새된 소리를 질렀다.

"저기 저것 좀 봐요. 돈이 보이네요. "

여러 사람이 일제히 그녀가 가리키는 곳을 보니 분명히 10원짜리 돈 한장이 씨래기사이로 머리를 삐죽이 내밀고있었다. 경환이의 안내가 시래기를 들어보니 광주리안에 돈이 수두룩하였다. 모두 꺼내 한 장 두 장 세어보니 십원짜리 돈은 많지도 적지도 않은 꼭 백장이였다. 그러니 잃었던 돈 천원은 십원짜리 돈 한장의 오차도 없이 "완벽귀조"한 것이였다.

경환이의 안내는 그 돈묶음을 움켜쥐고 탈곡장으로 달려가서

"돈을 찾았어요! 돈을 찾았어요!"하고 웨치면서 엉엉 울음통을 터뜨렸다.

"돈을 찾았으니 정말 다행이오 .이젠 맘놓고 다들 일을 계속합시다." 생산대장이 한참 고함을 질러서야 사원들은 다시 탈곡기 앞에 가서 일을 시작했다.

경환이는 안내가 주는 돈을 받아 습관적으로 다시 세어보았다. 한푼의 오차가 없는 천원 이였다. 비록 누구와 말은 하지 않았지만 이 이틀동안 경환이는 모진 스트레스에 시달렸다. 잃은 돈을 찾지 못한다면 훌륭한 회계란 명예에 금이 가는 건 두말할 것 없고 3년 이상 지극한 경제난에 허덕일 걸 생각만 해도 등에 소름이 끼쳤다.

경환이가 찾은 돈을 출납원에게 인계하려고 방문을 나서는데 마침 호야가 그를 찾아왔다.

"회계, 내가 너한테 정말 죽을죄를 졌어. 난 사람도 아니야, 부끄러운 걸 생각하면 당장 목매달고 싶어도 처자식 땜에 차마 못 죽겠으니 이 못난 놈을 한번만 용서해주게나., 으이."

눈물범벅이 되어 싹싹 비는 친구의 몰골을 보는 경환이는 어느새

분이 봄눈같이 사라지고 그의 처지에 대해 불쌍한 생각만 들었다.

"우리가 어떤 사이인데 네가 그런 엄청난 짓을 했는지 나는 아무리 생각해도 모르겠다 남들은 다 널 의심했어도 나만은 널 티끌만큼도 의심하지 않았었는데... 넌 정말 눈에 헛게가 들었 댔나? 말 좀 해봐라."

경환이의 독촉에 호야는 그날 저질은 일을 고스란히 탄백하였다. 저녁무렵, 경환이가 호야를 찾아갔을 때 호야는 돼지죽을 끓이느라 정신이 없었다. 호야가 돼지죽을 다 끓이고나서 방안에 들어오니 환이는 그새 굳잠에 빠져있었다.

"회계, 일나게." 호야가 나직이 불렀으나 경환이는 잠을 깨지 못하고 몸을 비틀다가 다시 잠이 들었는데 외투속 호주머니에 들었던 십원짜리 돈다발이 삐죽이 밖으로 나왔다.

(내손에 저 돈 한장만 있어도 약 몇 첩은 사먹겠는데...) 금전에 흑사심이라더니 못된 생각이 뇌리에서 자꾸만 꿈틀거렸다. (저걸 딱 한 장만 뽑아내면 명예를 목숨같이 중히 여기는 우리 회계는 돈을 잃고도 꿀먹은 벙어리로 되어 돈을 잃었다고 누구한테 입도 열지 못하겠지... 하지만 회계가 평소에 날 얼마나 믿고 관심했는데...아니,그래도 이런 절호의 기회는 평생에 다시 없잖을 거야...) 양심의 가책을 받아 한참동안 망설이던 호야는 끝내 돈의 유혹에 못이겨 딱 한장만 뽑겠다고 한 장을 쥐고 살짝 잡아당겼는데 새돈다발이 워낙 매끄럽고 단단하여 한 장만 뽑혀 나오지 않고 뭉치째로 딸려나왔다. 겁이 더럭 난 호야는 십원 짜리 돈뭉치에서 한장만 뽑고나니 손이 사시나무같이 떨렸다 남은 돈묶음을 경환이의 외투안에 살그머니 넣으려고 했으나

자칫하면 경환이가 깨어날까 두려웠다. 호야는 에라 모르겠다 하고 정신없이 돈다발을 품에 지니고 마을서쪽에 자리 잡은 자기네 초가집으로 달려갔다. 그는 돈뭉치를 들고 집안에 들어가지 못하고 마당에 가려놓은 볏짚 더미 속에 돈뭉치를 밀어 넣자마자 돼지죽을 끓이는 지식청년 기숙사로 돌아왔던 것이다....

온 생산대가 돈 문제로 들끓고 사원들의 눈총이 자기한테 향하고있는 것을 느낀 호야는 자신이 저질은 죄가 두려워서 가슴이 떨렸으나 탄백할 용기까지는 생기지 않았다. 그러다가 경환이의 부친 백영감이 고양이 양밥을 하련다는 소문을 들은 그는 금세 손목이 뭉청 떨어져나가는 것만 같아 가슴이 후들후들 떨리였다. 그는 이튿날 새벽에 남몰래 숨겨둔 돈을 가져와 시래기광주리안에 넣고 혹시 남들이 먼저 발견하고 주어갈가 봐 두려워서 돼지죽을 끓이면서 암암리에 광주리쪽을 지켜봤던 것이었다...

경환이는 호야때문에 크게 놀랐고 온 생산대를 발칵 뒤집은 걸 생각하면 호야를 한번 톡톡이 혼내고 싶었지만 지병으로 겨우겨우 생계를 유지하는 그의 어려운 처지를 생각하니 더 질책할 생각도 사라졌다.

경환이야 어떻게 생각하던 생산대에서는 그날 저녁 비판대회를 열었다. 나젊은 정치대장은 회의에서 호야에게 먼저 돈을 훔친 경과를 탄백하게 하고 뒤이어 경환이가 이유야 어떻 던 간에 돈을 잃어버렸으니 경각성이 낮고 책임감이 부실했던 잘못을 반성시키려했다.

나젊은 정치대장은 계급투쟁의 반면재료를 잡았으니 공을 세우게 되었다고 은근히 기뻐했으나 호야가 혁명열사의 아들이자 현역군관의 친동생이기에 감히 계급투쟁의 표적물로 삼지는 못하고 그가 추악한 자본주의사상에 물들었다고 호되게 비판하였다.

계급투쟁을 기본 고리로 하여 모든 안건을 분석하는 나젊은 정치대장은 이 안건을 간단한 절도사건으로 치지 않고 기어이 안건의 근원을 계급투쟁의 관점으로 밝히겠다고 주장하였다.

이때 열번 회의에 참석해도 발언을 한마디나 할가 말가하게 입이 몹시 무거운 사양원 박령감이 보다 못해 한마디 내쏘았다.

"입은 가로 째져도 말은 바로하라는 속담이 있는데 내가 보건대 이번 안건의 진범은 아무리 생각해도 호야의 일시적 착각 때문인가 보우다. 우리가 해방되어 크게 번신은 했지만 아직까지 가난의 뿌리는 뽑지 못했으니 죄는 몹쓸 그 가난 때문인가 보우다. 우리회계네 집에 벽시계만 한대 걸려있었어도 날마다 회계가 밤잠을 설치는 일은 안생겼을게고 잠만 설치지 않았어도 돈을 잃는 불상사는 생기지 않았을 거우다. 그리고 우리 출납이 공가의 돈을 건드린 건 백번 잘못했지만 그사람이 평시에 손버릇이 나쁘거나 남의 물건을 건드리는 걸 언제 누가 봤소? 몸에 지병이 있어도 약 한첩 못살 어려운 형편인데다가 하늘에서 떨어진 것 같은 큰돈을 보았으니 일시 눈에 헛 게가 들어서 그런 황당한 일을 저지른 게 아니 갔소? 출납이 훔쳐간 돈을 이미 제손으로 돌려줬고 잘못도 반성했으니 이젠 더 추궁하지 않으면 안되겠수? 내가 보건대 진짜 죄인은 바로 우리가 아직 가난한 탓인가 보우다."

"하긴 그래, 극심한 기아에 굶주리던 젊은 농부가 환장하니까 제 아들도 돼지새끼로 보여 잡아먹으려고 덤볐다는 옛말도 있지 않소?"

박영감이 어느 누구의 눈치도 보지 않고 자기 생각을 토로하자 회의석에 앉았던 다른 사양원 조영감이 맞장구를 치는 바람에 회의분위기는 일변하였다. 이번 회의를 계급투쟁의 현장으로 삼겠다고 벼르던 정치대장도 기가 누그러져 더는 계급투쟁을 고집하지 못하였다.

며칠 뒤 호야에 대한 처분방안도 대무위원회에서 논의 되였으나 경환이가 한사코 반대하면서 그가 이미 잘못을 절실히 느꼈고 그의 신체정황이 좋지 않아 힘든 일을 할 수 없으니 생산대의 출납 일을 계속 맡기고 돼지사양원도 계속 시키자고 주장해 다른 대무위원들의 동의를 얻어냈다..

이듬해 봄에 호야는 간병치료를 늦춘 탓에 병이 발작하여 온 얼굴이 숱덩이 같이 변하더니 결국 28세의 꽃나이에 불귀의 길을 떠났다.돈이 없어서 사지 못하고 돈이 생겨도 상품이 없던 그 세월에 경환이는 3년이 지난 1972년에야 비로소 가난하기로 소문난 산골현성으로 출장가는 기회에 우연히 오매불망 소원하던 벽시계를 살 수 있었던 것이다. 벽시계는 경환영감이 살아온 한시대의 한과 소원을 고스란히 담고있었기에 전자시계가 넘치는 오늘날도 그는 이 소중한 벽시계를 버릴 수 없었으며 보물같이 아끼였다.

(요동문학 28집 2016년)

6. 상봉

경부선에 오른 장거리버스는 추풍령에서 잠간 숨을 고르고 나서 다시 남으로 남으로 내달렸다. 차창 밖을 내다보던 경수영감은 사뭇 몰라보게 펼쳐진 가을풍경에 놀라 입을 딱 벌렸다가 다시 오무린다.

요하강반에서 기차에 몸을 싣고 산해관을 거쳐 남으로 남으로 달려 꼬박 이틀만에 광주에 이르러 심수로 건너 와서 통관수속을 마치고 홍콩에 이르러 고국행 비행기를 타고 또 둬시간을 날아 인천공항에 내려 고향으로 향한 버스에 올랐으니 몸은 지칠대로 지쳤건만 오매불망 그리던 고국땅을 밟게 되였다는 흥분에 잠은 천리밖으로 도망간지 오래였다.

옆좌석에 앉아 신나게 지난 이야기를 털어놓던 동생 영수영감은 고개방아를 찧다가 어느 새 단잠에 푹 빠져 딴 세상에 간 듯 했다.

“이 못난 형님을 만나겠다고 몇날 며칠을 설쳤을 테니 무쇠 몸인들 견뎌내겠나?” 경수영감은 동생이 잠간이라도 달게 자도록 내버려두고 자기의 생각에 골똘했다.

“큰형님, 내가 깜박 잠이 들었나봐요? “눈꼽이 달린 눈을 손등으로 비비며 정신을 가다듬고 커튼을 걷고 창밖을 내다보던 영수영감이 말했다.

“큰형님, 저기 저쪽을 한번 보세요. 저어기 저 파란 띠같은 거 보이잖아요? 저게 바로 낙동강이예요.”

“어? 니가 금방 뭐라캤나?” 깊은 상념에 빠졌다가 소스라쳐 깨어난 경수영감은 고개를 돌리고 옆에 앉은 영수를 돌아본다.

“저기 저 파란 띠같은 거 보이지요? 저게 바로 우리고향의 생명수 낙동강이잖아요.”

“그래? 낙동강이 여기서도 흐르나? 구비구비 흐르는 낙동강이 어이 우리고향만 감돌겠나? 우리 어머니의 젖줄기같은 낙동강은 예나 지금이나 쉬임 없이 흐르면서 설음 많은 고향의 역사를 말하고있겠지.” 경수영감은 동생의 말을 거들었다.

“저 강줄기를 따라 남으로 가고가면 우리동네가 보일테지?”

“그럼요. 읍내에 있는 기차역에서 큰형님을 바래주던 그날의 일이 아직도 눈에 선한대요.”

“아무렴, 사십여 년이 흘렀어도 어제 있은 일만 같아 눈앞에 삼삼하구나.”

간이 배밖에 나온 간악한 일제는 넓디넓은 만주 땅 강점하고도 성차지 않아 태평양전쟁까지 일으켰다가 전세가 기울어지고 군사력이 바닥나자 대량의 학생들과 젊은이들을 강제로 전쟁판에 끌어갔다. 그때 경수의 나이 20 세가 되였으니 어느날 귀신도 모르게 왜놈들의 총알받이로 끌려갈지 모를 일이였다. 주야장천 전전긍긍하던 경수의 아버지는 살길을 찾아 2년 전에 북만주로 갔다가 고향에 다녀온 사촌형님한테 경수를 맡기면서 전쟁만 끝나면 함께 돌아오라고 신신당부하였다. 배나무집의 딸 정순이와 열애에 빠졌던 경수는 사랑하는 처녀와의 이별이 죽는 것보다 싫었지만 왜놈들의 징병에 끌려가지 않으려니 아버지의 명을 따를 수 밖에 없었다.

집을 나와 읍내 역전으로 갈 때는 찬바람이 옷깃을 파고들던 겨울날이였다. 아버지 어머니가 역전까지 배웅 나오실 때 저도 큰형님을 바래주겠다며 뒤축이 떨어진 큰 짚신을 끌며 뒤를 졸졸 따르던 귀여운 철부지 막내동생이였다.

“히야, 갔다가 빨리 와야해. 올 때 공책이랑 연필이랑 사다 줘 .”

“그래 그래. 많이 많이 사다줄께. 그동안 아부지 엄마 말씀 잘들어야해.” 철부지 영수를 보니 코등이 찡해나고 눈물이 핑그르 돌았다.

“목적지에 이르면 곧바로 편지해라.”

“예, 아버지, 엄마, 제 걱정 말고 옥체 보중하세요.” 기차가 떠나려고 기적을 울려서야 경수는 눈물범벅이 된 어머니의 품을 간신히 빠져나와 북행렬차에 몸을 실었다.

북만주 산골에 자리잡은 경수는 오촌숙의 소개로 중국인들이 버려둔 습지를 개발하여 수전을 풀었는데 마침 대풍을 거두었다. 벼를 타작

할 때 왜놈들은 탈곡을 감시하다가 농민들이 일년 내내 피땀으로 가꾼 벼를 대동아성전에 쓴다면서 한바가지도 남기 잖고 몽땅 쓸어가고 그 그 대신 좁쌀을 사먹게 하였다.

경수는 일년동안 허리가 휘여 지게 일해 번 돈이 당시 위안돈으로 겨우 백오십원 밖에 안되었고 살림살이에 쓸 돈도 허다했으나 가정의 맏이 되는 책임감에 한푼도 남기지 않고 몽땅 고향의 부모님께 부치었다.

이듬해 농사도 대풍이었다. 가을걷이를 보름 앞두고 일제가 망했다는 반가운 소식이 왔다, 이 얼마나 가슴벅찬 일인가? 경수는 부모형제가 새삼스럽게 그리웠고 오매불망 못잊는 정순이가 그리워진다. 마음 같아서는 당장 고향가는 열차에 뛰여 오르고싶었지만 손에 차표살 돈이 땡전고리도 없었으니 풋바심하여 차비라도 장만할 수 밖에 없었다. 며칠 뒤 차비를 간신히 마련하여 역전에 달려가 보니 이게 웬 일인가? 고국으로 통하는 기차길이 영영 막혔다는 것이었다. 이 일을 어쩐담? 땅을 치고 가슴을 치며 통곡해도 원통하기 한이 없었다. 광복만 되면 오매불망 그리던 혈육들과 한자리에 모여 상봉의 기쁨을 나누려던 가슴벅찬 꿈이 산산조각이 났다.

뒤이어 북만주에 웬 마적떼가 출몰하여 식량을 약탈하고 여자들을 겁탈하자 경수네는 한 달에도 두 세 번 씩 부지거처 피난 길에 올라야만 했다.

“큰형님, 그 기나긴 세월을 어떻게 지냈나요?”

동생의 물음에 경수영감은 추억의 봇물이 터졌다.

마을에 민주연군이 들어오자 용약 참군을 지원하던 일, 국민당군대와 임강, 사평해방전투를 치르던 장쾌한 일, 관내까지 진군했다가 특수임무를 수행하러 간다는 명을 받고 화물열차에 실려 북상하여 압록강이남에 이르러 하루아침에 조선인민군의 복장을 갈아입던일, 6.25의 총성이 울리자 오매불망 그리던 부모형제들과 가난과 기아에 허덕이는 남조선 백성들을 해방한다며 남진대오에 가담하여 수많은 전투에 참가하던 일, 조선전쟁이 휴전상태를 맞자 제대하고 중국 농촌에 돌아와 30대의 노총각으로 늦장가를 들어 세 딸을 보던 일, 이제 환갑을 겨우 넘기고 늙은 양주가 손군들을 키우며 남부럽잖게 만년을 보내는 나날 …

"형님, 저 낙동강전투를 아시나요?"

"응, 그래, 알다 뿐이겠니? 온 강을 사람의 피로 뻘겋게 물들인 그 참혹한 전투를 모를 사람이 이 세상에 어디 있겠나?" 경수영감의 사색은 어느새 포탄이 빗발치던 천 구백 오십 년 팔 월로 돌아갔다.

경수가 소속된 인민군부대는 남으로 남으로 돌진했다. 해방된 고향에서 백발이 성성하실 부모님과 이젠 성년이 되었을 동생들을 만날 일을 생각하니 온 몸에 피가 끓었다. 적군의 저항을 별로 받지 않고 승승장구로 남진하는 인민군은 낙동강유역에서 고배를 마셨다. 이십여 일 간의 필사적인 공격은 사상자만 무더기로 냈을 뿐 고향과의 거리는 한자도 줄이지 못했다. 오매불망 그리는 부모님과 그리운 동생들을 지척에 두고도 만날 수 없는 현실은 경수의 가슴을 에이게 하였다.

찜통더위와 모기떼와 피 비린 내가 덮치는 팔월이 저물어가자 지칠대로 지친 인민군이 방어태세를 취하자 적군의 반격이 시작되었다.

경수가 소속된 척후분대는 전호를 파고 방어에 나섰다. 경수네는 진공해오는 적군의 반격을 한차례 또 한 차례 물리쳤다. 지속되는 전투에 탄알은 거의 바닥나고 전사들도 지칠대로 지쳤다. 목안에 겻불이 일었으나 물 한 방울도 남은 게 없었다. 한동안 뜸해졌던 적군이 진공을 시작했으나 그들 역시 많은 군사가 아니였다. 경수네가 이 한차례의 진공만 물리치고나면 적군이 숨 돌릴 사이에 반개같이 후퇴하여 대부대에 합류할 타산이였다.

그런데 이때 경수의 눈에 무슨 헛 것이 보였던 것일가? 앞에서 허리를 구부리고 엉거주춤 올라오는 한 적군의 몸짓과 걸음걸이가 어쩐지 어릴 때 자기의 동생 영수와 너무나도 흡사했다. 총을 든 경수의 손이 저도 몰래 사시나무같이 부르르 떨렸다. '저애가 혹시 내 동생 영수가 아닐가?' 이곳이 고향마을에서 십 여킬로 떨어진 곳이니 영수가 이번 전투에 참가했을 가능성이 매우 컸다. 그 적군전사가 십 여보앞까지 허리를 구부리고 진공해오자 경수는 그가 바로 오매불망 그리던 동생 영수가 분명하다는 것을 확인했다. '아무리 적군이라 하지만 내가 어찌 사랑하는 동생 너한테 총을 겨눌 수 있단 말인가? 영수야, 제발 당장 물러나거라.' 경수는 마구 고함을 지르고 싶었다. 허나 목안이 꽉 막혀 소리가 입 밖으로 한마디도 흘러 나가지 않았다. '이제 조금만 방임한다면 진지를 적군에게 빼앗기고 말겠으니 무조건 적의 진공을 막아야 한다. 하지만 내가 어찌 아무런 죄가 없는 너한테 방아쇠를 당길 수 있단 말인가? 하지만 설사 내가 너를 쏘아 죽이지 않더라도 너는 다른 전사의 총에 맞아 죽게 되겠으니 이를 어쩐단 말인가? 정녕 너를 살릴 방도는 하나도 없단 말인가?' 만분 다급한 상황에서 경수는 목청이 터지도록 웨쳤다.

"영수야, 다가오지 말아!."

경수는 떨리는 손으로 영수의 다리를 향해 총을 한방 쏘았다. 동생이 비틀거리다가 그자리에 쓰러지자 경수는 눈앞이 캄캄하고 머리가 윙 했다. 그의 눈에는 애어린 적군 전사 하나하나가 다 자기가 사랑하는 동생 영수로만 보였다. 잠시라도 머뭇거리다간 우리가 적군한테 몰살당할 판이니 침범하는 적들이 한발짝도 더 다가오지 못하게 막아야겠다고 생각한 그는 다가오는 적군의 하반신에 사격을 가했다. 앞장선 병사들이 쓰러지자 진공하던 적군은 진공을 멈추었다. 적군이 후퇴하여 숨고르기를 하는 기회를 타서 저격임무를 완수한 경수네 분대는 급급히 퇴각하였다.

"형님, 나는 낙동강전투에서 하늘이 돌봤는지 형님 덕분에 다행히 목숨하나를 건졌어요."

"아니, 그게 도대체 무슨 말이고? 내 덕분에 목숨을 건졌다고 하니?"

"글쎄요. 낙동강전투 때 나는 고향마을을 지키려고 학생신분으로 군에 입대했지요. 사격훈련도 며칠 받지 못하고 전쟁판에 나갔는데 총알이 귀가로 쌩쌩 날아오고 전우들이 낫으로 벤 수숫대처럼 쓰러졌어요. 첨에는 겁이 나서 사지가 부들부들 떨렸지만 죽고사는 건 하늘이 정하는 건데 하고 생각하니 두려움도 사라지고 말았어요. 팔월하순

때였지요. 이십 여 일 간 결사코 방어하던 우리는 적군의 공격이 뜸해지자 반격에 나섰지요. 아군은 낙동강너머에 있는 적진을 탈환하려다가 수많은 사상자를 냈지요. 얼마 뒤 인민군의 총성이 뜸한 걸 보니 인민군의 병력이 줄었거나 탄알이 부족한 게 뻔했지요. 이 때가 반격할 절호의 기회라고 생각한 지휘관은 우리더러 적진을 향해 돌격하라고 명령했었지요. 내가 적진 가까이 다가갔을 때 총소리 대신 "영수야, 가까이 오지 말아!" 라고 하는 고함소리가 들렸는데 아무리 생각해도 귀에익은 소리인지라 분명히 큰형님의 목소리라고 판단했지요." 웬침소리에 흠칫 놀라 망설이던 나는 다리에 총알을 맞고 그 자리에 쓰러졌지요. 돌진하던 다른 전사들이 여남이나 벤 수숫대처럼 쓰러지자 상관의 퇴각명령이 떨어졌지요. 후에 알고보니 적들은 우리가 숨 고르기를 하는 틈을 타 퇴각했지요. 나는 그때 정말 형님의 그 목소리 덕분에 이 목숨을 건지고 지금까지 살아왔지요."

경수영감은 동생 영수의 말에 더는 침묵을 지킬 수 없어서 곧이곧대로 말하였다.

"나도 인민군에 가입해 낙동강전투에 참가했고 전투에서 꼭 너를 눈앞에서 보았단다.네가 우리의 사격권 안으로 엉금엉금 걸어오자 나는 너무도 안타까워 고함을 마구 질렀었다. 네가 아무리 이 형님 덕분에 목숨을 건졌다고 하지만 내가 너한테 총을 쐈으니 이게 어디 사람으로서 할 짓이냐 말이다."

"큰형님께서는 날 살려주려고 일부러 내 다리에 총을 쏜 건데 자책하지 말아주세요."

"사정이야 어떻던 간에 너의 다리에 내가 쏜 총알이 박혔으니 나는 평생 참회하며 살아왔단다. 참, 전쟁이란 인류을 끊는 미치광이 지랄 아니고 뭐야?... 그런데 지난 편지에서 너는 정수가 먼 곳에 있다고 했는데 이번 걸음에 걔와 만날 수 있겠느냐?"

"큰형님, 그 땐 큰형님께서 너무 놀라실가봐 제가 바로 아뢰지 못했어요. 기실 둘째형님은 6.25 때 북한군에 포로 되여 납북되었는데 고향에 돌아오기는 커녕 아직까지 생사도 확인할 수가 없네요."

"뭐, 걔가 지금 북조선에 있다구? 세상에 그런 끔찍한 생사이별이 우리집에도 있었구나. 허 참, 지금은 온 세상이 하나의 지구촌이라 어느 구석에 살아도 맘만 먹으면 하루이틀만에 다 만날 수 있는데 남북은 지척이 천리라 어쩔 수 없구나. 후-" 경수영감은 무거운 한숨을 땅이 꺼지게 내쉬었다.

"오늘 제가 큰형님을 만나듯 평화통일이 되는 날이면 우리는 둘째형님과도 상봉할 수 있겠지요."

"정말 평화통일이 실현되면 오죽이나 좋겠느냐?"

장거리뻐스가 읍내 터미널에 당도했다. 이제 그들은 마을버스를 갈아타고 저 산구비를 돌아 조금만 더 가면 나서 자란 고향마을이다. 어릴 때 함께 뛰놀던 소꼽놀친구들이 한없이 그립고 젊은 시절의 친구들이 그립고 죽고 못살 첫사랑 정순이가 사뭇차게 그리워진다.

"옛 친구들은 아직 다 잘 지내고 있느냐?"

"강산이 너덧 번이나 변했으니 저세상에 간 사람도 많고 설사 살아있더라도 아직까지 이 시골에 남아있는 사람은 별로 없는 걸요."

"배나무집 식구들은 잘 지내니?" 경수영감은 누구보다 정순이의 생사가 궁금해서 배나무집이라고 에둘러 물었다.

"그댁 어른들은 세상 뜬지 이십여 년이나 됐고 정순누나는 지금 친정에 돌아와서 살고계서요."

"시집도 가지 않구?"

"정순누나는 큰형님이 떠나고나서 여덟달 만에 결혼도 하지 않은 처녀가 아들애를 낳았지요. 정순누나는 처녀가 사생아를 낳았다고 친정이며 마을사람들한테 천대도 무지 많이 받았대요. 어린 아들 하나를 믿고 악착스레 살아가던 정순누나는 6.25전쟁이 터지자 생계를 유지할 수 없어서 맘에 티끌만큼도 없는 이웃마을 홀아비한테 시집갔는데 남편이란 작자가 워낙 노름꾼이자 술주정뱅인지라 온갖 구박을 다 받으며 눈물로 이십 년을 보냈대요. 그 술주정뱅이가 십여년 전에 차사고로 죽자 정순누나는 아들을 데리고 친정에 돌아와서 살고 있대요."

"아, 그래? "경수영감이 놀라 입을 딱 벌리는데 버스가 어느새 고향마을에 당도했다.

이날 영수영감댁은 수십년래 처음으로 되는 큰 경사를 맞았다. 집안 식구들은 잔치상을 마련하고 인사를 나누느라 여념이 없었다. 경수영감이 내일 선산을 찾아가 20 여년 전에 저세상에 가신 어버이께 생전에 모시지 못한 불효에 용서를 빌 절차를 동생 영수와 의논하고있는데 한 마흔 너덧살 쯤 되는 중년의 건장한 사나이가 댁에 찾아왔다. 집안 식구들의 눈길이 일제히 그 사나이한테로 향하였다.

"태동이, 자네가 어인 일로 오늘 우리집엘 찾아왔냐?"

영수영감의 물음에 태동은 대답 대신 눈인사만 하고 곧바로 경수영감의 앞에 다가서더니 한참동안 울먹거리다가

"아버님! 소자의 절을 받으세요." 하고 크게 웨치 고 나서 그자리에 부복하고 절을 올렸다.

전혀 뜻밖의 일에 부딪친 경수영감은 놀람을 금치 못하고 찾아온 사나이에게 물었다.

"자네가 방금 뭐라구 했냐? 자네가 어이하여 날 보고 아버지라 부르는 것이냐?"

"아버님, 놀라지 마세요. 소자는 배나무집 최정순어머니의 소생이옵니다. 소자는 아버님께서 북만주로 가신 뒤 여덟달 만에 세상에 태어났습니다. 어머님께서는 처녀가 사생아를 낳았다는 오명을 쓰고 아버님께서 돌아오실 때까지 기다리느라 저의 호적신고도 못하고 계셨어요. 어머님께서는 광복이 되고 나라가 두 동강이가 되어 아버님을 다시 만날 희망이 희박해지자 동사무소에 가서 남몰래 저의 호적을 올렸습니다. 아버님께서 저의 말이 못미더우시면 여기 있는 어머니의 편지와 호적등본을 한번 보세요."

눈물이 앞을 가려 사시나무같이 떨리는 손으로 편지를 받아들고 대충 읽고나서 호적등본을 살피던 경수영감은 태동이의 생부란에 자기의 이름이 버젓히 적혀있는 것을 발견하고 기절초풍할 만큼 놀랐다.

"태동아, 니 어머니는 지금 잘계시느냐? 내 젊은 혈기에 일시적으로 저지른 실수가 니 전도와 니 어머니의 일생을 망가 놨으니 나는 지은 죄가 이만저만이 아니구나. 아이고. 불쌍한 내 아들아..." 경수령감은

태동이를 끌어안고 황소울음을 터뜨렸다.

"아버지, 그게 어디 아버지의 실수였나요? 그건 역사가 빚어놓은 비극이잖아요. 우리는 다시는 이런 비극의 역사가 재연하게 할 순 없어요."

"태동아, 그렇게 어려운 시절에 왜 이 작은 아버지를 찾지 않았느냐? 너무 야속하구나." 영수령감이 새로 찾은 친조카를 원망하며 눈물을 흘린다. 한마을에서 수십년을 같이 살면서도 태동이가 자기의 친조카 인줄을 감감 몰랐으니 늦게 찾은 조카의 소행이 야속하기도 했다. 친숙부를 곁에 두고 작은 아버지라고 한번 소리내여 부르지 못한 태동이의 가슴속 아픔을 몰라서가 아니였다.

애끓던 수십년의 그리움이 상봉으로 이어지고 경사에 우경사를 맞은 영수영감네 집안은 온통 즐거운 곡성이 넘치고 뜨거운 눈물이 바다를 이루었다. 사랑하는 사람들이 서로 헤여져야만 하고 친혈육끼리 사뭇치게 그리워도 상봉할 수 없는 참담한 비극의 역사에 한가닥 희망의 물꼬가 서서히 트고 있는 1988년의 늦가을이 바야흐로 깊어가고 있었다.

(요동문학 28집, 2016년)

7. 아버지와 딸

장성한 딸자식의 속내는 참으로 알다가도 모를 일이다. 수근령감의 막내딸 금련이는 명문대학을 졸업하고 개혁개방의 전초인 남방에서 발전하겠다며 대련이나 심양쯤 집과 좀 가까운 곳에서 취직하라는 부모의 간곡한 부탁을 마이동풍하고 황포강반의 "동방명주"에 눌러앉았다. 눈에 드는 이 지방 총각을 너덧이나 소개해도 꽃나이 시드는 서른이 다되도록 부질없는 근심걱정에 검은 머리 파뿌리 되겠다며 입도 못열게하더니 재 작년에는 같은 직장에 다니는 한 총각과 눈이 맞아 번갯불에 콩 구워먹듯 덜컥 벼락결혼을 하더니 급기야 달덩이같은 아들애를 출산 했던 것이다.

"그 큰일을 왜 진작 집에 알리지 않았니? 내 이제라도 가 니 몸조리 시킬란다." 마누라가 당장이라도 찾아갈듯 서두르자 불에 덴듯 질겁한

금련이가

“내가 미리 알려줬으면 엄마가 만사를 재쳐놓고 곧바로 달려올 건데 어떻게 그래? 보모를 들였으니까 내 걱정은 꽁꽁 붙들어 매세요. 만사가 타레실처럼 술술 풀릴건데 좋은 소식만 기다려요.”라며 단마디로 거절하자 마누라는 더 우기지 못하였다.

하루가 삼추같이 지루하고 애간장 끊어지는 여남 달이 지나갔다. 손자 녀석이 젖을 떼고 벽에 기대 서기도 한다는 말을 들은 수근령감은 이젠 사진으로만 본 귀여운 외손주를 신변에 데려와야겠다고 생각하고 딸한테 전화를 걸었다.

“금련아, 이젠 애를 여기로 보내 거라. 애를 키우며 출퇴근하기가 여간 어렵잖나? 애를 여기로 보내면 니도 편코 우리도 한시름 덜겠구나. 내가 니 어미하고 번갈아가며 잘 돌봐 줄테니 맘 놓고 얼른 애를 델고온나. 으이?”

“아버지, 우리 종현이는 거길 안보내고 제손으로 키우겠어요.”

“뭐락하나? 애를 내 한테 안보내고 우짤락꼬? 니가 정신이 있나 없나?”

“아버지, 거기는 의료시설이 여기보다 낙후해서 종현이가 혹시 병이라도 걸리면 어쩔려구요. 그리고 거기는 교육질도 이곳과는 못 비기잖아요. 아버지가 뭐라 캐도 애는 안 보내겠어요. 좀 힘들더라도 제가 키우겠어요. 딴일 없으면 저는 바빠서 그만전화를 끊겠어요.” 금련이는 상의할 여지도 없이 가위로 천을 베듯 잘라 말했다.

"뭐락꼬? 여긴 의료시설이 안 된 다구? 그럼 여기 사람들은 다 병들어 죽었더냐? 그리고 뭐, 여긴 교육질이 안 된 다구 ? 참 소 웃다 꾸러미 터지겠다. 여기 애들도 저만 잘하면 청화대, 북경대같은 명문대에 잘만 가더라. 네년이 우리말 우리풍속에 한밤중인 어중이떠중이한테 시집가더니 이젠 새끼마저 영영 되놈 맨들 챔이구나. 그럼 니 맘대로 해라. 나도 이젠 되놈애 땜에 속 안썩일란다." 어릴 때는 입안의 혀같이 아비 말을 고분고분 잘 듣던 금련이가 난생 처음으로 아니 "불"자를 쓰자 화가 천길만길 치솟은 수근령감은 신경질이 나서 맘에 없는 말을 마구 내뱉다가 애꿎은 수화기를 팽개치듯 덜컥 놓았다.

영감의 화가 풀어지길 며칠 동안 기다린 마누라가 입을 열었다.

"여보, 당신도 좀 고정하우. 금련이가 애를 멀리 안 보내겠다니 좀 더 고생하더라도 우리가 가서 보살펴야 돼잖겠수? 보모한테 애를 맡기문 애는 영영 되놈(중국인을 비하하는 말)이 될거구 또 보모 하나 월급이 오천원이라니 지 하나 버는 돈은 어만데 홀랑 다들어간다니께요. 우짤라능교? 우리 금련인 아버지가 만년에 향수도 할 줄 모르신다고 빈정대던데. 하나밖에 없는 외손주 우리가 안 봐주면 누가 봐 줄 건데요?"

"그 찜통같은 더위, 내사 생각만 해도 몸서리난다. 정 가고 싶으문 이녁 혼자 가오."

마음이 열두 번도 더 외손주한테 가있는 마누라는 령감의 반허락이 떨어지자마자 얼싸 좋다하고 당장 차표 사러 역전에 가고 싶었지만 자립도 못하는 영감을 보니 가슴이 싸늘해졌다. 살림살이란 아낙네

일이라며 온종일 책이나 TV과 씨름하며 빗자루 한번 들 줄 모르지, 세탁기를 쓸 줄 아나, 반찬을 만들 줄 아나, 마누라가 차려놓은 밥상 앞에 앉아서 수저 놀릴 줄 밖에 모르는 영감을 집에 두고 떠나려니 혼자 지낼 영감의 몰골이 뇌리에 스쳐 가슴이 섬뜩하였다.

"여보, 그런 되지도 않는 말일랑 그만 하고 남방구경도 할겸 손주놈도 볼 겸 우리함께 갑시다. 영감은 우리 종현이가 보고 싶지도 않수? 그리고 금련이가 눈물코물 짜는 걸 생각하문 오장육부가 막 찢어지는 것 같은데..."

오랫동안 요지부동이던 수근영감은 결국 귀가 간지럽게 졸라대는 마누라의 조름에 마음이 흔들리지 않을 수 없었다. 늘그막에 혼자 사는 사람도 많은데 내라구 입에 풀칠 못할까? 어렵긴 해도 칠순 넘긴 내가 인간수업에 성공할 수 있을까? 자신이 아예 없는 건 아니지만 그보다 노친이 혼자 가서 외손주를 재까대로 돌봐줄지가 걱정이였다. 한발 뒤로 물러나면 하늘이 넓다는 생각이 들어 양 볼에 빙그레 웃음꽃을 올리면서 말을 걸었다.

"금련이 하는 꼴을 봐선 만사가 귀찮은데 당신이 못가 환장이니 우짜겠노? 내가 할 수 없이 따라갈 수밖에."

"진작 그렇게 말 할 거지, 사람 속을 발기발기 뒤져놓고 이제야 허락하우?"

"내가 동의할 때 나무아미타불 하고 얼른 떠날 준비나 다그칠 거이지. 뭘 하고 있나?"

집을 오래 비워두고 먼 길 떠날 차비를 하자니 쉽지가 않았다. 가서 입을 옷가지며 양말, 신 등 짐도 꾸려야 하고 선물꾸러미도 장만해야 했다. 마누라는 마누라대로 영감은 영감대로 며칠 동안 눈 코 뜰 새 없이 분주히 서둘었다.

친정 부모님이 아무 날 어느 차로 찾아 온다는 전화를 받고 난 금실이는 금세 날것만 같은 기분이였다. 양친부모가 와서 함께 아들애를 보살피면 보모품삯도 남고 어머니 손맛도 만끽하고 먼 데 계시던 부모 걱정도 말끔히 사라 졌기 때문이였다. 그들이 도착하던 날 푸짐한 장을 봐오고 역전에 나가 마중한 금련이 내외는 집에 돌아오자 풍성한 저녁상을 차려 극진히 대접하였다.

저녁상을 물리고 귀여운 손자를 품에 안고 야들야들한 얼굴에 볼을 비비며 천륜지락을 즐기던 수근령감이

"아차, 내 정신봐라. 종현이한테 줄 선물도 안내놓고..."라고 말하며 선물보자기를 펼치였다. 고운 한복이며 맛나는 북방유제품이며 놀이감을 본 금련이가 "아버진 짐스럽게 그런 건 뭘 사오세요? 여기는 돈만 있으면 못사는 물건이 없는데요."하고 고운 눈을 살짝 흘기였다.

"하지만 아무리 큰 상해라 해도 이보다 더 값진 선물이야 살 수 없을 테지." 수근령감은 가방 안에 손을 넣어 그림책 몇 권을 꺼내어 외손주 앞에 널어놓았다.

빛깔이 화려한 그림에 눈길이 끌린 종현이는 엉금엉금 기어가서 그림책을 다 차지하려고 마구 덤비었다.

“아버지, 그게 무슨 그림책 이예요? 돌도 안된 애숭이한테 책이 가당키나 해요?” 가방에서 아직 꺼내지도 않은 그림책을 본 금실이가 화뜰 놀라면서 주기가 올라 상기된 아버지의 주름 진 얼굴을 물끄럼이 쳐다봤다.

“암, 이건 우리 종현의 장래를 지켜줄 보배 책이란다. 이건 내가 며칠 동안 서탑조선문서점안을 돌면서 종현이가 우리 말을 배우는데 꼭 필요한 그림책과 벽에 걸어놓고 날마다 볼 그림만 골라서 사온 거란다. 이걸 시도 때도 없이 보면 종현이가 우리말도 배우고 우리글도 익히는데 도움이 이만저만 아닐 테니 꿩 먹고 알 먹기가 아니냐? 나는 하나밖에 없는 외손주를 결코 호구에서만 인정하는 조선족으로 만들진 않을란다. 나는 어른 앞에서 중국말만 지껄이는 덜돼먹은 젊은이들을 보면 눈꼴이 시그럽다. 만약 종현이도 장차 저 꼴 되면 어쩌나 하고 두려워했단다.”

“아버지, 절대 그런 일은 안생길거예요. 저는 종현이가 말 배울 때면 짬짬이 우리말을 가르쳐 줄 텐데요.”

“그까짓 함께 있는 잠간동안 말 몇 마디씩 배워준다고 너는 애가 우리말을 익힐 수 있을 거라고 생각하냐? 주위의 언어 환경이 구비되지 못한 애들은 조선족학교에 다녀도 입만 벌리면 중국말 뿐이더라..”

“아버지, 중국땅에 살면서 조선말이 좀 서툰게 무슨 큰 흠이예요? 아버진 조선말에 왜 그렇게 집념하시는지 도무지 이해가 안되네요.”

“그건 종현이가 내 외손주기 때문이다. 서로간에 말이 같아야 정이 통하는 법이란다. 우리말을 안 하면 정도 멀어지고 민족의 얼도 사라지기 마련이다. 그걸 지키기 위해 우리가 얼마나 고생했는지 너는 아마 모를게다."

수근영감은 할아버지께서 우리말과 글을 말살하고 나아가서는 조선민족마저 영영 없애려는 간악한 일제의 동화정책에 맞서 야학을 꾸려 우리말과 글을 배워주고 민족의 력사를 가르쳐 민족정신을 지키시다가 경찰에 연행되어 감옥에서 비참하게 운명하신 눈물겨운 력사며 해방전쟁에 참가하여 남정북전하신 아버지께서 조선족이 없는 도회지에 살면서 그와 여동생이 한족에 동화 될 까봐 집안에서는 조선말만 하게 하고 연변에서 출판된 조선어문교과서를 사서 조선글을 배우게 한 력사를 대충 말하고나서 물었다.

"너는 내가 봉건이 심해서 손주의 전도를 망친다고 생각할진 몰라도 나는 눈에 흙이 들어가기 전 까지 세상에 둘도 없이 아름다운 우리말과 우리글이며 우리의 미풍양속을 목숨같이 지킬 란다. 너는 이래도 내말이 틀리다고 생각하느냐?"

"아버지, 저는 아버지의 뜻이 그렇게 장하실 줄은 정말 몰랐어요. 저는 아버지가 종현이를 고향으로 데려가 키우시려는 깊은 뜻을 이제야 깨달았어요. 저는 종현이를 키우면서 아버지 어머니가 자식들을 위해 몰부은 심혈과 희생이 얼마나 컸는가를 절실히 깨달았어요. 저는 평생을 자식위해 몸 바치신 아버지, 엄마한테 너무 큰 부담을 끼치지 않으려고 종현이를 고향에 안 보내려 한 것 뿐이예요."

"그럼 의료설비나 교육질이 문제가 아니구?"

"그거야 그렇게 핑계 대지 않으면 아버지가 우리 종현이를 기어코 데려갈라 하실게니까요."

"우릴 생각하는 네 효심만은 기특하다만 너는 하나만 알고 둘은 모르는 구나. 우리가 만년에 손바닥에 털 나도록 가만히 놀기만 하면 심신이 편안할 줄 알았느냐? 그건 결코 아니란다. 마음이 괴로우면 백병이 덮쳐들기 마련이다. 내 손주를 어엿한 조선족애로 키울 수만 있다면 나는 평생 너희 집에서 찜통더위 속에 몸부림칠지라도 여기 온 걸 후회하지 않을 거다."

"아버지, 저는 아버지어머닐 이 더운 남방에 붙잡아놓고 오래 고생시킬 생각은 꼬물만큼도 없어요. 모처럼 어려운 걸음 하신 김에 소주항주 등 명승지를 맘껏 유람하시고 돌아가세요."

"그럼 종현이는 어쩌고?"

"아버지 편한 대로 하세요. 하지만 종현이를 데려가시려면 한 가지 조건이 있어요."

"그게 뭔대?"

"여기서 제가 보모를 고용해도 매달 5천원은 썼잖아요? 제가 아버지 엄마께 수고비라고 말할 순 없고 그저 생활비에 보태시라고 매달 3천원을 드리겠어요. 거절하진 않으시겠지요? 만약 저의 이 요구도 거절하신다면 저는 종현이를 절대 안보낼래요."

아버지가 마다하지 못하도록 금련이가 미리 오금에 침을 박으니 수근영감은 애를 데려갈 욕심에서 그러마고 대답하였다.

"오냐, 네 뜻을 따라주마. 나는 네가 내 마음으로 낳은 딸임을 믿어마지 않는다. 허허허..."

수근령감은 가슴속을 지지 누르던 큰 짐 덩이를 내려놓은 듯 마음이 상쾌하고 가슴이 후련하였다. 열어놓은 창문으로 한줄기 시원한 저녁 바람이 불어왔다.

(요동문학25집,2014년)

8. 복실 할머니가 받은 생일선물

음력 유월 열이레는 복실 할머니의 생신날이다. 해마다 이날이면 아들 며느리는 어머니에게 생일선물로 새 옷 한 견지를 사드리고 점심에는 간단한 생일파티를 벌인다. 올해는 그녀가 칠순이 되는 해이므로 아들며느리는 어머니의 칠순수연을 좀 버젓이 차리려고 작심했는데 어머니가 한사코 반대하였다.

"동네사람들 괴롭히고 돈 주고 고생 사는 짓 뭐 할라고 해? 지난번 환갑 때 녹화한 것 나는 한 번도 안 봤다. 남 보라고 하는 짓 싹싹 걷어치워라."

정색하고 단연 거절하는 어머니의 마음이 진심이라 느낀 아들 내외는 생일연은 크게 차리지 않더라도 생신선물만은 톡톡이 올려야겠다 생각하고 무엇을 살까 토의했으나 마땅한 선물감이 머릿속에 떠오르지 않았다.

"엄마, 우리 할매한테 컴퓨터를 사드리면 어때?" 소학교 6학년에 다니는 아들 소중이의 제의였다.

"뭐? 컴퓨터라고?"

어머니가 의아한 눈치를 보이자 소중이가 자기의 생각을 밝혔다.

"엄마는 요새 할매가 마작치고 올 때 낯에 그늘 낀 걸 못 봤어? 이길 때는 적고 질 때가 많으니께 그렇지."

남편이 아들이 하는 말 뜻을 대뜸 알아차리고 선뜻 동의하였다.

"그래, 네가 참 좋은 생각을 했구나. 할머니 칠순선물로 컴퓨터를 사드리자."

복실 할머니의 생신날, 아침식사를 마치고 할머니가 안방에 들어가 앉았는데 아들며느리와 손자 소중이가 무엇인가 커다란 종이박스를 안고 들어왔다.

"어매, 칠순 선물 받으세요."

"무슨 선물을 그리 요란하게 들고 오나? 해마다 사오던 옷 견지는 아이고 옆집 할매가 받은 자동 마작기는 더구나 아이고?"

"어매, 컴퓨터를 사왔어요. 만년에 고적할 텐데 컴퓨터하고 동무해 즐겁게 보내라구요."

"낼모레면 저승사자가 찾아 올 긴데 이 할망구가 그런 걸 워찌 배우락고 목돈을 마구 날렸느냐?"

"어무이, 무슨 말씀을 그렇게 하셔요. 철서에 사는 김 할머니는 올해 팔순인데도 컴퓨터를 배우느라 한창인데요. 조금도 늦지 않았어요.

어무이는 지력이 좋으시고 눈총기 있고 손재주도 좋아 인차 배워낼 거예요."

"내가 그걸 배울 수 있다고? 참 소가 웃다 꾸레미 터질 소릴 하는구나. 내사 몰따 늬들 맘대로 해라." 복실 할머니는 공연히 며느리의 호의를 저버리는 것 같아 입을 다물고 마을돌이를 할 채비를 하였다. 어머니의 큰 반대의견이 없자 아들은 부랴부랴 박스안의 컴퓨터를 꺼내 안장하고나갔다. 방안에 모셔논 컴퓨터는 빚독촉하러온 사람같이 방 한자리를 차지하고 비웃기나 하듯 복실 할머니를 훔쳐보는 듯하였다.

'집장식도 아이고 남사스럽게 이게 뭐꼬?' 복실 할머니는 친구들이 찾아와 컴퓨터를 보는 것이 범같이 두려워서 아침상만 물리면 서둘러 마을돌이를 나갔다.

며칠 뒤 손자 녀석이 여름방학을 했다면서 학교에 가지 않고 할머니의 방에 들어왔다.

"할매, 오늘부터 컴퓨터를 배워요. 컴퓨터선생님이 왔어요."

"선상님이 오셨다고? 얼른 모셔 온나."

"예."하고 방을 나 간지 얼마 안 돼 방문 열리는 소리가 났다.

"아이구, 이 할망구가 노망해서 선상님한테 폐 많이 끼치게 되였니더." 부끄러워 익은 토마토같이 상기된 얼굴을 바로 들지도 못하고 문쪽으로 허리를 굽힌 할머니는 앞에서 캐득거리는 손자 녀석의 웃음소리에 안절부절 못하다가 손자 혼자만 있는 걸 보고

"선상님은 안모시고 와 늬 혼자 왔노?"하고 물었다.

"선생님이 여기 있잖아요. 할매, 오늘부터 내가 할매 컴퓨터선생님을 맡았어요. 할매도 이젠 학생 됐으니께 선생님 갈채는 것 잘 들어야 해요." 하고 한눈을 찡긋 웃어보인다.

손주 녀석한테 단단히 속힌 걸 생각하면 괘씸하지만 엊그제까지 만해도 응석둥이던 우리 소중이가 하마 이렇게 컸나 하고 생각을 고치니 손자 녀석이 무척 대견스러웠다.

"할매, 여기 컴퓨터 앞에 앉아요. 오늘은 컴퓨터를 켜고 창을 여는 방법부터 배워줄게요. 이걸 잘 봐요." 소중이는 스위치를 닫고 마우스를 움직여 인터넷 창을 여는 방법을 시범하며 자세히 설명하였다.

소중이의 손에서 마우스를 받아 쥔 복실 할머니는 손자가 시키는 대로 인터넷을 련결하고 오락, 드라마 창을 열었다. 드라마 한 가지를 골라 마우스로 클릭하니 드라마의 한 장면이 신통히도 나타났다.

"참 희한하다. 똑 텔레비를 보는 것 같네."

"할매, 이 뿐 만이 아니예요. 인터넷세상은 얼마나 넓은지 몰라요. 오늘은 할매 오락프로나 구경해요."

드라마를 보면 둘이 앉았다가 하나가 가버려도 모르는 복실할머니는 드라마에 그만 푹 빠져버렸다. 할머니는 그날 하루에 드라마를 다섯 집이나 보다가 눈이 아파 더는 보지 못하였다.

이튿날 아침, 복실할머니가 또 드라마를 시청하려고 방금 컴퓨터를 열었을 때 손자 소중이가 들어왔다.

"할매, 컴퓨터를 제대로 배울라면 타자하는 것 부터 알아야 해요." 오늘부터 타자를 배워요. 할매, 이거 봐요. 글쓰기를 하는 〈W〉창을 이렇게 열고 이 창에다 쓰고 싶은 글을 쓰면 되거든요. 글은 건판을 쳐서 창에 글을 올리면 되죠. 건판의 왼쪽에는 자음이 있고 오른쪽에는 모음이 있잖아요. 왼쪽에 있는 자음은 왼 손가락으로 치고 오른쪽에 있는 모음은 오른 손가락으로 치면 되요. 이봐요. 내가 쓰는 글을. 손자가 "우-리 할-머-니"라고 말하면서 건판을 천천히 누르고 나니 창에 신통하게 다섯글자가 나타는 것이였다.

"할매도 내가 하던 방법대로 글을 써봐요."

"내가?"

복실 할머니는 소중이가 고개를 끄덕이자 용기를 얻어 개가 가르치는 대로 건판 위를 빗질하여 지렁이 기어가듯 한 자모 한 자모를 눌렀는데 창 위에 "우리 소중이"라는 다섯 글자가 분명히 떠올랐다.

"우리 할매 참 용하다. 이제 얼마 지나면 할매도 선생님 되겠네요." 하고 마른 비행기를 태우니 복실 할머니는 손자가 춰주는 말인 줄 번연히 알면서도 이마에 주름살이 펴지고 온 낯에 햇살이 펼치었다. 난생 처음 컴퓨터에 손수 글자를 올렸다는 긍지감이 가슴을 뿌듯하게 만들었다.

소중이는 띄어쓰기, 쌍받침, 겹모음을 쓰는 방법과 틀린 글자를 고쳐쓰기, 새줄을 고쳐쓰는 방법 등을 자세히 알려 주고 나서 알 만한가고 물었다.

"들을 때는 알 것 같다만 정작 쓰면 될 라는지 몰따."

"그럼 이 과문을 베껴 써봐요. 내 좀 있다 검사할래요." 손자 녀석은 소학교조선어문교과서의 한 과문을 베껴 쓰라는 숙제를 내주고 참새가 지저귀는 마당으로 뽀르르 달려나갔다.

"이 많은 글자를 어떻게 다 타자하나?" 복실 할머니의 눈에는 200여 자나 되는 과문이 만리장성처럼 길어보였다. 손자 녀석이 옆에 있을 때는 마음이 든든하였으나 혼자서 타자를 하려니 눈앞이 캄캄하고 두 손이 떨리었다. 건판위의 자모를 하나하나 찾아가며 한 시간이 훨씬 넘도록 건판과 씨름하여 간신히 타자를 마치였다 온몸이 땀벌창이 되고 얼굴이 화로같이 달아올랐다. 글자를 타자하는 동안 고개 한번 들지 못했는데 타자를 마치고 창을 들여다보니 이게 뭐람, 틀린 글자가 건달집 논에 난 피같이 무성하고 쌍받침, 띄어쓰기나 새줄을 옮겨쓰는 것은 잊은 지 옛날이고 어떤 곳엔 한개 자모가 오리 물똥갈기듯 뿌려져있었다. 틀린 부분을 고치려 했으나 고치는 방법이 생각나지 않았다. 이제 손자 녀석이 오면 잔소리를 들을 것은 불 보 듯 뻔하였다. 점심때가 다가오자 얼굴이 땀벌 창이 된 소중이가 헐레벌떡 들어왔다. 그 애는 컴퓨터에 쓰인 글을 보고 대뜸 성을 내면서

"할매, 내가 물을 때는 다 알겠다고 고개를 끄덕여놓고 이게 뭐예요? 할매가 쓴 글 한번 읽어봐요."

복실 할머니는 자기가 한 타자 때문에 잔뜩 속이 상했는데 이제 머리에 소똥도 벗지 않은 손자 녀석한테 면박까지 당하니 이름 할 수 없는 화가 불끈 치밀어 올랐다.

"나는 틀리고 싶어 틀렸는 줄 아나? 이렇게 골치 아플 줄 알았으면 애당초 시작하지도 않았지. 그 넘어 컴 땜에 이 할매 제명에 살지 못하겠다. 이젠 이 컴퓨터 보기만 해도 등에 소름 끼친다."

복실 할머니가 화가 치밀어 벌떡 일어서자 손자 녀석이 두 눈을 찡긋하더니 너스레를 떨었다.

"에-우리 할매 삐졌네. 할매는 내보고 선생님 말씀 잘 들으라 하더니 선생님한테 비평 한마디 들으니 공부 안하겠다고 뒤 걸음 치면 착한 학생 아니네요."

"내가 원제 안 배우겠다 했나? 늬가 기관총 갈기듯 말하니 워디 내가 따라가겠나? 좀 천천히 설명해라. 내가 한번 들은 걸 워찌 머리속에 다 넣어내나? 필길 좀 해야겠다. 으이."

복실 할머니는 종이와 필을 가져와서 손자가 배워주는 요령을 대충 적었다.

"그럼 낼 아침까지 과문을 다시 베껴놔요. 이번에는 한글자도 틀리면 안 되요.." 손자녀석은 무슨 일이 그리 바쁜지 말을 마치기 바쁘게 밖으로 나갔다.

복실 할머니는 문장을 다시 베끼기가 너무 아름차서 원문을 보고 틀린 글자만 지우고 한자 두자 고치기 시작했다. 어쩌다 잘못 지워서 옳게 쓴 글자가 함께 지워졌을 때는 속상해서 발을 동동 굴렀다.

한 시간 남짓 하자 틀린 부분의 수정이 끝났다. 복실 할머니는 손자 녀석이 어서 와서 숙제검사를 하고 나서 잘 썼다고 칭찬해주기를 은근히 기다렸다. 그런데 반시간이 흐르고 한 시간이 흘렀건만 소중이는 무슨 장난이 그리 재미있는지 그림자도 얼씬하지 않았다. 컴퓨터 앞에 가만히 앉아 기다리자니 시간이 굼벵이걸음을 하고 엉덩이가 배기고 지루해 견딜 수가 없었다.

"드라마나 한집 보면서 기다 릴 란다. 그런데 그걸 어떻게 찾지?" 그녀는 글쓰는 창을 닫고 인터넷 창을 연 뒤 지난번에 보던 드라마의 제 6집을 체크하였다.

드라마의 화면이 나오자 할머니는 조롱에서 벗어난 새처럼 마음이 가볍고 제세상을 찾은 것만 같았다. 그녀가 한창 드라마에 빠져있을 때 손자 녀석이 방안으로 들어왔다.

"할매, 그새 숙제 완성했어요?"

"그래 맞게 베꼈나 네가 한번 검사해다고."

문건을 열던 손자가 화뜰 놀라더니 정색하고 물었다.

"우리 할매 숙제도 안하고 거짓말하네. 이봐요. 문건에 할매 쓴 글이 어디있어요?"

"무어? 내가 틀린 글자를 낱낱이 다 고치고 나서 널 기다리다 못해 방금 창을 바꿔 드라마를 봤는데..."

"그럼 채널을 바꿀 때 글을 저장하는 걸 잊었구만요?"

"무어? 그런 수도 있나? 늬가 글 저장하는 방법을 원제 배워줬나? 글자가 다 도망쳤으니 십년공부 나무아미타불이구나. 애고 속상해라."

"참말로 다 맞게 베꼈으면 그까짓 거 저장할 필요 없어요. 내 할매 말 믿을게요. 이담에 중요한 글을 적어놓고 보존 할라면 컴퓨터를 끄기 전에 여기 윗쪽에 네모꼴나는 "저장"을 체크하면 글이 도망가잖아요. 알겠아요.? 이것도 적어놔요."

복실 할머니는 손자녀석이 한 말을 명심하고 글을 한토막 올린 뒤 저장하고나서 채널을 바꿨다가 다시 돌아왔는데 원래 쓴 글이 그 자리

지키며 반겨주었다.

타자에 재미를 붙인 복실 할머니는 친구들이 마작 치러 오라고 불러도 집에 손님이 왔다느니 딸 네 집에 간다느니 핑계대고 나가지 않고 날마다 오전 오후 두 시간씩 타자 련습을 하였다. 한 달이 지나자 일분에 서너 자 밖에 타자 못하던 그녀는 이젠 일분에 60여자씩 타자할 수 있었다. 날마다 과문에 있는 글만 타자하니 단조롭기 짝이 없었다. 기왕 타자할 바엔 소장하고픈 걸 타자하자. 그래 옛날 처녀시절에 나도 시를 배운답시고 쓴 습작시가 40여수나 되잖나? 그걸 지금 보면 시라 자랑할 순 없겠지만 그것도 젊은 시절의 좋은 추억이 아닌가? 그녀는 농 바닥을 뒤져 4~50년 전에 깊이 소장한 보풀이 인 수첩을 꺼내었다. 철필로 쓴 글은 잉크물이 좀 날아서 희미했지만 얼마든지 알아볼 수 있었다. 자신이 쓴 습작시를 읽노라니 마치 꿈 많던 처녀시절로 돌아간 것만 같았다.

"할매, 지금 뭘 적어요?" 밖에서 놀다가 방에 들어온 소중이가 이상해서 물었다.

"암 것도 아이다." 그녀는 손자 녀석에게 비밀이 들킬 까봐 수업시간에 장난치다 들킨 소학생마냥 낯을 붉히면서 수첩을 급히 등 뒤로 감추었다.

며칠 뒤 아침식사를 마치자 복실 할머니의 아들내외가 어머니에게 중요한 제의를 하였다.

"어매, 어매는 70성상을 살아오면서 겪은 파란곡절이 얼마예요. 그리고 어머니께서 걸어온 험난한 여정, 눈물겨운 이야기, 가장 즐겁고 행복한 이야기, 후손들에게 꼭 남겨야 할 보귀한 이야기가 얼마나 많으세요?"

"그게사 석달 열흘을 말해도 다 할 수 없지. 그런데 갑자기 왜 그걸 묻지?"

"어무이, 어무이도 이젠 컴퓨터 타자까지 할 줄 아시니까 우리 가정사에서 가장 인상이 깊은 일들을 골라서 영원히 보존할 재료로 남겨주세요. 몇 달이든 몇 해든 시간은 상관하지 말고 천천히 회고록 한책을 만들어주세요. 우리 집안의 가보로 삼을 게요."

"글쟁이도 아닌 내가 그런 걸 어이 쓰노? 내가 얘기하면 늬들이 정리해라."

"아니예요. 어무이께서 꼭 쓰셔야 해요. 우리는 어무이가 꼭 좋은 글을 써내리라 믿습니다."

"늬들이 하도 조르니 마다 카진 못하겠다만 너무 기대하진 말아라. 늬들이 사준 생일선물이 날 또 못살게 괴롭히는구나."

그날부터 복실 할머니는 고통스러운 마작과 멀리하고 집안의 가정사를 쓰기 위해 날마다 깊은 사색에 잠기거나 타자에 매달렸다 .고생보다 즐거움이 많은 참으로 장한 일이였다.

2013년 10월(요동문학 23집. 조글로 문학닷컴)

9. 경칠영감의 문화유산

청명이 지났건만 꽃샘추위는 옷틈새를 파고든다. 경칠 영감은 습관대로 대문밖을 나와 마을을 한 바퀴 돌아보았다. 집집의 담벽에는 회가루로 쓴 아라비아숫자가 눈을 부릅뜨고 주민들의 철거동정을 살피고 있었다.

"이젠 며칠 안남았는데 우짜노? 후유-집에 돌아와 정원에서 동향으로 놓인 창고를 멍하니 바라보던 경칠 영감의 입에서 애꿎은 한숨이 터져나왔다.

"아저씨 안녕하십니까?"

인기척에 흠칫 놀라 철창문 밖을 내다보던 경칠 영감의 흐릿한 눈에 뜻밖의 반가운 얼굴이 비끼었다.

"정식이, 자넨 오늘 무신 바람이 불어 여길 왔노?"

"아저씨를 만나 뵈려고요."

"치운데 얼른 집안에 들어가자. 그 새 집안은 다 편안하재?"

경칠 영감은 이웃에 살던 친구의 아들이자 30년 전에 마을의 첫 대학생이 되어 지금 도회지에서 사업하는 정식이와 인사말을 나누다가 궁금증이 동해 말머리를 돌렸다.

"공직에 매인 자네가 이 먼 데를 일부러 찾아 올리는 만무허구."

"기실 저는 아저씨 댁 대물림보밸 보러 왔습니다."

"대물림보배라? 옛 연장 말이재? 젊은이들이 거들떠보지도 않는 그걸 볼라고 일부러 왔다? 참 기특하군 그려. 말이 난김에 먼저 광을 돌아 보고 올까?"

경칠 영감을 따라 창고 안에 들어간 정식이는 두 눈이 휘둥그래졌다. 두간짜리 넓고 정결한 벽돌창고 안은 마치도 작은 박물관을 연상할 만큼 벼라별 옛날 공구가 질서정연하게 배열되어 있지 않은가.

"아저씨, 저기 저건 뭔가요?"

호기심어린 정식이의 손길을 따라 눈길을 옮기던 경칠 령감이 대답했다.

"그건 내 할머니께서 실 타는데 쓰시던 물레라는 연장일세."

"아저씨의 할머니라? 그럼 백년도 넘은 고물이네요?"

"아마 그럴 게지. 할머니께서 쓰시던 저 베틀도 그렇구." 눈이 동그래진 정식이의 물음에 경칠 영감은 심드렁한 대답이다.

"아저씨, 이 많은 고물을 수십 년 간 건사하시느라 고생이 이만저만 아니셨지요?"

"그게사 조상께 효도하는 맘으로 내 좋아서 한 건데 고생이랄 게야 있나? 하루 한번씩 들여다보면 세월을 거슬러 올라 조상을 뵈는 것 같아 가슴이 후련커든. 시장캤는데 이젠 방에 들어가세."

옛날 손방망이며 절구, 다듬이돌, 디딜방아, 떡판, 지게, 멍석, 콩기름등잔, 인두 등 벼라 별 고물에 정신을 팔던 정식이는 주인이 두어 번 재촉해서야 아쉬운 듯 밖을 나왔다.

이윽고 정결히 차린 밥상이 올라왔다.

"미리 기별이나 할 거지. 돌연 습격하문 우짜락꼬? 채소밭을 심지못해서 달랑 김치에 두부뿐이랑께. 그 소주는 두고 막걸릴 들게. 집에서 담근 건데 도시에선 아마 별밀 걸세."

경칠 영감은 정식이가 내놓은 술병을 밀어버리고 컵에 막걸리를 부으면서 물었다.

"춘부장은 무탈하고 잘 기시제?"

"병은 없으신데 종일 '옥살이'에 몸살 나겠다며 자주 짜증 내시네요."

"와 앙 그렇겠노? 후유-지지고 볶고해도 다 함께 모여 살 때가 질 좋았지."

"이젠 아저씨도 할 수 없이 떠나야겠네요?"

"글쎄, 우리 손으로 세운 동네니께 정이 깊어 남들 다 떠나도 끝까지 버티다가 여게 뼈를 묻을라 캤는데 맘대로 대야 말이재? 고속철이 토지 절반 훌떡 삼키고 마을 뒤에 역전까지 생겨 시가지로 된닥 카잖나? 농사도 못짓는 여기서 무신 재미로 살겠노?"

"이사자리는 봐뒀습니까?"

“그럼, 불도저로 밀 때 쫓겨 갈 수야 없잖나? 먼 시교에 아파트를 사놨다만…”

“매도 먼저 맞는 게 낫다고 훌쩍 떠나시지요.”

“이부자리에 그릇 뿐이문 당장이라도 뜨겠네만 저것땜에 안죽(아직)이라고 있잖나? 우후—경칠 영감은 벽돌창고를 가리키며 땅이 꺼지게 한숨을 쉬였다.

“아저씨, 마침 잘 됐네요. 성에서 조선족민속관을 꾸렸습니다. 우리 민족의 력사며 전통문화예술 그리고 풍속사진이며 해설 자료까지 구전한데 전시관에 실물이 턱없이 모자라서 아직 개관을 못하고 아저씨의 도움을 빌러 왔습니다. 아저씨, 이젠 건사하기도 어려울 텐데 고물을 우리 민속관에 파세요. 값은 후히 드릴 테니깐요.”

“머여? 자네가 날 조상 욕 뵈는 불효자로 만들락카나?”

불에 덴 듯 흠칫 놀라는 경칠 영감의 밭고랑 같은 주름살을 보며 자신의 실언을 깨달은 정식이가 급히 변명했다.

“아저씨, 제 말은 그 뜻이 아닙니다. 기실 아저씨 댁 고물이 바로 우리 민족의 보귀한 유산이 아닙니까? 우리는 조상들이 겪어온 눈물겨운 력사와 민족의 미풍양속을 세상에 널리 알리고 백의민족의 얼을 자손만대 길이 전하려고 민속관을 꾸렸습니다. 아저씨, 보귀한 문화유산을 혼자만 보시지 말고 민족의 문화사업에 빛을 내게 하십시오.”

“나더러 손을 빌리자면 손을 내고 돈이 수요 되면 기꺼이 허리춤을 풀겠네만 연장만은 못 내 놓는 당께… 큰돈을 들여 고물을 수집하면 팔려는 사람이 더러 나올게니 그리 알고 돌아가게.”

다 잡은 토끼를 놓칠 순 없다고 생각하고 안타까워 발을 동동 구르던 정식이가 애원하듯 졸랐다."

저는 옛날 물건을 오늘까지 지켜 오신 어르신이 아저씨뿐이란 말을 듣고 찾아왔습니다. 아저씨 도움 없이 우리 민속관은 영영 개관도 못할 처지예요. 팔지 않으시려면 임대라도 해주세요."

"자네는 내가 돈에 눈이 먼 줄 아나? 연장이란 내돌리면 마사지기 마련이니 어쩔수 없네."

"아저씨, 그런 걱정은 붙들어 매십시오. 보물을 저희들께 맡기시면 우리는 그걸 신주같이 고이 모시겠습니다. 이걸 보세요."

정식이가 새로 선 민속관의 외경이며 내부시설을 찍은 선전용사진을 보여주면서 어려움을 호소하자 경칠 영감은 마음이 다소 동했는지 강경한 말투가 얼마간 누그러들었다.

"내가 자네 빈 말을 어떻게 믿겠나? 보증서라도 쓸텐가?"

"예, 쓰고 말구요. 하나가 못쓰게 되면 열개 값을 물겠습니다."

"그게 참말인가? 참… 자네 성화에 내 두 손들었네. 값은 고하간에 팔고나면 남의 것이라 발언권도 없을 게니 자네 안면을 봐서 임대해 줄 수 밖에 없구나."

"아저씨, 정말 고맙습니다. 임대료는 얼마로 정하겠습니까?"

"기왕 내놓는 바엔 임대료는 무신 임대료야? 무상 임대하겠네. 내 한 3년 자네들 거동을 단단히 지켜보고 믿음이 가면 아예 속 시원히 증정하겠네. 자네 내 뜻을 알만한가?"

"아저씨, 그게 정말입니까? 아저씨의 참 뜻을 이제야 알 듯 합니다.

우리 민족의 애환이 슴배인* 보귀한 문화유산은 어느 개인의 힘으론 지켜내지 못합니다. 우리들은 이 보귀한 문화유산을 조상같이 모시고 친자식같이 사랑하겠습니다."

"나도 내만 죽고나면 고물을 지켜내지 못할 걸 알고 몇날 며칠 속을 썩였네. 나는 자네가 찾아올 줄 알고 기다리면서 자네 성심을 알고팠네. 하하하…"

이튿날 창고안을 가득 채웠던 유산은 큰 트럭에 실려 영원한 빛을 뿜을 보금자리로 찾아갔고 경칠영감네도 홀가분한 마음으로 성소재지 근방에 새로 건설하는 조선족집단촌으로 이사하였다.

(요녕신문 2013. 조글로 문학닷컴)

10. 그늘 속의 납함

이변이 일어났다. 대학입시에서 이변이 일어났다. 운동장 밖의 돌멩이 마냥, 길가의 풀 마냥 어느 누구의 눈길도 끌지 못하던 영철이가 이번 대학입시에서 693점이란 높은 성적을 따냈다는 것이다. 월고*때 한번도 5 등안에 못들던 영철이가 전교 으뜸은 물론이고 시의 입시장원까지 바라볼 수 있게 되였으니 참으로 기적이 아닐 수 없다. 학생들과 교원들은 처음 자기의 귀를 의심하였다. 하지만 입시 참고답안과 채점표준에 따라 꼼꼼히 자기의 점수를 추측했으니 십 여 일 후에 인터넷에 발표될 실제 성적과 오차가 생긴들 2~3점일 것이고 또 평소에 허풍이란 꼬물만큼도 없고 온종일 입에 자물쇠를 채우고 있는 영철이의 말이니 수분이 있을 리 만무하였다.

"눈 먼 고양이가 쥐 잡은 셈이구나."

"거참, 벙어리 같은 영철이가 뗑을 잡았으니 대입고사란 정말 복불복인가 봐."

온 학급이 단 솥의 물마냥 펄펄 끓고 교정이 수림처럼 술렁이였다.

소문을 듣고 누구보다 놀란 사람은 담임 선옥 선생이였다. 자기가 맡은 학급에서 봉황이 나왔으니 경사치고 이보다 더한 경사가 어디 있을까 만은 품 밖에 버려진 알에서 봉황이 나왔으니 난감하기 그지없었다.

대학지원서를 쓰는 날 선옥 선생은 영철이를 사무실에 불러들이고 만면에 환한 햇빛을 띄우면서 그의 머리를 쓰다듬어 주었다.

"영철이, 축하 한다. 나는 언녕* 네가 기적을 일으킬 줄 알았다. 이젠 지망원서를 쓸 일만 남았는데 맘속에 어떤 대학교를 점찍어놨니?"

"아직은 뭐…"

영철이가 어줍은 표정을 지으며 머리를 긁적이자 선옥 선생이 말했다.

"그만한 성적이면 북경대나 청화도 문제없구나. 도전 해보지 않겠니? 밑져야 본전인데."

"글쎄요."

"하늘이 꺼질가 겁내면 아무 일도 못하는거야. 절호의 기회이니 결단을 내리라구… 어때? 신심 있지?"

"……"

꿀먹은 벙어리마냥 가타부타 말이 없던 영철이가 사무실을 나갈 때 선옥 선생은 그의 어깨를 가볍게 다독여주었다. 하지만 그녀는 자신의 행동이 무척 비굴하고 어색하다고 느껴졌다. 영철이가 자기의 속내를 빤히 꿰뚫어 보는 것 같아서였다.

"선옥 선생, 성공을 축하하오." 학년조장인 김 선생의 말에 장난기 많은 역사 선생이 한술 더 떠 부채질을 하였다.

"선생님, 오늘 시원히 한 턱 내세요. 목구멍이 근질근질하네요." 선옥 선생은 동료들이 자기를 비꼬는 것만 같아 얼굴에 모닥불을 뒤집어 쓴 듯 했다. 못 먹을 음식을 먹은 것처럼 속이 쓰려 견딜 수 없는 그녀는 바람을 쏘이러 교정으로 나왔다. 파아란 하늘에서 유유히 헤엄치는 흰구름은 그렇게도 자유롭건만 그녀는 영철이와 동사자한테 버림받은 느낌이였다. 내가 영철이한테 부은 심혈이 도대체 몇방울이나 되었던가? 걔가 이제 북경대나 청화대에 진학한다면 학교에선 물론이고 신문사며 TV 기자까지 몰려와서 비결을 내놓으라 성화댈텐데 어쩐단 말인가? 엉뚱한 곳에서 떨어진 복아닌 "복"이 그녀를 자꾸만 괴롭혔다.

20여년을 드팀없이 신성한 교단을 지키며 어느 학생한테도 그늘 한점 생길까 가슴 조이며 하루도 발편잠 한번 못 자 본 그녀는 내가 언제부터 흔들리기 시작 했나 반성도 해보았다. 하지만 그녀는 이것이 본인만의 불찰이라고 인정하긴 싫었다. 소질교육이 입 치레로 변해 버린지 얼마인가? 지금 사회에선 명문대의 진학률로 학교의 순위를 따지고 해당교원의 실적을 평하지 않는가? 진학 풍수를 꿈꾸며 학교간에 벌이는 우수생쟁탈전은 또 얼마나 치열한가? 성인도 시속을 따른다는데 명예와 실리를 추구하는 시대환경에 맞서 싸운들 독불장군이 아니겠는가?

승부심이 강한 선옥 선생은 남의 "경험"을 본따 중점생을 정하고 교수의 심도와 난도를 거기에 초점 맞추고 시시각각 "작은 가마밥"까지 먹이고 대다수 학생들은 건성으로 대했었다. 그러니 권력자나 부잣집 귀공자가 아니고 고시성적이 다섯 손가락안에 못드는 영철이는 자연스레 괄호 밖 신세로 되었었다. 수업시간에 그녀의 밝은 웃음과 눈동자는 단 일초도 영철이와 그 부류 학생들의 얼굴에 머문 적이 없었다.

지망원서를 쓸 때 선옥 선생은 영철이 한테 진 "빚"을 약간이라도 갚고 싶었지만 안해본 "굿"을 하자니 낯이 간지러웠다. 지망원서를 마감하는 날까지 영철이는 한번도 사무실에 낯을 내밀지 않았다. 마지막 10명이 낸 지망원서를 학급장이 거둬오자 그녀는 영철이의 지망원서부터 찾았다. 그런데 이게 웬 일인가? 그가 쓴 지망란에는 있어야 할 청화대나 북경대는 그림자도 보이지 않고 웬 뚱단지같은 무명대학들만 그녀를 놀리는 듯 줄 서 있었다. 그뿐만이 아니었다. 그녀를 더욱 놀라운 것은 지망원서안에 끼인 자그마한 쪽지였다. 그녀는 콩닥거리는 가슴을 달래며 쪽지를 펼쳐보았다.

"선생님, 본의 아닌 장난을 쳐 죄송합니다. 시험점수를 추산할 때 너무 우쭐대는 한 '중점생'의 콧대를 꺾어놓으려고 한 거짓말이 일파만파 번질 줄 몰랐습니다. 전날 저는 사무실에서 실상을 고 할까 생각했지만 선생님의 지나친 관심에 그만 용기를 잃었습니다. 그늘에 시들며 순간만이라도 볕을 받고 싶던 간절한 마음이 저지른 불찰을 용서해주세요. 그리고 이것이 저 한 학생만의 소망이 아님을 알아주세요. 우리도 부모님께는 천금보다 귀한 자식이니 깐요. 선생님의 옛 모습이 그립습니다. 부디 부디."

"뭐, 거짓 성적이 였다고? 관심받고 싶어 그랬다고?"

뜻밖의 일로 놀라서 허둥지둥한 선옥 선생의 손은 중풍환자같이 파르르 떨리었다. 쪽지안의 글자 한 자 한 자가 그늘 속 제자들의 납함이 되여 고막을 때렸다… 일장 악몽에서 깨여난 그녀는 명리의 포로가 되어 몇 그루의 묘목만 보고 숲을 잊은 자신이 한없이 가증스럽고 참괴하기 그지없었다. 죄악의 그늘은 만들 수 없다. 빛을 모두에게 안겨주던 지난날로 돌아가자. 그녀는 이를 악물고 주먹을 불끈 쥐였다. 창문으로 들어온 시원한 바람이 노을 어린 그녀의 볼을 천천히 식혀주었다.

(요녕신문 2012년 1월)

11. "실종자"의 가족일기

사전에서 실종자란 단어의 의미를 찾아보면 종적을 알 수 없게 된 사람을 가리키는데 그들은 대개 전쟁터나 대형 참사에서 사망이 확인되지 않은 사람들이다. 한차례의 대형 참사에서 소중한 목숨을 건져낸 것은 가히 천행이라 할 수 있고 비록 목숨은 못 건졌지만 시신이라도 찾아 안장할 수 있는 것은 그래도 불행 중 다행이라 할 수 있고 끝끝내 실종자명부에서 이름을 지우지 못한 사람은 불행 중 불행이라 할 수 있다. 실종자가족에 속하는 경호네는 이로하여 수십 년 동안 웃지도 울지도 못할 고통에 시달려야만 했다. 아래에 덕구 영감네 조손3대가 쓴 일기 세 편을 소개한다.

1. 덕구 영감의 일기

해방전쟁을 마치고 인민해방군의 부대에서 제대한 내 아들 원길이는 장가든지 사흘밖에 안되었지만 조선전쟁의 불길이 압록강에 미치자 중국인민지원군에 용약* 가입하여 위대한 항미원조전선에 뛰어들었다. 원길이가 참전한 후 나는 통일된 조선, 해방된 고향에 돌아가 행복한 만년을 보낼 그날을 날마다 그리며 날마다 신문에 실린 〈조선통신란〉에 눈길을 모았다.

중국인민지원군과 조선인민군은 협력 작전하여 전쟁초반에는 승승장구를 거듭하여 불과 몇 달 만에 삼팔선일대까지 밀고나갔지만 적군의 필사적 반격에 부딪쳐 진군속도가 점차 느려지더니 급기야 진공과 후퇴가 수없이 반복하였다.

3년간의 피비린 전쟁에서 절대적인 승부를 내지 못하고 지칠 대로 지친 남북 쌍방은 급기야 휴전협정을 체결하였다. 쌍방은 저마다 자신들이 승자로 자처했지만 전 국토를 폐허로 만들고 무수한 사상자를 낳은 참혹한 전쟁에서 진정한 승자는 없었다. 뒤이어 전선에 나갔던 군인들이 대거 귀국하여 혈육의 품으로 돌아왔다. 그들 속에는 맨손으로 범을 때려잡고도 남을 씩씩한 군인도 많았지만 손발을 잃어버린 영예군인도 부지기수였다.

나는 우리 원길이가 가슴에 훈장을 번쩍이며 무사귀환하길 눈 빠지게 기다렸다. 한 달이 지나고 두 달이 지나자 참전용사들을 맞이하지 못한 대부분 군인가속들은 그리고 그리던 혈육을 만날 대신 열사증을 받았다, 하지만 박복한 나한테는 아들이 영웅이 되어 돌아오기는커녕 그 흔하디 흔한 열사증 마저 찾아오지 않았다.

내 아들 원길이는 도대체 어떻게 되었나? 나는 바늘방석에 앉은 것만 같아 더는 집안에서 한가히 소식 오기를 기다릴 순 없었다. 정부기관을 찾아가보고 아들과 한부대에 있었다는 전우들의 주소도 수소문해 찾아가봤지만 어느 누구한테서도 신통한 대답을 듣지 못했다. 나는 남몰래 눈물을 짜는 새아기를 보노라면 가슴이 칼로 에이는 듯 아팠다.

피말리는 몇 해가 지난 어느날, 나는 구정부로부터 원길이가 전쟁터에서 실종되었다는 어처구니없는 통지를 받았다.

내 아들이 전쟁판에서 실종되다니? 그건 말도 안 돼. 산사태에 매몰되어 시신을 찾지 못했거나 특대홍수에 휩쓸려 내려갔거나 했다면 몰라도 이국땅에서 치르는 필사적 전투마당에서 참전 군인이 실종된다는 게 말이 되나? 만약 외진 곳에서 혼자 전투임무를 수행하다가 희생되었다면 어느 누구도 그의 신원을 알지 못 할 게 아닌가? 마음속엔 도리가 굴뚝같았지만 나는 어느 누구와 목에 핏대를 세워가며 시비를 따질수 없는 처지라 가슴이 터지고 피가 머리우로 마구 치솟았다…

“새아가, 나는 니가 우리 집에서 아까운 청춘을 썩히는 걸 차마 눈뜨고 볼 수가 없구나. 비록 늦었지만 이제라도 좋은 신랑을 만나 잘 살거라. 정말 미안하다….” 나는 며느리한테 눈물어린 내 모습을 보이기 싫어서 고개를 돌리고 그 애를 친정에 돌려보냈다…

2. 둘째아들 원식이의 일기

…. 세월은 흐르고 흘러 1950 년대가 저물더니 1960 년대에 들어섰다. 다재다난에 이은 전례 없이 희박한 정치공기가 사람들의 심신을 괴롭혔다. 편견과 비뚤어진 상상과 억측은 우리 "실종자"가족의 마음의 상처에 소금을 뿌리였다. 우리 초가집 문가에 걸렸던 "광영가속"이란 나무패쪽도 사라진지 오래였다. 예전에는 설명절이나 8.1건군절이면 생산대대에서 우리집에 위문을 왔지만 실종자가족으로 전락한 뒤에는 간부들의 그림자도 얼씬하지 않았다.

'새 중국을 세우려고 포연탄우 속을 넘나들며 크고 작은 공을 수 없이 세우고 또 항미원조투쟁에 앞장 서 나간 우리 원길이가 그래 전쟁판에서 비겁하게 도망이라도 쳤단 말인가? 부대에서 우리 원길이의 행방을 모른다고 해서 자식을 나라에 바친 나에게 무슨 불찰이라도 있단 말인가?' 아버지는 실로 입이 열 개라도 어디에 가서 억울함을 토로할 곳이 없었다.

"목숨같이 소중한 자식을 참군시켜 가혹한 전장에서 시신도 찾지 못하고 잃어버린 게 내게 무신 죄가 되는 겨?" 아버진 마음을 진정시키려고 무등 애썼지만 아무런 소용이 없었다.

토지개혁 때 부터 혁명투쟁의 앞장에 나섰고 건국 이후에 마을의 촌장으로 눈코 뜰 새 없이 바쁘셨고 노인들 모임에서 언제나 좌상대접을 받던 우리아버지의 말씀은 무게를 잃어 회의 때 아버지가 입을 열기만 하면 어떤 젊은이들은 들어주기는커녕 어디 개가 짖나 하고 고개도 돌리지 않았다. 외기러기신세로 된 아버지는 홧김에 두문불출하고 날마다 집에서 강술만 마시었다. 치솟는 울분을 토로할 길 없는 그이의 동반자는 오로지 알콜 뿐이였다. 점차 알콜중독에 빠져버린 아버지는 손을 사시나무같이 떨었고 술을 마시지 않으면 정신이 흐릿해지는 페인으로 전락하였다.

어느날, 아버지는 당신이 이 세상에 머무실 날이 얼마 남지 않았음을 짐작하시고 나를 사랑방으로 불러 들이고 나서 눈물 머금은 유언을 남기셨다.

“원식아, 나는 평생 나라를 위해 모든 걸 다 바쳤서께 저 하늘을 봐도 한점의 부끄럼도 없단다… 글치(하지)만 늬 형의 누명을 못 뱃겨주고 죽는다는 건 두고두고 씻을 수 없는 한이로구나. 니가 무신 방도를 써서 든지 그것만 뱃개주문(벗겨주면) 난 저 구천에서도 훨훨 춤을 추마. 하늘이 무심찮으문 밝혀질 날이 있을 게다 만 후유! 그날이 은제나(언제나) 올는지....”

나는 아버지의 한 맺힌 유언을 실현하는 것이 하늘의 별따기인 듯싶어 하염없는 눈물만 흘리였다.

3. 손자 경호의 일기

“4인방”이 무너지고 개혁개방의 봄바람이 중화대지에 불어왔다. 한때 적국이던 고국 친지들과의 서신왕래가 허용되고 “손에 손잡고...”라는 서울올림픽 노래 전후로 고국방문의 길이 트였다. 아버지는 남 먼저 고국 고향에 가서 친척들을 만나 보고나서 “행여나”에 실오리같은 기대를 걸고 이르는 곳마다 큰아버지의 행방을 탐문했으나 어느 누구도 한결같이 고개만 가로 저었다. 그러니 큰아버께선 이 세상 사람이 아니고 어느 심심산곡의 무주고혼이 된 게 틀림없었다.

'그까짓 손바닥만한 한국땅인데 내가 마음먹고 심심산곡을 빗질하면서 형님의 산소를 못 찾아낼까?' 하지만 선산에 성묘 가셨던 아버지께서는 수림이 하늘을 가리운 마을 뒤 산에서 조차 동서남북을 가리지 못하셨으니 한국의 산곡을 다 누벼서라도 큰아버지의 산소를 찾겠다는 당신의 생각이 너무나 허무했음을 깨달으셨다. 아버지께서는 어디 있을 지도 모를 묘비도 봉분도 없을 큰아버지의 유해를 찾는다는 건 바다 속에서 바늘 찾기보다 어렵 구나 라고 말씀 하시며 땅이 꺼지게 후유- 한숨만 쉬셨다.

다시 20여년의 세월이 흘렀다. 팔순을 넘긴 아버지도 대를 이은 유언을 남기시고 하늘나라에 등록하셨다. 이젠 나의 두 어깨에 가문의 사명이 얹혀졌다. 몇 년 동안은 무장부와 민정국을 뻔질나게 드나들었지만 관원들은 반세기도 넘는 옛일이니 자기들로서는 속수무책이라고 한목소리같이 대답하였다. 대를 이은 유언을 받들기란 세월이 흐를수록 더 막막하였다. 나는 큰아버지의 행방을 찾는 일은 인력으로 성사할 수 없는 부질없는 짓이라 생각하고 이를 악물고 단념하고 말았다.

그런데 창상지변이란 말이 있듯 세상사란 참으로 알다가도 모를 일이었다.

어느날 나는 시 무장부의 영도가 우리집에 60 여 년 전에 받아야 할 큰아버지의 열사증을 가져왔다. 열사증을 손수 받으셔야 하실 할아버지, 할머니가 이 세상에 안계시니 받을 자격도 없는 내가 그분들을 대신해서 열사증을 받아야 했다. 나는 열사증을 들고 허둥지둥 할아버지, 할머니와 부모님의 유상을 모신 침실로 달려갔다. 나는 유상앞에 향불을 피워놓고 샘물같이 콸콸 쏟아지는 눈물을 아랑곳 않고 목 메인 소리로 고하였다.

"할아버지, 할머니, 아버지, 어머니, 큰아버지의 열사증이 왔어요. 흑흑..." 아, 아, 할아버지, 할머니와 아버지, 어머니께선 구천에서 나의 이 목소리를 듣고 나 계시는지?

"도대체 어인 일인가요?" 나는 그렇게도 그렇게도 애타게 그리던 큰아버지가 60년이란 세월의 강을 건너 한 장의 열사증으로 변하여 가족의 품에 돌아왔다는 게 실로 꿈만 같았다.

"도대체 어인 일입니까?"하는 나의 물음에

"사실은 이렇게 된 것이오" 무장부의 영도는 큰아버지의 행방을 찾은 경과를 나에게 대충 알려주었다.

얼마전 우리나라 정부에서는 한국 어디에 묻혀있는 지원군열사들의 유해를 봉환하겠다는 한국정부의 통지를 받았는데 묘지에 묻힌 사람의 명부에 적힌 기존 열사명단밖에 다른 이름이 몇몇 들어있었단다. 그들이 누구일가? 유관부문에서는 당시 그곳에서 열사가 많이 나온 연의 군인명부를 찾아보았는데 그중 원길이란 이름이 들어있었고 또 희생된 연장의 유물인 수첩에서 원길이와 다른 전사 둘을 당일새벽에 비밀리에 적진 주변에 정찰 보냈다는 기록이 있었다. 그러니 큰아버지와 수행전사들은 정찰도중 뜻밖에 나타난 적들과의 조우 끝에 연의 전우들과 조금 떨어진 골짜기에서 희생되었으나 그 상황을 소속 연의 생존자들과 영부에서 감쪽같이 몰랐다는 것이었다...

이제 며칠 뒤면 사진에서만 본 큰아버지의 유해를 맞을 날이 다가온다. 큰아버지는 "실종자"란 누명을 반세기를 훨씬 넘긴 오늘에야 끝내 벗었다. 하지만 그 댓가는 너무도 참혹했다.

아직까지 우리 큰아버지처럼 이국의 심심산골에 외롭게 버려진 "실종자"들은 얼마나 있을까? 그 혈육들은 이 기나긴 악몽의 세월을 어떻게 보냈을까? 나는 시대가 변한 오늘날, 이역의 원혼으로 헤매는 영령들의 모든 무덤에 훈풍이 불기를 애타게 기다린다. 그리고 그날은 반드시 찾아오리라 믿어 마지않는다.

(요동문학 26집, 2015년)

12. 인철영감의 인정빚갚기

인철영감이 아침식사를 마치자 매일이다 시피 모이는 문구장에 이르러 먼저 온 친구들과 문구 연습을 방금 시작했는데 민간뉴스를 워낙 잘 퍼뜨려 "소식통"이라는 별명을 지닌 정수영감이 헐레벌떡 반달음으로 문구장에 들어서더니 소위 "특대소식"을 터뜨렸다.

"저기 낼 모레 승환이가 아들 장갈 보낸 다 네요. 결혼식은 어디라더라? 저기 '일명춘밥점'에서 치른다데요."

"자네 허튼소리 작작 치게나. 걔가 하나밖에 없는 아들 장갈 보내는데 설마 우릴 빼놓을 리가 있나? 결코 걔 체면에 예식장도 아닌 그런 시시한데서 혼례를 치른다는게 말이나 되는거여?"

"내말을 못믿겠으문 그만두라구. 나는 걔 처남이 누구한테 전화하는 걸 요 귀로 똑똑히 들었응께 아니문 이 손바닥에 장을 지지랑께. "

"소식통"이 그의 말을 못미더워하는 인철 영감을 훌겨 보며 손바닥을 내밀고 시뜻해서 대답했다.

"우리 동네 대사에 걔가 언제 빠진 일이 있나? 아무렴 어릴 때 같이 살던 정을 생각해서라도 우릴 빼버릴 리가 없지. 우릴 촌뜨기라고 일부러 안불렀으문 배은망덕한 넘이구, 안그래? "

"글쿠말구. 몇 해 전에도 걔는 시아비가 되는날엔 동네어른들 다 청하겠다고 큰소릴 탕탕 쳤는데 그새 지가 한 말을 까묵었겠나?"

"이거 참 알고 안 갈 수도 없구 초청장도 몬받고 비실비실 찾아가기도 체면이 안서구, 참 딱하구먼 딱해."

"다들 알아서 가든 말든 하이소. 내사 그저 들은 말을 전할 뿐잉깨요."

그 곁에 있던 진령감의 말에 "소식통"은 자기와는 하등의 상관이 없는 일인 것처럼 슬적 발뺌하였다.

'남들이사 가든 말든 내야 빠지문 사람이 아이지, 걔한테 전에 부조받은 것도 인정빚 진 건데 또 내 발등에 애 주먹만한 혹이 났을 때도 걔 덕분에 억울한 검진비 무더기로 안쓰고 수술까지 잘했는데 은공을 잊어서야 되나? 이번 참에 부조한답시고 인정빚을 갚아야 발편잠 잘 수 있지.' 인철 영감은 친구들 앞에서 간다 만다 내색은 안했으나 속생각은 요지부동이었다.

이틀이 지난 토요일 아침, 인철 영감은 하객들 앞에서 촌티를 안내려고 수염을 말끔히 깎고 옷장 안에 걸어놨던 나들이옷을 꺼내서 갈아입고 구두도 반들반들하게 솔질하고 중절모를 쓰고 새움이 트는 가로 수 길을 따라 "일명춘밥점"으로 찾아갔다.

"따따따, 쾅쾅..." 고막을 찢을 듯한 요란한 폭죽소리가 연이어 귀청을 때리는걸 보아 신랑신부를 태운 꽃차가 연회청 문앞에 들어선 모양이었다. "아차, 내가 한발 늦었나부다, 중도에 친구만 안 만났어도 늦잖았을 걸."하고 중얼거리며 걸음을 다그쳐 파란 유리로 포장한 4층짜리 건물 앞에 이르니 대문같이 세워져있는 붉은 풍선에는 "신랑 X X, 신부 X X 결혼축하"라는 금빛글자가 호기를 부리고 있었다.

'저건 모를 이름이잖아? 혹시 내가 잘못 오잖았나? ' 잠시 머뭇거리던 인철 영감은 '아니 그럴 리야 있나? 이 큰 밥점에서 대사 치르는 집이 어디 한 집 뿐 일라구. 안에 들어가보면 알겠지.' 라고 생각하며 회전문을 밀었다.

인철 영감이 대청에 들어가 흰 작업복을 입은 안내원에게 아무개네 혼례장소를 물으니 안내원은 모른다는 듯 고개를 흔들다가 늙은이의 옷차림을 다시 보더니 308호실에 가보라고 하였다. 그가 "308"호실 앞에 이르니 어인 영문인지 문이 닫겨 있고 드나드는 하객도 보이지 않았다. 문을 열고 연회청안을 얼핏 보던 인철영감의 눈은 그만 화등잔이 되었다.

넓이가 도무지 삼십 평방미터쯤 밖에 안 되는 연회청엔 사람들이 20 여명 들어있었는데 무슨 구경거리가 있는지 젊은이들 일여덟 명이 일어서서 목을 빼고 안쪽을 보고있었다. 가끔 무슨 말소리가 나면 와그르 웃음소리가 터져 나왔다.

'내가 잘못왔나? 외인들을 안 부를 라고 일부러 이런 곳을 택했나?

승환이는 현립병원에서 외과수술로 소문났고 또 작년에 외과주임으로 승진 했잖나? 청첩장만 돌리면 하객들이 보물 터지듯 몰려올 텐데 왜 하나밖에 없는 아들 혼례를 평생 한이 되게 요런 손바닥만한데서 치러?' 인철 영감은 아무리 머리를 굴려도 도무지 이해가 되지 않아 연신 도리질을 하였다. 이때 누군가 그의 어깨에 손가락 침을 놓았다. 고개를 돌려보니 "소식통"이 빙그레 웃고 있었고 친구들 칠팔 명이 다 왔는데 그들도 불청객이라 전봇대 신세를 못 면하고 있었다.

'나일 잔뜩 묵어 갖고 이게 무신 챙핀고? 부조나 하고 얼른 돌아가야겠다. 근데 어디서 돈을 받지?' 인철 영감이 좌우를 돌아봐도 부조받는 사람은 없었다. 하객이 몇 안 되니 본인이 직접 받는 것 같았다. 부득불 승환이가 나타나기를 기다릴 수밖에 없었다.

이윽고 실내가 조용해지더니 젊은이들이 좌석에 앉았고 뒤이어 식당 복무원들이 식탁을 정리하려고 들어왔다. 인철 영감이 좌석도 없이 문 옆에 서 있는 몰골을 남들이 볼가 봐 두려워 자리를 뜨려고 하는데 정장을 차려입은 승환이가 싱글벙글하며 다가와서 허리를 굽이며 반갑게 말하였다.

"어르신들, 죄송해요…폐를 끼칠까 봐 안 알렸는데도 오시니 정말 고마워요."

"난 자네가 우릴 잊어버렸나 했네 그려."

"그럴 리야 있겠나요? 조실부모한 이 고아가 어르신들 덕분에 공부해 대학까지 나왔는데 그 태산같은 은덕을 한 시 인들 잊겠나요? 어르신들이 오셨단 말을 듣고 바로 이 옆방에 먼저 한상 마련했습니다.

어서 그리로 갑시다."

조용한 309호실에 들어오니 복무원들이 한창 풍성한 음식상을 차리고 있었다. 이때가 기회라고 생각한 인철 영감이 호주머니에서 부좃돈을 넣은 봉투를 슬그머니 꺼내여 승환이의 앞에 내밀며

"혼례를 축하하네. 약소하네만 받아두게."하고 말하자 다른 노인들도 일제히 돈 봉투를 꺼내었다.

"어르신들, 오해하셨군요. 오늘은 혼례날이 아닙니다. 어서 도로 넣으세요."

"뭐어? 혼례날이 아니라고? 글면 언제인데? 기왕 가져온 건데 미리 받아두게나."

인철 영감이 의아해 퉁방울눈*이 되자 "어르신들 제 말을 좀 들어보세요..."승환이가 받지 않으려는 결연한 태도를 보이자 노인들은 어정쩡 한걸음 물러설 수 밖에 없었다.

"저는 원래 애들 혼례를 간소하게 치르려고 작정했는데 지금 사회풍기가 그렇잖네요. 혼례가 마치 권력이나 재력을 시위하는 장소 같더라구요. 민가의 경조사에 십시일반으로 부조하는 것은 인지상정이지만 지금은 본래의 의미가 많이 퇴색하고 있네요. 사회에서는 부조명목으로 뇌물이 오가고 부조명목으로 정직한 관원에게 올가미를 씌우는 일도 종종 발생하구요... 저는 그래서 고민하던 차 한 가지 엉뚱한 방도가 생각났지요."

"그게 무신 방도인데?"

호기심어린 인철 영감의 물음에 승환이가 선뜻 대답했다.

"결혼식 대신 결혼기념으로 식수를 하는 거예요. 애들한테 내 의사를 말했더니 걔들도 이건 개혁이라며 선뜻 찬성하더군요. 오늘 애들은 아침 일찍 현성의 북산기슭에 가서 애솔나무 한그루를 정히 심어 사랑의 영원한 징표로 삼고 그 앞에서 기념사진을 찍었는데 걔 동창생들이 견증자*로 갔답니다. 식수를 마치고 돌아온 애들은 원 계획대로 이 기회에 량가의 친인척들을 만나 낯을 익히는 걸로 결혼식을 대체했지요... 음식이 식기 전에 어서 잡수세요...좀 있다 애들이 인사드리러 올 거예요."

"에익기 이 야속한 사람아. 하긴 참 잘한 일이다만 자넨 우릴 맨날 인정 빚에 꽁꽁 매어 살게 할기가... 특별히 채린 음식인께 잘 묵겠네만 너무 송구스러워서... 바쁠텐데 어서 가보게. "

인철 영감은 칭찬 절반 원망 절반으로 승환이를 돌려보내고 좌석에 앉았다. 비록 인정 빚은 갚지 못했으나 생각하면 할수록 승환이는 미덥고 돋보이는 젊은이였고 화려한 결혼례식 대신 결혼기념식수는 실로 많은 것을 생각하게 하는 "결혼풍속도"란 생각이 들었다.

(2014년 2월14일 요녕신문)

13. 일등 신랑감

봉이는 부모가 국외에 나가 목돈을 벌어 아들을 위해 백평방 미터도 넘는 큼직한 아파트에 가게를 차릴 집까지 마련해뒀지 게다가 대졸생 간판이 있는데다가 얼굴이 보름달같이 환하고 키도 일 미터 칠십사고 고정 직업까지 있는 총각이니 어떤 처녀든 개한테 시집간다면 봉 잡을 거라며 아낙네들 사이에선 "일등신랑감"이란 평판이 자자했다. 하지만 처녀가 쌀의 뉘같이 드문 세월이니 도회지도 아닌 중등성시에 사는 총각이 제 아무리 조건이 훌륭하다 해도 맘에 꼭 드는 처녀를 만나 혼사가 이뤄지기는 고비사막에서 오아시스를 만나기보다 어려운 상황이다.

봄빛이 무르녹는 어느 쾌청한 아침, 마침 운이 좋은 봉이는 한동네에 사는 중맷꾼 아낙네의 소개를 받아 양장 차림을 하고 어느 골목에 있는 카페에서 영순이란 처녀를 만났다.

검은 머리를 폭포같이 드리운 동글납작하고 얼굴에 아침해살이 남실대는 처녀의 모습은 첫눈에 봉이의 가슴을 바다같이 설레게 하였다. 난생 처음 성숙한 이성과 한좌석에서 눈길을 마주한 봉이는 주눅이 들어 고개도 바로 들지 못하였다. 그런데 성격이 시원시원하고 담대한 처녀는 통성명을 마치고 나자 아무런 거리낌도 없이 대방에 대해 제가 궁금한 것을 다 알고 싶어서 연주포를 들이댔다.

"회사생활이 재미 있으세요?"

처녀의 엉뚱한 물음에 추호의 정신적 준비도 없던 봉이는 얼떨결에 "그저 그렇지요 뭐, 하는 일이 너무 단조로워서 아무런 재미도 없어요. 집에서 빈둥빈둥 놀고 있자니 하도 심심해서 직장이라고 다니고 있는 거지요. 뭐."하고 어정쩡한 대답을 했다.

"그럼 회사에 평생 몸담고 이상을 펼쳐갈 생각은 없겠네요?"

"글쎄요." 봉이는 머리칼을 글적거리며 긍정도 부정도 아닌 애매한 대답을 하였다.

"아, 그러세요? 솔직히 말해줘서 정말 고마와요."

평소에 무엇을 즐기는 가 무슨 일을 하고 싶어 하는가 하는 등등의 자질구레한 물음을 던지며 일엽편주를 타고 대방의 내심세계를 선유하고* 난 처녀는 잠시 무슨 생각을 굴리다가 봉이에게 대등한 물음의 기회도 주지 않고 일방적으로 대화를 끊고 자리에서 일어났다.

"오늘 참 많은 걸 알았습니다. 이후에 인연이 닿으면 다시 만납시다."

처녀는 봉이에게 휴대폰번호도 이메일 주소도 알려주지 않은 채 집으로 돌아갔다. 앞으로 지속적인 연계를 갖지 않으려는 심산은 불 보듯 뻔한 일이었다.

'체, 내가 맘에 안든다는겐가? 나와는 더 만날 의사가 없단 뜻이 아닌가? 그런데 인연이 닿으면 만날 수 있다는 건 또 무슨 뚱딴지같은 소리야?' 닭 쫓던 개 울타리 쳐다보는 신세가 된 봉이는 자존심이 수지장같이 잔뜩 구겨지고 이름 못할 화가 동했다.

"체, 니까짓 처녀가 아니면 사내대장부가 어디 장갈 못 갈라구. 흥. 내 정황을 남들이 다 잘 알게 되면 너보다 나은 처녀들이 쭉 줄을 설 건데, 두고 보라지."

회사일에 본래부터 별로 재미를 못 느끼던 봉이는 맞선보기에서 헛물을 켜자 전신에 맥이 탁 풀리고 시답잖은 일에도 자주 신경질을 냈다. 그는 회사에 들어 온 것이 혼사가 실패한 원인이라고 옥생각을 하였다. 이따위 회사에 꼭 다녀야 하나, 아니면 속 시원히 그만 걷어치워야 하나? 며칠 동안 고민에 고민을 거듭하던 봉이는 "엣다 모르겠다."하고 회사에 덜컥 사표를 내고 집으로 돌아와 버렸다.

봉이가 선보러 갔다가 처녀한테 채였다는 소문이 한입두입 건너 동네 안에 쫙 퍼지더니 뒤이어 그가 회사까지 뿌리치고 나오자 한가한 아낙네들 사이에선 말밥이 잦았다.

"참 대졸생이라는 게 숙맥같이 고졸생한테 채이다니, 봉이는 아마 뭐가 좀 모자라는 거 아니야?"

"남들은 초롱불을 켜고도 못 찾을 쇠밥통을 제발로 차버리고 나오는 등신같은 여석인데 처녀한테 채일 법도 하지뭐, 쯧쯧…"

봉이는 집안에 들어박혀 꼼짝 달삭 하지 않고 며칠 동안 드라마나 보면서 자신의 처지를 곰곰이 생각했다. '내가 왜 이 꼴이 되였지? 이젠 앞날을 어떻게 설계해야 되지? 새파란 젊은이가 집안에 꾹 박혀 있을 수는 없지 않은가?' 가슴이 답답하고 숨이 막혀 도저히 견딜 수 없는 봉이는 끝내 집을 떨쳐나왔다. 너무 심심했거나 용돈이 딸려서가 아니었다. 사지가 멀쩡한 사나이로서 좋으나 나쁘나 직장이 없어서는 안 될 일이였다. 일자리부터 찾아야 했다. 하지만 장기적으로 일할 직장 찾기가 어디 임시 일거리 찾기만큼 수월한가? 명문대 졸업장을 들고서도 찾기 어려운 것이 직장이니 우선 아무 일이나 하면서 차차 찾아볼 셈이었다. 그리하여 대형마트에 찾아가서 창고관리직도 맡아 봤고 컴퓨터를 조립해서 판매하는 컴퓨터성에 들어가서 견습공노릇도 해봤지만 그 어느 일도 적성에 맞지 않아 한 달도 못 채우고 나와 버렸다. 원래 회사를 나온 것이 후회가 들기도 했으니 이미 쏟아놓은 물이요 익혀놓은 쌀이니 어쩔 수 없었다.

봉이가 아무런 직업도 없는 "백수"로 되고나니 "일등신랑감"이란 허울도 김빠진 풍선 꼴이 되여 일락천장하는지라 이젠 중맷군의 그림자조차 문 앞에 얼른거리지 않았다.

"이젠 장가 갈 채비를 서둘러라, 춘삼월 호시절도 눈깜짝 새에 다 지나간다. 그래 아직까지 점찍어 둔 처녀가 없냐? 니 때문에 내 속이 타 재가 된다, 어이." 사흘이 멀다하게 국외에 나가 있는 부모들한테서 독촉이 성화같다. 봉이는 서른 고개가 내일모레니 이성 친구를 찾는데 물 좋고 정자 좋은 곳을 찾긴 하늘의 별따기라 생각하고 배우자를 고르는 표준도 자연 낮추지 않을 수 밖에 없었다. 인물체격이나 졸업증, 가정환경따위는 우월감으로 별 맥을 못 추자 이성 친구를 찾는데 인물 체격 따윈 별로 따지지 않으니 그저 눈코 바로 달리고 팔다리가 성하고 마음씨가 비단결이면 "OK!"라고 제 딴에는 선정표준을 초가집 처마만큼 낮추었다.

부모님의 부탁을 받은 사촌형수며 가까운 친척들한테 끌려 맞선 보러 두 세번 나섰지만 "백수"란 꼬리표 때문인지 청산류수같은 말주변이 없어서 그런지 만나는 처녀의 환심을 사지 못하고 번번히 헛물만 켰다.

맞선보기에서 거듭 고배만 마신 그는 "중매"라는 말만 들어도 진저리가 나고 목구멍으로 신물이 올라왔다.

"낼모레가 서른인데 자넨 인생대사의 첫걸음도 못 떼다니, 내 어디 한번 중매 서줄가?" 손 위 친구들 중에 누군가 진심 절반 농 절반을 건네자 봉이는 그 말에 오장육부가 배배 꼬여 두꺼비 상을 하며 볼부은 소리를 질렀다.

"내 혼사는 내가 알아 할 거야요. 누구든 싱겁게 중매선다고 삐치지 말라요."

워낙 중매란 잘하면 술이 석 잔이지만 잘못하면 따귀가 세 번이라 통사정해도 시답잖을 일을 혼인 당사자가 마다하니 어느 누구도 싱겁게 나서지 않았다.

봉이는 깨진 그릇도 짝이 있다는데 혼인대사를 설쳐서 될 일이냐며 아랑곳 하지 않았다. 대졸증을 들고 온 시가지를 빗질하듯 돌아다녔지만 맘에 드는 직업 찾기란 하늘의 별따기였다.

'남의 밑에서 한평생 심부름만 하면 무슨 출로가 있나? 까짓거 나혼자 창업을 해볼까?' 구직활동에서 거듭 헛물만 켠 봉이는 여러 날 동안 오만가지 생각을 다 굴려봤지만 어느 한 가지도 자신이 생기지 않았다.

어느 날 아침 세수를 하고나서 손거울을 들여다보던 봉이는 자신의 기다란 머리카락을 보자 갑자기 이발소를 꾸려야겠다는 생각을 했다.

워낙 눈썰미가 있고 손재주가 좋은 그는 이발사로 되면 자신의 능력을 충분히 발휘할 수 있을 것만 같았다. 이발 기술부터 체계적으로 배워보자. 결단을 내린 그가 이발사 훈련반을 찾아가서 반년동안 열심히 이발 기술을 배웠더니 이발 솜씨가 보통을 넘어섰다.

"체, 대학까지 나와각고 넘우(남의) 머리카락이나 맨지는 천덕구리짓을 하다니, 사내 명색에 낯가죽에 철판을 안 두르고서야 우째 그런 짓을 하노? 쯧쯧."

"직장이라도 있음 몰라도 이젠 사팔뜨기 처녀도 개를 보면 마구 도리질할 걸. 등신이 워디 이마에 도장을 콱 찍어 놨나? 봉이같은 애를 갈캐는 소린 걸 각고(가지고). "

아낙네들이 봉이를 두고 입방아질에 열이 7~80도나 올랐을 때 봉이 녀석은 공상부문에 찾아가서 영업허가증을 받아오고 부모가 장차 가게용으로 사뒀던 영업용 아파트에 버젓이 현판을 내걸고 이발소를 꾸렸다.

"아이고, 봉이가 이발소를 꾸렸다는구만. 이발소만 꾸리면 돈이 절로 굴러올 기가? 고까짓 기술에 인맥도 없어 각고 누가 찾아올긴데?"

"글쎄 돈이 사람을 따라야 돈을 벌지, 사람이 돈 궁둥일 암만 쫓아 댕기문 돈이 곁눈이나 팔가봐..."

아낙네들이야 쥐라 하든 개라 하든 봉이에게는 마이동풍이였다. 처음 꾸린 이름없는 이발소라 고객이 가물에 콩 나듯 했지만 봉이는 조금도 후회하지 않았다. 제 좋아 하는 노릇이라 강태공이 위수가에서 낚시질하듯 고객의 많고 적음에 별로 신경을 쓰지 않았다. 봉이는 시간이 흐르면서 이발하러 찾아오는 손님이 하나둘 늘어나자 자기가 택한 직업에 더 자신이 생겼고 마음의 즐거움도 풋 호박같이 커졌다. 가을이 지나가고 겨울도 어느새 중턱을 넘어 북방의 맵짠 추위도 어느 정도 기승이 꺾이였다.

따사로운 해살이 창문을 간지럽히는 어느날, 봉이가 고객들을 다 보내고나서 퇴근하려고 이발도구를 정리할 때 이발소에 빨간 마우라를 쓴 한 젊은 여자가 찾아왔다. '아마 긴 머리칼을 자르러 왔겠지?' 이발사 훈련반에서 여자 이발을 배우긴 했으나 아직까지 실전경험이 많이 부족한 봉이는 자신이 안 생겨서 가슴에 참새를 품은 듯 심장이 콩닥콩닥 뛰였다.

"안녕하세요? 이발소를 꾸리셨군요?"

어디선가 들어 본 귀익은 목소리라 누굴까 하고 생각을 굴리며 고개를 천천히 돌리던 봉이의 눈동자에서 별이 빛났다.

"아니? 영순씨가 아니예요? 여긴 어떻게 들렸어요?"

"제가 찾아오면 어디 안 될 곳이나요? 저는 봉이씨가 이발소를 꾸린

단 소문을 듣고 호기심이 동해서 일부러 찾아왔는데요. 왜 잘하던 회사 일을 그만 두고 이발소를 꾸렸나요?"

"회사생활은 내게 적성이 맞잖다고 했잖아요. 다른 직업도 찾으려고 동분서주했지만 나한테 딱 맞는 직업은 하나도 없었서요."

"그래도 대졸생이 이런 일을 하면 너무 억울하잖아요? 기둥감을 깎아 서까래로 쓰는격이라서…" .

"과한 말이네요. 대졸생이면 어디 다 인잰가 말이예요. 나는 명실상부한 대졸생이 아니라 조금도 후회하지 않아요. 고중시절에 놀기만 좋아하던 나는 대학입시도 엉터리로 치르고 부모님 강요에 못이겨 돈으로 삼류 대학엘 갔었는데 배움에 하등의 취미도 없이 허송세월한 내가 대학교를 나왔은들 뭘 배웠겠나요. 그까짓 실속없는 대졸증서를 들고다니기가 부끄러웠어요. 천성으로 손재주가 좋은 나는 어릴적부터 이발하는데 재밀 붙이고 학교에서 동창들 머릴 깎아주면서 이발기술을 익혔는데 이제 이발소를 꾸리고보니 남의 눈칠 볼 것도 없고 오히려 맘이 편하더라구요."

"봉이씨가 이발소를 꾸렸단 소문을 듣고 저는 처음엔 깜짝 놀랐어요. 아마 전통관념이 장난쳐서 그랬겠지요. 몰래 몇 번 와서 봉이씨가 이발하는 걸 훔쳐봤는데 솜씨가 이만저만이 아니던데요."

"과찬의 말이네요. 남자 이발엔 그 누구하고도 솜씨를 겨룰 자신이 있지만 여자들 리발에는 아직 햇내기고 파마는 한 번도 해보지 못했는대요."

"한술에 어디 배부를 수 있나요? 차차 익숙해지면 얼마든지 잘할 수 있을 거애요. 이발소도 이만큼 넓은데 봉이씨가 파마를 잘하는 사람과 협업하면 이 이발소가 한결 흥성해지지 않을까요?"

"글쎄요. 재주도 별로 이고 인맥도 별로 없는 나 같은 사람을 믿고 찾아올 파마기술자가 어디 있겠나요?"

"그런 사람이 왜 없겠나요? 멀리는 하늘밖에 있을 수도 있고 가까이는 눈앞에 있을 수도 있는 걸요. 호호."

"그럼 영순씨가 파마를 할 수 있다는 말인가요?" 봉이는 대방의 말에 반신반의하면서 영순이의 얼굴을 뚫어지게 바라보았다.

"제 말이 믿어지지 않나요? 기실 저는 고중을 졸업하고 이때까지 줄곳 이발소에서 파마일만 해왔거든요. 파마기술이 높다고 하며 찾아오는 고객도 제법 많았거든요. 그런데 이발소의 주인이 지난달에 큰 도회지로 진출한 바람에 원래 제가 다니던 이발소는 페업하고 말았지요. 직장을 잃고 나서 혼자 파마점을 꾸려볼까도 생각도 해봤지만 그건 결코 쉬운 일이 아니잖아요. 뜻밖에 "백수"신세가 되여 근 한 달 동안 집에서 놀고 있자니 가슴이 답답하고 손이 근질근질하네요. 혹시 봉이씨네 이발소에 저 같은 사람이 수요될지 궁금해서 문의하러 찾아왔는데 봉이씨는 어떻게 생각하시는지요?"

"영순씨, 이제 한 말이 정말이예요?"

"그럼 제가 비싼 밥 먹고 실없는 소릴 하겠나요? 호호."

봉이가 영순이의 말을 듣고보니 참으로 반가운 소식이였다. 남자 이발만 하는 반쪽짜리 이발소라는 오명을 지울 수 있었기 때문만이 아니였다.

“앞으로 인연이 닿으면 또 만나겠지요.” 영순이가 전에 하던 말소리가 귀전에 맴돌이치는것만 같았다. 원래 영순이와 연분이 있었는데 그 인연이 이제야 닿지 않는가 하는 생각이 들었다.

“영순씨가 파마능수인 줄은 꿈에도 생각하지 못했네요. 환영합니다. 두손 들고 환영하구말구요. 이걸 두고 금상첨화라고 하는 걸까요 아니면 천우신조라고 하는 걸까요. 우리 함께 일 해봅시다. 서로의 장점을 잘만 보완한다면 우리 이발소는 이 근방에서 가장 생기 넘치는 이발소로 거듭날 거예요.”

“그렇구말구요. 우리 서로 손잡고 사람들을 젊고 아름답게 손질하는 신성한 사업에 몸바치자요.”

영순이는 담대하게 봉이의 앞에 손을 내밀었다. 봉이의 굳센 손이 그녀의 손을 으스러지게 잡아주었다.

봉이의 이발소에 영순이가 가담한 뒤 며칠 지나지 않아 그들이 꾸리는 이발소는 나날이 흥성하더니 몇달이 지나자 고객들로 문전성시를 이루었고 수입도 짭짤해졌다. 한 이발소에서 밤낮없이 즐겁게 일하는 봉이와 영순이는 서로 손이 맞고 마음이 통하고 뜻이 맞았다. 봉이의 눈에 영순이는 활짝 피여난 모란꽃같이 아름답고 선녀같이 재치있고 정다운 존재였고 영순이의 눈에도 봉이는 날로 산악같이 굳세고 더없이 믿음직한 남자친구로 자리매김하였다. 그들은 몇 달 동안 사업에서 승승장구하면서 장차 이발소를 더 크고 현대화한 미용원으로 키울 꿈을 키웠고 저도 몰래 애정의 조각배에 올라 끝없이 맑은 이상의 강물을 따라 달리면서 서로 떨어질래야 떨어질 수 없는 생의 동반자로 발전하였다.

산과 들에 단풍이 곱게 물들고 과원에 사과배가 주렁주렁 달린 풍만한 가을을 맞아 그들은 이웃들과 친구들의 축복을 받으며 의젓하게 혼인의 전당에 들어가게 되였다.

"아마 연분이란 뗄래야 뗄 수 없는가봐. 영숙이가 다시 찾아온 걸 보면..."

"아무렴, 봉이가 허울이 아닌 진짜 일등신랑감으로 변했으니 그렇지. 기실 봉이같은 신랑감이 어디 또 있을라구. 입이 무겁고 속이 깊고 듬직한 신랑감을 영순이가 차지했으니 정말 복이 넝쿨채로 들어온 거이지." 봉이를 두고 안타까와 지지고 볶아대던 아낙네들은 다시 봉이에 대한 칭찬에 열을 올렸다.

(요동문학 30집, 2017년)

14. 천치 아저씨

시 민종위(民宗委)의 위탁을 받고 시조선족지(市朝鮮族誌)를 쓰던 정수는 K현의 당안실에 가서 해방전쟁과 항미원조시기의 영웅인물의 자료를 수집하던 중 항미원조 때 전투영웅의 명부에서 ≪천치웅≫이란 조선족전사의 이름을 발견하고 슬그머니 놀랐다.

'이 분은 지금 어디에 계실까? 혹시 고향마을의 천 아저씨와 동성이니 그분을 찾아가서 물어보면 알 수도 있겠지. 그들이 친척사이이면 더 좋고 친척간이 아니더라도 보기 드문 성씨이니 서로 아는 사이일지도 몰라.'

전투영웅의 행방을 알아 볼 생각이 급한 정수는 천 아저씨를 만나보려고 장거리 버스 역으로 걸음을 다그쳤다. 느닷없는 봄눈이 사뿐사뿐 날리며 두 볼을 간지럽힌다.

"어이, 너 정수 아니야?"

귀에 익은 목소리에 흠칫 놀라 고개를 돌린 정수는 고향마을에서 함께 9년제 학교를 다닌 학교 동창생 영구와 눈길이 마주치자 반가워 그의 손을 부둥켜 잡았다.

"야 이게 정말 얼마만이야? 그동안 동창생들은 다 잘 지내니?"

"그래그래, 너도 부고를 받고 오는 길이겠구나?"

"아니, 부고라니? 어디 뉘댁에서 초상이 났는데 그래?"

"난 니가 부고를 받고 온 줄 알았구나. 저기 현길이 아버지 알지?"

"그래그래 알구 말구, 우리생산대의 노 사양원 천 아저씨 말이지?"

"글쿠말구, 바로 그 '천치'아저씨가 엊저녁에 세상떴단다. 너 문상 안갈래? 동창들도 더러 모일건데..."

"그 어른이 세상 떴다구? 아차, 한발 늦었구나. 이걸 어쩌나? 난 그분을 만나뵈러 우리 마을로 내려가는 길인데 이걸 어쩐담? 생전에 만나 뵙지 못하고 ... 할 수 있나? 이젠 그 어른 마지막 길이라도 바래줘야 되잖겠나?"

'천치'아저씨에 대한 추억은 30 여 년 전으로 일사천리 내달렸다. 50고개를 바라보는 중등 키에 등이 약간 굽은 순박한 농부의 모습이 눈앞에 훤하다. 워낙 입에 자물통을 채웠는지 아는 사람을 만나도 얼굴에 해 빛을 담고 고개만 약간 끄덕이는 것이 인사의 전부인 조용한 어른이었다.

일년 삼백육십 일을 생산대 대부에서 자면서 마구간을 청소하고 새벽 일찍 일어나서 작두질하여 여물을 끓이고 밤에 말여물을 주는 등 손 쉴 새 없이 바쁜 분이다. 낮에는 파손된 가래장부, 제초기 등 연장을 찾아 손질하고 대부마당을 지푸라기 하나없이 쓸어놓지만 연말 때 노력공수로 상노동력의 평균 공수을 평해주면 과분하다며 한사코 중상정도면 넉넉하다고 우기신다. 남들은 공수를 단 몇 부라도 더 받으려고 눈에 불을 켜는데 입에 들어온 떡도 마다 하니 '제 몫도 찾아 먹을 줄 모르는 천치'란 별명이 본명을 지워버린 것도 어느 정도 이해가 간다.

천 아저씨에 대한 허물은 그 뿐만이 아니었다. 해방전쟁이며 항미원조에도 갔다왔는데 한평생 농사나 짓는 것도 그렇고 신수가 훤한 총각이 과부장가를 들었다는건 당시에 더욱 체면이 깎이는 일이였다.

시외버스를 타고 약 반시간을 달리니 정든 고향마을이 한눈에 안겨왔다. 국도와 이어진 포장도로라 차체의 흔들림을 느끼지 못했다. 마을도 몰라보게 변하였다. 정수가 대학교를 졸업하고 사회에 진출할 때만해도 금세 쓰러질 것 같던 올망졸망한 초가집들은 어디론가 자취를 감추고 그 자리에 고래등같은 기왓집 들이 키 높이를 자랑하고 있었다. 아직 해가 서산마루에 이르기도 전이건만 마을은 야밤같은 정적이 깃들어있었다.

"환한 대낮인데 왜 마을이 쥐 죽은 듯 고요하노?"

"동네는 커도 사람 사는 집이 겨우 몇 채 길래? 젊은이들하고 애들은 없고 노약자 여남은 명 밖에 안사는 데 우짤 수 있나?"

정수가 영구의 뒤를 따라 현길이네 대문안에 들어서니 60세 안팎의 남자들 대여섯이 관곽에 씌울 종이꽃을 장식할 수수대틀을 만들고 있었다.

정수는 동창이며 아는 사람들과 인사를 나누기가 바쁘게 빈소에 들어가 고인의 영전에 술을 붓고 절을 올리고 나서 상주인 현길이한테

"갑자기 아저씨 상사를 당해 뭐라 할 말이 없구나." 하고 위로의 말마디를 건늬고나서 조객들이 서성이는 밖으로 나왔다. 시골의 초상집 치고는 참으로 한산하기 그지 없었다.

"조객이 겨우 이 몇 뿐이야?" 정수의 물음에 영구가 대답했다.

"상사를 간단히 치러달라는 고인의 유언이 있어서 먼데 친구들한테 알리지 않았데. '천치' 아저씨 댁이니 이만큼이라도 모였지 다른 집이면 어림도 없당께. 동네가 텅텅 비여 가니 이제 우리 죽을 땐 초상치러 줄 사람이 있을런지도 모르겠당께." 정수는 상가에서 저녁상을 물리고 나자 본 마을의 고령의 조객들을 집에 돌려보낸 뒤 동창들과 함께 상주를 동반해 빈소를 지키었다. 영정사진에 있는 고인의 모습을 바라보노라니 미안지심이 자꾸만 가슴을 괴롭혔다.

정수가 9학년을 졸업하고 생산노동에 참가하던 그해에 마침 〈4인방〉이 무너지고 나라에서 혼란을 바로잡아 정상을 회복하기 시작하던 때였다. 버드나무가지에 파랗게 움이 트는 이듬해 봄날이었다. 정수가 쓰기 좋은 가래장부를 골라잡으려고 아침 일찍 대부에 갔을 때였다.

"자네 오늘 참 일찍 왔네. 일이 무척 고되잖나? 몸이 고달파도 짬짬이 공불 하게. 조만간 제힘으로 대학갈 날이 올거니깨 남 먼저 준빌 착실히 해보게나."

정수는 평소에 그렇게도 말이 없던 '천치'아저씨의 입에서 나온 천방

야담같은 말에 반신반의했으나 자기를 아끼고 사랑하시는 아저씨가 무척 고마웠다. 그는 "행여나"에 실날같은 기대를 걸고 짬짬이 교과서를 뒤지며 복습을 착실히 했더니 아니나다를가 바로 그해 겨울에 대학입시제도가 회복되었다. 남들이 다 놀 때 공부를 좀 한 덕분에 정수는 저로서도 믿기 어려운 좋은 성적을 따내 꿈속에 그리던 대학교에 발을 들여놓을 수 있었다. 남이야 뭐라 하든 '천치'아저씨의 신세를 톡톡이 진 정수는 그분의 생전에 고맙다는 인사말도 변변히 올리지 못한 것이 못내 후회되었다.

이튿날 발인식을 끝내고 빈의관(殡仪馆)에서 보내온 영구차에 관곽을 싣고 일행은 화장터로 갔다. 빈의관에는 크고 작은 고별청(告别厅)이 몇 곳 있었으나 조객이 별로 없는 현길네는 유체고별식(遗体告别式)도 없이 조용히 차례를 기다려 화장을 마치였다. 노(炉)에서 나온 유골을 벽돌장으로 부수어 골회를 만들던 정수는 유골의 가슴뼈 부위에서 작은 금속덩이를 발견하였다.

"이거 탄알 아니야?' 둘러선 친구들이 놀라자 현길이가 탄식조로 말했다.

"아버진 몸에 탄알이 박혔어도 평생 내색하지 않으셔서 나도 이때까지 모르고 지냈어..."

"하긴 그러실 어른이시지."

그들은 강가에 와서 고별제(告别祭)를 지낸 뒤 골회를 강물에 조심스레 뿌리고나서 버스를 타고 상가로 돌아왔다.

빈의관에 갔던 상주 일행이 마을에 돌아오자 상가에서는 초우제를 지내였다. 제사상을 간단히 차리고 고인의 영정에 상주와 상제들이 술을 붓고 절을 올렸다. 초우제를 끝낼 무렵 팔순이 넘은 현길이의 노모가 엉금엉금 기다 시피 다가와서 고인의 영정 앞에 술을 붓고 절을 올리더니 콩알만한 눈물을 뚝뚝 떨구면서 넋두리를 시작하였다.

"여보 여보, 당신은 한평생 고생만 하시다가 이제 대우를 받으며 몇 해 동안 좀 편케 살라카니 복이 지지리도 없어 우릴 두고 그만 영영 가셨나요? 흑흑. 부대를 나올 때 나라에서 공작분배를 했는데도 당신은 머라 카나 "먹물 먹은 게 없어서 공작은 안된다"며 뿌리치고 땅 파 먹을락꼬 농촌에 내려오셨지. 흑흑... 마을에 고운 처녀들이 천지백가린데도 당신은 당신을 구하다 희생된 전우의 안해를 끝까지 지켜주겠다고 우기면서 나이 많고 못난 내한테 과부장가까지 왔었지, 흑흑... 유공자들을 우대하는 정책이 내려왔을 때도 당신은 '전우들은 나랄 위해 목숨까지 바쳤는데 내가 그까짓 공 좀 세운걸 각고 무신 우댈 받겠나?' 라고 하면서 한사코 손사래치셨지. 흑흑... 누가 봐도 당신은 성씨만 천 씬 게 아이라 진짜 "천치"였어요. 하기사 당신은 그렇게 사는 게 오히려 맘이 제일 편타고 말했지만 흑흑...당신은 글케 아끼고 고이 건사하던 이 가방을 도라가면 나라에 바치라고 유언했는데 도대체 그안에 무슨 보배가 들어있길래 글쿠 감췄는지 한번 봐야겠어요 예?"

현길이의 노모는 색 바랜 군용가방을 열고 그안에 든 물건을 방바닥에 우루루 쏟았다. 황록색 군복이 나오고 군복의 가슴팍에 달린 수많은 훈장과 메달이 번쩍였다. 복원증서와 전투영웅 증서에서 영웅의 이름석자를 발견한 정수는 화들짝 놀라 눈이 화등잔이 되었다.

"아아, 당신이 내가 그렇게도 만나 보고 싶었던 정찰 영웅이셨군요. 우리는 당신의 지척에 있었어도 아무것도 모르고 지냈어요."

정수는 그분의 생전에 그분의 내력은 커녕 명함조차 모르고 지냈던 자신이 꼬집어 뜯고 싶도록 미웠다.

'천 아저씨가 그 많은 군공메달과 영웅증서를 왜 나라에 바치라고 유언 하셨을까? 왜 자식들에게 기념으로 남겨주지 않으시려 했을가?' 전투영웅의 지극히 평범하나 더없이 값진 생의 궤적을 우러르는 정수는 눈시울이 뜨거워지고 콧마루가 시큰하여 량볼을 타고내리는 눈물을 손등으로 마구 훔치였다.

(요동문학 27집, 2015년)

15. 컴퓨터

환갑이 지나서 컴퓨터를 배운 나는 뒤늦게 컴퓨터에 빠져 들었다. 컴퓨터로 타자도 하고 인터넷으로 재미있는 드라마도 보고 멀리 있는 친구들과 화상상봉을 하고보니 외로움을 모르겠다. 정말 이 즐거움을 혼자 맛보기에는 너무나도 아쉬웠다. 나는 즐거움을 함께 나눌 친구가 그리웠다.

어느날 나는 오랫동안 한 단위에서 사업하다 정년퇴직을 한 정형에게 컴퓨터를 배운 자랑을 하면서 컴퓨터를 사서 인터넷 세상에 들어가자고 말하였다.

"정형, 컴퓨터를 한대 사오. 늙으막에 고독을 푸는데는 컴퓨터 이상 더 좋은 친구가 없다네."

나는 컴퓨터를 배우니 집안에서 세상사를 다 알 수 있고 멀리 있는 자식들과 무료로 화상상봉도 할 수 있고 정말 다른 세상에서 사는 것 같다고 자랑을 늘여놓았다.

"이제까지 컴퓨터가 어떤 것인지 모르던 내가 그 복잡한 기계를 어떻게 다룬단 말인가?" 친구는 난감한 기색을 보였다.

"지금 80세가 지난 노인들도 컴퓨터를 배우고 있는데 정형이야 이제 70세를 갓 지났는데 무에 그리 어렵단 말이요. 나도 몇 해 전에 컴퓨터를 배워서 아직 모르는 게 많지만 한 가지 한 가지씩 배웠더니 타자도 할 수 있고 이메일도 보낼 수 있고 드라마도 볼 수 있다네. 정형이야 체육을 하던 사람이니 손놀림이 나보다 열배 나을 게 아닌가?"

내가 하도 지성으로 졸랐더니 그는 차차 보자고 말했는데 결심을 내리지 못한 게 분명했다. 나라의 정승도 제가 하기 싫다는데 누가 강요한단 말인가?

몇 달이 지난 어느날 정형네 집에 불상사가 생겼다. 평소에 혈압이 높던 그의 안해가 뇌혈전으로 쓰러졌다. 두어 달 동안 입원하여 돈은 돈대로 쓰고 반신불수가 되여 돌아왔다. 간신히 집안에서 벽을 집고 다닐 뿐 바깥출입을 못하게 되었다. 그러니 집안 팎의 일은 다 정형에게 떨어졌다. 그러니 이제 와서 컴퓨터를 사서 배우란 말은 입에 내놓을 수도 없는 처지가 되었다.

어느날 나는 문병을 하려고 정형 댁을 찾아갔더니 정형이 나를 보고 물었다.

"컴퓨터 한대를 사는데 돈이 얼마나 들겠나?"

이 사람이 갑자기 자다가 봉창을 두드리나? 이제 와서 무슨 뚱단지

같은 소리를 하고있나? 나는 그가 갑자기 무슨 얼토당토 않은 물음을 하나 하는 생각이 들었지만 그의 말을 존중하여 진정으로 대답했다.

"지금 컴퓨터 값은 전에 비해 많이 내려서 우리같은 사람이 쓸 수 있는 컴퓨터 한대를 조립하는데 한 3천원이면 될 거요."

"그럼 인터넷에 가입하는 비용까지 한 4천원이면 될 수 있겠나?"

"그 돈이면 넉넉할걸세. 왜 그런 걸 묻나?"

"그저 궁금해서 묻는 말이네."

한 달이 지난 어느 날 노인협회의 활동을 마치고 집으로 돌아갈 무렵에 정형이 나를 불렀다.

"오후에 별일이 없으면 우리집에 함께 가세."

"무슨 좋은 일이 생겼나?"

나는 그가 무슨 일로 나를 부르는지 영문을 몰라 물었다.

"우리집에 가서 점심을 먹고 나와 컴퓨터를 사러 가세. 지난달부터 컴퓨터를 살 생각을 했었는데 손에 돈이 조금 모자라서 기다렸다네. 마침 노임이 오르면서 지난 몇 달 동안 못내 준 돈을 한번에 내주는 바람에 컴퓨터를 살 돈이 생겼네. 마음을 낸 김에 오늘로 사려고 하네. 자네는 나보다 컴퓨터에 대해 아는 것이 많으니까 살 때 참모질을 해주게."

집에 돌아가봤자 안해도 딸네 집에 애 봐주러 가고 없는 나는 얼싸 좋다하고 그의 집에 찾아가서 집심을 얻어먹고 함께 컴퓨터를 조립해서 파는 상점으로 갔다.

화려한 컴퓨터로 가득 차있는 컴퓨터상점에서 모양이 좋고 성능도 괜찮은 컴퓨터 한대를 조립 시키고 나자 정형은 아에 왔던 김에 컴퓨터를 올려놓은 탁자와 의자까지 사겠다고 하였다. 컴퓨터에 탁자, 의자를 다 사고 나니 3천 2백원이 들었다.

"컴퓨터를 샀으니 이젠 인터넷에 가입해야 되겠네. 어디 가서 수속을 해야 되나?"

"글쎄 나는 우리집의 고정전화를 "중국전신"에서 관할하기에 중국전신에 가서 수속했는데 정형네 집전화는 번호를 보니 "중국망통"이라서 아마 거기 가서 해야 되지 않을가?"이렇게 말한 나는 판매원을 보고 어디 가서 인터넷가입수속을 하는 가고 물어보았다. 판매원은 이상점 안에서 수속을 할 수 있다면서 우리를 그곳으로 데려갔다. 잠간 새에 모든 수속이 끝났다. 우리가 며칠 뒤에 인터넷을 사용할 수 있는가고 물었더니 수속을 해주는 사람이 이틀 내에 사용할 수 있다고 알려주었다.

우리가 컴퓨터판매원에게 집주소를 알려 주고 나서 집에 돌아와 십 여분이 지났을 때 운반공이 컴퓨터를 싣고왔다.

우리는 컴퓨터사용설명서를 보면서 마땅한 자리에다 컴퓨터를 설치했다. 이젠 이틀이 지나야 인터넷접속을 해주는 사람이 찾아올 것이라 내가 집으로 돌아가려고 하는데 안전문에서 벨소리가 울렸다. 정형이 누가 찾는 가고 물었더니 그 사람은 인터넷을 접속시키려고 왔다는 것이었다. 아마 이웃집의 인터넷을 접속시킨 사람이 회사로 돌아가려다가 전화를 받고 바로 찾아 온 것이었다. 참으로 일이 될려니 순식간에 모든 일이 완료되었다.

"이젠 타자부터 배워야 되겠네."

나의 말에 정형은 웃으면서 대답했다.

"그건 차차 배우겠네. 우선 한국드라마를 보는 체널을 찾아주게."

"그렇게 합세. 나는 한국의 오락, 영화, 드라마를 전문 방송하는 인터넷채널을 찾고 나서 저장시겼다. 그리고 컴퓨터를 열고 채널을 찾는 방법과 컴퓨터를 끄는 방법을 상세히 알려주었다.

체널을 열고 드라마 "아내의 유혹"이란 제목을 찾아 클릭하니 드라마가 나왔다.

"여보, 이젠 당신 소원을 풀게 됐소. 위성안테나를 설치하자고 졸랐는데 안전부인지 텔레비전 방송국에서인지 허락을 하지 않아 감히 설치하지 못했는데 이젠 위성안테나를 가설하지 않아도 되오."

그의 마누라가 즐거워하는 모습을 보던 정형이 나에게 눈치질을 하면서 다른 거실로 나를 데리고 와서 말했다.

"박군, 내가 갑자기 컴퓨터를 사게 된 것은 바로 마누라 때문이였소. 날마다 산에 가서 산보를 하고 친구들과 놀던 사람이 갑자기 지옥살이를 하게 되였으니 얼마나 속이 탔겠나? 날마다 마누라 곁에 지키고 앉아 말동무도 해줄 수가 없으니 생각해낸 것이 바로 컴퓨터를 사서 친구를 삼게 한 걸세."

"정형은 참으로 훌륭한 생각을 했네. 컴퓨터까지 샀겠다 이제부턴 컴퓨터조작방법을 배우게."

나의 조언에 정형은 쾌히 대답했다.

"이젠 컴퓨터가 있으니 그저 놀리울 수야 없지 않은가?"

“정형이 마누라를 사랑하는 그마음이 이제 정형을 컴퓨터능수로 배양하게 되었네. 하하하.”

“글쎄 말일세. 하하하.”

우리 두 사람은 컴퓨터 앞에 앉아서 화면에 도정신하고있는 정형의 마누라를 바라보며 통쾌하게 웃었다.

2009.5.1

16. 진할머니의 명절

흩어졌던 가족들이. 한자리에 모여 천윤지락을 즐기는 재미에 사람들은 명절을 손곱아 기다린다. 명절을 맞는 진 할머니의 마음도 예외가 아니다. 5.1절연휴가 다가오자 그녀는 산에 가 고사리며 고춧대, 딱주(잔대)싹 등 산나물을 캐오고 들에 나가 싱싱한 미나리며 민들레를 캐다 놓고 도시에 사는 아들며느리가 손주여석을 데려고 오면 실컷 먹이고 한보따리 듬뿍 싸주려고 서둘렀다.

할머니는 아들네가 기차를 타고 한 시간, 버스를 갈아타고 반시간밖에 걸리지 않는 거리에 사는지라 4월 30일 해질 무렵이면 반가운 자손들이 꿈결같이 집에 들이 닥치것 같아 찰떡도 치고 쑥떡까지 만들었다. 그런데 웬 일인지 해가 서산마루에 꼴각 넘어가고 막차가 지나갔는데도 애들은 그림자도 보이지 않았다. '혹시 기차가 연착을 했나 아이문 무슨 딴 일이 생겼나?' 할머니는 저녁밥도 먹지 못하고 마당앞에서 서성거렸다.

"따르릉 따르릉" 전화벨이 힘차게 귓전을 때렸다.

"갑자기 무슨 전화야?" 가슴이 덜컹 내려앉아 방안으로 달려들어간 할머니는 떨리는 손으로 수화기를 들고 급히 물었다.

"여보세요?"

"엄마, 나야. 낼 우리 희망이가 서탑서점에 친구들하고 책 사러 간다면서 함께 가자고 졸라서 오늘은 못내려가겠어. 낼 저녁에 갈께, 응."

"그래? 알았다." 할머니는 맥없이 수화기를 덜컥 놓아버렸다.'하필이면 5.1절에 책 사러 갈게 뭐람? 공일날이 쌔빠잤는데두…'서운함을 금할 수 없는 그녀의 쪼글망태얼굴은 한결 오그라졌다.'무슨 일이 글케 바쁜데 설에 피뜩 들리고는 이날 이때까지 낯짝 한번 보이지 않노?' 그녀는 뒤늦게 본 열 살 나는 귀염둥이 손주녀석이 사뭇차게 그리웠다.

이튿날 오후 네 시에 진 할머니는 일찌감치 네 식구가 먹을 저녁밥을 지었다. 손주놈이 먼 길을 오면 밥부터 찾을 것이 분명하였다.

해질무렵에 전화벨이 성가시게 귀청을 때렸다.

"엄마, 낼 내 중학교 딱친구*가 결혼 열두 돌잔칠한데. 낼 오후에 일찌감치 갈께."

오래만에 오는 애들한테 식은 밥을 먹일 수 없어서 새밥을 가득 지어놓은 진 할머니는 식은 밥을 처리할 걱정이 태산같았다.'친구가 이 에미보다 중한가 보지? 그까짓 새끼가 뭐락꼬?' 진 할머니는 옥생각이 욱 치밀었지만 친구따라 강남 간다는 아들의 심중을 얼마간 알

것 같아서 "그래."하고 김빠진 대답을 하였다.

이튿날 저녁 아들은 고주망태가 되어 비틀거리며 집에 들어왔다.

"와 니 혼자 왔노?"

"희망인 낼 학원 가니께 지 엄마도 못오게 됐어. 애들 공부경쟁이 얼매나 심한지 하루만 빠져도 못따라 가니께 말이야."

'공부땜에 못왔다는데 머라카노? 이 할미가 언제 손주 놈 잘되는 걸 싫다했나?' 진 할머니는 아들내외의 처사가 어쩐지 얄밉기만 했다.

"할매 만든 반찬이 제일이야." 엄지손가락을 세우면서 입이 미어지게 밥을 넣고 요물요물 씹던 손주 놈의 복스런 얼굴이 자꾸 눈에 어른거렸다.

어머니의 심정은 아는지 모르는지 방우에 누워 잠에 곯아떨어진 아들놈은 천둥같이 코를 골며 꿈 세상을 헤매다가. 이튿날 아침, 해가 너 덧 발이 올라서야 기지개를 켜고 비시시 일어나 아침밥을 대충 먹더니 밥상을 물리기 바쁘게 친구집에 볼 일이 있다며 씽하니 나가버렸다. 해가 서쪽하늘로 기울 때야 낯이 홍당무우가 된 아들이 집에 돌아오더니 들가방을 열었다.

"엄마, 나 가야겠어. 회사에 일이 밀려서..이거 보건품(영양제)이야. 매일 두 알씩 먹고 건강 챙겨."

"누가 그깐 걸 사오락켄나?"

진 할머니는 어미의 마음을 꼬물만큼도 헤아릴 줄 모르는 아들의 소행에 밸이 불끈 치밀어 올랐지만 간신히 참고 내색하지 않았다. 아들, 며느리, 손주 놈과 한번이라도 웃음꽃을 피우며 지옥같은 고독을 잠시 헤어나려고 명절을 눈 빠지게 기다렸는데 와서 어미와 한 시간도 함께 있지 않고 불쑥 떠나려는 아들이 무척 야속하였다. 그녀는 산나물과 떡을 싼 보자기를 이고 아들을 따라 동구 밖으로 나갔다.

"그럼, 엄마 잘 있어."

말 한마디를 던지고 아들은 버스에 올라갔다.

'내가 이랄락꼬 그렇게 기다렸노?' 진 할머니의 찡그린 눈가로 눈물이 핑그르 돌았다.

"아들을 바래주고 오니껴? 손주는 안왔나보지?"

이웃마을에 시집간 딸네집에 놀러갔다가 돌아오는 동갑내기 할미가 그녀를 보고 인삿쪼로 물었다.

"아니, 다 왔댔는데 우리 희망이는 학원에 간다고 지 에미하고 아침 일찍 먼저 돌아갔다니께." 진할머니는 명절에 자식들과 오붓하게 모이지 못한 것이 크게 낯깎인듯하여 급히 얼버무리며 어줍게 웃고는 얼른 고개를 돌렸다. 쓰디쓴 눈물이 눈시울을 적시여 마을친구들을 만나는 게 범같이 두려워 집으로 종종걸음을 쳤다.

(요녕신문 2010. 5. 16)

17. 책임감

소나기가 쏟아지는 여름밤이 깊어갔다. 그러나 침대 위에 누운 경식 선생은 어쩐지 오래도록 잠을 이루지 못하였다. 눈을 지그시 감은 채 이리 돌아눕고 저리 돌아누으며 잠을 청했으나 정신은 말똥말똥하기만 하다. 낮에 겪었던 일이 자꾸 머리속을 맴돌아 도무지 잠을 이룰 수 없었다. '내가 왜 주장을 끝까지 굳하지 못했을까? 그까짓 여행이 뭐라고 내가 이런 큰 실수를 저질러 남을 괴롭히고 자신까지 괴롭힌단 말인가?' 생각하면 할수록 가슴이 답답하고 후회가 막심했다.

오늘 저녁 무렵에 경식선생은 안내와 함께 알곡시장에 쌀 사러 갔었다. 쌀값을 치르고 나서 시장의 대문을 나오는데 뒤에서 "선생님!" 하는 웬 여인의 쟁쟁한 목소리가 귀전을 때렸다. '누가 날 찾을까?'하고 생각하며 뒤를 돌아보니 휠체어에 앉은 50대의 여인이 그를 향해 다가오고 있었다.

"유 선생님, 안녕하세요?"

"예, 안녕하세요?" 경식 선생은 건성으로 대답하며 고개를 끄덕였다.

"선생님, 제가 누군지 알아보시겠어요?"

파마머리를 한 동글납작하고 하얀 얼굴의 까만 눈동자는 유달리 밝은 빛을 뿜고 있었다. 경식선생의 사색은 번개같이 작동했다. 배워준 제자들 가운데 누가 다리를 쓰지 못하던가? 50대의 녀인이니 분명히 30여년 전의 학생이리라. 그의 뇌리에는 33년전 시골중학교에서 교편을 잡던 때의 일들이 주마등같이 뇌리를 스쳐갔다.

"영순이가 아니야? 자칫하면 내가 너를 못 알아볼 뻔 했네."

"선생님은 기억력이 정말 비상하시네요. 역사 선생님은 저를 알아보지 못하시던데요."

"내가 어찌 영순이를 몰라보겠나? 영순이는 예쁘고 공부도 남달리 잘했는데 경식선생은 그때 영순이가 공부를 잘했다기보다 그녀가 지체장애자였기 때문에 기억에 오래 남아 있었다. 그는 영순이를 보고 그동안 고생이 얼마나 심했느냐고 인삿말을 하려다가 그만 두었다. 공연히 입을 잘못 놀려 그녀의 아픈 곳을 건드릴가봐 두려웠던 것이였다.

그때 영순이는 학교에서 3리 떨어진 조선족마을에 살았는데 일곱살 때 소아마비에 걸려 두 다리를 쓰지 못하였다. 집 근처에 있는 소학교는 쌍지팽이를 짚고 다닐 수 있어서 무난히 졸업했지만 심한 지체장애자이기에 현성에 있는 중학교에는 진학할 꿈도 못 꾸고 2년 간 집안에 간혀있었다. 마침 이웃마을에 조선족중학교가 세워지자 구지욕이 강한 그녀는 한사코 학교에 다니겠다고 떼질 해서 간신히 부모의 허락을 받고 중학교에 진학했다. 그녀는 한마을 학생들의 자전거신세를 지며 등교했지만 비가 오나 눈이 오나 한번도 지각한 적이 없었다. 동 년급 학생들보다 두어 살 이상인 영순이는 철도 일찍 들었고 공부에도 이악스러웠다. 선생님이 강의할 때 그녀의 새별같은 눈동자는 언제나 선생님의 입과 손끝을 따라 움직였고 학습성적도 학급에서 상위권에 들었기에 수학과주임이자 반주임인 경식선생은 그녀를 남달리 동정하였고 쉬는 시간이면 그녀에게 학습에서 부딪치는 애로를 물어보았고 종종 수학문제를 풀이하는 기교도 자세히 알려주었다. 소나기가 퍼붓는 여름이나 밤에 폭설이 쏟아진 겨울아침이면 경식선생은 누구보다 영순이의 등교가 걱정되어 일찍 등교한 학생들을 시켜 마중하게 했고 그도 교정밖에 나가 먼 곳을 내다보다가 빨간 머릿수건을 쓴 영순이의 얼굴이 시야에 담겨져서야 사무실에 들어가 군 했었다.

영순이가 9학년을 졸업하던 그 해 여름에 현교육국의 학교분포조절 결정에 의해 시골중학교가 현성중학교와 합병하게 되여 경식선생은 현성중학에 들어왔는데 교육사업의 압력이 나날이 커져 영순이를 한번도 만나보지 못했고 후에는 그녀의 소식마저 듣지 못했었다.

"선생님, 정말 오래만이예요. 정년퇴직하신지 여러 해 잘 되셨지요? 건강은 어떠세요?"

"눈깜짝할 새에 30년이 지났구나. 다행히 몸은 이만하면 괜찮은 셈이구. 그런데 영순이는 지금 잘 지내고 있니?"

"그럭저럭 밥이나 먹고 지내지요." 영순이는 눈동자엔 잔잔한 미소가 흘렀다.

"아무렴, 정순이는 워낙 궁량이 깊고 슬기로우니 앞길을 잘 개척하고있겠지." 경식선생은 그녀가 결혼했는지 생활형편이 어떠한지 무척 궁금했지만 차마 일일이 물을 수 없었다.

"선생님, 저는 선생님께서 신문에 발표한 교원수기도 읽었고 8 년전에는 TV프로그램에 나온 선생님의 모습도 얼핏 보았어요. 그때 저는 얼마나 기뻤던지 몰랐어요."

"그래? 그까짓 게 뭐 대단한 일이라구, 이젠 성 쌓다 남은 돌 신세가 된 걸 뭐."

경식선생은 빙그레 웃으며 쑥스러운 듯 반백이 넘은 머리카락을 손빗질했다.

"아니예요. 선생님께선 여열(余热)을 잘 발휘하고계시겠지요. 애, 경애야, 선생님께 인사올려라. 유 선생님은 옛날 엄마네 반주임이시다."

영순이의 말이 떨어지기 바쁘게 열너덧살쯤 돼 보이는 양태머리의 예쁘장한 소녀가 어머니의 앞에 나서더니 깎듯이 고개를 숙이였다.

"따님이 정말 귀엽게 생겼구나. 엄마를 꼭 빼닮았으니 무척 총명하겠구나. 너 몇학년에 다니지?" 경식선생은 경애의 반지르한 머리를 쓰다듬으면서 다정하게 물었다.

"이제 초중2학년에 다닙니다."

"공부는 잘하겠구나."

"다른 과목은 괜찮은데 아직 기하공부에 미립이 트지 못해서 애먹고 있네요.” 딸애기 입을 열기 전에 영순이가 먼저 대답했다.

“그건 왜 그럴까?”

“애가 워낙 활발성이 차한데다가 조선족마을에서 나고 자라서 그런지 한어가 많이 약해요..그런데 요즘 젊은 선생님들이 과당수업을 몽땅 한어로 하니 애가 아직 적응되지 못했나봐요.”

“그것 참 안됐는데…그럼 엄마한테 도움을 받으면 어떨가? 너의 엄마는 이전에 수학공부를 썩 잘했는데.”

“선생님은 정말 사람을 웃기시네요. 그시절에 우리가 배운 지식이야 수박 겉핥기였잖아요? 그리고 30 여년이나 지난 오늘, 저는 그때 배운 걸 까맣게 잊어버렸는데요.”

영순이는 박씨같이 하얀 이를 내보이면서 방긋 웃었다.

“하긴 그래. 지금은 교육이 정상궤도에 올랐고 교수내용도 예전보다 훨씬 깊어졌으니까.”

“선생님께서는 지금도 바삐 보내고계셔요?”

“낮에는 등산도 하고 사회활동에 참가하느라 종일 밖에 나돌고 저녁에는 책을 읽고 TV나 보면서 한가롭게 지내고 있지.”

“그러세요?” 영순이의 환해지던 얼굴에 약간 어두운 그림자가 얼핏 스쳐지나갔다. 경애의 수학공부를 좀 지도해달라고 부탁하고싶었으나 선뜻 입이 떨어지지 않는 눈치였다.

‘경애를 며칠동안 지도해주겠다고 말할까? 그런데 짬이 어디 있나? 내일모래 노인협회에서 조직한 북경유람에 가야잖나? 한평생 북경유람이 소원 이였는데 이번 기회를 놓지면 언제 다른 기회가 있을까?’

"선생님, 이틀 뒤에 노인협회에서 북경유람을 떠난다지요? 절호의 기횐데 놓지지 마시고 잘다녀오세요."

"그런데 경애 공부가 걱정되여서..."

"선생님, 우리 경애때문에 심려하지 마시고 잘 다녀오세요. 그리고 이건 제가 사는 셋 집 전화번호예요. 짬이 있을 때 찾아오세요. 그럼 선생님, 어서 가보셔요. 사모님께서 밀차군과 함께 떠났는데요."

고뇌에 잠겨 어벙벙 결단을 내리지 못한 경식선생은 그녀의 말을 듣고 앞을 내다보았다. 인력거꾼이 쌀포대를 싣고 30여 미터나 갔고 그 뒤에는 안내가 종종걸음으로 쫓아가고 있었다.

"참 미안하게 됐구나. 며칠 뒤 다시 보자꾸나." 경식선생은 어정쩡하게 영순이와 작별하고 길에 나섰으나 마치 못먹을 음식이나 먹은 듯 속이 개운하지 못하였다. 지금이 팔월 하순이니 유람을 갔다 오면 바로 개학할 때가 아닌가? 개학하면 애들이 온종일 교정에 붙어있어야 하니 개별지도를 받으려고 해도 짬이 없지 않은가? 그리고 앞의 지식을 채 소화하지 못한 경애가 새 것을 배우면서 옛 것을 복습할 여유도 없지 않은가? 림시 듣기 좋게 뒤에 보자는 말은 했으나 영순이에게 준 실망이 이만저만이 아닐텐데. 내가 이번에 북경유람을 가지 못한다고 평생 가지 못할까? 영순이가 만약 장애자가 아니고 부자거나 사회적으로 신분이 뜨르르한 사람이라면 내 마음이 이다지도 괴로울가? 영순이는 지체장애자였기에 꽃나이에 시집도 못갔을게고 이상적인 배우자도 만나지 못했을 게 아닌가? 걔의 살림형편은 묻지 않아도 불 보듯 뻔한 게 아닌가? 그런 어려운 처지에서도 가정교사를 구하려는 걸 보니 귀한 딸애를 출세시키고싶어하는 모성애란 얼마나 위대한 것인가? 내가 "하루하신 스승도 평생 어버이처럼 모셔라(一日为师終身为父)"라는 말을 스승을 존경하라는 뜻으로만 알고 제자에 대한 교사의 책임이 평생 이어져야 한다는 도리는 왜 몰랐던가? 옛 제자의 어려움을 도외시한다는 것은 스승으로서의 도리가 도저히 허락하지 않는다…그렇다고 내가 북경유람을 자파하고 경애의 공부를 지도해주겠다고 한다면 영순이가 한사코 동의하지 않겠으니 억지공사로 그녀에게 너무나 큰 인정빚을 지워줄 수는 없지 않은까? 내가 그들이 부담을 느끼지 않게 하면서 확실하게 도와줄 묘책은 없을까? 생각하면 할수록 마음은 어지럽기만 했다.

이튿날 아침밥을 설때린 경식선생이 등산하러 가지 않고 서재로 들어가려는데 객실에서 "선생님 들창가를 지날 때마다…"하는 명쾌한 노래 소리가 흘러나왔다. 노래를 즐기는 안내가 비디오를 켜놓은 것이였다. 재직시절에 그렇게도 가슴을 뭉클하게 하던 노래를 듣던 경식선생은 갑자기 자기의 무릎을 탁 쳤다.

"그럼 그렇지, 수레가 산밑에 이르러도 길이 있기 마련이지. 그런데 내가 왜 진작 이런 간단한 방법을 생각하지 못했을가? 나도 이젠 늙었나보다."

경식선생은 서랍속에 깊이 건사한 CD를 꺼내였다.그것은 그가 정년퇴직하기 전에 제자인 한 젊은 수학교사가 30여시간을 들여 그의 기하강의 전과정을 록화편집하여 정년퇴직할 때 기념으로 선물한 것이였다.

'이것이면 됐다. 영순이에게 큰 정신부담도 끼치지 않고 경애가 개학 전에 기하공부를 체계적으로 할 수 있게 되었으니.' 경애한테 비디오가 있는가 물어봐야겠다고 생각한 그는 영순이가 적어준 전화번호로 전화를 걸었다.

"여보세요?"

경식선생은 대방이 경애임을 챙챙한 목소리를 듣고 알 수 있었다.

"경애냐? 나는 어제 만났던 유 선생님이란다. 너희 집에 혹시 비디오가 있느냐?"

"비디오는 없지만 어머니가 공부하는데 도움이 된다며 학생용 간이 컴퓨터를 마련해줬습니다. 그건 왜 물으세요?"

"마침 잘됐구나. 너 지금 우리가 어제 만났던 장소에 나올 수 있겠느냐?"

"예!"

경식선생은 경애의 확답을 듣고 나서 유쾌한 기분으로 CD를 넣은 가방을 들고 콧노래를 흥얼거리며 집을 나섰다.

아침햇살이 찬연한 빛을 뿌린다. 밤새 내린 소낙비의 세례를 받은 가로수는 미역을 감은 듯 청신하고 인행도는 걸레질한 복도같이 말끔하다. 행인들의 발걸음도 유난히 가볍다.

5~6분을 걸으니 알곡시장이 점점 시야에 안겨온다. 이윽고

"선생님!" 경애가 반겨 부르는 달콤한 소리를 앞세우고 뽀르르 달려오고있었다.

"경애야! 천천히 걸어 오려무나!" 경식선생도 기쁨에 겨워 발걸음을 다그쳤다.

18. 부좃돈 20원

새벽녘에 살짝 뿌린 백탕같은 싸락눈은 햇살을 받아 유난히도 눈부시다.

아홉시 버스를 타고 현성에 와 내린 이 어머니는 중심거리로 발을 옮겼다. 마침 공일날이라 대통로에는 여느 때 보다 행인들이 많았다. 이 어머니는 밀물같은 사람들 속에 끼여 길남켠에 새로 선 4층짜리 백화상점안으로 들어갔다. 아침상을 받다가 뒷마을 영실이 할머니한테서 현성중학교에 있는 김 선생이 오늘 딸 잔치를 한다는 말을 듣고 부랴부랴 집을 나섰던 것이다. 이 할머니는 무슨 물건을 사서 잔치에 부조할가 머리를 짜며 붐비는 사람들 속에 끼어 상점아랫층을 한 바퀴 돌았다. 맞은 켠에서 왠 청년이 백옥바탕에 빨간 매화꽃이 그려져 있는 장식용사기병과 한 쌍의 원앙이 호수에서 헤엄치는 우모화를 들고 걸어오고 있었다. 아마 그도 뉘 집 잔치에 가는 것 같았다.

'저까짓 거야 빛 좋은 개살구지. 살림살이에 무슨 도움이 된 다구. 잔치부조에는 아무래도 옷감이 그중 낫지.'

이어머니는 층층대 손잡이를 잡고 의복을 파는 2층으로 올라갔다. 진렬대 앞에 걸려있는 각양각색의 복장은 그야말로 그의 눈을 황홀하게 하였다. 젊은 시절에는 기껏해야 옥양목이나 사봤고 늘그막에 들어서도 나일론, 데트론 밖에 더 만져보지 못한 그였다. 이 몇 해 동안은 이름모를 새천이 얼마나 나왔는지 어느 것이나 다 새롭고 신기해보였지만 시태를 따르는 젊은이들이 어떤 것을 더 좋아할지 몰라 매대 앞에 서서 망설이고 있었다. 양태머리를 드리운 판매원처녀는 고객들이 많이 모여 선 곳에서 물건을 내보이느라 바삐 서둘렀다. 판매원이 돌아서기를 기다리는데 창문 밖에서 구급차 한대가 지나가는것이 얼핏 보였다. 이어머니는 어쩐지 가슴이 섬찍했다.

'참, 걔 병이 더해지진 않았겠나?'

애 아비 걱정은 말고 잔치구경만 하고 오라면서 며느리가 5원짜리 지폐 넉장을 손에 쥐여주긴 하였지만 정작 그 돈을 부조에 다 쓰려하니 가슴이 아려났다. 이 돈은 며느리가 제 남편 몸조리하는데 보내려고 이웃에서 빌려온 것임을 그녀는 잘 알고있다. 작년에 기와집을 짓느라고 뭉치돈은 다 썼고 분배결산도 아직 못했는데 애 애비가 갑자기 중독성이질에 걸려 현립병원에 입원하고 보니 요즘은 돈이 퍽 딸렸다. 며느리는 용처돈을 벌겠다고 짬짬이 가마니를 짜고 있는데 이 늙은이는 짜놓은 가마니도 꿰매지 않고 돈까먹으러 다니는구나 하는 생각을 하니 미안한 감이 들었다. 그는 매대앞에서 어정거리다가 판매원처녀가 다가오자 앞에 걸린 옷 한 가지를 가리키며 보자고 했다. 노랑바탕에 연분홍꽃무늬가 돋친 저고리가 퍽 맘에 들었다. 아버지의 몸매를 따서 후리후리하고 어머니를 닮아 곱살스런 영란이가 그 옷을 입으면 한결 아릿다울것 같았다. 판매원처녀는 옷걸이에 걸려있는 그 저고리를 내려다주면서 값은 18원95전이라 했다.

'에이구나, 물건이 좋으니 값도 비싸구나.'

이어머니는 뽀얗게 서리내린 머리를 벅벅 긁으며 호 한숨을 쉬였다. 왔던 김에 병원에도 들려보고 싶었지만 이 옷을 사고 나면 사과 몇 근 살 돈도 모자랄 것 같았다. 그렇다고 저켠에 있는 눅거리옷을 사자니 또 맘에 들지 않았다.

'부조시세도 하늘 높은 줄 아는지 꾸역꾸역 오르기만 하는데 괜히 저런 걸 사갔다가 남의 말밥에 오르면 도로 망신이야.'

수수대같은 앙상한 손으로 옷을 만지작거리는 그의 눈앞에는 병원 침대에 누워 신음할 아들의 백지장 같은 얼굴이 얼른거렸다.

"에이구, 내사 몰따. 병원부터 가보자."

이어머니는 떨리는 손으로 저고리를 판매원에게 돌려주고 맥없이 층층대를 내려왔다. 그러나 정작 상점문을 나서려니 발이 떼여지지 않았다.

"어머니, 우리가 김 선생님 신세를 여간 졌나요? 그 은공은 갚지 못하더라도 가서 부조갚음은 하셔야지요."

그녀의 귓전에는 돈을 쥐여주며 하던 며느리의 목소리가 쟁쟁하게 울려오는듯 했다. 하긴 정말 그렇기도 하다. 김 선생의 신세를 어이 말로나 돈으로 갚을 수가 있단 말인가? 제 일만 일이라고 김 선생이 무남독녀 영란이를 시집보내는데도 모르쇠를 놓아서야 될 일인가? 김 선생은 제쳐놓고라도 남들이 날 인정머리도 없는 늙은 맹꽁이라 할게다.

이어머니의 머릿속에는 김 선생과 한 이웃에 살던 때의 일들이 환영같이 스쳐 지나갔다.

1968년 여름에 있은 일이다. 토지개혁때부터 촌장, 지부서기를 맡아 하던 영감이 반란파들의 몽둥이찜질에 어혈이 들어 고생하다가 "주자파" 모자도 벗지 못한 채 세상을 떠났을 때 현성중학교에서 사업하다가 "반동권위"니 뭐니 하는 모자를 덮어쓰고 이 마을에 쫓겨왔던 김 선생은 자신의 처지가 딱해서 상갓집에 오지는 못했지만 장례에 보태쓰라고 남몰래 돈 15원을 보내왔었다. 돈보다도 뜨거운 마음을 받아 안고 눈물을 흘리던 그때의 일만은 지금까지도 머릿속에 생생하다.

그뿐만이 아니다. 반생 동안 교편을 잡고 지나온 김 선생은 시골에서의 고된 노동에 무척 지쳤지만 밤이면 예나 다름없이 등불밑에서 수학문제풀이에 골똘했었다. 이어머니는 아는 것이 많은 죄로 그렇게 혼이 나고도 그냥 공부에 몰두하는 그가 가엽기도 하고 어리석기도 했다. 그런데 누가 알았으랴. 세상사란 그렇게도 변화무쌍할줄을…

"4인무리"가 꺼꾸러지고 새로운 대학생모집제도가 나오자 김선생은 10년이나 젊어진 사람같이 활기를 띠고 정신이 분발하였다. 워낙 입이 무거워 반가운 사람을 만나도 고작해야 빙긋 웃어 보이면 그만이던 그는 마치도 직업적 본능이 발작한듯 진학을 지향하는 젊은이들에게 지식의 샘물을 대어주었다. 낮에는 들에 나가 일을 하고도 밤이면 젊은이들을 자기집에 데려가서는 삼태성이 기우는 것도 모르고 이악스레 복습지도를 해주었다. 그 덕에 대대손손 농군밖에 없던 이어머니의 가정에도 어엿한 대학생이 나오게 되었다. 이어머니가 너무도 기뻐서 막내아들이 대학교로 가기전날 저녁에 술 두병과 과일 몇근을 사가지고 사례하러 김선생을 찾아갔었다.

"어머님, 이게 웬 일입니까? 제야 의례 할 일을 조금 했을 뿐인데요."

김 선생은 과일가방을 한사코 받지 않았다.

지식분자정책이 낙착되면서 김 선생네가 현성으로 돌아갈 때 어머니는 외동아들을 먼먼 타향에 보내는 것 같이 서운하여 동구 밖까지 바래주면서 여가가 생기면 시골에 자주자주 놀러 와달라고 신신당부했었다. 김 선생도 빙그레 웃으며 앞으로 집구경도 할 겸 놀러 오시라고 했는데 이어머니는 다른 때는 몰라도 영란이 잔치 때는 죽잖은 담엔 꼭 가마고 대답했던 것이다. 세월은 빠르기도 하여 김 선생과 헤어진 지도 어언간 3년이 지났건만 이어머니는 김 선생댁을 단 한번밖에 들려보지 못했었다.

그녀는 깊은 자책감에 사로잡혀 다시 상점안으로 들어갔다. 점심때가 다가오니 물건을 사러 온 손님들은 한결 더 많아졌다. 2층까지 겨우 비집고 올라오긴 했어도 매대앞을 철통같이 둘러싼 사람들 틈은 도저히 뚫고 들어갈 수가 없었다. 발돋움을 하고 목을 빼보았으나 자그마한 그의 키로는 판매원의 얼굴도 찾아보기 어려웠다. 야속하게 시간은 자꾸만 흘러갔다. 이러다간 잔치구경도 제때에 못할 것 같았다.

"에이고, 그냥 가자. 지금은 돈부조도 한다던데… 가서 정황을 봐서 15원쯤 내놓던지? 김 선생이 뭐 부조가 많고 적은 걸 따질라구?"

상점문을 나선 이어머니는 중학교 교원사택을 향해 총총걸음을 놓았다.

이어머니가 김 선생네 뜨락에 와보니 예상 밖으로 잔치날의 흥성이는 기분은 볼 수 없었다. 문앞에 자전거 몇 대가 서 있을 뿐 드나드는 손님은 별로 없었다.

'오늘은 잔치날이 아닌가봐? 시가지 잔치는 그저 이렇나? 손님들은 하마 돌아갔나?'

집안으로 들어가는 동안 의문은 꼬리에 꼬리를 물었다. 김 선생은 어디로 갔는지 보이잖았고 행주치마를 두른 사모님만 김서린 주방에서 젖은 손으로 그를 맞아줄 뿐이었다.

방안으로 들어가니 시골손님들이 한방 둘러앉아서 방금 점심상을 받는 것이었다.

"아이구 형님 이제 오능기요?"

색술잔을 들던 영실이 할머니가 이어머니를 끌어당겨 곁에 앉히였다.

손님들은 이야기도 나누고 웃기도 하다가는 서로서로 권해가며 술을 마셨다. 그러나 이어머니는 난생 처음으로 온지라 바늘방석에 앉은 것 같았다. 방문옆에 놓인 탁상위에는 손님들이 가져온 례물이 여간 많잖았다. 어떤 물건은 상점에서 보지도 못했던 것이였다.

'하기사 30년 동안 글을 배워준 분이니 은혜진 제자가 어이 한둘이겠나?'

이어머니는 예물더미에 눈을 팔며 젓가락을 쥔채 멍하니 앉아있었다. 탁상 위에는 꽃주전자와 목긴 술잔을 올려놓은 차관, 고압가마며 비닐박막자루안에 넣은 옷들이 키돋움하고 있는가 하면 한쪽에는 입쌀을 담은 큼직한 자루도 몇개나 서있었다. 속구구를 해보니 어느 거나 20원어치는 잘될것 같았다.

'그런데 저건 왜 남 눈에 띄이는데 놓았능고?'

자기도 버젓한 물건을 들고왔더면 그런 생각이 없으련만 남들이 다 보는데서 맨손으로 들어와 앉고 보니 참말 얼굴을 들 수 없었다. 정말 알고도 모를 일이였다. 시골사람들은 손님이 가져오는 부조는 사양하는척하다가는 슬쩍 농안에 넣어두고 남몰래 아무아무게한테 무엇을 받았다고 부좇기에 적어놓는다. 그리고 다음번 그집 잔치에는 받았던 부조가치에 해당한 선물을 사가기도 하고 돈이 마를 때는 남한테 받았던 부조물에서 마땅한 것을 골라가기도 한다. 시골에서 8~9년 지낸 사람이니 그만한 처사는 할줄 알 터인데 오늘 와보니 정말 코막고 답답할 일이였다.

'저건 남한테 자랑하자는 겐가? 하기사 부조를 많이 받았다는 건 이전에 남한테 그만한 부조를 했다는것이기도 하고 또 그만한 지위나 인덕이 있다는 것이기도 하겠지만… .'

그것도 그뿐만이 아니였다. 누가 언제 적어놓았는지 가져온 례물에는 보낸 사람의 이름까지 쓴 종이조박이 끼여있지 않는가? 아무리 신식잔치를 한다기로 세상에 이런 법이 어디 있나 싶었다. 이거야말로 선물을 가져온 사람들끼리 서로 누가 더 많이 가져왔나 비기며 시샘하게 하고 빈손으로 온 사람의 낯에는 화롯불을 들씌우는 게 아니고 뭔가? 그러고 보니 이전에 태산같이 우러르던 김선생에 대한 믿음에 저도 몰래 금이 가는 것이였다. 열길 물속은 알아도 한길 사람속은 정말 측량할 수가 없었다. 금전에 흑사심이란 말이 있더니 도회지로 돌아가 겨우 3년에 그 직심이던 사람도 다 변했구나! 이어머니는 남몰래 쯧쯧 혀를 찼다.

누군가 밥술을 들면서 옆에 앉은 늙은이에게 부좃더미를 가리키며 무어라고 소곤거린다. 이어머니는 그들이 자기를 두고 말하는가 싶어 귀를 강구었다.

"좀 있다가 우리 둘은 뒤 보러 간다 하고 슬쩍 빠지기요. 아까 그 사람 꼴이 나면 어쩌겠능기요?"

떠들썩하는 말소리, 웃음소리,수젓가락 오가는 소리에 뒤의 말은 똑똑히 들을 수 없었지만 분명히 부조를 두고 하는 말이여서 그녀는 정수리를 얻어맞은 것 같이 머리가 띵하였다. 탁상 위에 놓여있는 선물더미는 자꾸 그녀의 눈길을 끌었고 남들도 저 늙은이는 도대체 뭘 들고 왔나 하고 의혹의 눈초리를 던지는 것만 같아 평소에 보기 드믄 풋남새, 고기반찬도 입안에서 뱅글뱅글 돌며 목안으로 좀체 넘어가지 않았다. 생각하면 할수록 더욱 큰 모멸감을 느꼈다.

'그까짓거 가져왔다구들 우쭐렁거리지 말아. 나도 가져온 돈 다 내놓으면 그뿐이다.'

슬그머니 속다짐을 하고나니 마음은 다소 안정되는 것 같았다. 그러나 허전한 기분은 머리속을 맴돌이치며 좀체로 떠나지 않았다.

벽시계가 땡 하고 한 점을 쳤다. 돌아보니 오후 한 시였다. 두 시차를 타고 집에 가지 않겠느냐고 영실이 할머니한테 물었더니 그는 좀 더 앉아 있다가 근방에 사는 딸네 집으로 가겠다고 하였다.

"그럼 나는 먼저 가겠니더."

이어머니는 슬그머니 자리에서 일어났다.

"갑자기 오다나니 아거 안됐니더."

문밖에 나온 이어머니는 돈을 넣은 종이봉투를 배웅하러 나온 사모님의 앞에 내밀었다.

"어머님, 이러시면 안됩니다."

사모님은 불에 덴 사람같이 흠칫 놀라며 손을 뒤로 가져갔다.

"약소하지만 받아놓으소."

이어머니는 사모님의 눈치를 살피며 돈 봉투를 그녀의 손에 억지로 쥐여주려 하였다. 그러나 사모님은 생글생글 웃기만 할 뿐 받을 념을 하지 않았다.

'남이 가져온 부조는 한상 받아놓고 내한테는 우짤락고 이러능교?'

괘씸한 생각이 밸을 꼬자 그는 그만 이지를 잃고 버럭 성을 내고말았다.

"왜 사람을 이리 깔보능기요? 내 돈은 뭐 돈이 아닝기요?"

가져온 돈이 적어보여 그러는지, 아무래도 받을 걸 가지고 거듭거듭 사양하는 꼴이 아니꼬왔던 것이다. 말해놓고보니 후회도 좀 되였으나 이미 쏟아놓은 물이라 어쩌는수가 없었다.

“김선생도 이젠 곧 돌아올거예요. 오셨던 김에 만나보고 하루 쉬어 가세요.”

돈 봉지를 한손에 쥐고 홍시가 된 사모님이 만류했으나 그는 집안일이 바쁘다며 그의 손을 뿌리치고 부랴부랴 나오고 말았다. 가로수 가지에 앉은 참새 한마리가 짹짹 울더니 포르르 날아갔다. 참새는 마치도 눈녹은 길우에서 타박타박 걸어가는 그를 조롱하는 듯했다. 자다가 생긴 병 같던 부조 근심을 털어버리고 나니 마음은 한결 후련했으나 워낙 용을 썼던 탓인지 두 다리는 나른했다.

아들한테 보내려고 빌려온 돈을 대접도 받지 못한 잔치에 빛없이 밀어 넣고 돌아온 이어머니는 며칠 동안 기분 없는 나날을 보내였다. 그러던 어느날, 이어머니는 뜻밖에 편지 한통과 20원짜리 돈표를 받았다.

“어데서 온게냐?”

며느리에게 물어보니 김 선생이 부친 것이라고 말하였다. 내라는 돈보다 받는 돈이 반가와야 하련만 시어머니도 며느리도 가슴이 덜컹 내려앉는 것만 같았다. 세상에 받은 부조를 되돌리는 법이 어디 있단 말인가? 나이 칠순이 돼가도록 보도 듣도 못한 일이였다. 도대체 우리한테 무슨 유감이 있어 그러나? 아무리 생각해도 짚히는 곳이란 없었다. 무형의 모욕이 온몸을 칭칭 감았다.

‘진작 이럴 줄 알았더면 가지도 않았을 걸.’

불안에 싸여 봉투를 떼고보니 편지속에는 팥알같은 글자가 빼곡이 들어차있었다.

이 어머니.

그간 안녕하십니까? 추운 겨울에 어머님께서 우리 집 잔치에 찾아와 주시니 정말 고맙습니다. 모처름 어려운 걸음을 하신 어머님을 괴롭혀서 죄송합니다. 공일날이라 집에서 손님접대를 하려던 것이 그만 한 학생이 앓는 바람에 병원에 데려갔다가 돌아와 보니 어머님도 못 뵈였습니다…

어머님께서는 아마 오늘 제가 받았던 부줏돈을 되돌린다고 무척 노여워하시겠지요?

기실 우리는 이번에 잔치는 벌이지 않고 간단히 예만 갖추어 넘기려 했습니다. 그래서 외지에는 누구한테도 결혼날을 알리지 않았습니다. 공연히 잔치기별을 해가지고 마을어른들께 의외의 걱정, 경제부담을 더해주기 싫어서였습니다.

이번에 저는 부줏감이나 부줏돈을 들고야 잔칫집에 간다는 옛습관에 얽매여 돈이 없이는 맘에 있는 곳에도 못가는 사람들의 딱한 사정도 보아왔고 잔치에 부조를 많이 하고 적게 하는 것으로 인격을 저울질하는 나쁜 기풍도 보아왔습니다. 그래서 우리집에서는 외동딸을 시집보내지만 잔치는 벌이지 않기로 했습니다. 돈이 없거나 돈쓰기가 아까와 그런건 절대 아닙니다. 저는 이 기회에 잔치를 크게 벌이기 경쟁을 하는 이들에게 도전을 걸려 했습니다. 때문에 그 누구의 부조도 받지 않았습니다.

저는 이 일로 하여 적잖은 사람들의 손가락질 받을 것을 각오하고있습니다. 그러나 손끔만큼도 후회는 하지 않습니다. 조만간에 모두들 저의 심정을 헤아려줄 것입니다….

받은 부조물에는 가져온 분들의 이름을 적어서 문옆에 놔뒀다가 손님들이 돌아갈 때 다 돌려드렸습니다. 그 당시 미처 돌리지 못한 것은 우편으로 부쳤습니다…

"아, 워래는 그런 걸 가지고 괜히 오해했구나! 글쎄 우리 김선 생이 변할 수야 없구말구!"

떨리는 목소리로 편지를 읽어내려가던 며느리도, 그곁에서 귀를 강구고 듣던 시어머니도 목구멍에서 뜨거운 것이 울컥 솟아오르는 것을 느꼈다..

(새마을 1982. 3기)

19. 공부고장의 모친상

시골소학교에서 정년퇴직하고 마을이 사라져 시내에 이사온 장 선생은 상가집의 일을 잘 돌봐준다는 소문이 나서 현성안의 아는 집, 모르는 집의 초상집에 자주 불려다녔다.

저녁상을 방금 물리고 TV앞에 앉아 드라마를 보던 장 선생은 현민정국 공부고장의 모친이 방금 사망했으니 급히 도와달라는 기별을 받았다. 그는 비록 공부고장과 일면지교도 없었으나 상갓집 일을 도와달라니까 그것이 자기의 책임이라 생각하고 급히 사망자의 시신이 놓여있다는 양로원으로 달려왔다. 상주가 아직 부음을 알리지 못한 탓인지 시신이 놓인 침실안에는 본집 식구 외에 타인은 하나도 없었다. 갑자기 당한 일이라 어쩔 줄 몰라 안절부절이던 공부고장은 물에 빠진 사람이 지푸라기를 본듯 장 선생의 손을 덥석 잡았다.

"나는 정부기관에서 공작하다보니 조선족 장례법엔 깜깜입네다. 어머니가 생전에 조선족법대로 장례를 치러 달라고 유언했으니 따르지 않고 어쩌겠시오? 모든걸 장 선생께 일임하니 수고 좀 해주시구래. 내 그 은공은 요 머리 파뿌리 될 때까지 안잊겠시다."

장 선생은 우선 염습부터 해야겠으니 흰천 20 자와 명정을 만드는데 쓸 붉은천 몇 자를 사오라고 분부하였다.

먼저 고인에게 수의를 갈아입혀야 했다. 남의 초상은 강 건너 불보듯하던 공부고장이라 고인의 속옷을 어떻게 벗기고 또 수의를 어떻게 입힐지 엄두도 내지 못하고 장 선생의 눈치만 살피였다.

"염습은 내 혼자 할 수 없는 일이니 신체가 식기전에 다 함께 손써서 시신을 씻고 속옷을 갈아입힙시다.."

시체를 코앞에 둔 상주와 상제들은 두려움에 등골이 선뜻하고 몸에 소름이 끼쳐 손이 사시나무같이 떨렸으나 어디 기댈 데가 없으니 울며 겨자먹기로 장선생의 분부를 따르지 않을 수밖에 없었다. 반시간이상 진땀을 쏟아서야 간신이 속옷을 벗기고나서 수의를 입히고 렴습도 끝내였다. 띠로 시체를 묶을 때 장 선생이 시범하며 묶는 방법을 차근차근 배워줬지만 남의 말을 귀등으로 들은 상제들은 외로 틀 띠를 바로 틀기도 하고 또 동작이 너무 서툴어서 매고나서 엉덩이를 돌리면 금세 풀리는 띠가 다수라 장 선생은 혀를 닳게하기 싫어서 혼자 하나하나 고쳐 매었다. 양로원이니 침실을 급히 비워야 하기에 그들은 염습을 대충 마치자 빈의관에 전화를 걸어 시신을 그곳으로 옮겨갔다. 상주는 어머니가 생전에 고급호텔에 한번도 출입하지 못했으니 이제라도 한

번쯤 호강시키겠다면서 시신을 호화영안실에 모셨는데 요금이 이 자그마한 현성의 최고급호텔도 감히 명함장을 못내밀 어마어마한 돈이였다.

영안실에서 집에 돌아온 상주는 장 선생이 시키는 대로 고인이 생전에 입던 옷을 아파트창문밖에 걸어놓고 발상한 뒤 "빈소"를 차리는 동시에 전화로 친지들에게 부고를 전하였다. 공부고장은 평소 한족친구들과는 잘어울리나 동족들과는 물에 기름돌듯하던 위인이라 친인척 몇 외에 조선족 조객은 별로 없었고 민정국의 간부들과 한족친구들이 위주였다. 어느새 아파트담장에는 "염노태태 천고(廉老太太千古)"라고 쓴 화환이 십 여 개나 줄지어 서서 어깨를 으쓱이고 있었다.

비록 시신은 상가에 두지 않았지만 종이관곽을 사다놓고 "빈소"를 차렸으니 명정을 써서 걸어야겠다고 생각한 장 선생이 상주에게 물었다.

"명정을 써야겠는데 고인의 성씨와 본관을 좀 알려주시오."

"명정이라는건 뭔대요?"

"우리풍속에 고인의 신분을 밝히는 표직이라고 할가, 예로부터 명정은 붉은 천에 붓으로 본관 등을 써서 관위에 덮고 매장하지요. 지금은 화장법을 실시하지만 우리민족은 고유의 장례문화를 지키느라 아직까지 명정을 쓰고 있지요. 그런데 본관을 알아야 내가 명정을 쓰지 않겠소."

"본관이란 또 뭔가요?"

"어느 성씨의 조상이 처음 살던 고장 이름이지요."

"엄마 성은 염간데 본관 따윈 나도 잘 모르겠는 걸요. 가만있자, 옛날 외할배때 환인산골에서 살았다던데 아마 환인 염씰 거예요. 그따위 사소한 일은 선생이 알아서 처리하시오."

'참으로 소가 웃다 꾸레미 터질 노릇이로군. 일개 기관의 간부라는 자가 상례에 대한 상식을 몰라도 몰리도 너무 모르니 이런 무지막지한 자와 무엇을 의논한담? 나이 쉰고개를 바라보도록 본관이 뭔지 모르고 또 그걸 부끄러워할줄조차 모르니 낯가죽이 두껍다고 해야 할지 무지막지하다고 해야할지? 염라국의 경비가 허술하니 망자의 조상을 쥐나 개나 바꿔놓고 아웅 해도 된다는건가? 까짓 거 될대로 되라.' 하고 생각한 장 선생은 큰 붓에 먹물을 듬뿍 찍어 〈유인 공주염씨지구(孺人公州廉氏之柩)〉라고 써놓았다. 망자의 성이 염씨이고 본관은 한국의 한 지방이름을 아무거나 써놨는데 염씨성은 워낙 희성이라 조객중에 가타부타할 사람이 아무도 없을 것이라고 생각하였다.

빈소도 꾸리고 상도 차렸으니 향을 태우고 영전에 술을 붓고 절을 올릴 차례였다. 장선생은 술잔을 들고 상주더러 잔을 채우게 한 뒤 술잔에 연기를 씌워 지방을 대체한 검정 테를 씌운 유상 앞에 가져다 놓고 나서 상주더러 큰절을 올리라고 귀띰하였다. 남의 제사 따위는 먼발치서 곁눈질도 안하던 공부고장은 어쩔 줄 몰라 한참이나 망설이다가 급기야 엉거주춤 엎드려 엉덩이를 쳐들고 이마방아를 세 번 찧었고 왕부부장의 처제되는 안상주는 자기네 풍속대로 한다면서 허리만 세번 굽석이였다.

장선생은 상복을 마련하지 않은 상주와 상제들에게 흰천을 째서

띠를 만들어 허리에 두르게 했는데 상주는 그게 몹시 거치장스러운지 자꾸 벗어버렸다. 가까운 친척이 오면 상주는 "아이고 아이고"하며 곡을 해야하지만 어인 영문인지 곡성이란 보청기를 껴도 들릴가 말가 할 지경이였다.

담배연기가 자욱한 대청에는 조객들을 위한 주안상이 차려졌고 그 옆에는 소위 밤에 "영구"를 지킨다는 조객들의 지루함을 덜어주기 위한 마작상도 마련되였다. 상주는 반드시 빈소를 떠나지 말고 조객들의 인사를 받아야한다고 장 선생이 귀에 장알이 박히도록 일렀건만 마작의 홀림에 녹아난 상주의 눈길은 자꾸 마작판으로 도망가군하였다.

'고인이 저런 아들을 낳고도 미역국을 끓여먹었겠지?' 장 선생은 자식이 하나도 아니고 몇이나 되건만 자식들을 위해 몸의 기름을 따짜고나서 늙고 병드니 배구공마냥 이리 저리 치여다니다가 결국엔 양노원에서 임종했는데도 슬픔은커녕 한시름 덜었다고 생각하는 꼬락서니를 보니 화가 치밀어 견딜 수 없었다.

장 선생은 상주가 민족의 상례에는 삼척동자도 못미칠 백치인 걸 보고 밥이 되든 죽이 되든 모르쇠를 놓을 생각이 굴뚝같았지만 타민족들앞에서 조선족의 위상에 먹칠하는 험한 꼴을 보일 순 없었고 또 우리민속의 미풍양속만은 목에 숨이 붙어있을 때까지 지키려는 게 신조인지라 상주가 낙태한 고양이 상을 해도 "잔소리"를 계속했다.

"아무리 고달파도 오늘밤은 참고 견디시오. 어머님께 효도할 마지막 기회가 오늘밤 뿐이 아닌가요?"

상주는 장 선생의 충고에 못이겨 푸주간으로 끌려가는 늙다리 소같이 빈소곁에 잠시 왔다가 어느새 자리를 떠 동료조객들과 한담하는데 열을 올리는 게 참으로 꼴불견이였다.

이튿날은 발인하는 날이다. 상가에서는 아침일찍 발인식을 지내고 빈 관곽을 차에 실은 뒤 고인이 평소에 사용하던 물품을 보자기에 싸서 영구차에 실었다. 고인이 영영 집을 떠날 때는 으레 상주들의 곡성이 진동해야 되겠지만 이집에서는 녹음기에서 울리는 애도곡 외에 유달리 조용한 운구행렬이 서서히 길을 나섰다.

영안실에서 시체를 입관 하고나니 어느새 8인이 메는 가마가 대기하고 있었다. 상주는 "내가 어머니를 가마에 태워 하늘나라로 보내고 있으니 이만하면 나도 어머니한테 효도한 셈이요."라고 말하며 어깨를 으쓱하였다.

시체를 화장하기 전에 유체고별식도 진행하였다. 추모사를 읽는 사람은 민정국의 한 부고장 이였다.. 고인에 대해서 티끌만큼도 아는 것이 없는 그는 남의 추모사에 이름만 바꿔 목에 핏대를 돋우고 열독하였다. 실속 없는 미사여구로 고인을 칭송하고나서 슬픔을 티끌만큼도 모르는 불효상주와 상제들에게 슬픔을 자제하라고 말하는 꼴이 참으로 가관이였다. 유체고별식이 끝날 무렵 상주는 참석자들에게 한족식대로 뷔페권을 한장씩 내주면서 화장이 끝나면 지정한 식당에 가서 요기하라고 말했다.

골회를 강물에 뿌리고 나서 집에 돌아오기 전에 장 선생은 상주더러 이틀 후에 강가에 와서 삼우제를 치르고 저녁에는 이번 상사 때 수고가 많은 조객들을 빠짐없이 모셔다 한끼 대접하는 것이 조선족의 풍속이라고 알려주었다.

이틀 뒤 강가에 와서 가족끼리 "삼우제"를 지낸 공부과장은 저녁에 시내의 이름있는 술집에서 초대연을 성대히 벌이였다. 연회석에는 유체고별식때 참석했던 민정국의 간부들이며 친인척 외에 몇몇 전날 상가에 낯도 보이지 않던 새 얼굴들이 나타났다. 얼굴이 잘익은 토마토같이 상기된 공부고장은 웃음을 낯에 발라 연신 굽신거리며 그들에게 술을 권하였다. 이상하게도 이번 상사를 책임지고 지휘하고 이틀밤낮을 노심초사한 장선생의 모습은 연회장 어디에서도 찾아 볼 수 없었다.

(요동문학 25집, 2014년)

20. 공 할머니의 소망

이른 아침, 날이 채 밝기도 전에 꿈나라에서 깨어난 공씨 댁 할머니는 침대위에 누워서 눈을 지그시 감고 있었으나 잠은 천리 밖으로 달아나서 이리 뒤척 저리 뒤척하며 시간을 보내다가 4시를 알리는 괘종소리가 땡땡 울리자 침대에서 부시시 일어났다. 화장실에 들어간 그녀는 수도꼭지를 틀어놓고 찬물에 세수를 대충 했다. 거울에서 구겨진 종이같이 쪼글쪼글한 자신의 얼굴을 바라보는 할머니는 빠진 앞니 사이로 "후유~"하고 길게 한숨을 내쉬었다. 공 할머니는 이 3년 동안에 머리칼이 새하얗게 세여 일흔 세 살 치고는 자신이 너무 늙어 보인다는 것을 생각하니 서글프기 그지없었다. 이제 며칠만 견뎌내면 할미로서 자신이 해야 할 의무를 마치게 된다고 생각하니 속이 후련하기도 하고 허전하기도 했다. 세상에 둘도 없이 소중한 손자애의 전도가

이 사흘에 달렸으니 오늘부터는 좀 더 정성껏 기도를 올려야겠다고 생각한 그녀는 주방으로 들어갔다. 할머니는 주방의 서쪽 벽에 놓인 벽장문을 열었다. 벽장 선반의 맨 윗층에는 쌀과 물을 담아놓은 공기 둘과 향 한 봉지가 놓여있었다. 할머니는 물공기를 가져다 수도물에 깨끗이 씻은 뒤 찬물을 떠다가 원래 자리에 조심스레 올려 놓고 나서 향 가치 3대를 봉지에서 뽑아 가지런히 한 뒤 가스판 곁 창문턱위에 있는 성냥갑에서 성냥 한가치를 꺼내 향에 불을 붙여가지고 쌀이 담겨 있는 공기에 꽂았다. 그녀는 경건한 마음으로 신당 앞에 다가서서 두 손을 모아 신령님께 절을 올리고 나서 들릴가 말가한 낮은 소리로 소원을 빌었다.

'영험하신 천지신령님, 오늘은 우리 집안의 3대독자 명석이가 대학 시험을 치는 날입니더.. 신령님께서 보우해서 손자 놈이 장원급제하게 해주시소. 제발제발 비나이다.'

말을 마친 할머니는 신당 앞에 고개를 숙이고 한참동안 묵도하고 서 있다가 다시 두손을 모아 공손히 절을 올리고 나서 향불을 끄고 몸을 돌렸다.

냉장고에서 살얼음이 약간 낀 소고기덩이를 꺼내 도마 위에 올려놓고 잘게 썰고난 그녀는 미나리며 햇배추와 상추잎이며 표고버섯 등을 가져다 수도물에 깨끗이 씻었다. 손자애가 평소에 즐겨 먹는 감자볶음도 해야 되겠다는 생각이 들어 광주리 안에 들어있는 감자 두 알을 꺼내서 껍질을 깎은 뒤 채칼질을 하였다. 쌀을 한 공기 퍼다가 물에 세번 씻고나서 전기밥솥에 안치고 그 윗층에는 엊저녁에 불궈 놓은 찹쌀을 시루에 안쳤다.

아침준비를 마치고 벽시계를 보니 이제 겨우 다섯 시 밖에 되지 않았다. 반찬을 너무 일찍 장만했다가 식어버리면 어쩌누 하고 생각한 그녀는 침실로 돌아와서 침대머리에 놓여있는 "토정비결"책을 펼치였다. 3년 동안 할머니는 그 책을 얼마나 만져보았는지 책가위에는 보풀이 일었다. 해마다 설에는 물론이고 평소에도 밤에 잠이 오지 않을 때 할머니는 아들이며 딸, 손자, 외손들의 생년월일을 가지고 계산하여 "토정비결"에서 알맞는 페이지를 찾아 보고나서 어느 달에는 무슨 일에 조심하고 어느 달에는 외출을 금하라느니 아무 성을 가진 사람을 조심하라느니 하는 내용을 자손들에게 알려주곤 하였었다. "토정비결"을 보니 올해 손자 명석이는 대운이 터서 육칠월에 경사를 맞는다는 것이었다. 사회인도 아닌 학생 그것도 고중 3학년학생에게 경사란 대학합격을 내놓고 무엇이 있겠는가? 할머니는 누가 책의 그 페이지를 찢어가기라도 할까 봐 가위를 덮은 뒤 베개 밑에 밀어 넣고는 저도 몰래 씽긋 웃었다. 하루도 아니고 꼬박 3년 동안 매달 초하루 날과 보름날아침에 신령님께 한 번도 거르지 않고 꼭꼭 정성을 드렸는데 정성이 지극하면 돌에도 꽃이 핀다지 않았던가?

공 할머니는 원래 이 도시에서 90여리 떨어진 조선족마을에 살았었다. 3년 전에 명석이가 시에 있는 고중에 입학하자 손자 놈의 밥을 해주려고 시내에 와서 52평방미터(약 16평)짜리 셋집을 잡았다. 10년 전에 명석이가 소학교 3학년에 올라갈 무렵 위장결혼을 하고 한국남자를 따라 출국한 며느리는 첫 두 해는 가끔 전화도 쳐오고 돈도 좀 부쳐오더니 그 뒤로는 살았는지 죽었는지 줄 곳 소식이 없었다. 3년이 지나자 아들 녀석도 농사짓기가 지겹었는지 외로움에 지쳤는지 노무를 신청하여 출국하였고 손녀가 심양에 있는 사범학교에 입학하여 집에는 늙은 양주와 손자애만 남아있었다. 두 늙은이는 명석이를 쥐면 깨어 질 가 불면 날아 갈 가 금지옥엽같이 애지중지하면서 아비어미 없이 자라는 손자애가 혹시 애들한테 업신당하지나 않을까 무척 신경을 썼다. 명석이가 5학년에 올라갈 때 마을의 학생 수가 너무 적다는 이유로 농촌소학교를 현성에 있는 중심소학교와 합병해버리자 이 동네 애들은 마을 버스를 타고 현성에 있는 학교에 다니게 되였다. 공할머니양주는 날마다 손자애에게 점심밥을 싸주고 용돈도 넉넉히 쥐여주며 아침에 애를 버스에 태워주고 저녁이면 버스정류소에 나가서 손주애를 맞이하곤 하였다. 5년이 지나자 키가 일 미터 칠십이 넘게 자란 명석이는 초중을 졸업하고 시에 있는 고중에 입학하였는데 입시성적이 기준선에 조금 못 미쳐서 자비생이라는 이름을 달고 남들보다 9천원이란 학비를 더 냈었다.

'내가 하루세끼 정성들여 해준 밥도 맛이 없다고 고양이 밥 먹듯하는 우리 명석이가 식당 밥을 먹어낼까? 학교식당의 음식은 맛이 없다면서 밖에 나가 사먹는 애들이 어디 한둘인가? 우리 석이는 이 할미가 없이는 안 되지, 안되구말구.' 명석이가 입학통지서를 가져오자 공할머니는 새로운 근심이 태산 같았다. 공 할머니는 울며겨자 먹기로 일년에 5천 4백 원씩 내고 학교 근처에 있는 아파트를 세내었다. 할머니는 봄에 영감을 저세상으로 보냈으니 어디에 가 있어도 외롭기는 마찬가지였다. 그래서 손자곁에 있으면서 끼니를 해주고 애를 돌보면 늘그막의 외로움도 덜고 사는 보람도 있을 것 같아서 시내로 왔었다.

할머니가 탁상시계를 보니 여섯 시가 되었다. 옆방의 미닫이를 살짝 열고 침대 위를 보니 명석이는 아직도 꿈나라 속을 헤매고 있었다.

'석아, 해가 열닷발이나 올랐구나. 얼른 일나 세수하고 밥묵어야 재?..'

할머니는 명석이가 일어나려는 기미가 보이지 않자 방안으로 들어와서 자는 애를 흔들어 깨웠다. 눈을 지그시 뜨고 탁상시계 쪽으로 눈길을 던지던 명석이가 짜증을 버럭냈다.

'할매는 뭐할라고 하마 일나서 이렇게 부산을 피워요? 잠도 못자게씨.'

'뭐? 하마라구? 여섯시가 넘었는데 이젠 일나서 세수도 하고 밥을 묵어야재? 늦으면 우짤라고…'

할머니의 말은 들은둥만둥 명석이는 다시 보료속으로 미꾸라지같이 파고들어갔다.

'애구, 이래가지고도 시험을 잘 쳐내겠나? 호_'

할머니는 가볍게 한숨을 쉬고 나서 명석이의 바지 뒤주머니를 가만히 만져보았다. 주머니 안에는 보리알이 몇 알 들어있었다. 애들이 시험장에 들어가기 전에 애 몰래 호주머니에 보리알을 몇 알 넣어놓으면 운수가 좋아서 애가 시험을 잘 치르게 된다는 이웃집할머니의 말을 명심한 공 할머니는 엊저녁에 명석이가 꿀잠이 들었을 때 바지 뒷주머니에 보리알을 넣어주는 것도 잊지 않았었다. 할머니로서는 도울 수 있는 일은 다한 셈이였다. 그녀는 주방으로 들어갔다. 전기밥가마의 윗층 시루에 찐 찹쌀밥을 퍼서 비닐봉지에 넣고 아구리를 단단히 맨 뒤 도마 위에 놓고 밀가루반죽을 미는 밀대로 콩콩 방망이질을 하였다. 떡판도 돌절구도 없는 상황에서 적은 량의 찰떡을 치는 데는 이보다 나은 방법이 없었다. 떡이 다 되자 그녀는 이마에서 송골송골 돋아나는 땀방울을 앞치마자락으로 쓱 닦고 나서 비닐봉지 안에 들어있는 찰떡을 꺼내서 식탁위에 펴놓고 엊저녁에 볶아서 약절구에 찧어놓은 콩가루고물을 골고루 쳤다. 아직까지 김이 모락모락 피여 오르는 찰떡은 보기만 해도 군침이 돌았다. 그러나 할머니는 애 먼저 떡맛을 보면 부정을 탈까봐 두려워서 칼로 썰어놓은 떡을 접시에 몽땅 담아놓았다.

'우리 석이가 이 찰떡을 먹고 나면 대학교에 찰떡같이 붙고 말고…'

공 할머니는 입속말로 중얼거리면서 밥상을 닦고 수저를 가져다놓은 뒤 생나물반찬부터 상우에 차려놓았다. 이제 명석이가 일어난 뒤 복음채만 만들면 그만 이였다.

'따르릉 따르릉…'

침실에 놓인 전화기의 벨이 세차게 울렸다. 공 할머니는 물 묻은 손을 행주치마에 쓱쓱 닦고 나서 침실로 엉거주춤 달려가서 수화기를 들고 물었다.

'여보세요?'

'엄마, 나야. 우리 석이 일어났어? 전화 받으라고 해!'

'그래, 이제 금방 세수하러 갔는데 이제 불러 오마.'

공 할머니는 수화기를 놓고 나서 옆방으로 가서 손자애의 몸을 흔들어 깨웠다.

'석아, 네 애비한테서 전화 왔다. 얼른 가 받아 봐래이.'

공 할머니는 한 달에 한 번도 올가말가 한 아들의 전화인데 에미한테 인사말은 일언반구도 없이 제 새끼부터 찾는 아들의 소행이 무척 고까왔다. 그렇다고 이국에서 뼈 빠지게 고생하는 아들한테 성을 낼 수도 없는 처지였다. 명석이가 아직까지 일어나지 않았다는 것을 제 애비가 알면 할매가 애도 제때 깨우지 않고 뭘 했는가고 무슨 날벼락이 떨어질지 모른다고 생각한 할머니는 아들한테 거짓말을 꾸며대지 않을 수 없었다.

명석이는 팬티바람으로 할머니 방에 달려와서 잠기가 채 가시지 않은 소리로 물었다.

'아부지, 무슨 일이 있어요? '

'음, 오늘이 대학 입시하는 날이라지? 준비가 다 됐나? 이번에 네가 대학에 붙으면 내 고급 핸드폰도 사주고 북경구경할 돈도 마련해 줄께. 덤비지 말고 시험이나 잘 치러….'

'예. 아부진 걱정 말아요.'

주방에서 밥상을 차리던 공 할머니는 명석이가 자신 있게 말하는 것을 보고 가슴속에 쌓였던 근심걱정이 봄눈같이 사르르 녹아버렸다.

평소에 학부모회의에 가면 일자무식인 공 할머니는 늘 꿔온 보리자루같이 한구석에 쪼그리고 앉아 있다가 회의가 끝나면 서리 맞은 풀이 되어 교실 문을 나오곤 했었다. 반주임 선생님은 공부를 잘하는 몇몇 애들과 진보가 빠른 애들에 대해서는 칭찬이 자자했지만 명석이에 대해서는 별 말이 없었다.

'명석이는 집에 돌아가서 몇 시까지 공부하는가요? 수업시간에 종종 책상에 머리방아를 찧군하던 데 제때에 잠을 자게 하세요. 명석이가 전자유희청(전자오락실 또는 PC방)에 자주 다닌다던데 잘 타일러주세요. 요즘 명석이의 학습 성적은 말이 아닙니다. '

공 할머니가 반주임 선생님한테서 듣는 말은 고작 이 몇 마디 뿐이였다.

"평시에 공부 잘하던 애들도 시험에서 미역국을 먹기도 하고 공부를 잘 못하던 애도 좋은 대학에 가는 수가 있다니깐, 대학시험도 운수노름 이랑깨.' 공 할머니는 저녁산보를 나갔다가 아파트 앞 정자에 모여 있는 몇몇 학부모들이 주고받는 말을 귀요기하면서 손자 놈의 운수를 은근히 믿고 있었다. '우리 석이는 워낙 머리가 좋은 애라 대학시험은 그대로 칠꺼야, 이제 석이가 대학교에 붙고 나면 동네에서 잔치도 크게 벌이고 덩실덩실 춤을 춰야지. 어디 두고 보라구.' 그녀는 어서 대학입시가 끝나고 합격통지서를 받을 날을 은근히 기다리고 있었다.

전화를 받고나서 잠이 천리밖에 달아난 명석이는 화장실에 들어가서 세수를 하고 방안에 들어와서 옷을 입었다.

할머니는 볶음채를 몇 가지 장만해서 상위에 올려놓고 밥을 한 공기 듬뿍 떠서 밥상우에 가져다놓았다.

밥상 앞에 앉아서 수저를 들고 이 반찬 저 반찬을 뒤적거리며 밥을 생쌀 씹듯 하던 명석이의 얼굴이 구름 낀 하늘같이 찌푸둥 해졌다.

"와? 반찬이 입에 맞지 않냐? 고내기(고양이) 밥묵는 것처럼 고래 묵고

서야 시험을 어떻게 치겠나? 입맛이 안 땡겨도 억지로 많이 묵어라."

"됐어."

할머니의 심정을 아랑곳하지 않는 손자 놈은 짜증을 버럭 내면서 수저를 놓고 자리에서 벌떡 일어났다.

"그럼, 찰떡이나 몇개 묵고 가그래이." 할머니는 애원하듯 말했으나 손자 놈은 들은 척도 하지 않고 문을 덜컥 닫고 밖을 나갔다. 할머니는 애원에 찬 눈길로 손자 놈의 뒤 모습을 한참동안 멍하니 바라보았다 손자 놈의 그 황소같은 고집을 이겨낼 수 없었던 것이였다.

여덟 시가 조금 지나자 학교대문 밖은 인파로 밀리였다. 대학응시생들이며 그들을 바래주러 나온 학부모와 친척들이 긴장감을 감추지 못한 채 서성거리며 저마다 자기집 애들에게 시험 칠 때 주의할 점들을 말해주고 있었다. 할머니는 손자애가 시험장 근방에 오지 말라고 명령하듯 했지만 집에 가만히 앉아있자니 속이 울렁거려서 손자 놈이 간 뒤 설거지를 대강 해놓고 학교문 앞으로 찾아왔었다.

"할매는 뭐할라고 이까지 왔어? 얼른 집에 돌아가지 않구…"

사람들 속에서 서있는 할머니의 모습을 발견한 명석이가 다가와서 못 마땅 한듯 짜증을 냈다.

"그래도 내가 여기서 지켜야 니가 시험을 잘칠거 아이냐?"

할머니는 호물입을 놀리면서 다정하게 말했다. 십 여분이 지나자 싸이렌소리가 울렸다. 응시생들은 대문을 지키는 공안원에게 수험증을 내보이면서 교문 안으로 들어갔다. 애들을 보내고 난 학부모들은 강한 햇볕을 피하느라 나무그늘아래 둘씩셋씩 모여앉아 한담도 하고 더러는 중간에 신문지를 펴놓고 트럼프를 치기도 하였다. 공씨 댁할머니는 그들 새에 끼어 앉아 남들이 하는 말을 귀동냥하면서 손자애가 복습한 문제만 시험에 나올 것을 맘속으로 빌었다. 한 시간쯤 지나자 할머니는 돌아가서 점심밥을 준비해야겠다는 생각이 들어서 자리에서 일어났다. 명석이가 아침에 밥을 먹는둥 마는둥 했으니 시험을 치고나면 배가 얼마나 고플가?

공할머니는 큰길에 나서자 걸음을 다그쳤다. 허리가 꼬부랑하고 혈압이 높고 심장병이 있어서 가끔 고생을 하지만 아직까지 힘은 있었다. 셋집 근처에 있는 채소시장에 들린 그녀는 한근에 1원 5십 전하는 수박 하나와 복숭아 두근을 사가지고 집으로 동동걸음을 쳤다. 할머니는 아침에 먹다 남은 반찬은 냉장고안에 넣어두고 점심에 무슨 반찬을 해야 명석이가 맛나게 먹을 수 있을가 하는 것만 생각하며 정성들여 점심반찬을 마련했다. 이제 40분만 지나면 응시생들이 대문으로 밀물같이 나오겠기에 할머니는 부랴부랴 학교로 잰걸음을 놀리었다. 숨이 가쁘고 땀이 비오 듯 흘러내렸다. 손자애가 시험장을 나오면서 환하게 웃는 모습을 그려보노라니 전신에서 힘이 솟았다. 10여분이 지나자 시험장을 나오는 학생들이 하나둘 보이더니 싸이렌소리가 울리자 수험생들이 대문 밖으로 우루르 몰려나왔다. 공 할머니는 대문에서 7~8미터 떨어진 곳에 서서 발돋움을 하면서 명석이의 귀여운 얼굴이 나타나기만을 기다렸다. 그런데 명석이는 할머니와 숨박꼭질을 하려는지 다른 애들이 거의 다 나왔는데도 얼굴을 내밀지 않았다. 할머니의 심장은 세차게 뛰기 시작했다.

"우리 석이 나오는 거 못봤수?"

할머니는 아는 사람들을 찾아 다급히 물었다. 그러나 그 자리에는 명석이가 나오는 것을 보았다는 사람이 하나도 없었다.

'석이가 시험장에서 무슨 사고를 치지나 않았노?' 할머니는 콩콩 뛰는 가슴을 달래며 마지막 애가 교문 밖을 나올 때까지 기다렸다.

"명석이할매, 여기서 뭘하세요?"

뒤늦게 시험장을 나오던 진철이란 애가 그녀를 보고 허리를 굽석이며 말했다.

"우리 석이 나오는 거 못봤냐?"

"명석이는 한 시간 전에 벌써 시험장을 나갔는데요."

"엉? 뭐라구? 우리 석이가 왜 그래 일찍 나갔냐? 엉?"

"저는 모르겠어요. 석이가 집에 가지 않았던가요?"

"안왔는데, 그럼 우리 석이가 어데 갔누? 우리 석이가 으이…"

낯빛이 금새 백지장같이 된 공 할머니는 뒷말을 잇지 못하고 "으, 윽"하더니 그만 밑둥잘린 나무같이 맥없이 푹 쓰러지고 말았다. 혈압이 급격히 올라 뇌출혈이 생겼던 것이다. 공 할머니는 그렇게도 바라던 손자애의 대학입학 소식도 듣지 못한 채 영영 쓰러지고 말았다.

(2006.07.15.『장백산2006년』, 한국『창작21』)

21. 마음속의 비밀(중편소설)

폭우가 억수로 퍼붓는 새벽, 하늘은 먹장구름에 꽈악 덮여 어두컴컴하다. 고양이같이 교문을 살그머니 빠져나온 해란이는 우산도 없이 장대 같은 빗줄기를 맞으며 허둥지둥 대통로에 나섰다. 고층건물에서 폭포같이 쏟아지는 낙수가 하수도로 미처 빠지지 못해 아스팔트길은 어디라 할 것 없이 온통 물 천지다. 삽시에 물참봉이 된 그녀는 다리가 후둘거렸지만 이를 사려 물고 앞으로 앞으로 발걸음을 재우쳤다. 이따금 번개가 장검같이 허공을 가르면 머리위에서는 우르릉 꽝꽝 하고 천둥이 터진다. 그녀는 금세 등 뒤에서 누가 유령같이 나타나 갈구리같은 손으로 덜미를 잡을 것만 같아 가슴이 섬떡 하였다.

이윽고 빗줄기가 점차 가늘어지면서 날이 훤히 밝았다. 길에는 행인들이 하나둘 나타났고 버스도 가끔 눈에 띄었다. 지금 반란파총부에서는 그녀의 야간도주를 발견하고 급히 홍위병들을 파견하여 골목을 막을 것만 같았다. 승냥이한테 쫓기는 토끼신세로 된 그녀는 겁에 질려 가슴이 방망이질하였다. 대로를 걷다가는 귀신도 모르게 잡힐 판이였다. 좀 에돌더라도 안전지대를 택해야겠다는 생각이 든 그녀는 무작정 좁은 골목으로 꺾어들었다.

생소한 골목에 들어서니 방향도 가리기 어려운데 굽이진 곳을 만날 때마다 심장이 쾅쾅 뛰여 걸음을 멈추고 주춤거렸다.

쓰레기가 둥둥 뜬 낙수가 발목까지 잠기는 골목길을 한 시간 남짓 걷고 나니 앞에 철길이 나타났다. 이젠 학교에서 퍽이나 먼 곳에 이르렀으리라 생각하니 탕개가 풀리고 사지가 나른 해졌다. 몸에는 한기가 덮쳐들고 주린 창자가 아우성을 쳤다.

철뚝에 올라가 다리쉼을 하려고 무거운 다리를 놀려 차단 봉 곁에 이르렀다. 돌기둥에 기대고 한창 가쁜 숨을 몰아쉬고 있는 데 뒤에서 팔에 붉은 완장을 낀 한 무리의 홍위병들이 두리번거리며 이쪽으로 걸어오는 것이였다.

'아차, 이젠 끝장이구나! 날 잡으러 오는 모양인데 어쩐담?'

몸을 다급히 일으킨 그녀가 도망 갈 방향을 찾는데 차단봉이 내려졌다. 이제 더 머뭇거리다가는 꼼짝달싹 못하고 잡힐 판이었다.

'뛰자, 차단봉이 내렸을 때 철길만 건너면 기차에 막혀 따라잡지 못하겠지.' 그녀는 허리를 굽혀 차단봉 밑을 빠져나와 철길 쪽으로 내달렸다.

"뿡!"

기관사는 철길로 사람이 오는 것을 발견하고 자지러지게 경적을 울렸다. 그러나 그녀는 열차가 다다르기 전에 레루를 넘으려고 기적에 아랑곳 않고 철길에 발을 올렸다.

"서라!"

벽력같은 외침과 함께 넉가래 같은 손이 그녀의 덜미를 잡고 뒤로 내동댕이쳤다. 제동을 걸어 속도를 죽이던 열차는 찬바람을 일구면서 그녀의 곁을 스쳐지나갔다.

"무슨 일로 죽겠다는 거야? 네가 죽고 사는 건 네 맘대로지만 여기서 인명사고가 나면 나는 밥통이 떨어져, 알겠어?"

그녀를 구해낸 철도 노동자는 볼 부은 소리를 지르면서 해란이를 일으켜 세웠다.

그는 물병아리 같은 처녀의 몰골을 훑어보다가 측은한 생각이 들었던지 온화한 목소리로 넌지시 물었다.

"마크를 보니 대학생 같은데 무슨 일로 천금 같은 목숨을 버리려고 했나?"

그녀는 대답 대신 애꿎은 눈물만 떨구었다.

"아버지의 병이 위중하단 전보를 받고 정신없이 달리느라 오는 기차를 미처 못봤어요."

해란이는 노동자의 물음에 이렇게 얼버무리고 말았다.

"그럼 길을 오겼구만. 기차역은 저 남쪽에 있는데 비나 피해가지고 가려무나."

"고마와요. 아저씨, 저는 사정이 급해 떠나야 해요."

그녀는 방울방울 샘솟는 눈물을 훔치면서 역전방향으로 걸음을 다그쳤다 .뒤를 돌아보니 홍위병들은 어느 길로 갔는지 보이지 않았다. 공연히 제김에 놀라서 원귀로 될 번했었다.

'어서 마귀의 소굴을 벗어나야만 해.'허둥지둥 걸음을 다그치던 그녀는 학생마크와 홍위병완장을 떼서 책가방에 넣었다. 여러 반란파 조직에서 그녀를 빼앗아가려 한다던 복대위의 말이 상기되었던 것이다.

'큰 역전에 갔다가 홍위병을 만나면 어쩌나? 대합실에 그들이 지킬지도 모르잖아? 십리길을 더 걷더라도 작은 역전이 안전할 꺼야.'생각을 정리한 그녀는 발길을 돌려 시교에 있는 작은 역전으로 향했다.

천근같이 무거운 다리를 옮겨 맥없이 터벅터벅 걷는 그녀의 뇌리에는 한 달 동안의 악몽 같은 일들이 주마등같이 지나갔다.

그녀는 할빈 H대학교 반란파사령부의 방송실에서 『모주석어록』을 읽으며 아나운서 면접시험을 기다렸다.

방송실은 사령부사무실과 벽 하나 사이다. 두 호실의 간벽에는 작은 미닫이창문이 있고 창문턱에는 전화기를 놓아두고 두 호실에서 공동으로 사용하고 있다.

작은 창문이 삐걱 소리를 내면서 열렸다.

"내 사무실로 오오."

"예."

해란이가 어록책을 손에 든 채 방송실을 뛰어나가 사령부실로 들어갔다.

몸집이 우람지고 키가 1메터 80쯤 되어 보이는 30대의 사나이가 일어서서 그녀를 내려다 보았다. 밤색 구두를 신고 중산복을 입은 이 사나이는 채양이 긴 모자를 쓰고 금테안경을 걸었는데 입이 유달리 크고 왼쪽 눈가에는 팥알만한 기미가 있었다.

"동무가 옥해란이요?"

"그렇습니다."

"올해 몇 살이지?"

"스물 셋입니다."

"어느 학부에 있소?"

"기계전기학부입니다."

정색을 하고 엄숙하게 묻던 그는 얼굴에 웃음을 띄우면서 말했다.

"좋소. 생김새도 예쁘고 말도 잘하는군. 훌륭한 아나운서 감이요. 앞으로 방송실에서 자고 일해야 하니 식사할 때와 화장실 출입 외에는 아무데도 가지 말고 방송실에 있으면서 수시로 나의 지시를 받아야 하오. 나는 복대 위라 하는데 총부의 책임자요. 이 두 사무실의 문건접수와 청소는 모두 동무가 맡아야 하오."

말을 마치고 밖에 나갔던 그는 무슨 일이 생겼는지 부랴부랴 돌아오더니 해란이에게 사무실의 열쇠를 맡기면서 엄숙하게 말했다.

"여기의 모든 것은 다 비밀이요. 내 이름, 주소, 사무실을 남들한테 말해서는 절대로 안되오. 낯선 사람이 나를 찾거든 모른다고 하오. 그리고 평소에 내 사무실의 문은 잠궈놓소."

복대위가 나간 뒤 해란이는 사무실을 깨끗이 청소하고 나서 문을 채우고 방송실에 돌아왔다. 손을 씻고 나서 침대에 걸터앉아 단발머리를 손빗질하던 그녀는 총부의 책임자가 틀거지 있고 손아귀가 무척 셀 것 같아 매사에 신경을 곤두세워야겠다고 생각했다.

어느날 아침 일찍 일어난 그녀는 이불을 반듯이 개어놓고 실내청소를 한 뒤 웃옷을 벗고 세수를 했다. 이때 노크도 없이 문이 열리더니 복대위가 불쑥 들어왔다. 그녀는 부랴부랴 웃옷을 걸쳤다.

"옷을 입지 말고 어서 세수나 하오."

해란이는 옷을 걸친 채 얼굴을 대강 씻고 나서 손으로 머리를 빗었다.

"특수임무가 생겨서 식당에 갈 시간이 없소. 과자를 사왔으니 여기서 요기하오."

복대위는 들가방에서 과자봉지를 꺼내 사무상위에 올려놓았다.

그녀는 무척 송구스러웠으나 과자봉지를 펼쳐놓고 먹었다.

"복사령, 무슨 특수임무가 있습니까?"

"오늘은 시위행진을 하는데 좀 있다가 자동차가 오면 축음기와 레코트판을 싣고 거리에 나가야 하오. 여러 반란파 조직에서 참가하는데 우리가 첫 포를 쏴야 하니 동무는 이번에 본때를 보여줘야 하오…"

7시가 되자 교정에는 시위행진에 참가할 홍위병들이 줄지어 섰다. 복대위는 연단에 올라가서 주의사항을 말했다.

시위대오는 해방표 트럭을 앞세웠는데 트럭에는 채색종이 기를 든 학생들로 가득 찼다. 반란총부의 기는 트럭에 고정시켜놓았다. 선전차가 그 뒤를 바싹 따랐는데 복대위는 해란이와 함께 선전차에 앉았다.

성세호 대한 시위행렬이 교정을 나서자 복대위가 입을 열었다.

“해란이, 차의 속도가 늦을 때는 레코트를 틀고 사람이 많은 곳에선 어록을 웨치시오.”

뒤이어 확성기에서는 “대해항행은 키잡이의 힘…”이 우렁차게 울렸다.

난생 처음 선전차에 앉은 해란이는 흥분과 긴장감에 심장이 세차게 고동쳤다. 자신이 혁명대오의 앞장에 섰다는 긍지감에 그녀는 시간이 가는 줄도 목구멍이 아픈 줄도 모르고 어록을 외우고 또 외우고 구호를 웨치고 또 웨쳤다.

“해란이는 정말 대단해. 명실공이 ‘활어록’이야. 문구 사용에 무게가 있고 언어가 유창하고 고저장단도 안성맞춤하거든.”

지도자의 칭찬을 들은 그녀는 꿀물을 마신 듯 속이 달콤했다.

어느날 저녁, 해란이가 어록을 읽다가 잠이 몰려와서 문을 안으로 걸고 잠자리에 들었는데 밖에서 방송실의 문고리를 당기는 소리가 났다.

“누구야?”

그녀가 깜짝 놀라 비명을 지르자 밖에 있던 사람은 꽁무니를 뺐다.

해란이는 가슴이 활랑거려 도무지 잠을 이룰 수가 없었다. 옷을 입고 침대에 걸터앉아 날이 새기를 기다리다가 새벽녘에 쪽잠이 들었다.

“쾅쾅”

문을 두드리는 소리에 잠에서 깨어난 해란이가 눈꺼풀을 비비고 창 밖을 내다 보니 아침햇살이 사무상(책상)을 비추고 있었다.

“누구세요?”

그녀는 문가로 걸어가서 물었다.

"해란이, 나요."

복대위가 찾아온 것이였다. 그가 방송실로 들어오자 해란이는 설음이 북받쳐서 울음보를 터뜨렸다.

"왜 울고있소?"

해란이는 흐느끼면서 엊저녁에 벌어질 뻔한 일을 보고하였다.

"그까짓게 뭐 대단해? 아마 다른 반란파 조직에서 너를 납치하려고 그랬는 것 같으니 각별히 조심해야겠소."

'다같은 혁명조직인데 사람을 납치하다니…'한동안 입을 다물고 손톱 여물만 썰던 해란이가 복대위를 쳐다보며 말했다.

"복사령, 아나운서를 다른 사람한테 맡기세요. 저는 밤에 무서워서 여긴 못있겠어요."

"뭐라구? 고만한 일로 뒷걸음치겠다고? 동무는 조직기율을 잊었소?" 복대위는 정색을 하고 해란이에게 사상교육을 시작하였다.

"이렇게 하기오. 내일 325호실에 두 사람을 파견해 야경을 시키겠소. 이러면 안심할 수 있겠지?"

복대위의 말에 해란이는 저으기 마음이 놓였다.

운동의 형세는 하루가 다르게 변하였다. 며칠이 지나자 주요 가도와 광장, 기관, 학교 및 고층 건물에는 어디라 없이 표어로 도배됐다. 골목골목을 꿰지르고 달리는 선전차들은 온 시가지를 아수라장으로 만들었다.

어느 토요일 오후, 먹장구름이 하늘을 뒤덮고 6~7급의 바람이 몰아쳤다. 폭풍우가 들이닥칠 조짐이였다. 복사령이 헐레벌떡 방송실로 달려왔다.

"해란이, 어서 방송 원고를 가지고 거리에 나가기오. 지금은 거리에 차가 적어서 좋은 기회요. 아무아무가 주자판가 아닌가 하는 걸 XX학원 반란파들과 변론해야겠소. 그 자들이 준비를 못했을 때 선손을 써야겠소."

선전차가 XX학원에 이르러 구호를 몇번 부르지도 못했는데 번개가 일더니 폭우가 쏟아졌다. 금방 벽에 붙여놓았던 대자보는 물참봉이 되여 낙엽같이 길바닥에 떨어져 나딩굴었고 행인들도 자취를 감추었다. XX학원의 홍위병들은 교실에서 창문을 닫아걸고 바깥의 동정에 아랑곳하지 않았다.

"망할 자식들, 기세에 눌려 감히 못나오는가부지." 복대위는 씩씩거리며 거센 숨을 몰아쉬더니 마이크를 들고 목청껏 외쳤다.

"XX반란파들은 듣거라. 너희들은 변론할 자신이 없으니 쥐새끼같이 숨어 있구나. 너희들이 진정 혁명한다면 어서 나와서 우리와 변론하자!"

그래도 대방에서는 아무런 반응도 없었다.

"비겁한 놈들, 어디 두고 보자!" 복대위는 결이 나서 이를 부득부득 갈았다.

도전에 실패한 복대위는 운전기사를 보고 학교로 돌아가자고 분부하였다. 폭풍우를 맞받아 질주하는 자동차는 소방차마냥 빗방울을 신작로 양켠에 뿌리였다.

방송실에 돌아온 해란이는 머리의 빗물을 닦고 나서 커텐을 치고 물에서 건진 것 같은 겉옷을 벗어 짜서 침댓머리에 걸어놓고 속옷을 갈아입은 뒤 사무상 앞에 앉았다. 아무리 고달파도 견지하고 쓰는 일기였다. 일기를 쓰고 나니 소름이 끼치고 한기가 엄습 해 왔다. 그녀는 진통제 약을 두 알 먹고 침대위에 올라가 이불을 덮어쓰고 누웠는데 이내 꿀잠이 빠졌다.

그녀는 자다가 무서운 꿈을 꿨다. 그녀는 시위행진에 나갔다가 오매에도 그리던 고중 때의 연인 천룡이가 부랑자들한테 물매를 맞고 있는 것을 보았다. 그녀는 놈들과 시비를 따지려고 앞으로 달려갔다. 갑자기 헌 담장이 우르르 허물어져 그녀는 담장에 깔려 옴짝달싹할 수 없었다. 사람 살리라고 고함을 쳐도 말이 목구멍을 빠져나오지 못했다. 한사코 몸부림치다가 깨어나 보니 복면을 한 사내가 그녀의 몸위에 덮쳐들고있었다. 자신이 폭행을 당한다는 것을 직감한 그녀가 고함을 치려 하자 그자는 대뜸 손수건으로 그녀의 입을 틀어막았다.사나이는 입에 물었던 가위를 그녀의 목에 가져다대면서 발음이 분명 찮은 소리로 위협했다.

"꼼짝말아. 반항하면 눈을 도려내고 죽여버릴테다."

가까스로 정신을 차린 해란이는 몸을 연자돌에 눌린 듯 숨이 막히고 요동할 수조차 없었다. 젓 먹던 힘까지 다 내여 결사적으로 반항했지만 여인의 연약한 힘으로 억대우같은 사내의 폭행을 막기에는 역부족이였다. 발버둥치며 항거하던 그녀는 사내의 강타를 맞고 그만 혼미상태에 빠졌다.

새벽에 가까스로 정신을 차린 해란이는 입을 틀어막은 손수건을 뽑아내고 전등 스위치줄을 더듬었으나 손에 잡히지 않았다. 일어나려고 해도 몸이 천근같아 꼼짝할 수 없었다. 정적이 깃든 사무실안에 들리는 건 오로지 창문을 때리는 비 소리 뿐이였다. 모지름*을 써서 일어나 앉은 그녀는 번개 빛을 빌어 하얀 침대보위에 얼룩진 피자국과 침대머리에 떨어진 가위를 보았다.

엊저녁에 폭행당한 일을 생각하자 그녀는 치가 떨리고 몸에 소름이 오싹 끼쳤다. 너무 원통해 가슴을 치며 통곡하고 싶었으나 그럴 처지가 못 되었다. 울음소리에 경호원이 깨여나고 아랫층의 사람들이 우르르 몰려와 이 광경을 목도한다면 무슨 꼴이 되겠는가?쓰거운 눈물이 볼을 타고 흘러내렸다. 침댓보에 찍힌 피자국을 보고 이를 부득부득 갈던 그녀는 가위를 자세히 보았다. 건넛 칸 사무실에서 본 눈익은 가위였다.

안팎으로 경비가 삼엄한 반란파총부의 사무실과 방송실을 누가 감히 들어올 수 있단 말인가? 엊저녁에 방송실문을 분명히 안으로 걸었는데 놈이 어떻게 들어왔을가? 총부 사무실의 미닫이를 떼고 들어온 것이 분명하였다. 총부사무실의 문을 열 수 있는 사람이 누구인가? 복대위의 소행이 불 보듯 뻔했다. 마음같아서는 칼을 들고 그놈을 찾아가고 싶었으나 이지를 잃은 미욱한 짓을 할 수는 없었다.

건달 놈을 법에 고소하면 어떨가? 해란이는 고개를 가로 저었다.공안이며 검찰, 법기관이 엉망진창이 된 오늘 내가 기소를 한다면 누가 접수하며 설사 법기관에서 안건을 접수한다 한들 기세등등한 그자를 누가 감히 체포한단 말인가? 야속한 것은 연약하고 무능한 자신뿐이였다. 혁명파의 허울을 쓰고 짐승 같은 짓을 하는 승냥이 놈아, 이제 두고 보자.어느 때든 내 기어코 원쑤를 갚고야 말테다. 이를 사려 문 그녀는 가위로 침대보의 피묻은 자리를 베내서 가위를 싼 뒤 책가방 안에 넣었다. 죄증을 보관할 타산이였다. 어둠속에서 옷을 찾아 입고 나서 이불짐과 일용품을 싸서 묶어 놓았다. 그녀는 방송실과 총부사무실의 열쇠를 미닫이창문턱에 올려 놓고 나서 방송실의 문을 열고 다람쥐같이 살그머니 복도를 지나 아래층의 현관에 내려왔다.

막상 교정을 떠나려고 하니 그녀는 가슴이 쓰리고 발걸음이 무거워졌다.이곳은 소녀시절부터 그렇게 동경하던 배움의 전당이 아닌가? 그녀는 동창들과 작별인사 한마디 못 나누고 야반도주를 하는 자신의 처지가 한스럽기 짝이 없었다. 혁명을 한답시고 남의 장단에 춤추다가 처녀의 정조를 짓밟혔는데 이제 반란에 무슨 미련을 둔단 말인가?가자, 어디든지 멀리 떠나버리자. 날이 밝기 전에 어서 이 마귀의 소굴을 빠져 나가야 한다.

교구에 있는 기차역이 어렴풋이 눈에 보이자 해란이는 걸음을 멈추고 망설이였다.무턱대고 여기까지 왔는데 이제 내가 어디로 가야 하나? 그녀의 눈앞에는 천룡이의 밝은 얼굴이 달처럼 떠올랐다. 천룡오빠. 오매불망 그리는 당신은 지금 어디서 무얼 하고있나요? 그녀는 3년 동안 편지 한통 없는 천룡이가 야속하기 그지 없었다. 오빠의 마음속에 아직도 이 해란이가 자리잡고 있을까? 내가 찾아간다면 오빠가 예전처럼 나를 반겨줄까? 나의 처지를 안다면 그이의 마음은 어떠할가? 순결을 지키지 못한 내가 무슨 낯으로 그이를 찾아간단 말인가? 너무너무 사랑하기에 나는 그이를 찾아갈 수가 없어. 그럼 어디로 행한단 말인가? 아무리 생각을 굴려 봐도 갈만한 곳이 없었다. 그녀는 대합실에 들어가서 고향집으로 가는 기차표를 사는 수 밖에 없었다.

열차에 오른 해란이는 출입문과 가까운 구석진 곳에 좌석을 잡았다. 여객들은 물병아리가 된 그녀를 보고 놀라면서 왜 우산을 지니지 않고 길을 나섰는가고 나무랐다. 해란이는 여객들의 동정에 설음이 북받쳐 올라 차탁에 엎디어 흐느꼈다. 근방에 앉은 여객들은 그녀를 달래면서 감기에 걸리기 쉬우니 어서 옷을 벗어 빗물을 짜라고 권고하였다. 해란이는 몸에 한기를 느끼고 화장실로 들어 갔다. 옷을 벗어 비물을 짜 입은 뒤 좌석으로 돌아왔다. 여객들이 호기심을 가지고 이것저것 물을가봐 그녀는 좌석에 앉자마자 엎드렸다. 밤잠을 설치고 비바람 속에 몇 시간을 시달린 그녀는 노독에 어슴푸레 잠이 들었다.

"애야, 이젠 일어나거라."

옆에 앉았던 한 할머니가 어깨를 흔드는 바람에 그녀가 깨나보니 기차는 어느새 종착역에 이르렀다. 정신을 가다듬고 간신히 일어나 차문어귀까지 걸어나 온 그녀는 플렛트폼에 내려 법석거리는 인파를 따라 개찰구를 빠져나왔다.

역전광장의 복판에는 한 소녀가 손에 비둘기 한 마리를 받쳐 들고 서있는 조각상이 있었다. 소녀의 발주위에는 비둘기 몇 마리가 그녀를 에워싸고 있었다. 해란이가 조각상위를 올려다보니 소녀의 손바닥에 앉은 비둘기는 한쪽 날개 죽지가 없었다. 어느 심술꾸러기가 돌을 던져

비둘기를 해친 모양이었다. 얼마나 참혹한 정경인가? 너의 처지도 나처럼 애처롭구나. 푸른 하늘을 자유롭게 날려던 아름다운 희망이 저렇게 처참하게 깨어졌으니 비참하기는 나와 다름 없구나. 그 무엇이 너와 나의 행복과 파아란 꿈을 이렇게 산산조각으로 만들었나? 오늘 내가 이 모양 이 꼴로 집에 돌아간다면 부모님께서 얼마나 실망하시겠나…

해란이는 저녁 네시에 있는 마지막 버스를 타려고 정류소로 종종걸음을 쳤다. 매표구 앞에서 표를 사려고 호주머니를 뒤지던 그녀는 눈이 퀭해졌다. 돈이 70전밖에 없었다. 차표를 사려면 50전이 모자랐다.혹시 한마을에 사는 사람을 만날가 하고 주위를 돌아봐도 아는 사람이 하나도 없었다.70리나 되는 시골길을 홀로 걸어갈 수는 없었다.

그녀는 고중 때 동창이자 하숙집 주인의 아들 권철이를 찾아가기로 했다. 골목길을 꿰지르니 바로 영화관앞이였다. 선전용화랑에는 영화 "지뢰전"을 소개한 그림이 붙어있었다. 그녀는 천룡이와 처음 밀회를 가질 때 바로 이 영화관에서 영화를 보던 일이 생각났다.

잊을래야 잊을 수 없는 지난날이 주마등같이 그녀의 머릿속을 스쳐갔다. 1961년 새학년도에 그녀가 시의 한족고중에 입학하여 두 번째로 맞은 주말이였다. 그날 오후 담임교원인 강 선생님께서는 전교의 조선족학생들을 학교 구락부에 불러놓고 서로 인사를 시켰다. 회의가 시작되기 10여 분 전에 그녀가 구락부에 들어서니 이미 학생 10여명이 와 있었다. 그중 검정 운동복을 입은 한 남학생은 피아노를 치면서 조선민요 "아리랑" 을 신나게 부르고 있었다. 음악을 즐기는 해란이는 피아노 가까이 가서 그 노래를 가만가만 따라불렀다. 연주를 마친 남학생이 일어서더니 해란이를 보고 빙긋 웃으면서 말을 걸었다.

“화음을 치는데 숙련되지 못해 부끄럽소.” 그는 두 손으로 피아노를 가리키면서 말하였다.

“동무가 한번 쳐보오.”

피아노를 만져보지도 못한 그녀는 금세 얼굴이 익은 능금알로 되었다.

“미안해요. 저는 피아노를 칠 줄 몰라요.”

그 남학생은 다시 탁구대 앞에 가더니 탁구채를 쥐고 말했다.

“회의를 하려면 아직 시간이 남았는데 누가 탁구를 치겠소?”

선뜻 나서는 학생이 없자 그는 아쉬운 듯 탁구채를 놓고 자리에 가 앉았다.

이윽고 강 선생님이 들어왔다. 그분은 학생들이 아직 덜 모인 것을 보고 탁구대 앞에 가더니 그 남학생을 불러 두 사람이 함께 공을 쳤다. 그들은 길게 뽑고 가까이에서 깎는 것과 정면이나 뒷면으로 치고받는 기술이 대단했다.

학생들이 다 모이니 모두 18명이었는데 여학생은 오직 해란이 뿐이었다. 고년급 학생이 다수이고 신입생은 세 명 뿐이었다. 해란이와 권철이외에 남학생 한명이 더 있었다. 권철이는 학교와 1리 상거한 철길 동쪽에 사는데 해란이의 외가와 동성동본이며 해방전부터 친숙한 사이라 해란이의 어머니가 권철의 부친을 오빠라고 부르므로 해란이도 권철이를 오빠라고 불렀다.

먼저 강 선생님이 자아소개를 했다.

“우리 부부는 다 조선족입니다. 우리 조선족학생들은 총명하여 공부를 잘하는데 문체활동에서도 장끼를 발휘해야 합니다…모두들 자아소개를 하고 서로 낯을 익힙시다.”

피아노를 치던 그 남학생이 얼굴에 환한 미소를 지으면서 일어서서 말했다.

“저는 고3.1반에 있는 천룡입니다. 집이 요녕에 있어서 앞으로 동무들의 신세를 많이 질 것 같습니다.”

그 한차례의 모임이 있은 뒤 해란이는 천룡이에 대해 점차 호감이 생기기 시작했다. 1미터 75센치가 조금 넘는 키에 둥글넙적한 얼굴, 검은 눈섭아래 쭉 선 콧대, 커다란 눈, 웃을 때 생기는 보조개, 꿋꿋한 키에 어느때나 검정운동복을 입고 다니는 그는 성격이 활발하고 음악과 체육에 능하였다. 집이 요녕에 있는 학생이 왜 우리 길림에 와서 공부할까? 피아노 치는 건 언제 배웠고 탁구 치는 기술은 언제 익혔을까? 일련의 물음표가 머릿속에서 맴돌이쳤다. 해란이네 교실은 천룡이네 교실과 복도를 사이두고 있어서 교실을 드나들 때면 자주 볼 수 있었다. 그와 만날 때면 해란이는 방긋 미소를 지으며 눈인사를 하거나 고개를 약간 끄덕이었다. 날이 갈수록 그녀는 천룡이에 대한 호감이 커갔고 그와 접근하고 싶은 충동이 생겼다.

국경절을 맞으면서 학교에서는 문예공연대회를 열었다. 천룡이네 학급에서는 “조가네 층집을 불사르다”라는 연극을 공연했는데 천룡이가 주역을 맡아 관중들의 박수갈채를 받았다. 막간 휴식 때 천룡이는 또 막 앞에 나와 바이올린 독주까지 하였다. 해란이는 천룡이의 다재다

능에 감복하였다.

어느덧 "12.9"운동기념일이 다가왔다. 학생회에서는 또 한 차례의 문예공연을 조직했는데 학습의 압력이 큰 3학년 학생들을 돌봐서 1,2 학년에만 임무를 맡겼다. 학급의 단지부서기를 맡은 해란이는 대합창을 하는데 악기반주를 맡을 학생이 없어서 문오위원인 장연과 상의한 끝에 천룡이한테 도움을 청하기로 하였다. 해란이는 단독으로 천룡이를 만나기가 쑥스러워서 장연과 함께 천룡이네 교실 문을 노크했다.

밖에서 누가 찾는다는 말을 듣고 복도에 나온 천룡이는 해란이를 보고 무슨 일로 찾는가고 물었다. 장연이가 그를 찾아 온 사유를 말하자 천룡이는 고개를 끄덕이면서 통쾌하게 응낙했다.

그들은 천룡이의 학습에 지장을 덜 주려고 점심시간이나 저녁식사 후의 짬을 타 종목을 련습하였다.

이번 공연에서 해란이네가 출연한 대합창이 최우수상을 받았다.

어느 토요일날 저녁, 영화관에서 조선영화 "춘향전"을 상영한다는 말을 들은 해란이는 천룡이와 함께 영화관람을 가려고 마음 먹었다. 그러나 단독으로 천룡이를 만날 용기가 나지 않아 비록 맘에 내키지 않았지만 장연이를 앞세우고 천룡이를 찾아갔다. 천룡이는 그들의 말을 듣고 무척 기뻐하면서 다섯 시 반에 영화관 문 앞에서 만나자고 말하였다. 영화상영을 5분 앞두고 천룡이가 영화관 앞에 왔다. 좌석을 잡을 때 장연이가 해란이더러 천룡이의 곁에 앉으라고 밀자 그녀는 못이기는 척 하고 가 앉았다.

영화를 보다가 해란이는 천룡이한테 낯을 돌리면서 가만히 물었다.

"동무는 요녕사람인데 왜 여기서 공부하나요?"

"고중에 입학한 뒤 집이 요녕으로 이사 간 거요."

천룡이의 대답은 아주 간단했다.

어느새 영화가 끝났다.

그해 학교에서는 "근공검학"활동을 대대적으로 벌였다. 학교에서는 노동에 참가한 학생에게 약간의 양권을 내줬는데 해란이도 양권을 10근 받았다. 거듭되는 천재와 인재로 온 나라 백성들이 심한 기아에 허덕일 때 알곡은 목숨과 같이 귀한 것이였다. 양권을 손에 받아 쥔 해란이는 남먼저 천룡이를 생각하였다. 천룡이는 학교의 식당밥을 먹으니 배를 얼마나 곯을가? 신체가 좋고 운동을 즐기는 그가 끼마다 강냉이가루떡 두개만 먹으며 주림을 참느라 얼마나 고생할까?

"지난번 모임에서 동무는 집이 먼 데 있어서 우리의 도움을 바란다고 했지요? 오늘 저에게 남은 양권이 좀 있어서 드립니다. 약소하나마 보태 쓰세요. 극비!!!" 해란이는 글을 쓴 쪽지에다 양권 10근을 끼워서 천룡이가 수업을 마치고 식당으로 갈 때 남의 눈을 피해 천룡이의 손에 쥐여주었다.

원단에 학교에서는 사흘 동안 휴식하였다. 집에 오가는 버스비를 남기려고 학교에 남은 해란이는 교실에 홀로 있기가 적적해서 천룡이를 찾아가서 함께 영화구경을 나섰다. 두 사람이 나란히 길을 걷는데 천룡이가 먼저 입을 열었다.

"동무의 관심에 감사드리오. 하지만 이후로는 절대 그러지 마오. 알겠소?"

차지도 덥지도 않은 천룡이의 말에 해란이는 대답할 말을 찾지 못하고 생긋 웃어보였다. 그녀는 대답을 기다리는 천룡이의 눈길과 마주치자 얼굴이 홍시같이 익고 가슴도 참새를 품은듯 콩콩 뛰었다. 그녀는 자기가 짝사랑에 빠진 것이 아닌가고 의심해봤으나 천룡이가 호의를 받아들인 걸 보아 자기를 배척하지는 않는다고 단정했다. 영화관에서 금방 좌석을 잡을 때 두 사람은 저마다 단정한 자세를 취했지만 영화를 보면서 그들은 서로 어깨를 맞대게 되었다. 영사막에 젊은 사내가 연인에게 꽃다발을 선물하는 장면이 나타났다. 이때 천룡이는 호주머니에서 자그마한 물건을 꺼내 해란이의 손에 쥐여주었다. 그녀가 희미한 불빛을 빌어 펴보니 붉은 털실로 짠 장갑을 손수건에 싸 놓은 것이였다. 그녀는 어디서 그런 용기가 생겼던지 천룡이의 손을 꼭 쥐고 오래동안 놓을 줄 몰랐다.

"천룡동무, 저에게 왜 이런 선물을 하나요?"

"동무 생각에는?"

학교로 돌아오는 길에서 천룡이는 해란이의 물음에 확답을 피하고 빙그레 웃으면서 되물었다. 그는 해란이의 대답을 기다리다가 천천히 입을 열었다.

"나는 날마다 업간 체조시간 때면 눈길이 동무네 학급 쪽으로 향해지군 했소. 다른 학생들은 다 털실 목도리를 두르고 장갑까지 꼈는데 유독 동무만은 추운 날씨에 그냥 체조하는 걸 보니 마음이 쓰리였소. 추위를 단 얼마라도 막으라고 보잘 것 없는 장갑을 선물했소. 동무의 도움에 비하면 보잘 것 없지만…"

"고마와요." 해란이는 고개를 끄덕이며 방긋 웃었다. 어느새에 교문 앞에 이르렀다.천룡이는 해란이의 자그마한 손을 꼭 쥐고 아무런 말도 없이 그녀를 뚫어지게 보았다. 마치도 그녀의 마음을 꿰뚫으려는 듯이. 그는 돌아서서 두어발작 내디디다가 다시 머리를 돌려 해란이한테 손을 젓고나서 성큼성큼 교정안으로 들어갔다. 해란이는 못박힌듯 서서 그가 시야에서 사라질 때까지 눈바램을 했다.

겨울방학이 되었다. 학생들은 너도나도 앞다투어 귀가했다.이튿날 아침 버스표를 사놓은 해란이는 천룡이가 밤 11시 차표를 샀다는 말을 듣고 저녁 7시가 되자 천룡이를 찾아갔다. 기차를 탈 시간이 4시간 남았으므로 그들은 영화관에 가서 영화를 보고 나왔다. 하늘에서는 솜털같은 눈이 날렸는데 겨울치고는 무척 푸근한 날씨였다.그들은 역전광장 부근의 거리에서 어깨를 나란히하고 걸으면서 학습과 이상에 대한 이야기를 주고받았다.가슴속에 숨겨놓은 말들이 많았지만 누구도 털어놓기를 주저했다.그들은 심중에 깊이깊이 숨겨둔 사랑이 신성하다는 것을 누구보다 잘 알고있기 때문이였다.

해란이는 두 사람이 호젓이 만난 이 자리에서 진정을 토로하려고 몇번이나 입술을 호물거렸지만 천룡이가 웃을가봐 감히 입을 열지 못하였다. 그러나 이제 두 시간만 지나면 천룡이가 열차에 오를 것을 생각하니 절호의 기회를 놓치기가 싫었다.

"천룡동무,우리가 알게 된지 얼마인가요?"

"반년이 되어오는군요."

"나는 이 한학기가 십년이나 되는 것 같았어요."

“왜 그럴가?”

해란이는 천룡이의 곁에 바싹 다가서서 발등을 내려다보며 모기소리로 말했다.

“양해해 주세요. 저는 동무를 만나고부터 왠 영문인지 기쁨과 고통이 반죽된 느낌이예요. 마치도 방향을 잃은 새가 그물에 걸린 것 같이…”

그녀는 빙그레 웃는 천룡이의 얼굴을 감히 쳐다보지도 못하고 안타깝게 그의 대답만 기다렸다. 이윽고 천룡이가 천천히 입을 열었다.

“동무의 진정은 나도 알고있소. 동무처럼 총명하고 맘씨 고운 여성을 인생의 동반자로 삼는 사람은 세상에서 가장 행복할 거요. 그러나 우리는 아직 인생을 잘 모르고 자립도 못한 학생신분이오. 우리는 모든 정력을 학습에 몰붓고 서로 돕고 서로 고무해 두 사람이 다 대학에 진학한 다음 미래를 설계하는 것이 보다 현실적이 아닐가? 해란이, 내가 한 말의 뜻을 알만하겠지?”

천룡이가 해란이의 손을 꼭 쥐고 의미심장하게 웃어보이자 그녀는 격동되여 눈물이 핑그르 돌았다.

“어서 눈물을 닦아, 낯이 얼겠는데…”

해란이는 천룡이의 넓은 가슴에 얼굴을 대고 어깨를 들먹거렸다. 밤, 삼나만상이 고요에 잠긴 밤, 가로등불도 지쳤는 듯 명멸하는 거리에서 한쌍의 청춘남녀는 인적 끊긴 거리의 주인이 되어 많고 많은 정담을 나누었다. 발차시간을 한시간 앞두고 그들은 정거장으로 돌아왔다.

지루한 방학이 끝나고 개학할 날이 찾아왔다. 버스를 타고 시내에 온 해란이는 책가방과 일용품을 넣은 가방을 메고 식량자루를 짊어진 아버지를 따라 하숙집인 권철이네 집으로 찾아갔다.

그날 저녁, 해란이의 부친과 권철의 부친은 술상에 마주 앉았다. 술이 거나해지자 흥이 안 두 사람은 말이 잦았다.

"여보 형님, 해란이가 고중을 졸업하면 우리 혼사를 정합시다. 형님네 막내가 대학에 가면 더 좋고 낙방해도 무방하오. 어쨌든 나는 철이를 사윗감으로 점찍어 놨소. 우리가 사돈이 되어 오순도순 지내면 여북 좋겠소."

"그렇게만 된다면 나도 두손 들고 환영하오. 내가 보건대 걔들은 천생연분이오."

흥이 도도한 권영감은 고개를 연신 끄덕이며 맞장구를 쳤다. 옆방에 앉아서 어른들의 말을 귀동냥하던 해란이는 너무도 억이 막히고 귀에 거슬려서 일찌감치 이불을 덮어쓰고 누웠다. 이튿날 아침 해란이는 밥을 먹자마자 책가방을 메고 학교로 갔다. 누구보다 천룡이가 몹시 보고 싶었다.

새 학기가 되자 학습이 긴장해졌다. 해란이는 대학입시 시험준비에 바쁜 천룡이의 학습에 지장이 될 가봐 의식적으로 그와의 접촉차수를 줄이였다. 5월 달에 천룡이가 졸업시험을 치르고 나자 해란이는 그를 찾아가서 어느 대학 무슨 전업을 지망하는가, 생활에서 애로는 없는가를 물었다. 천룡이는 예술학원의 음악전업을 지망한다면서 생활에 별 어려움이 없으니 안심하고 공부나 잘하라고 말하였다.

7월 하순에 대학입시시험이 진행 되었다. 수험생들에게 시험장소를 제공하느라 재학생들은 농촌에 내려가 적비노동에 참가하였다. 해란이가 시골에서 닷 새 동안 일을 하고 교정에 돌아와 보니 대학입시 시험을 치른 고3학생들이 모두 집에 돌아가고 3학년 교실은 텅텅 비어 있었다. 해란이는 현관 벽에 써 붙여 놓은 수험생명단에서 천룡이의 이름을 읽었을 뿐이였다.

9월 초에 해란이는 천룡이가 부쳐온 편지를 받았는데 금년에 국가에서 대학생모집인수를 줄인 바람에 낙방됐다면서 명년에 시험을 한 번 더 치르겠다고 하였다. 그는 해란이 더러 잡념을 버리고 정력을 학습에 몰 부어 기초를 튼튼히 닦으라고 조언 하였다.며칠 뒤 그는 약간의 복습재료와 백노지 한 묶음을 우편으로 부쳐왔다. 종이가 결핍하던 그 시기에 한 뭉치의 백노지는 그녀의 학습에 커다란 도움이 되였다.

순식간에 2년이란 시간이 흘러 해란이도 고중을 졸업하였다. 총명한 기질에 워낙 악착스레 공부한 보람으로 그녀는 할빈에 있는 H대학에 진학 하였다. 대학교에 등교하여 한주일이 되었을 때 해란이는 자기를 그렇게 아끼고 보살펴주던 천룡이에게 감사편지를 써 보냈는데 어인 영문인지 강물에 돌 던진 격으로 회신이 없었다. 혹시 편지가 중도에서 유실되지 않았나 하고 일년 동안 대 여섯 번이나 편지를 띄웠어도 천룡이한테서는 아무런 회답이 없었다. 지금 그이는 어디서 무얼 하고 있을까? 편지를 한통도 받아보지 못했을까? 아니면 마음이 변해서 나보다 더 이쁜 처녀를 만나 가정을 꾸렸나? 아니, 참군했을지도 몰라.천룡이에 대한 그리움은 자나 깨나 그녀를 괴롭혔다…

"뺑—뺑" "28형"뜨락 또르 한대가 그녀의 곁을 스쳐가더니 몇 미터 앞에 가서 멈춰섰다.

"뒈질 계집애, 죽으려고 환장했나? 왜 길도 보지 않고 걷는 거야?"

볕에 낯이 까맣게 탄 40대의 사나이가 운전석의 창문으로 머리를 내밀고 욕설을 퍼부었다.

깊은 상념에서 소스라쳐 깨어난 해란이는 길가로 비켜서서 운전기사에게 연신 사과했다. 그러자 운전기사는 노기가 풀렸는지 얼굴에 화색을 피우면서 농을 던졌다.

"길을 걸을 땐 머리를 들고 다녀라. 님 생각하느라 땅만 보다가 염라왕한테 잡혀가면 어쩔려구…"

다시 발동을 건 뜨락 또르는 그녀를 뒤에 두고 가스냄새를 풍기며 앞으로 질주했다. 그녀는 걸음을 다그쳐 10여 분만에 권철이네 집 앞에 이르렀다.

뜰 안에 들어서니 큰 황둥이가 멍멍 짖으면서 달려왔다.

"누구세요?' 권철이의 큰아주머니의 목소리였다.

"아주머니, 저예요."

그녀는 목소리의 임자가 해란이란 것을 알고 달려나와 그녀의 손을 잡았다.

"정말 빨리도 왔구나. 어제 네 막내 동생이 도련님을 찾아와 아빠가 앓고 있으니 누나한테 전보를 쳐달라고 하던데 그새 전보를 받았구나."

그녀의 말에 해란이는 가슴이 덜컹 내려 앉았다. 전보까지 친 걸 보니 아버지의 병환이 위중한 게로구나.

"아뇨 막내 동생은요?"

“걔는 아침차로 집에 돌아갔단다.”

“철이 오빠는요?”

“좀 있으면 올게다. 어서 집에 들어가자.”

집안에 들어간 해란이는 권철이의 부모님들께 인사를 올리고 나서 아버지의 병정황부터 물었다.

“과히 걱정하지 말어라. 네 아버지는 고질병이 도진게니까 며칠간 약을 쓰면 낫겠지.이젠 막차도 떠나갔을 게다. 오늘은 여기서 자고 내일 아침에 일찌감치 떠나려무나.” 권철이 어머니의 말씀 이였다.

그녀는 책가방을 멘 채 멍하니 서 있었는데 두 줄기의 눈물이 줄 끊어진 구슬마냥 두 볼을 타고내렸다.

“너무 걱정하지 말아. 별일이 없을 게다. 배낭을 내려놓고 내방에 가서 좀 쉬거라. 이제 저녁밥을 지어 오마.” 권철이의 큰아주머니가 해란이를 자기방으로 데려갔다.

저녁 무렵에 권철이가 집에 돌아왔다. 그는 해란이를 보고 쑥스럽게 웃더니 학교에서 청가(휴가)를 맡고 왔으니 내일 아침에 함께 떠나자고 말하였다.

“오빠는 언제 교원이 되였나요?”

“음.” 그는 싱글벙글 웃으면서 대답했다.

“대학입시에 낙방한 뒤 나는 집에서 이듬해 대학입시를 준비 하고 있다가 교구에 있는 조선족학교에 대리교원으로 들어갔는데 교원사업도 해보니 재미가 있더라구. 열심히 공작했더니 금년 봄에 정식교원으로 전입되었어.”

저녁을 먹고 난 권철이는 해란이를 자기의 방에 데리고 와서 학교생활을 이야기하고나서 대학교의 정황에 대해 물었다. 두 사람은 오래도록 이야기를 주고받았다. 해란이는 노독에 잠이 퍼붓는 바람에 밤 열시가 되자 권철이의 어머니가 쉬는 방으로 건너와서 옷도 벗지 않은 채 굳잠(깊은잠)에 곯아빠졌다.

아침에 해란이는 권철이와 함께 버스정류소에 가서 집으로 가는 버스에 몸을 실었다.울퉁불퉁한 시골길을 달리는 버스가 덜컹거릴 때마다 그녀는 속이 울렁거려 간신히 참았다.

집 뜰 안에 들어서니 나지막한 초가 지붕우에 흰 적삼이 얹혀있는 것이 눈에 띄였다.아버지께서 세상 뜬 것이 분명하였다. 해란이는 금세 머리가 윙—하고 눈앞이 캄캄해졌다. 그녀는 정신없이 집안으로 뛰어 들어갔다. 아버지의 몸 위에는 이미 흰천이 덮여있었다. 그녀는 고인의 시체위에 엎어져서 "아버지,아버지!"하고 아버지를 애타게 부르며 슬피 울었다. 어머니와 동생들도 집안이 떠나가게 "애고,애고"하고 통곡을 하였다. 문상하러 온 마을사람들도 다병한 어머니와 철부지밖에 없는 상가 집의 비참한 처지에 동정의 눈물을 훔치였다.

"아버지, 흑흑…왜 그렇게 바삐 떠났어요? 엉엉, 왜 한해도 더 참지 못하셨나요?…엉엉, 내가 졸업하고 아버지 병을 고쳐드리려고 했는데…엉엉,아버지 없이 우리는 어떻게 살라 나요? 하늘도 무심해요…"

그녀는 아버지의 손을 쥐고 흔들다가 가슴을 치며 넉두리를했다.

마을에서는 고인을 마을 뒷 쪽의 양지바른 산기슭에 고이 모셨다. 권철이는 해란이더러 후사를 말끔히 처리한 뒤 등교하라고 일렀다.그녀는 권철이의 사리 밝고 착한 마음이 우러러 보였다. 격동되어 목이 멘 그녀는 아무 말도 하지 못하고 고개만 끄덕였다.

이틀 동안의 시달림과 극도로 되는 비통으로 하여 어린 동생들은 방바닥 여기저기에 쓰러져 꿈나라에 들어갔다. 해란이의 어머니는 금후 생계에 대해 딸에게 물었다.그녀가 지금은 아무런 타산도 없다고 대답하자 어머니는 그녀를 보고 흐느끼면서 말했다.

"해란아, 너의 아버지는 숨지기 전까지 너의 혼사를 외우셨단다…"

"어머니, 지금 저는 마음이 삼검불*같아 그런 건 고려할 경황이 없어요."

해란이는 권철이가 쉬는 방에 가서 권철이와 후사를 토의 하였다.가정에 주장이 없는 살림살이는 대들보가 부러진 초가집 같았다. 산후풍에 여러 가지 잔병을 겸해 바깥일을 못하시는 어머니와 아직까지 학교에서 공부하는 어린 동생 셋이 있는 이 가정을 무슨 힘으로 지탱한단 말인가? 해란이는 앞일을 생각하면 할수록 눈앞이 캄캄하고 머리가 막 빠개질 것만 같았다.

"너무 상심해 하지 말아. 설마 산사람의 입에 거미줄 치겠니? 올리막이 있으면 내리막이 있는 법이야. 지금 대학교에서 수업도 하지 않고 난장판을 벌였는데 등교해야 무슨 소용이 있나? 한동안 집에 있으면서 가정 일을 돌보다가 학교질서가 바로잡힌 뒤에 등교하면 좋잖겠니? 나도 짬짬이 찾아와서 힘든 일을 도와줄께."

"고마와. 오빠가 도와주면 나는 시름이 놓여."

해란이는 권철이의 건의를 받아 들였다. 그녀는 지금의 처지에 어디도 갈 수가 없었다.

이튿날 학교에 돌아 간 권철이는 약속한 대로 두주일이 멀다하게 해란이네 집에 찾아와서 돼지우리도 치고 자류지 논의 물고도 손질해 주군 하였다.

해란이는 말보다 행동을 앞세우고 직심으로 자기를 돌봐주는 권철이가 눈물겹도록 고마웠다. 권철이가 언변이 별로 없고 어리무던하다*는 선입견도 해란이의 머릿속에서 점차 가셔지기 시작했다. 권철은 성격이 내향이지만 사리 밝고 남을 잘돕는 착한 젊은이라는 인상이 그녀의 뇌리에 차츰 뿌리내렸다.

하지만 그녀의 머릿속에서 천룡이가 사라진 것은 아니었다. 홀로 있을 때면 천룡이의 웃는 얼굴이 눈에 삼삼 하였다. 그녀는 근 3년 동안 회답 한 장 없는 천룡이가 야속하기도 했다. 정조를 유린당한 처지지만 초련의 꿈에서 헤여나기는 너무도 고달팠다. 어머니의 독촉이 날따라 더해지자 사랑이 아닌 혼인의 천 평은 저도 모르게 권철이쪽으로 기울어지는 것이였다.

자류지*의 벼가을을 마친 날 저녁에 해란이는 남동생과 한방에 쉬는 권철이한테로 갔다. 그들은 학교정황이며 "문화대혁명"의 추세에 대해 관점을 주고받다가 화제를 사생활 쪽으로 돌리었다.

"철이오빠, 오빠는 여자 친구가 있나요?"

"없어."

"오빠네 마을에 처녀들이 많 잖나요?"

"이쁜 처녀는 적잖아도 맘에 드는 처녀는 없어. 네가 좋은 처녀를 소개해주렴. 생김새도 너와 같고 마음씨도 너와 같은 처녀를."

"아이 참,오빠는 무슨 롱을 그렇게 해요?세상에 꼭 같은 사람이 어디 있나요?"

해란이는 권철이가 자기를 추구한다는 걸 직감했으나 모르쇠를 하고 넌지시 물었다.그러자 권철이는 금세 얼굴이 화로같이 달아올랐다.

"왜 없겠니? 네가 곰곰히 생각해보면 내 뜻을 알수 있을텐데."

"나는 인물도 수수하고 가정부담도 태산 같아 나를 만나면 한평생 고생만 할텐데요…"해란이의 두 눈에서는 상심의 이슬이 맺히였다.

"해란아, 섧어 말아. 나는 너의 착한 마음도 너의 재질도 다 알고있다. 나는 빛 좋은 개살구에 군침 흘리는 속된 인간은 아니야."

해란이는 권철이의 흥분된 얼굴을 빤히 쳐다보면서 말했다.

"그럼 왜 진정을 일찌감치 털어놓지 않았나요?"

"해란아, 고중 1학년 때 아버지가 너의 부친과 우리 둘의 혼사를 거론하시는 걸 나는 들었어. 그뒤 너는 명문대에 진학했지만 나는 락방했으니 내가 너를 어찌 바라볼 수 있었겠니? 그리고 고중 때 나는 네가 천룡이한테 홀딱 반한걸 아는데 내가 제3자로 끼여들수 있겠니? 너는 지금 천룡이와 서신거래가 있니?"

"서신래왕요? 그의 행방도 몰라요. 고중시절에 내가 천룡일 사모하고 추구한건 사실이예요. 천룡이도 나를 무척 사랑 했구요. 내가 대학교에 입학한 뒤 편지를 몇 통이나 부쳤어도 바다에 돌 던진 격이였어요. 나는 천룡이가 어디서 무얼 하고 있는지 몰라요. 학습이 긴장해서 천룡이를 생각할 겨를도 없었구요. 몇 달전부터 나는 오빠와의 관계도 고려해 봤어요. 오빠한테 인정 빚을 너무나 많이 졌거든요. 그런데 인정과 애정은 같지 않은 거예요. 인정이 애정으로 변하기는 쉽잖은가봐요. 이성간에 접촉하면서 싹이 튼 애틋한 감정은 씻어버리기가 여간 어려운게 아니네요. 첫사랑은 평생 잊을수 없다는 걸 오빠도 알거예요."

"물론이지. 나는 너를 지켜보다가 네가 귀숙을 찾은 다음에 너를 잊으려고 했어〉"

권철이의 폐부지언*을 듣고 그녀는 코가 시큰하였다.

"해란아, 지금 너의 처지엔 집을 떠날 수 없구나. 그리고 가망 없는 천룡이에 대한 미련은 버려라.이젠 우리도 나이가 적잖은데 혼인대사를 무제한 끈다는 건 비현실적이잖아. 오늘 나는 네한테 정식으로 청혼한다. 내 마음을 받아주겠니?"

"오빤 내가 밉지도 않아요? 나는 소녀의 순정을 남한테 바친 녀잔데 한평생 후회하지 않을 수 있겠어요?"

"해란아, 나는 널 평생 사랑한다고 맹세한다. 너는 내 천사고 우상이니까 설사 네가 다른 사람과 살다가 헤어졌다고 해도 나는 너를 반갑게 받아 들일거야. 내 말을 믿어줘."

'사람은 감정의 동물이라 첫사랑은 영원히 지워버릴 수 없는가봐.권철이가 나를 사랑하는 마음이나 내가 천룡이를 그리는 심정은 꼭 같을 거야…'

해란이는 권철이와 속심의 말을 하고 또 했다. 그러나 그날 밤에 당한 폭행만은 입밖에 낼 수가 없었다. 그것은 권철이의 자존심을 상하게 하기 때문이였다. '아, 녀자는 왜 정조를 짓밟히면 고개도 떳떳하게 들 수 없는가? 남자들은 왜 녀성들의 이런 고충을 리해하지 못하는가?' 그녀는 자신이 녀자로 태여난 것이 서러웠다.

"오빠의 심정을 알만해요. 천천히 고려해보겠어요."

"해란아, 고마워. 나는 네가 마음을 정리하고 날 받아줄 때까지 기다릴테다."

격동된 권철이는 해란이의 손을 꼭 쥐고 미칠 듯이 키스를 퍼부었다.

"오빠, 이젠 주무세요. 나는 돌아가 쉬겠어요."

어머니의 곁에 누운 해란이는 오래 동안 잠들수 없었다. 권철이의 청혼에 응한다는것이 쉽지 않아서였다…

초가을에 해란이네는 알곡을 팔아 약간의 혼물을 마련하여 조라한 결혼식을 올렸다. 그들은 권철이가 근무하는 학교 근처에 세집을 구해 새살림을 꾸리였다. 해란이는 친정의 어려움을 덜어주기 위해 결혼식을 치른 한주일 만에 림시공일을 찾아나섰다.

이듬해 봄에 대학교에서 편지가 왔다. 정상수업을 시작했으니 며칠 내에 등교하라는 통지였다. 얼마나 반가운 소식인가? 그녀는 배움의 전당에서 리상의 나래를 펼치던 학창생활이 환영처럼 눈앞을 스쳐지나갔다. 그런데 정작 등교하려고 하니 두려움도 적잖았다. 반란파조직 우두머리의 보복이 두려 웠다. 그러나 앞날을 위해 그녀는 결연히 북행렬차에 몸을 실었다.

학교의 모든 것은 그렇게 익숙하고 또 그렇게 생소했다. 폭풍 뒤의 교정은 2년 전의 아늑함이 없었다. 반동학술권위로 몰려난 교수들은 대부분이 아직 교단에 오르지 못했고 실험실이며 도서실 그 어느 곳도 피해를 입지 않은 곳이 없었다. 내란 끝의 사생이나 동창사이에는 아직까지 성에가 끼여 있었다. 말이 전기전업이지 배운다는것은 신문의 사설이나 중앙령도의 지시 정신 이였다. 피땀에 절인 돈을 허비하며 무료한 나날을 보내자니 피가 말랐으나 졸업장을 타기 위해 그녀는 모든 고통을 참고 견뎌야만 했다.

몇달이 지나자 학교에서 졸업식을 거행 하였다. 학교에서는 졸업증서는 후에 발급할테니 집에 돌아가라면서 학생들에게 졸업증명서만 한 장 씩 떼주었다.

이불짐을 정리한 해란이는 부랴부랴 교정을 떠났다. 안해가 집에 오기를 눈이 빠지게 기다리는 권철이가 보고 싶었고 년로다병한 어머님과 친정 동생들이 그리웠지만 그보다도 날이 다르게 불어나는 배가 걱정 스러웠 던 것 이였다. 집에 돌아와서 한 달이 좀 지나자 그녀는 몸을 풀었는데 하늘이 점지했는지 옥동자를 순산하였다. 오래만에 새 생명이 태어나자 시부모와 친정어머니는 기뻐서 입을 다물지 못하였다. 권철이와 해란이는 시대조류에 맞춰 애의 이름을 홍근이라고 지었다.

그런데 권씨댁의 경사는 오래 가지 못하였다. 꿈에도 생각하지 못한 화가 머리에 떨어졌다. 홍근이의 백날잔치를 앞둔 어느날, 권철이가 자전거를 타고 시내에 가서 장을 보고 돌아오는 중 이였다. 멀리서 질주해오는 기차는 횡도에 사람이 있는 것을 보고 경적을 울리였다.

이때 철길을 지나던 짐마차의 말들이 경적에 놀라 울부짖으며 길복판에서 미친 듯이 내닫고있었다. 70~80미터 앞에는 방금 하학한 소학생들이 짐마차가 덮쳐드는 것도 모르고 길에서 히히닥거리며 걷고 있었다. 다급해난 차몰이군이 말고삐를 힘껏 잡아당겼으나 허사였다. 놀랄대로 놀란 말들이 차우에 실은 짐짝을 땅에 떨구면서 날뛰는 통에 차몰이군도 차에서 떨어져 끌려가고 있었다.

위기일발의 시각에 현장에 당도한 권철이는 "길을 비켜라!"하고 벽력같이 고함을 지르며 나는 듯이 자전거의 페달을 밟아 학생들을 피하게 하면서 자전거를 가로세워 말들의 전진을 막으려 하였다. 그러나 전속으로 내닫던 말들을 그로서는 막아낼 수가 없었다. 자전거를 깔아버린 짐마차는 순식간에 권철를 넘어뜨려 깔고 지나가다 멎었다.

비장한 광경을 보고 행인들이 달려왔을 때 권철는 이미 머리에 심한 타박상을 입은데다 내출혈로 인사불성 이였다. 칠팔 명의 어린이들은 위기를 모면했지만 권철이는 병원에 호송되기도 전에 숨지고 말았다.

해질 무렵, 비보를 접한 해란이는 이 같은 청천벽력에 까무러치고 말았다…얼어붙었던 가슴이 봄바람을 맞아 바야흐로 녹기 시작했을 때 운명의 신은 그녀를 또 천 길나락으로 떨어 뜨렸다. 내가 무슨 죄를 졌다고 불행이란 불행은 다 나에게만 떨어지는가? 그녀는 하늘이 밉고 땅이 밉다고 통탄하였다.

정부에서 약간의 위자료를 보내왔지만 그것으로 생계를 유지하기엔 바가지로 산불을 끄는 격이였다.

생계를 위해 해란이는 남편의 장례를 치른 한 주일 만에 홍근이를 업고 인사부문을 찾아갔다. 졸업생배치를 주관하는 젊은 간부는 그녀가 내놓은 대학졸업증서와 보존서류를 자세히 보고나서 그녀의 얼굴을 훑어보더니

"동무가 권철선생의 애인이요?""하고 묻는 것 이였다.

"예."

그녀의 대답이 떨어지자 그 간부는 얼굴에 화색을 띄우면서 일어나 의자를 가져다주면서 잠시 기다리라고 하였다.

"권 선생이 장한 일에 몸 바쳤는데 우리가 다른 것은 못 돕지만 사업단위만은 좋은 곳을 골라주겠소. 해란동무, 대학교에서 전기전업을 배웠으니 여기 있는 공장중에서 맘에 드는 곳을 고르시오."

해란이는 인사 간부의 손에서 공장이름이 적혀있는 종이장을 받아들고 자세히 보았다. 인사간부가 곁에 서서 매개 공장의 위치와 정황을 차근차근 소개해주자 해란이는 동력공장을 선택했다. 동력공장에는 배치 받은 대학생들에게 숙사를 마련해준다니 생활근심이 적은데다가 학교까지 부근에 있어서 홍근이를 교양하는데도 유리 하였다. 인사간부는 소개서을 써주면서 먼저 집에 돌아가 며칠간 쉬면서 출근준비를 하고나서 공장에 가라고 하였다.

한주일 뒤 해란이는 동력공장을 찾아갔다. 인사부문에서 걸어온 전화를 받고 사정을 알게 된 공장장과 지도일군들은 그녀를 반갑게 맞아주었다.

해란이는 홍근이를 공장 탁아소에 맡기고 이튿날부터 출근을 시작

했다. 비록 산후의 몸조리는 변변히 못했지만 직장을 찾으니 새 삶을 찾은 느낌에 가슴이 벅차오르고 몸에 힘이 솟았다.

생활이란 호수물 같이 고요하고 안온한 것은 아니다. 그녀가 비록 조직의 보살핌과 동료들의 도움을 받지만 많잖은 로임에 홀몸으로 젖먹이를 키우고 친정을 돌보며 사는게 여간 힘겹지 않았다. 그녀는 이를 악물고 곤난을 하나하나 이겨내었고 언제나 맑은 미소로 사업과 동료들을 맞이하였다.

생활이 궤도에 오르자 그녀에게 중매를 서겠다는 동료도 적잖았고 청혼하는 동료들도 한둘이 아니었다. 꺼버린 사랑의 불씨가 소생할 수 있을가? 그녀는 천룡이와의 초련과 권철이와의 짧디짧은 혼인생활을 회고하면서 고개를 가로 저었다. 진정한 사랑이란 일생에 단 한 번밖에 있을 수 없다. 애정이란 한곬으로만 쏠리는 것으로서 물건같이 아무에게나 주고받는 것이 아니다. 나는 이미 부득이한 사정에서 마음을 한번 움직였는데 이제 더는 움직일 수 없다. 권철이를 잃고 나니 천룡이가 새삼스레 그리워졌다. 순간, 그녀는 권철이에게 미안한 생각이 들었다. 그녀는 홍근이를 자리우는것만이 권철이에게 보답하는 것이라고 생각하였다. 아들까지 있는 자기가 아무런 감정도 없는 사람과 새 가정을 이루는 것은 불행만 초래할 것이라고 생각한 그녀는 그들의 호의를 웃음으로 막아버렸다.

20여년이란 파란 많은 세월이 꿈결같이 흘러갔다. 기름기 흐르던 까만 머리에는 성에가 끼고 웃음기 남실거리던 눈언저리에도 잔금이 지나갔다. 꿈 많던 시절은 추억으로 사라지고 중년의 인생고개가 앞에 놓여있다. 친정어머니와 시부모들도 선후로 타계하고 철부지 동생들도 장성해서 가정을 이루어 깨알이 쏟아진다.

마음의 기둥 홍근이도 충실하게 자라났다. 초중을 졸업한 홍근이는 소년병으로 입대했는데 지금은 료녕 군구 수장의 승용차를 몰고 있다. 7~8년 전에 군복을 갈아입은 홍근이는 어머니의 기대를 저버리지 않고 사업에 충성하여 선후로 2등공과 3등공을 세워 어머니에게 기쁨을 안겨주었다. 홍근이는 비록 수당금을 많이 받지 못하지만 평소에 아껴 쓰면서 용돈을 모았다가 명절이나 어머니의 생신날이 되면 집에 선물을 보내왔다. 해란이는 어엿한 아들로 하여 긍지감을 느꼈고 삶의 기쁨을 느껴 사업에도 성수가 났다. 진취심이 강한 그녀는 기술개발에서 많은 성과를 얻어 공장에서 손꼽히는 고급공정사로 진급하였다. 그녀는 모든 심혈을 사업에 몰부으면서 고독과 시름을 풀었다. 모자간에 서신 래왕은 그녀의 유일한 향수였다.

사람들은 해마다 설이 되면 흩어져있던 가족이 한자리에 단란히 모여 그리던 정을 나누고 천륜지락을 누린다. 그러나 해란이만은 한날한시같이 독수공방으로 고독을 달래야 하니 명절을 맞는 것이 오히려 고통 이였다. 그녀는 공장장을 찾아가 명절기간에 직일을 서겠다고 자원하였다. 동료들로 하여금 가정식구들과 즐겁게 명절을 쇠게하기 위해서였다. 그녀의 고마운 처사에 깊이 감동된 공장지도자와 동료들은 륜번으로 접수실을 찾아와서 말동무를 하면서 명절음식을 나눠먹기도 하였다.

20 여 일전에 홍근이한테서 편지가 왔다. 홍근이는 군관학교모집

에 응시 하겠다 면서 경비가 좀 딸린다는 뜻을 에둘러 표했었다.

"홍근이가 장한 생각을 했구나."

해란이는 신바람나게 우체국에 달려가서 돈 200원을 부치면서 편지에 공부를 착실히 해 기쁜 소식을 전해달라고 당부하였다. 그런데 십여일이 지나 홍근이한테서 또 편지가 날아왔다. 피봉을 뜯어보니 보내온 돈은 잘 받았는데 돈을 더 부쳐 달라는 것이였다. 보름만에 돈을 두 번이나 부치고 난 해란이는 어쩐지 이상했다. 홍근이한테 무슨 변이 생겼나? 돈을 왜 자꾸 부쳐 달라는 겐가? 책 사는데 돈이 수 백원씩이나 들까? 의혹은 생겼지만 홍근이의 인품을 손금 보듯 아는 그녀는 아들의 말을 믿고싶었다. 아마 다른 곳에 목돈을 쓸 일이 생긴게로구나. 그렇지, 뒤문 거래가 많은 세월인데 부대라고 정토겠나? 누구나 다 가고 싶어 하는 군관학교니 경쟁이 무척 치렬할테지. 군관학교에 입학하려면 성적만으로는 부족할거야. 령도한테 감정투자를 하려면 홍근이 손의 돈이야 새 발의 피지. 이렇게 생각하니 의혹이 해소되어 가슴이 후련해졌다.

마침 해란이는 산동으로 출장가게 되였다. 홍근이의 일이 궁금한 해란이는 일을 마치고 돌아오는 길에 군구를 찾아갔다. 사령부사무실에 들어가서 수장을 만난 그녀는 출장길에 들렀다면서 지금 홍근이가 어디 있는가고 물었다.

안면이 있는 수장은 해란이에게 의자를 권하고 나서 홍근이가 거리에 나갔으니 돌아올 때 까지 기다리라면서 차물을 한 컵 부어주었다. 그녀는 수장께 홍근이의 공작과 생활정황을 물어보고 싶었으나 수장이 전화를 받고 지시하느라 바쁜 것을 보고 입 밖으로 나오는 말을 삼켜버렸다.

그녀는 수장의 공작에 영향을 끼칠까봐 수장에게 소풍하고 오겠다고 말하고 사무실을 나와 대문 쪽으로 걸어갔다. 이 때 마중켠에서 승용차 한대가 대문으로 들어오고있었다. 그녀가 길을 내주느라 한 켠으로 비키는데 승용차가 대문 앞에서 멈춰섰다.

"어머니! 어머니 오셨어요?"

귀익은 목소리를 듣고 고개를 번쩍 드니 오매에도 그리던 아들이 운전석에서 뛰어내렸다.

"어머니, 무슨 일로 여길 오셨어요?"

"관내에 출장 갔다가 돌아오는 길이다. 요즘 무척 지쳤구나. 몸이 불편한데는 없니?"

홍근이는 약간 당황해하는 기색을 보이더니

" 잠간만 기다리세요. 인차 돌아오겠어요." 하고는 다시 승용차에 올랐다.

해란이는 아들의 능숙한 운전솜씨를 보고 마음이 흐뭇했다.

차고에서 돌아온 홍근이는 해란이의 손을 잡고 숙소로 왔다. 침실에 들어가자 홍근이는 어머니에게 의자를 권하고 나서 작업복을 벗고 손을 씻더니 물 한컵을 부어 어머니한테 드렸다.

해란이가 물을 마시면서 집안을 돌아보니 사무상에는 전화기가 놓여있고 책꽂이에는 서적이 여러 권 꽂혀있었다. 침안(침대)은 무척 우아하고 정결했다. 그녀는 롱조로 말하였다.

“독신숙사치고는 호화롭구나. 내 집보다 한결 낫구나. 나는 공정사라도 개인전화가 없는데…”

“어머니, 이건 사업의 수요예요.”

해란이는 여행용가방에서 과일꾸럭을 꺼내 사무 상 위에 놓으면서 어서 먹으라고 했다.

어머니의 자애로운 모습을 바라보던 홍근이의 낯에서 웃음기가 점점 사라졌다. 그는 머리를 숙이고 머뭇거렸다.

“애야, 고달프면 잠시 쉬려무나.”

“어머니, 괜찮아요.” 어머니의 눈길을 피하며 말하는 그는 입술이 떨리고 눈물이 글썽하였다. 그는 급기야 어머니의 무릎 앞에 꿇어앉아 울먹거리며 입을 열었다.

“어머니, 저는 어머니를 뵐 면목이 없어요. 저는 일을 저지르고 이때까지 어머니를 속였어요.”

아들의 반상적인 거동은 그녀로 하여금 오리무중에 빠지게 하였다.

“애야, 어서 일어나서 말해다오. 어떤 일이 생겼어도 내가 너를 도와줄 테니 걱정하지 말아.”

“어머니, 일은 이렇게 되었어요…”

20여일 전의 어느 저녁, 홍근이가 회의하러 가는 수장을 비행장에 모셔다드리고 돌아오는 길이였다. 서북풍이 몰아치고 진눈까비가 날렸다. 그는 대통로에 행인이 적은것을 보고 차를 급히 몰았다. 앞을 내다보니 “T”자형 갈림길에 시커먼것이 어렴풋이 보였다. 속도를 죽이고 가까이 가보니 웬 사람이 피못에 쓰러져있고 그 옆에는 찌그러진 녀자용 자전거가 누워있었다.

'어느 량심없는 운전기사가 사람을 치워놓고 도망친게로구나.' 홍근이가 급히 정차하고 내려보니 피해자는 밤빛 외투에 검은 목도리를 두른 녀인이였다. 사람부터 살려야겠다고 생각한 그가 녀인을 일으키려했으나 혼미상태에 빠진 녀인은 꼼짝하지 않았다. 주위를 돌아보니 도와줄 행인도 없었다. 그는 녀인을 조심스레 안아다 승용차의 뒤좌석에 눕히고나서 찌그러진 자전거를 승용차에 실은 뒤 곧추 군구병원으로 내달렸다. 홍근이는 군의한테 정황을 대충 설명하고 나서 상한 사람을 구해달라고 말하였다.

의사들이 진찰하고 나서 환자는 왼쪽 팔이 부러지고 왼쪽 다리는 분쇄성골절이 되였다고 하였다. 그들은 환자가 류혈과도로 혼미했는데 생명이 위험하다고 말했다.

의사들이 말을 듣고 난 홍근이는 가슴이 덜컥하였다. 그는 담당의사의 손을 잡고 떨리는 소리로 물었다.

"환자의 신분을 아십니까?"

담당의사는 직답하지 않고 환자의 공작증을 보여주었다. 공작증은 시 문화국에서 발급 한 것이였다. 공작증 안을 펼쳐보던 홍근이는 깜짝 놀랐다. 공작증의 소유자는 복령령이라는 젊은 녀성이였다.

공작증의 사진을 보던 홍근이는 그녀가 몇 달 전 부대에 와서 위문공연을 하던 그 인기가수 복영영이임을 대뜸 알아보았다. 그녀가 독창을 할 때 그녀의 노래에 매혹되어 박수갈채를 하고 목청껏 재청을 불렀던 홍근이 였기에 그녀의 모습은 홍근이의 머릿속에 깊이 새겨졌던 것이었다.

내 맘속 우상인 청년가수가 이런 참화를 당하다니. 홍근이는 가슴이 찢어질듯 아팠다. 다급해난 그는 담당 의사를 보고 최선을 다해달라고 통사정을 하였다. 담당의사는 수술이 급선무라며 그녀의 피를 뽑아 검사하였다. 의사는 환자의 피가 "A"형인데 공교롭게도 지금 혈고에 "A"형의 피가 금방 떨어졌다고 하였다.

홍근이는 대뜸 팔소매를 걷어올리면서 의사를 보고 말했다.

"의사선생님, 저의 피를 뽑으세요. 저의 피는 "O"형입니다. 어서 저의 피를 뽑으십시오."

"고맙소. 착한 젊은이를 만나 다행이요. 먼저 동무의 혈형을 확인합시다."

홍근이 혈형이 "O"형임을 확인한 의사는 호사더러 당장 피를 뽑아 환자에게 수혈하라고 분부하였다.

호사는 홍근이 팔에 주사침을 꽂고 피를 뽑는 동시에 그 피를 환자에게 수혈하였다. 급히 수요하는 피가 많은지라 홍근이의 낯빛이 창백해지는 것을 보고서야 호사는 주사침을 뽑았다.

백, 2백,…, 5백,… 홍근이 붉은 피는 혼미상태에 빠진 녀인의 정맥속으로 서서히 흘러들어갔다. 이윽고 백지장같던 녀인의 얼굴에 차츰차츰 홍조가 어리였다.

응급실밖 복도에서 밤을 새우던 홍근이는 날이 새자 기진맥진하여 숙소에 돌아오자 밑굽 잘린 나무같이 침대에 쓰러졌다. 사지가 나른하여 아침밥을 먹을 마음도 없었고 물을 마실 생각도 나지 않았다. 잠시 눈을 붙이려고 했으나 눈까풀은 감겨도 잠은 오지 않았다.

령령이가 건강을 회복할 수 있을까? 식구들은 근방에 있는지? 입원 기간 누가 돌봐주고 일상 비용은 어찌하나? 아무리 생각해도 뒷일이 걱정 이였다. 어제 밤에 가무단에 알렸으니 입원비는 가무단서 내겠지만 다른 비용은? 사람을 도울 바엔 끝까지 도와야 되는데 어떻게 한담? 지갑이 빈 그는 바늘방석에 앉은 듯 안절부절 이였다. 이런 큰 일을 어머니한테 알리지 않고 될까?

머리가 흐리터분하고 마음이 황황해난 홍근이는 어머니에게 사실을 알리려고 편지지를 꺼냈다. 내가 영영이를 구한 사실을 어머니께서 아시면 장한 일을 했다고 기뻐하실 거야. 하지만 내 불찰도 아닌데 내가 환자의 일상비용을 부담하겠다고 하면 어머니께서 허락 하실까? 그럼 내가 차 사고를 냈다고 할까? 아니, 그러면 어머니께서 기절초풍 하실 거야. 생각을 굴리던 홍근이는 이 사실을 잠시 어머니에게 알리지 않기로 하였다. 그러나 그에게는 환자를 간호하는데 쓸 만 한 돈이 없었다. 그는 난생 처음 거짓말을 하기로 작심하였다. 그는 어머니의 의심을 사지 않으려고 군사학원에 응시하는데 돈이 급히 수요 된다고 알리였다. 그는 치료의 진전을 봐가며 차차 어머니께 진상을 알리려고 했는데 공교롭게도 여기서 어머니를 만난 것이다.

홍근이가 울먹거리는 것을 본 해란이는 안타까워 눈물을 지으면서 아들의 어깨를 다독였다.

"애야, 상심하지 말아, 함께 병원에 가 보자."

그들이 병원에 가서 담당 의사를 만나 환자의 정황을 물었더니 의사가 말하였다.

“환자의 왼쪽 팔에는 이미 석고틀을 고정시켜서 별 문제가 없는데 왼쪽 다리는 완치하가 어려울 것 같습니다. 십여일 전에 의식을 회복한 환자는 아직까지 엄중성을 모르고 있습니다. 우리 배합해서 안위사업을 합시다. 엊저녁에 가무단 책임자가 다녀갔는데 상황을 환자의 가정에 알릴지 말지 결정하지 못했습니다. 환자의 부모가 할빈에 살기 때문입니다. 먼저 병실에 가봅시다.”

환자는 눈을 감은 채 침대위에 반듯이 누워있었는데 얼굴에는 고통이 어려있었다. 해란이는 침대앞에 다가가서 환자의 모습을 살펴보았다. 동그란 얼굴에 날이 선 콧대, 약간 치솟은 눈섭아래 길게 돋은 속눈섭, 앵두같이 빨간 입술, 볼 밑의 탐스런 보조개… 퍽이나 귀염상스러운 처녀였다. 그녀는 이 처녀가 어쩐지 무척 낯익어보였는데 어디서 봤던지 기억에 떠오르지 않았다.

영영이는 사람들의 동정에 잠이 깨여 살며시 눈을 떴다. 홍근이는 영영이의 앞에 다가가서 자기 어머니를 소개해주었다. 영영이는 두 사람을 족히 반분가량 응시하다가 고개를 돌리고 눈을 감아버렸다. 하염없는 눈물이 그녀의 초췌한 두 볼을 타고 흘러내렸다.

홍근이는 그녀의 손을 살그머니 쥐고 한동안 아무런 말도 꺼낼 수가 없었다. 그들은 과일꾸러과 음료수를 침대 머리에 있는 궤위에 놓고 영영이를 안위하는 말을 몇마디 하고는 조용히 병실을 나왔다.

해란이는 홍근이와 함께 가무단을 찾아갔다. 그들은 가무단 책임자를 만나 금후의 일을 토의했는데 이런 중대 사고를 환자의 가정에 알리지 않을 수 없다는데 의견을 모았다.

이튿날 오후 북행열차에 오른 그들은 사람들로 북적이는 열차에서 여덟시간동안 진땀을 빼다가 저녁 아홉시가 지나서야 목적지에 이르렀다. 홍근이 일행이 영영이네 집을 찾아가 노크를 몇 번 했는데도 집주인은 문을 열어주지 않았다. 이윽고 집안에서 누구를 찾는 가고 묻는 중년 녀인의 목소리가 문틈으로 새여나왔다.

홍근이는 영영이의 단위에서 왔노라고 말하였다. 여인은 안전문의 고양이눈으로 밖의 사람들을 확인하고나서야 안전문을 열고 얼굴에 웃음을 지으면서 손님들을 집안으로 맞아들였다. 여인은 머릿칼이 반백이 되였는데 일핏 보아서는 60고개를 바라보는 듯 하였다. 집안에는 주방 한간에 침실이 하나 뿐 세간이라곤 아무 것도 없었다.

안주인은 손님들을 보고 침대에 걸터앉으라고 하였다. 좁은 방안에는 침대 하나를 내놓곤 소파나 의자도 없었다. 홍근이네가 침대에 걸터앉자 그녀는 찻물을 끓여 사기컵에 담아서 가져왔다. 평소에 댁을 찾는 손님이 없는 모양 이였다. 그들이 물을 마시는 동안 그녀는 영영이의 신변에 무슨 일이 생겼기에 단위에서 이 먼 곳을 찾아왔을가 하고 가슴을 조이였다.

홍근이가 일행을 소개하고 나서 영영이가 차 사고를 당한 일과 치료정황을 간단히 소개하였다.

풍상고초로 이마에 때 이른 주름이 생긴 이 여인은 나오는 울음을 가까스로 참으며 집안을 대충 정리하고 나서 외투를 걸치고 일어섰다. 그녀는 단위에 청가서(휴가신청서)를 써서 이웃동료에게 주고 나서 홍근이네는 따라 집을 나섰다.

열차에 올라 자리를 잡은 해란이는 홍근이 더러 가게에서 사온 식료품을 동행들에게 나눠주어 요기하게 하였다.

영영이의 어머니는 얼빠진 사람같이 촛점 잃은 눈으로 멍하니 앞을 보면서 해란이가 깎아준 사과를 3분에 한입 5분에 한입씩 씹고 있었다. 그녀의 마음을 눅잦혀주려고 해란이가 먼저 입을 열었다.

"언니는 올해 춘추가 얼마세요?"

"쉰둘이예요."

"어느 부문에서 근무하세요?"

"신화서점에 다녀요."

" 식솔이 몇분인가요?"

"둘하고 반이예요."

그녀의 말에 해란이는 자기의 귀를 의심하였다. 희한한 일도 있구나. 집 식구가 둘하고 반이라니? 호기심이 동한 그녀가 물음을 계속했다.

"형부되시는 분은 어디에 출근하시나요?"

그녀는 호- 하고 긴 한숨을 내쉬더니"직장이라고요? 옥살이를 하고 있어요. 형기가 차서 며칠 뒤에 나온다고 하더군요."라고 말하고는 고개를 숙이고 손수건을 꺼내 눈으로 가져갔다.

정말 가련한 처지로구나! 해란이는 그녀의 마음을 달래려고 20여년을 홀로 살아온 자기의 파란 많은 인생사를 들려주었다.

그녀는 해란이의 손을 으스러지게 부여잡고 탄식조로 말하였다.

"그것도 다 팔자 소관인가 봐요. 우리 여자들은 한평생 고통의 테두리를 벗어나지 못하는가 봐요. 나도 영영이 아비와 가정을 꾸리고 희망을 기대했었는데 그이가 한번 떠나 근 20년간 "영광"을 누릴 줄이야 어찌 알았겠어요? 후에 나는 영영이한테 희망을 걸고 살아왔는데 걔가 또 차 사고를 당했다니 인간의 길흉화복(吉凶禍福)을 누가 점칠 수 있겠어요?"

"언니, 너무 속 썩이지 마세요. 영영이는 앞으로 언니한테 꼭 행복을 안겨줄거예요."

"… …"

기차가 심양역에 도착했다. 프렛트폼을 나선 그들은 버스에 올라 군구병원으로 내달렸다.

담당의사가 그들을 병실로 안내했다.

침대 위에 반듯이 누워서 천정만 물끄러미 바라보던 영영이는 문병하러 여러 사람이 들어오는 것을 보고 약간 놀라더니 그들 속에서 저의 어머니를 발견하고 기쁨에 겨워 외쳤다.

"엄마, 엄마가 어떻게 여길 왔어요?" 그녀는 일어나 앉으려고 움찔거렸지만 몸이 말을 듣지 않아서 그냥 누웠다. 맑은 두 눈에 잔이슬이 맺혔다.

"엄마, 엄마는 내가 다친 걸 어떻게 알고 찾아왔어요?"

"영영아, 네가 정말 고생하는구나. 어제 밤에 이 분들이 집에 찾아와서야 나는 네가 다쳤다는 걸 알았구나. 지금 몸의 감각이 어떠냐? 통증은 좀 덜해졌니?"

그녀는 손수건으로 딸의 눈물을 닦아 주고 나서 자기의 얼굴도 훔치었다. 그녀는 함께 온 사람들을 보고 말하였다.

"여러분, 고단하실 텐데 돌아가 쉬세요. 저도 한 이틀 돌보다가 병세가 호전되면 돌아가야겠어요. 여러분들이 계시니 저는 마음이 놓여요. 어서 돌아가세요."

병원을 나서기 전에 해란이는 담당의사와 간호원들에게 영영이를 각별히 보살피고 치료과정에서 문제가 생기면 즉시 알려달라고 당부하였다. 그녀는 또 홍근이더러 짬짬이 병원에 들려 환자를 보살펴주어 건강이 조속히 회복되게 힘쓰라고 당부하였다. 그녀는 홍근에게 다시 돈 5백 원을 쥐여 주면서 영영이에게 필요한 영양품을 사주라고 일렀다.

집에 돌아온 해란이는 마치도 넋을 잃은 사람 같았다. 마음속이 삼검불같이 헝클리고 어수선해 안절부절이였다. 영영이를 머릿속에 떠올릴수록 눈앞이 캄캄하고 기가 막혔다. 이제 갓 피어나는 꽃나이처녀, 날마다 아름다운 노래로 사람들을 즐겁게 해주던, 앞길이 만리같은 가수가 병석에 누워있자니 얼마나 고통스럽겠나? 만약 치료가 잘안돼 장애자로 남는다면 그녀의 인생은 어떻게 되나? 영영이의 어머니는 오로지 딸애가 지피는 희망의 빛으로 어려운 나날을 보내고 있지 않는가? 일단 일이 잘못되면 우리 모자가 한평생 자책 속에 모대겨야* 하니 이 일을 어쩐단 말인가? 홍근아, 홍근아, 나는 네가 상한 것보다 더 안타깝구나.

이틀 뒤 영영이의 어머니도 서점의 일이 바빠 할빈으로 돌아갔다.

의식을 회복한 뒤 생면부지의 젊은이가 자기를 살뜰하게 돌보는 것을 보고 그가 교통사고를 빚은 당사자라고 착각한 영영이는 그를 거들떠보지도 않았고 홍근이가 말을 걸면 눈앞에서 사라지라고 억지를 부렸었다. 홍근이는 자기가 차사고를 친 것이 아니라는 것을 해명을 하고 싶었지만 환자의 정서를 우려해 말을 입밖에 내놓을 수 없었다. 홍근이는 지성으로 사죄하면서 부대의 수장께서 의술이 가장 높은 의사를 배치해 최선을 다하고 있다고 말하였다. 그리고 담당의사가 그녀의 생명이 위태할 때 홍근이가 선뜻 자신의 피를 6백 CC나 바쳤다는 말을 하자 그녀의 얼었던 속도 얼마간 풀리고 정신상태도 많이 호전되였다.

홍근이는 퇴근하고 나면 병실을 찾아가서 그녀에게 안위의 말을 해주면서 과일을 깎아 그녀의 손에 쥐여 주기도 했다. 영영이가 땀을 흘리면 그는 손수건으로 그녀의 얼굴을 닦아주었다. 그는 영영이를 즐겁게 해주려고 이야기책을 빌려오고 반도체라디오를 사주어 혼자 있을 때 적적함을 덜게 하는 등 할만한 일은 다 하였다.

홍근이의 지성에 감동된 영영이는 기분이 많이 좋아져서 얼굴에 종종 해빛이 흘렀다.

10여일이 지나자 치료에 호전이 있었다. 왼쪽팔의 석고판을 떼내여 두 팔을 자유로 놀릴 수 있게 되어 그녀도 기뻐하고 홍근이며 의사들도 무척 기뻐하였다. 영영이와 홍근이의 감정도 날따라 가까와졌다. 홍근이는 그녀를 몇시간만 못봐도 속이 허전했고 영영이도 매일 홍근이가 찾아올 때가 되면 고개를 출입문쪽으로 돌리고 홍근이가 나타나기를 은근히 기다렸다.

내가 영영이한테 맘이 끌리고 그녀를 사랑하는 게 아닌가? 아니, 그래선 안돼. 영영이는 인기가수에 생김새도 이쁘니 추구하는 총각이 많을 텐데 그녀가 나를 반눈에나 차 할라구. 너무 고독하니 심심풀이를 하는 게지. 분에 넘친 생각은 말아야 한다. 지금 내가 바라는 건 그녀의 조속한 출원(퇴원)이야. 그는 이지로 감정을 전승하려고 애썼다.

어느날 영영이가 홍근이한테 갑자기 연주포를 놓았다.

"동무는 올해 나이가 얼마예요? 참군한지 몇 해나 되나요? 어느 학교를 나왔나요? 가정에는 누가 계셔요?" 그녀는 지어 홍근이의 애호까지 물었다.

홍근이는 빙그레 웃으면서 되물었다.

"동무가 나를 진급시켜 주려 하오? 아니면 배우자를 소개해 주려 하오?"

" 동무는 성실하고 총명하여 수장들의 눈에 꼭 들 거예요. 장차 진급은 물론이고 어느 수장의 사위로 될지도 몰라요."

"하하하…"

"호호호…"

그녀는 홍근이의 얼굴을 빤히 쳐다보면서 깔깔 웃었는데 얼굴이 홍시같이 상기되었다.

홍근이는 그녀의 오른쪽 팔을 쥐고 흔들면서 말했다.

"소 웃다 꾸레미 터질 소린 하지 말아요. 운전기사 따위가 군관으로 된다는 게 말이나 되오? 농은 그만하오. 솔직히 말해 나는 조선족이오.

우리 어머니는 타민족 처녀와 혼인하는 것은 질색 이예요."

"참, 엉터리도 없는 소릴 하네요. 지금이 어떤 시대인가요? 혼인은 자주고 사랑에는 민족과 국계가 없잖아요? 사랑은 어떤 장벽도 막을 수가 없는 거예요."

"동무 말에 도리가 있지만 나는 외독자라 어머니의 뜻을 따라야만 해요."

"정말 황당한 소릴 하네요."

영영이가 깔깔 웃어대자 홍근이도 덩달아 웃었다.

나이가 엇비슷한 처녀총각이 날마다 만나니 호흡이 통하고 서로 간에 호감이 생기지 않을 수 없다. 그들은 우스개를 하다가 얼굴에 홍조를 띄울 때가 한 두 번이 아니였다. 그들은 심중에서 싹튼 사랑의 불씨가 끌래야 끌 수 없다는 것을 감지했다. 그러나 자기가 먼저 사랑을 고백하기를 주저할 뿐 이였다.

"나는 군구 문공단에 들어가고 싶어요."

"왜서?"

홍근이는 영영이가 사랑의 화살을 쏜다는 걸 알면서도 모르쇠를 하고 천연스레 물었다.

"그것도 몰라요?. 남자들은 눈치가 정말 무뎌요." 영영이는 그 고운 눈길에 정을 함뿍 담아 홍근이에게 보내였다.

"동무가 우리 군구 문공단에 와주면 나는 두 손 들고 환영이야."

"하지만 군구 문공단에 들어간다는 게 쉬운 일이 아닐텐데…"

"세상에 힘써 안되는 일이 어디 있어요? 동무는 인기가수니 그리

어렵지 않을 거야. 나도 힘을 써주지."

"고마와요. 홍근씨, 나는 홍근씨만 믿겠어요."

일요일날 아침, 식사를 마친 홍근이는 병실로 찾아갔다. 영영이는 눈을 살며시 감고 침대에 반듯이 누워있었다. 얼굴에 미소가 비낀 그녀는 단잠이 든 것 같았는데 가슴에는 이불이 덮여 있지 않았다. 속적삼만 입고있는 그녀는 방금 피여난 모란꽃같이 아릿답고 생신하였다. 약간 볼록하게 솟은 젖무덤은 고르러운 숨결에 따라 절주있게 오르내렸다. 그림 속 선녀같은 그녀의 모습은 볼수록 황홀하고 사랑스러웠다. 홍근이는 그녀의 앵두같은 입술에 키스를 하고 싶은 충동에 고개를 숙이다가 제 김에 흠칫 놀라 벌떡 일어서서 머리를 가로 저었다.

"아직은 때가 일러. 내가 이래선 안돼."

그는 입속말을 하며 뒤로 두어발작 물러섰다. 이 때 영영이는 잠에서 금시 깨어났는지 실눈을 살며시 뜨더니 정찬 눈길로 홍근이를 바라보며 입을 놀렸는데 뭐라고 하는지 홍근이의 귀에는 들리지 않았다.

홍근이가 그 뜻을 몰라 멍하니 내려다보니 그녀는 또 뭐라고 입을 호물거렸다. 이번에도 홍근이는 그녀의 말을 알아듣지 못했다.

영영이는 하얀 이를 내 보이며 방긋 웃고 나서 가까이 오라고 턱짓을 하였다.

홍근이는 영영이가 무슨 속심을 털어 놓으려는지 궁금해서 귀를 그녀의 입가에 가져갔다. 이 때 영영이는 두 팔을 벌려 그의 목을 와락 부둥켜 안았다.

느닷없이 처녀의 팔에 목을 안긴 홍근이는 놀라고 당황하여 가슴이 쾅쾅 뛰었다. 목을 빼려고 해도 용기가 나지 않았다. 그는 귀여운 처녀의 자존심에 찬물을 끼얹을 가봐 영영이가 하는대로 목을 맡겼다.

홍근이한테서 적극적인 반응이 없자 영영이는 의혹에 찬 눈으로 대방을 바라보며 물었다.

"홍근씨, 동무는 저를 저를 사랑하지 않나요? 왜 이리 냉담해요?"

"영영이, 우리가 이러기엔 너무 이르잖아요?"

홍근이의 대답에 그녀는 아쉬운 듯 천천히 손을 놓았다.

"제가 짝이 기운가요? 어쩌면 장애자로 될지 모르니깐요." 영영이는 이불을 와락 덮어쓰더니 엉엉 울었다. 홍근이가 이불을 걷으려고 했으나 그녀가 손을 놓아주지 않아서 그는 큰소리로 말했다.

"영영이, 나는 절대 그런 뜻이 아니야. 나는 동무를 한없이 사모하지만 자신이 동무에 비해 짝이 기울다 생각해서 그런 거야. 이건 내 속심의 말이야."

홍근이는 영영이가 자기의 진정을 알아주지 못하는 것 같아 안타까워서 꺽꺽거리기만 했다.

"홍근씨, 저는 동무를 사랑해요. 솔직히 말해줘요. 동무는? "

홍근이는 얼굴을 붉히면서 대답 대신 고개를 힘차게 끄덕였다.

"내가 만약 장애자로 돼도 동무는 저를 사랑하겠어요?"

"무슨 말을 하고 있어? 나는 너의 사랑을 받는 건 온 세상을 가진 것보다 더 행복하다고 생각해. 어떤 폭풍이 몰아쳐도 나는 영영이를 버리지 않을 거야."

"좋아요. 저는 한평생 홍근씨만 믿고 살래요."

청춘남녀는 으스러지게 껴안고 불같은 키스를 나누었다.

어느날 저녁, 담당의사가 가무단의 책임자를 불러 왔다.

담당의사는 심각한 표정을 지으면서 환자의 왼쪽 다리에 병독이 생겨 그냥 두면 생명이 위태하다 하였다. 이 말을 들은 홍근이는 홍두깨에 맞은듯 눈앞이 캄캄하고 머리가 아찔했다. 한동안 병원치료를 계속하면 영영이가 완쾌되리라 철석같이 믿었는데 이게 무슨 날 벼락인가? 수술이 만약 실패하면? 홍근이는 뒤의 일을 더 생각할 용기조차 없었다.

영영이는 볼수록 귀엽고 불쌍하다. 나는 이미 영영이와 사랑을 언약했으니 그녀의 일생을 책임져야 한다. 그녀가 장애자로 된다면 우리의 혼인을 어머니가 반대하실텐데 어떻게 설복하나? 내가 장애자와 결혼하면 세상사람들의 비웃음도 빗발치겠지? 하많은 생각이 머리를 천근같이 지지눌렀다. 지금 영영이는 완쾌되기를 굳게 믿고 희망에 부풀어 있다. 그녀가 자기의 병세를 안다면 어떤 태도를 취할가? 아마 죽더라도 수술은 마다할 텐데. 그녀에게 병세를 어떻게 알려주고 또 무슨 수로 그녀를 다시 수술대에 오르도록 하나? 홍근이는 자신의 힘만으론 그녀의 마음을 돌려세울 자신이 없었다. 어머니와 영영이의 모친의 도움이 절실히 필요했다.

홍근이는 어머니와 영영이 모친한테 전보를 쳤다. 이틀이 지나자 어머니는 왔는데 영영이의 모친은 오지 않았다.

예순이 넘어 보이는 웬 늙은이가 병원에 오더니 영영이의 부친이라고 자칭했다.

복도에서 텁수염이 터부룩한 반백의 늙은이를 바라보던 해란이는 덴겁하여 뒤로 두어발작 물러서더니 “복사령!” 하고 새된 소리를 질렀다. 늙은이는 복사령이란 소리에 와뜰 놀라더니 손을 저으며 급히 제지시켰다.

원쑤는 외나무다리에서 만난다더니 그들이 병원에서 만나리라곤 꿈에도 생각하지 못했었다. 정말 넓은 게 세상이고 또 좁은 게 세상이였다.

두 사람은 한참동안 입을 다물고 대방을 응시하다가 고개를 돌리고 말았다.

올 사람들이 다 모이자 담당의사는 영영이에 대한 치료과정과 치료중에 생긴 새 정황을 소개하고 나서 조속히 수술을 진행하지 않으면 환자의 생명에 위험이 있다고 말하였다. 그런데 수술이 까다로워서 일단 성공하지 못하면 다리를 잘라야 하니 환자의 마음을 어떻게 누잦히겠는가를 연구하자고 하였다. 의사는 사람들의 얼굴을 둘러보다가 먼저 복대위에게 따님의 사상공작을 해보라고 말하였다. 늙은이는 머리를 글적거리면서 떠듬떠듬 말하였다.

“의사선생님, 죄송합니다. 저는 자신이 없습니다.”

부친이 딸의 사상공작을 못하겠다면 누가 한단 말인가? 사람들은 말은 않했지만 일제히 늙은이한테로 눈길을 던졌다.

“저는 명색이 걔의 아비지 기실 영영이를 모릅니다. 아비자격도 없는 주제에 어찌…”

환자가정 대표의 입에서 이런 말이 튀여나오자 사람들은 너무도 뜻밖이라 서로 눈치만 살피며 입을 다물었다.

해란이가 발언할 차례였다.

"이런 일에 제가 뭐라하겠나요? 내 아들 같으면 달래볼 수 있겠지만 남의 천금한테 어떻게 입을 떼겠나요? 저는 생각만 해도 겁이 나요."

말은 그렇게 던졌지만 해란이는 자기를 내놓고 이 일을 주장할 사람이 아무도 없다는 것을 잘 알고있었다. 그녀는 숨을 크게 쉬고 병실문 앞에 가서 손잡이를 잡았다가 차마 문을 열지 못하고 되돌아섰다.

이 지경에 이르자 담당의사가 정황을 환자한테 직접 알릴 수밖에 없었다. 의사의 말을 듣고난 영영이는 너무 놀라 까무러치고 말았다. 의사들이 응급처치를 취해서야 그녀는 가까스로 깨여났다.

"저는 죽으면 죽었지 장애자로 살지는 않겠어요. 수술이 실패하면 다리를 끊어야 한다고요? 저의 생활, 저의 부모, 저의 전도에 대해 당신들은 생각이나 해봤어요?" 억이막힌 영영이는 울음보를 터뜨렸다.

이 때부터 영영이는 눈도 뜨지 않고 말도 하지 않았으며 약도 먹지 않고 주사도 거절하면서 누워서 죽음만 기다렸다. 그녀가 꼼짝달싹하지 않고 누워있는 정상은 식물인과 방불했다.

그녀를 지켜보는 홍근이는 가슴이 바질바질 타서 재가 되였다. 수술을 하잖 으면 생명이 위태하고 수술을 하다 아차하면 장애자로 되겠으니 진퇴양난이라 손에 진땀이 났다. 홍근이는 영영이의 생각을 돌려세우는 유일한 방도는 자기가 그녀의 배우자로 되여 그녀의 일생을 책임진다는 것을 영영이가 믿게 하는 것 뿐이라고 생각하였다. 어머니의 허락이 시급하였다. 홍근이는 어머니에게 눈짓하여 병실밖을 나왔다.

"어머니, 저는 영영이를 몹시 사랑해요. 우리 둘은 백년을 함께하자 맹세했어요. 어머니가 우리의 혼인을 허락하시면 저는 영영이를 설복할 수 있어요. 어머니, 허락해 주세요.."

"홍근아, 너, 너 정신나가지 않았니?"

해란이는 그 자리에서 몇바퀴 맴돌이쳤다. 그녀는 아들이 영영이와의 혼인을 제기하리라곤 꿈에도 생각하지 못했었다.

"어머니, 영영이를 구해줘요. 우리의 혼인을 허락해주세요." 홍근이는 어머니의 얼굴을 쳐다보며 애원하였다. 그러나 해란이는 아들의 간청을 들어줄 수가 없었다. 그녀의 머릿속에 휠체어를 탄 영영이의 비참한 모습이 어른거렸고 복대위의 가증한 낯짝이 떠올랐다. 아무리 양부라 하나 그자와 사돈을 맺는다는 것은 천부당만부당한 일이였다.

"허락해주세요? 저는 영영이를 버릴 수 없어요."

"홍근아, 네가 그애의 전정을 망쳤으니 나는 네가 경제적으로 그 애의 일생을 책임지는 것은 도리라고 생각한다. 그러나 너희들의 혼인만은 반대한다."

"왜요? 제가 장애자와 사는 게 두려워서 그러세요? 아니면 영영이가 한족처녀라고 막는 건가요? 지금이 어떤 시대예요?"

해란이는 아들의 물음에 할 대답을 잃었다. 그렇다고 20여년을 숨겨온 비밀을 털어놓을 수는 없었다. 그녀는 사신을 기다리는 영영이의 창백한 모습을 그려다보다가 무릎을 꿇고있는 아들의 머리에 손을 대고 천천히 고개를 들고 천정을 멍하니 바라보았다. 마치도 천정위에 답안이 적혀있는 듯이.

홍근이는 결단을 내리지 못하는 어머니의 팔을 잡아 흔들며 재촉했다.

"어머니, 허락해줘요. 영영이 없이 저는 하루도 못살아요. 우리는 평생토록 사랑하자 맹세했어요. 어머니!"

아들의 굳은 의지를 돌려세울 수 없다는 것을 깨달은 해란이의 두눈에선 눈물이 샘솟았다. 운명이 자기를 왜 이렇게 괴롭히는지 참으로 원망스러웠다.

"네 청을 들어주마. 어서 일어나 병실로 가자."

"어머니, 고마와요. 우리는 어머님께 한평생 효도할께요."

병실로 돌아온 해란이는 영영이의 손을 어루만지며 두 사람을 번갈아 보다가 천천히 입을 열었다.

"영영아, 수술을 하거라. 나는 너희들 혼인에 동의한다. 홍근이는 평생 너를 하루같이 사랑할테니 마음놓고 수술을 하거라. 의사도 최악의 경우를 말했을 따름이다. 영영아, 위험은 있지만 네가 신심만 가지면 꼭 성공할 게다."

죽은듯 누워있던 령령이의 눈에서 잔이슬이 샘솟았다.

밤이 깊어갔다. 해란이는 복대위를 음식점에 불러 마주앉았다.

"복사령, 당신은…"

복대위는 급급히 손으로 입을 막는 시늉을 하였다.

"해란동무, 제발 복사령이라 하지 마시오. 그저 대위라 하시오."

"그러지요. 그런데 당신은 무슨 죄로 근 20년간 옥살이를 했나요?"

"해란동무, 나는 당신을 대할 낯이 없소. 동란때 나는 나쁜 짓을 너무 많이 저질렀댔소.” 그는 머리를 푹 숙이면서 말을 계속했다.

“동란이 일기전에 나는 H대학교 선전간사였소. 나는 신화서점의 회계와 결혼해 몇년간 아기자기한 생활을 했더랬소. 문화대혁명이 시작되자 나는 출신과 사회의 연줄덕으로 홍위병조직의 작은 우두머리로 되였댔소. 대연합 때 총부의 우두머리까지 되고나니 야심도 그만큼 커졌지요. 동란이 일자 나는 마구 짓 부시고 빼앗는 범죄활동에 참가하고 무단투쟁에 앞장서서 많은 사람을 해쳤소. 몇해 뒤 나는 죄가 두려워 사처로 피해다녔지만 법망을 벗어나지 못했소…

체포된 뒤 탄백과 검거표현이 좋아 18년 도형을 언도받았었소. 그동안 나는 안해의 마음을 발기발기 찢어 놓았댔소. 안해는 그때 애가 없었기에 리혼하고 재가할수 있었지만 그 란장판에 믿을 사람이 없었던 모양이오. 안내는 홀로 살기 너무 적적해 딸애를 얻어 기른다고 하더군요.. 그 뒤 우리는 출옥직전까지 소식이 끊겼지요… 오늘 여기서 당신을 만날 줄은 꿈밖이요. ”

해란이는 오늘 그를 만나 복사령이라고 부를 때 젓던 손이 바로 대학교 방송실에서 그녀의 입을 틀어막던 그 죄악의 손이라고 단정하였다. 그녀는 분노에 찬 눈길로 복대위를 쏘아보았다.

복대위는 머리를 맥없이 떨어뜨리고 아무런 말도 못했는데 얼굴은 삽시에 난로불같이 달아올랐다.

해란이는 복대위가 그녀를 폭행한 죄를 탄백하지 않는것을 보고 격분했으나 지금 죄증이 손에 없어서 치솟는 분노를 가까스로 누르며 말했다.

“지난 일은 잠시 따지지 않겠어요. 내 아들이 당신 딸을 크게 다체게 해서 미안해요.”

“어쩌겠소? 이미 당한 일인데. 령령이의 모친이 출장 가고 나서 전보를 받았기에 부득불 내가 왔소. 기실 나는 여기 올 자격도 없는데…”

해란이는 일어서면서 대위를 보고 물었다.

“영영이의 신상에 대해 알아보지 않았나요?” 해란이는 어쩐지 령령이의 신원을 알지 않고는 견딜수 없었다.

“며칠 전에 그 애의 일부 정황을 알았소. 걔는 내 사촌처제가 보내왔는데 친부모가 누구인지 모르더군요. 걔는 요녕 어느 음악학교를 나온 뒤 이 시 가무단에 배치받았다고 하더군”

“가무단에 그 애의 신상을 아는 사람이 있을까요?”

“어릴 때 성명을 고치고 할빈서 자랐으니 가무단에서는 우리를 영영이의 친부모로 알고있을 거예요.”

“당신 처제는 어디에 살고있나요?”

“전에 이 도시 교구에 살았으니 지금도 거기 있겠지요.”

“당신 처제는 영영이가 가무단에 있는 걸 아나요?”

“모를겁니다. 당시는 계급계선을 엄히 가를 때라 아이의 장래를 위해 비밀을 지켰는가봐요. 그 뒤 안내는 처제와도 내왕이 없었다더군요.”

해란이가 병원에 와보니 영영이는 그때까지 훌쩍 거리고 있었다. 해란이도 몸을 벽쪽으로 돌리고 흐르는 눈물을 훔치고 또 훔치였다.

홍근이가 침대머리에 앉아서 영영이의 눈물을 닦아주며 달래고 또 달래서야 그녀는 가까스로 울음을 그치고 수술을 하겠다고 응낙하였다.

의사들은 환자의 입에서 동의한다는 말이 나오자 밤이 길면 꿈이 많아질까봐 수술시간을 앞당기려 하였다. 그러나 며칠동안 입에 곡기 한모금 들어가지 않아 허약한 환자를 수술대에 올려놓을 수 없어서 며칠을 기다리는 수밖에 없었다.

해란이는 이 기회에 복대위의 죄증을 가져오고 또 영영이의 신원을 밝히려고 서둘렀다. 그녀는 홍근이 더러 집에 잠시 다녀올테니 그동안 영영이를 잘 돌보라고 당부하였다. 집에 와서 농밑에 20여년간 감춰뒀던 죄증을 찾아 손가방에 넣은 그녀는 곧바로 영영이의 양이모댁을 찾아갔다.

해질 무렵에 영영이의 양이모를 만났다. 50대를 바라보는 그녀는 손님을 반갑게 맞아주었다. 그녀와의 담화를 통해 해란이는 복대위의 말이 거짓이 아님을 확인하였다. 그날 밤, 해란이는 영영이의 양이모댁에서 하루밤을 쉬였다. 그들은 침대에 가지런히 누워서 영영이의 신상에 대해 이야기를 나누었다.

"여화(영영이의 본명)의 아버지 천룡이는 포부가 크고 의력이 강하고 훌륭한 젊은이였지요. 성격이 활달하고 후더웠어요. 그분이 결혼한 뒤 우리는 이웃이 되어 친하게 지냈어요. 그분의 말을 들어보니 고중 때 집이 길림에서 요녕으로 이사왔대요. 그분은 길림 어느 고중에 남아서 조학금을 받으며 공부했대요. 음악에 소질있는 그분은 고중을 졸업하고 예술학원을 지망했었대요. 원래 각 성별로 면접시험을 본다고 했었는데 입시날을 며칠 앞두고 상해, 무한, 천진, 북경 등 네 도시에서만 면접시험을 치른다는 통지를 뒤늦게 받았대요…. 희망이 수포로 돌아가자 그분은 반주임선생님의 권고에 못이겨 맘에 없는 3류 대학을 지망했는데 준비 부족으로 인해 낙방했대요…

그때 나이 스무 살이 되였으니 친척들이 장가를 들라고 족쳤지만 그분은 고중 때 사귄 여자 벗이 있다며 물리쳤대요."

해란이는 천룡이가 자기를 그렇게 사랑하며 기다렸다는 말을 듣자 속이 찌르릉 하여 저도 몰래 눈물이 솟아났다.

"그 뒤에는요?"

"천룡이는 이듬해에 다시 입시준비하는데 모친의 우환이 심해져서 병시중에 약값 마련에 생계유지에 눈코뜰새가 없어서 결국 포기하고 말았대요. 그럭저럭 2년 가까이 지나자 모친이 타계하고 또 여자친구가 중점대학에 진학했다는 소문을 듣고 기를 쓰고 공부해서 어느 전문대학 예술계에 붙었대요. 여자 친구 학습에 지장될까봐 그분은 설이나 명절 때만 기념카드를 보냈는데 자기 주소도 적지 않았대요. 뜻인즉 그녀를 고험해보겠다는 심산이였대요…

대학을 졸업하고 우리 시 가무단에 배치받았대요. 사업하면서 여자친구가 다니는 학교에 편지를 두번 띄웠는데 종무소식이여서 그 처녀가 변심했다 생각하고 마음을 돌렸대요."

해란이는 그때가 바로 자기가 집에 가서 있을 때였으니 편지가 손에 들어올 수 없었구나 하고 생각하니 가슴이 쓰리였다.

"그분의 애인 선화는 우리 시교중학교의 음악 교원이였대요. 시에서 조직한 문예회보연출 때 그녀의 독창이 일등상을 받았대요. 가무단의 책임자는 선화가 음악소질이 높고 장래성이 있는 걸 보고 교육부문과 협상해 그녀를 가무단의 가수로 받아들였는데 천룡이와 선화는 연출하면서 서로 감정이 통해 결혼식을 올렸대요."

천룡이도 내가 결혼하자 뒤이어 결혼했구나. 세상사가 왜 이렇게도 뒤꼬이고 사람을 희롱하는가? 해란이는 저도 모르게 호-하고 한숨을 내쉬였다.

"선화가 원래 근무하던 학교 혁명위원회의 부주임은 선화의 미모에 반해 죽기내기로 그녀를 추구했대요. 선화가 외면하자 그자는 앙심을 품고 가지가지 요언을 날조해 선화를 헐뜯었대요. 선화가 가무단으로 전근해가고 또 천룡이와 결혼을 하자 그자는 천룡이를 때려잡으려고 이를 갈았대요. 천룡이의 아버지가 항미원조 때 행방불명이 된 사실을 안 그자는 천룡이를 외국특무라고 무함하면서 천룡이가 피아노를 치는 기회에 외국과 내통했고 부정당한 수단으로 교육부문의 사람을 빼갔다느니 작풍이 나빠 정부가 몇이나 된다느니 하며 험담을 수 없이 했대요...

흑백이 전도된 그 세월에 바람분다하면 비왔다는 판이라 승벽심이 강한 문화국 반란파들은 큰 공을 세우려고 그분을 잡아다 죽도록 때렸대요. 무더운 여름날 점심때 그들은 물매를 대다가 빗나가서 정수리를 쳤는데 머리가 깨여지고 엉덩이의 살점이 떨어졌대요. 그분이 정신을 잃고 쓰러지자 홍위병들은 찬물을 끼얹었대요.천룡이가 깨여난 뒤 목이 말라서 "물,물" 하였더니 그자들은 또 찬물 한초롱을 면상에 들씌웠는데 천룡이는 그만 페가 막혀서 생죽음을 당했대요.”

아, 천룡이, 내가 그렇게 사모하던 그이가 원귀로 되다니. 해란이는 하늘이 빙빙 돌아가는것만 같았다. 슬픔의 눈물이 두 볼을 타고내려 베개를 적셨다.

“그담엔 어찌 되였나요?”

“비보를 받은 선화는 돌도 안찬 려화를 저한테 맡겨두고 밀차를 빌려 시신을 거두러 갔어요. 그녀가 참경을 보고 천룡이의 시신위에 엎드려 대성통곡을 했더니 놈들은 선화를 계급의 적과 한속인 나쁜 연이라고 욕하면서 호되게 때려놓았대요… 선화는 선혈이 랑자한 시체를 밀차에 싣고 눈물범벅이 되어 밀차를 밀고 큰길을 지나 철길을 건느게 되였대요. 이때 기차가 경적을 울리며 질주해왔는데 극도의 고통과 절망에 빠진 그녀는 모진 마음을 먹고 그만…

그때부터 여화는 사고무친의 고아로 되고 말았지요. 나는 애가 하도 불쌍해서 3년동안 수양했는데 애의 장래가 두려웠어요. 마침 사촌언니한테 애가 없기에 여화를 남몰래 거기에 보냈던 거예요. 20여년 동안 저는 언니와 내왕이 없어서 여화 소식을 감감 몰랐는데 오늘 알게 되여 한시름 놓이네요. 앓던 이를 뽑은 것 같이 후련하네요.”

내 추측이 틀리잖았구나. 영영이는 확실히 천룡이의 딸이였구나! 그러기에 영영이는 첫눈에 어딘가 그렇게 낯익어 보였고 웃을 때 생기는 보조개는 그렇게도 천룡이를 닮았었구나. 수술을 앞두고 그 애의 친부모가 누군지 알고싶던 충동이 인것도 이런 연분 때문이였구나. 해란이는 영영이의 아픔을 몰라줬던 자신이 미워졌다. 그녀는 인간세상에 왜 걸림돌이 이렇게 많고 고통이 이렇게 많고 생이사별의 슬픔이 이렇게 많은가고 하늘을 향해 소리쳐 묻고 싶었다.

이튿날 아침, 병원에 돌아온 해란이는 대위의 숙소로 찾아갔다.

노크소리에 화뜰 놀란 대위는 해란이가 옛 장부를 청산하러 왔으리라 짐작하고 죄책감에 몸을 부르르 떨었다. 20여년 전의 여름밤에 저지른 일이 환영같이 머릿속을 스쳐갔다.

폭우로 인해 헛걸음을 치고 숙소로 돌아온 그는 새옷을 갈아입고 침대에 누워있다가 일어나보니 여덟시가 지났었다. 식당은 문을 닫은지 오래였다. 그는 해란이와 음식점에 가서 저녁을 사먹으려고 사무실에 갔다. 전등을 켜고난 그는 해란이가 들으라고 몇번 헛기침을 했다. 그런데 방송실안에는 아무런 기척도 없었다. 해란이는 지금 무얼 하고 있을까? 호기심이 동한 그는 벽의 창문 미닫이를 살그머니 밀고 방송실안을 들여다보았다. 방송실은 전등을 켜지 않아 어두컴컴하였다. 해란이가 하마 잠을 자나? 그는 어쩐지 마음이 싱숭생숭해났다.

손을 내밀고 커튼의 한쪽을 당겨보니 커튼은 두 끝을 고정해놓았는지 움직이지 않았다. 그는 서랍에 있는 손가위를 가져와서 커튼에 작은 구멍을 내고 전등불빛을 빌어 방송실을 들여다보았다. 침대위를 훔쳐보던 그의 눈이 확 밝아졌다. 해란이는 옷을 입은 채 단잠이 들어있었다. 기름기 도는 까만 머릿카락, 약간 벌린 앵두입술, 능금같이 발가우리한 두 볼, 속적삼 위로 봉긋하게 솟은 젖무덤, 사람 인 (人) 자 모양으로 약간 벌어진 두 다리… 그는 금세 온 몸에 피가 거꾸러 흐르고 숨이 가빠졌다. 이지를 잃은 그의 두뇌에는 수욕이 끔틀거렸다. 지지

벌개진 목을 움추리고 주위 동정에 귀를 기울이던 그는 인적이 없자 벽창문에 놓인 전화기를 사무상우에 옮겨놓았다. 그는 사무실의 전등을 끄고 창문으로 머리를 내밀고 고양이같이 미식을 노렸으나 워낙 큰 체구라 창문으로 들어갈 수가 없었다.

그는 창문미닫이를 들어내고나서 커튼을 손가위로 베고 방송실로 기어들어갔다. 그는 귀를 도사리고 주위의 동정을 살피다가 처녀의 다리를 살짝 건드렸다. 꿈나라에 깊이 빠진 그녀는 벼락이 떨어질 줄도 모르고 쌔근쌔근 달게 자고있었다.그는 손가위를 입에 물고 호주머니에서 손수건을 꺼낸 뒤 세수대야 옆에 걸린 수건을 가져다 복면을 하고 처녀의 몸우에 덮쳐들었다…… 수욕을 한창 채울 때 전화벨이 울렸다. 화뜰 놀란 그는 누가 찾아올까봐 급히 문을 열고나와 사무실에 들어갔다. 그는 미닫이를 다시 달아놓고 전화기를 창문턱에 올려놓은 뒤 부랴부랴 숙소로 돌아갔다……

해란이는 결김에 대위를 찾아오긴 했지만 20여년이 지난 오늘 대위가 죄를 부인하면 어쩌나 하고 망서리였다.

그런데 심한 양심적 가책에 못 견디던 대위는 해란이가 노크하고 들어오자 걸상에서 일어서더니 해란이의 앞에 무릎을 꿇고 땅에 이마를 짓쪼으며 용서를 빌었다.

"해란동무, 나는 당신한테 평생 못씻을 죄를 졌습니다. 나는 백번 죽어도 아깝잖은 놈입니다…"

남의 청춘을 여지없이 짓밟은 원수의 입에서 나온 말을 들으니 그녀는 너무도 분해서 말조차 할수 없었다. 치가 떨리고 이가 부득부득

갈리고 가슴이 방망이질하였다. 악이 받친 그녀는 대위의 옷자락을 거머쥐고 부리나케 대위의 귀통을 두어번 치고나도 성이 차지 않아 발로 두어 번 다리를 찼다.

"분이 풀릴 때까지 때려주오. 나는 죽어 마땅한 죄인이오. 비록 법적 제재를 받았지만 동무한테 진 죄는 청산받지 못했소. 이 인간쓰레기를 어서 속시원히 때려주오."

과거를 생각하면 마구 물어뜯어도 성차지 않지만 대위의 낭패상을 보니 더는 어쩔 수가 없었다. 아무리 원수라도 사사로이 흉기를 쓸 수는 없다. 하물며 자신이 지은 죄를 탄백하고 손이야 발이야 하고 비는데야 어쩐단 말인가?

땅바닥에 꿇어앉아 이마방아를 찧는 대위의 몰골을 보니 측은한 생각도 들었다. 18년간 옥살이를 한 그가 명색은 영영이의 양부가 아닌가? 광란하던 그 세월에 죄진 자가 어디 한둘인가? 20여년이 지난 오늘 다시 복수의 칼을 든다면 너무 옹졸하지 않은가? 그녀는 대위를 용서해줄까 생각해보았다. 그러나 그를 한번 더 자극하지 않고서는 분이 풀릴 것 같지 않았다. 그녀는 품속에서 피가 얼룩진 침댓보조각과 손가위를 꺼냈다.

"복대위, 이게 뭔가 봐요. 나는 20여년간 이걸 지니고 당신을 기다렸어요."

가까스로 고개를 들고 해란이의 손을 보던 대위는 소스라쳐 악 비명을 지르더니 저의 따귀를 마구 치며 울음 섞인 소리로 말했다.

"나는 짐승만도 못한 놈이요. 마음대로 징벌해주오. 엄히 징벌해주오.”

“일어나요. 나는 이젠 더 과거를 들먹이지 않겠어요. 앞날을 위해, 우리들의 자식을 위해 나는 당신의 죄를 더 추궁하지 않겠어요. 어서 일어나서 병원으로 가자요. 오늘은 영영이의 수술날이니 기다리고 있을 거예요.”

해란이는 대위를 일으켜세웠다.

그들이 병원에 찾아오니 가무단책임자와 담당의사가 이미 병실에 대기하고있었다. 오늘 홍근이도 청가를 맡고 와있었다.

의사는 수술하기전에 가속이 병지에 싸인해야 한다고 말했다. 의사가 병지를 대위한테 내미니 대위는 손을 부들부들 떨면서 감히 받지 못하였다. 아버지의 거동을 못마땅해하는 영영이는 대번에 입이 뽀르퉁해져서 고개를 돌리고 홍근이와 해란이를 찾았다.

홍근이는 영영이를 내려다보면서 눈을 한번 껌벅하고나서 의미있게 미소 하다가 의사한테서 병지를 받아들고 환자 가속이 싸인하는 자리에 권홍근이라는 세 글자를 써놓았다.

홍근이가 선참으로 싸인 하자 해란이가 병지를 받았는데 마음이 삼검불같았다. 대위가 저지른 죄행과 영영이 양모의 파리한 모습이 떠오르고 영영이가 바로 첫사랑 천룡이의 딸이라는 것과 홍근이가 애원하던 정경이 떠올랐다.

사랑과 증오, 동정과 원한이 한데 엉켜 맴돌이쳤다. 그녀는 병지를 들고 병실밖을 나왔다. 잠시나마 정신적 안정을 찾고 싶었다. 복대위가 그녀의 뒤를 따라나왔다. 그는 해란이의 옷깃을 당기면서 앞에 꿇어

앉아 밀했다.

"해란동무, 어서 싸인해주오. 나는 영영이의 아비 될 자격이 없소. 하지만 우리 세대에 맺은 원한을 후대에게까지 물려주지는 말아주십시오. 제발 빕니다."

대위의 그 애원의 말 한마디가 해란이의 어지러운 심사를 얼마간 누잦혀주었다. 그의 가련한 꼬락서니를 보고 또 영영이의 양모의 고달픔을 생각하며 그녀는 병지에 싸인하고나서 의사한테 가져다주었다. 그녀가 복도에 나와보니 대위는 그때까지 꿇어앉아 고개를 푹 숙인 채 흐느끼고 있었다.

"공은 닦은 대로 가고 죄는 진 대로 간다는 속담을 잊지 말아요. 이 손 가위를 간직하고 만년을 참답게 사세요."

해란이는 손가위를 대위에게 주고나서 품에서 침댓보조각을 꺼내여 성냥을 그어 불을 달았다. 불길이 타오르기 시작하자 그녀는 창문밖으로 팔을 내밀고 침댓보가 다 타기를 기다렸다가 놓아버렸다. 이른 봄바람에 재는 나비같이 춤추며 사방으로 날아갔다. 그녀는 가볍게 한숨을 호- 하고 내쉬었다.

복대위는 그 광경을 차마 눈뜨고 볼 수 없어서 손으로 눈을 가리웠다.

"복대위, 당신도 어서 가 병지에 싸인을 해요. 지난 날엔 아비구실을 못했지만 영영이에게는 아버지 사랑이 수요되니까요."

해란이의 바다같이 너른 도량, 후더운 처사에 깊이깊이 감동된 복대위는 일어나 해란이에게 굽석 절을 올리고나서 병실안으로 들어갔다.

병지에 해란이네 모자만 싸인한 것을 보고 언짢아 상을 찡그리던 영영이는 양부가 눈물을 흘리면서 싸인하는 것을 보자 얼굴에 해살이 비끼였다.

"이젠 모두들 안심하고 돌아가세요. 저는 수술하러 가겠습니다."

영영이의 꾀꼬리같은 목소리를 들으며 병실에 모인 사람들의 얼굴을 두루 돌아보는 해란이의 눈 안에는 이슬이 아롱졌다.

"영영아, 아무런 고려 말고 수술을 하려무나." 해란이가 이렇게 말하자 복대위도 영영이의 곁에 가서 미소를 지으며 고개를 끄덕였다.

호사들의 부축을 받아 수술차에 올라가 누운 영영이의 눈시울도 촉촉이 젖어있었다.

홍근이는 수술차를 밀고가는 간호원들을 따라가면서 정찬 목소리로 소근소근 말하였다.

"영영이, 수술할 때 긴장하지 마. 두려울 게 없어. 몇 십 분만이면 수술이 끝날 거야. 나는 수술이 성공하리라 확신하고 있어. 우리는 밖에서 기쁜 소식만을 기다릴게. 마음놓아라. 응."

수술차가 수술실 앞에 이르러 문을 열고 들어가려 할 때 홍근이는 허리를 굽혀 영영이의 입술에 잽싸게 뜨거운 키스를 퍼부었다.

그 장면을 목격하는 해란이의 심정은 단지 쓴지 저로서도 알 수 없었다.

수술실의 문이 스르르 닫기였다. 해란이는 안도의 숨을 내쉬고 현관에 나왔다. 그녀는 홍근이와 영영이가 영원히 자기들의 신원을 모르고 또 부모들의 비밀을 모르기를 바랐다. 광란의 세월에 부모들 사이에 쌓인 원한을 절대로 대물림하진 말아야지. 티없이 맑고 깨끗한 그들의 심령에 그늘이 지게 해서야 될 일인가.

그녀는 창밖을 내다보았다. 파아란 하늘에는 솜뭉치같은 구름이 자유롭게 헤엄치고 있었다.

(요동문학 7-8기 연재 2006년)

22. 적재적소(외1편)

지난 세기 60년대에 한족 생산대에서 수전기술자로 일하던 30여 호의 이곳 조선족 농민들은 한족들이 수전농사에 능숙해지자 정부의 비준을 받고 독립 생산대를 건립하였다. 빌어먹더라도 자식들 공부는 시킨다는 그들은 유관부문을 찾아다니며 고충을 호소하여 상급의 비준을 받고 독립 조선족소학교를 꾸리었다. 조선족학교가 생기자 마을엔 생기가 넘쳤고 자식들을 위해 찾아오는 농민들이 많아 불과 몇 해 사이에 농호가 50호를 넘기였다. 복식반을 꾸리던 학교는 정규학교로 부상했고 사범졸업생을 받아 정식교원이 교원 수의 과반수에 이르렀다. 초중생도 보기 드문 마을은 몇 해만에 중학생이 일여덟이나 되더니 뒤이어 대학생까지 배출되어 황금기를 맞았다.

다시 20여년이란 세월이 흐르자 관내로 진출한다, 출국한다 하며 젊은이들이 핫바지 방귀 빠지듯 하나 둘 사라지고 급기야 마을에서 애들 떠드는 소리가 드물더니 재교생수가 내리막 선을 그어 민영교원들이 하나 둘 농토로 "복원"하였다. 어렵게 세운 학교는 폐교할 날을 눈앞에 두고 책임자가 정년퇴직하니 군룡무수로 되어 책임자 선정이 급선무였다. 원래 촌민위원회에서는 왕촌장의 처조카인 허 선생을 적임자로 점찍어놨지만 구설수가 두려워 입막음으로 교원들의 의견을 알아보았다.

"제 생각엔 교수경험이 풍부한 강 선생님이 적임자입니다." 젊고 패기 있는 김 선생이 선뜻 태도를 표시하자 중년교사 이선생도 "나도 찬성이요"하고 동조했다. 이에 화가 동한 허 선생은 사무상을 꽝 치는 것으로 항의를 표시하고 사무실을 훌쩍 나가버렸다. 그러자 사무실 안엔 활기가 넘쳤다.

"명색이 조선족이지 조선어는 입에 올리기를 범처럼 두려워하고 가갸거겨도 모르는 자가 누구 힘으로 여기에 들어와 애들을 잔뜩 망쳐놓더니 이젠 뻔뻔스레 두꺼비 고니고기 먹으려고 덤벼치네." 성질이 불같은 김 선생이 울화를 토하자 이 선생이 동조했다.

"차라리 초졸생더러 철자를 배워주라 해도 그 선생보다는 열배 나을 걸."

"내 아무리 생각해봐도 적임자는 허 선생 뿐이요." 오십대 후반인 강 선생의 말에 다들 자기의 귀를 의심하며 의아한 눈길을 보내자 강 선생이 정색하고 말했다.

"허 선생한테 교수를 맡기면 녹아나는 건 우리 애들뿐인데 우리가 그를 사퇴시킬 힘이 없으니 차라리 교수는 우리가 다 맡아하고 아무런 쓸모도 없는 그를 촌정부에서 내정한 임시 책임자로 시키는 게 옳을 것 같습니다. 이게 바로 적재적소가 아니겠습니까? 허허."

"그럽시다. 미운 놈한테 떡 하나 더 주는 셈치고."

"삶은 소대가리가 앙천대소할 노릇이지만 어쩌겠습니까? 적재적소이니 그렇게 합시다."

다른 두 교사도 별 뾰족한 수가 없으니 동의하고 말았다.

3년이 지나 재학생이 사라져 폐교되자 퇴직을 앞둔 강 선생은 한족학교에서 수학교사로 데려갔고 예술세포가 뛰어나 성조선족예술축제에서 몇 차례나 수상한 이 선생은 시문화예술관의 초청을 받고 그리로 적을 옮겼으며 창발성이 강한 김 선생은 아예 교직을 버리고 "바다"로 뛰어들었고 허울뿐인 "허 교장"은 내부퇴직하고 출국하여 빈 깡통만 치며 다니다가 망신만 당하고 더는 붙어있을 수 없으니 귀국해서 정년퇴직 수속만을 기다리고 있었으니 확실히 적재적소가 이루어진 셈이다.

시 찰

몇 해 전에 있은 일이다. 4월 중순의 어느날, 어느 젊은 부시장이 시정부에서 80 여 리 떨어진 시골에 춘경시찰을 내려왔다. 농민들은 바쁜 일정을 뒤로 하고 촌민위원회의 마당에 모여들었다. 10시쯤 되자 까만 승용차 7대가 현지에 들어섰다. 먼저 차에서 내린 사람들이 "도요

타"에 앉은 사십대 후반인 한 남자를 부축해 내렸다. 농민들이 그를 장애자 인 줄로 알았던 그 사람은 촌민들 앞에 성큼성큼 걸어와 손을 저어 인사를 건늬는데 팔목에 찬 금시계가 햇볕에 유난히 반짝이였다. 그가 농민들과 시골 생활에 관해 한담을 하려는데 누군가 그 호화 차는 값이 얼마 하느냐고 묻는 것이였다. 부시장인 그가 별 생각 없이 얼마얼마 한다고 말하자 군중들 속에서 "와아!"하는 탄성이 울려나왔다. 이윽고 말을 건늬던 농부가 종이에 엽초를 말아 피웠다. 니코진에 민감한 부시장은 대뜸 호주머니에서 꺼낸 궐연갑을 열고 하얀 담배 한가치를 뽑아 입에 물었다. 수행인원이 얼른 라이터로 불을 붙여주자 향긋한 담배연기가 모락모락 애연가들의 코를 간지럽혔다.

"야! 그 담배냄새 정말 향기롭구나!" 누군가 찬탄을 발하자 50대의 애연가 일여덟이 슬금슬금 담배냄새의 장본인 주위에 모여들었다. 부시장이 자랑삼아 자기 권연을 맛보라고 한대씩 나눠주니 어떤 사람은 두어 모금 빨다가 호주머니에 넣었고 어떤 사람은 코로 담배내만 맡아보고 아예 호주머니에 넣었다. 부시장은 담배연기를 둬모금 빨아 하얀 연기를 묘하게 뿜어 동그라미를 그리더니 반도 더 남은 담배꽁초를 땅바닥에 내버렸다.

"시장어른, 하루에 담배를 몇 가치나 피우시우?" 구렛나룻의 한 애연가가 궁금증을 풀려하자 부시장이 "나는 하루에 두 갑 남짓 피운다오." 하고 어깨를 으쓱하며 자랑했다. 이 때 누군가가 "이런 고급담배는 한 갑에 얼마씩이나 하오?"라고 묻자 부시장은 아마 한갑에 30원쯤 할거요."라고 자랑삼아 말하였다. 그러자 다른 한 농부가 한술 더 떠서 당신은 한달 노임이 얼마길래 날마다 이런 담배를 두 갑씩이나 피우는가고 물었다.

부시장은 아차 하고 후회했다. 무지몽매한 농민들한테 자기의 우월함을 뽐내다가 되레 놈들한테 톡톡이 조롱받았다는 생각이 뇌리를 치자 그는 자리에서 벌떡 일어났다.

'에익,괘씸한 놈들, 네놈들이 나를 조롱하려고 짜고 들었구나!' 이제 그들과 말을 더했다간 더 큰 봉변을 당할지 모를 일이였다. 기분이 잡치고 이 자리가 무시시했다. 한 시급이 이 자리를 뜨고 싶었다. 그는 손목시계를 보고 나서 수행들에게 재촉했다.

"오늘은 행사가 긴박하니 다른 데로 당장 떠납시다."

일행이 마지못해 승용차에 오르자 맞은 켠 식당에서는 지지고 볶는 반찬냄새가 "시찰영도"를 환송했다.

23. 좌석배치

좌석이란 공중장소에서 앉는 자리를 가리 킨다. 사람들이 혼자 있을 때는 소파에 앉거나 아무 곳이든 나름대로 편리한 자리에 앉으면 그만이니 앉는 자리에 신경을 쓸 필요가 없으나 사람들이 많이 모인 장소에서는 상황이 달라진다. 자고로 우리민족은 년장자나 덕망이 높은 어른들을 상좌에 모시고 젊은이들은 그 주위에 앉는 것이 정하지 않은 일종의 예절로 되어 있다.

窗体顶端

근간에 적잖은 기관단위나 군중단체의 행사나 모임에는 좌석배치에 엄격한 불문율이 존재하여 직위가 가장 높은 지도자를 앞줄의 중심에 높이 모시고 나서 그 주위에 직급이 높고 낮은 순서에 따라 관원들이 좌우와 뒤에 순서정연하게 앉는 것이 일정의 규정 아닌 법으로 자리매

김했다. 그리하여 각종 행사에서는 전문으로 좌석배치를 전담한 비서들이 종종 진땀을 뺄 때가 있다. 평소에 업무를 괜찮게 완수했지만 회의 때 어른들의 좌석을 약간 소홀히 한 탓에 지도자의 눈 쌀을 찌프리게 하거나 지어는 아예 상사의 눈에 나서 냉궁 冷宮으로밀리는 비서들을 우리는 심심찮게 볼 수 있다.

몇 해 전에 대학을 졸업하고 현 건설과에 배치된 뒤 문장을 잘 써 비서자리에 오른 현문이는 약삭빠르고 매사에 머리가 팩팩 도는 젊은이였다. 그는 전임들이 평소에 맡은 임무를 원만히 완성하고 별로 눈에 띄는 착오도 범하지 않았지만 단지 회의 때 좌석배치 때 관례에 거부감을 갖고 주요지도자의 좌석만 정하고 나머지는 아예 성씨필획에 따라 좌석을 정한 일이 주요 지도자의 심기를 불편하게 하여 비서자리를 떼운 교훈을 착실히 섭취하여 선배가 마신 고배를 자기는 절대 마시지 않으려고 무지 안간힘을 썼다. 그는 과내의 모든 간부들을 직위와 실권의 대소에 따라 1, 2, 3, 4차례로 번호를 매겨놓고 회의 때마다 주석대에 사전에 그려놓은 좌석좌표계에 해당한 사람을 적절하게 배치하여 과장의 신임을 높이 사왔기에 평소 웬만한 실수 따위는 지도자가 눈감아주어 동료들의 부러움과 시샘이 동반했다. 하지만 그의 좌석배치가 언제나 순풍에 돛달기만은 아니었다.

국경절을 며칠 앞둔 어느날 현 건설과에서는 새로 지은 사무청사에 입주하게 되였다. 서민들도 새집에 들 때면 친척, 친구들을 초청하여 술집에 가서 피로연을 베풀고 새집들이 하면서 지신을 요란하게 울리는데 하물며 한개 현의 중요한 행정부서인 건설과에서야 더 이를 데가 있겠는가? 먼저 입주를 상징하는 채색테프를 끊고 나서 하객들을 데리고 새 사무 청사에 들어가서 각종 시설을 돌아보게 한 뒤 경축대회를 치르고나서 하객들을 연회청에 모셔가서 피로연을 베푸는게 관행이였다. 지금은 상급에서 청렴을 강조하며 관사를 짓는 것을 제한하고 새 청사에 들 때 테이프를 끊는 등 불필요한 행사에 공금을 날리는 행위를 엄금하지만 건설과의 어른이신 정 과장은 편벽한 현성에서 소리 없이 가만히 벌리는 행사이니 소문이 시나 성의 영도들의 귀에까지 들어갈 리가 없다고 생각하고 경축행사를 원 계획대로 차질 없이 추진하였다. 입주식의 구체절차를 책임진 현문이는 우선 건설을 주관하는 조 부현장과 몇몇 권력부서의 나으리들에게 초대장을 보내고나서 현정부 소속의 모든 과와 세무국, 은행 및 새 사무청사의 시공을 맡았던 건설사의 책임자 등에게도 일일이 초대장을 보내였다.

입주식을 할 때 테프를 끊을 시각은 오전 열시 십팔 분으로 정하였다. 그것은 현문이가 남몰래 현성에서 점을 신통하게 친다고 소문난 맹봉사를 찾아가 약간의 수고비를 치르고 입주할 길일 길시를 받아왔기 때문이였다.

아홉시가 되자 현문이는 일찌감치 새 청사 앞에 채색테이프와 폭죽을 가져다놓고 지도자들이 테이프를 다 끊고나면 폭죽을 요란하게 터칠 채비를 하고 있었다. 아홉시 반이 되자 건설과의 사업 인원들이 하나 둘씩 다 모이고 뒤이어 재정과며 교통과, 문교과 등 초청받은 단위의 하객들이 마스크를 걸치고 삼삼오오 찾아오고 열시 십분이 되자 오십대의 번대머리 정 과장이 남산만한 배를 쑥 내밀고 팔자걸음을 하며 새 사무청사 앞에 호기롭게 나타났다. 그는 기름기 번지르한 얼굴에 해빛을 잔득 담고 하객으로 온 다른 과의 과장들과 일일이 인사를 나누었다. 새청사의 대문안은 경사를 맞은 듯 자그마한 인파를 이루었다.

그런데 입주행사를 치르기 전에 미처 생각지 못한 난처한 일이 발생하였다. 하객들 앞에서 테프를 끊기로 한 다른 영도들은 다 왔는데 유독 시정건설을 주관하는 조부현장이 아직 모습을 드러내지 않고 있었기 때문이였다. 그리하여 테이프를 끊을 열시 실팔분이 십분을 지났는데도 대회의 주역이 얼굴을 내밀지 않자 정 과장은 자기들끼리 감히 테이프를 끊을 수가 없어서 연신 발을 동동 굴렸다.

마음이 초조하여 10초가 멀다하게 연신 번쩍이는 손목시계에 눈길을 가져가는 정과장의 불안한 거동을 살펴보던 현문이는 스마트폰을 꺼내 현정부 판공실에서 근무하는 동창생 성기한테 전화를 걸어 조부현장이 어찌하여 아직도 행사장에 도착하지 못하는가고 물었다. 그러자 성기는 조 부현장이 오늘 아침에 건설과의 행사에 참가한다면서 일찌감치 승용차에 올라 현정부 청사를 떠나는 걸 두 눈으로 분명히 봤노라고 말하는 것이였다.

"정 과장님, 현정부청사와 여기가 불과 2리밖에 안 되는 지척인데 조 현장께서 길에 시간을 그리 오래 지체할 리가 있겠습니까? 혹시 중도에 무슨 의외의 공무를 처리하느라 늦어진 게 아닐가요?" 현문이가 정 과장을 안심시키려고 자기의 생각을 내비쳤으나 가타부타 말이 없는 정 과장의 낯에 비낀 그늘은 티끌만큼도 가셔지지 않았다.

“예정한 시간이 훨씬 지났으니 더는 기다릴 수 없게 됐군. 우리끼리라도 의식을 치러야겠네.”

현문이가 이 부과장에게 알려 입주의식의 시작을 선포하고 채색테프를 끊을 지도자들의 명단을 발표하게 하였다. 비록 조부현장이 그때까지 테프 끊는 자리에 얼굴을 내비치지 않았지만 지도자 명단의 첫머리에는 여전히 그의 명함이 버젓이 올라있었다. 그리하여 테프를 끊는 지도자들이 선 자리의 정중에는 조 부현장이 자리가 비어있었다. 테프를 끊고 폭죽을 울리자 내빈들은 현문이의 안내 하에 새 청사 회의실로 들어가서 내부시설을 감상한 뒤 회의실에 들어가서 간단한 환영식을 치르게 되였다. 비록 환영사나 축사 따위 형식으로 치르는 활동시간은 쥐꼬리만큼 짧았지만 관례대로 주석대가 마련되었고 좌석은 계획대로 차질 없이 배치되었다. 회의 참석자 중 가장 높은 어른이신 조 부현장이 앉을 좌석을 주석대의 앞줄 중간에 비워두고 그 곁에 앉게 된 정 과장은 자기와 급별이 같은 다른 부서의 과장들을 대하기가 무엇하여 마치 바늘방석에 앉은 것만 같았다. 그는 부시시 일어나서 낯에 웃음을 어줍게 바르며 주석대의 앞자리에 앉은 내빈들한테 양해를 구했다.

“에. 형제부문의 영도동지들, 오늘 저는 주인으로서 조 현장을 모셔야 하기 때문에 외람되게 좌석 중심에 앉았으니 모두들 양해하십시오. 대단히 죄송합니다. 조 현장이 오실 때까지 잠간만 기다려주십시오.”

그들이 조 부현장을 기다린지 20여 분이란 시간이 흘렀다. 하지만 조 부현장은 야속하게도 회의장에 낯을 내밀기는 커녕 왜 늦는다는 전화 한통도 없었다. 정 과장은 수시로 손목시계를 보면서 안절부절 못하였다. 관중석에 앉아있는 일반 하객들과 과원들은 주석대의 앞줄 중간이 마치 앞니가 빠진 늙은이가 입을 하 벌리고 하품하는 꼴 같아서 연신 손가락질 하면서 키득거렸다.

연회청에 음식을 차릴 시간이 지났으니 음식이 식기 전에 손님들을 어서 연회청으로 모셔오라는 요리사의 기별이 왔다.

정 과장은 기실 환영회는 형식에 불과하고 연회석에서 각 과의 수뇌들과 인맥을 다지는 것이 주목적이기에 경축회에 더는 시간 낭비할 필요가 없다고 생각하고 회의를 신속히 끝내려고 마음먹었다. 정 과장은 주석대 아래에서 소근거리는 사람들의 정서에 이해가 갔던지 회의를 선포하고 비서를 시켜 미리 써온 환영사를 구겨버리고 틀에 맞춘 몇마디 인삿말로 내빈들을 안정시켰다. 뒤이어 몇몇 내빈 대표도 배가 고팠던지 쥐꼬리만한 축하말로 축사를 대체하였다.

"찌르릉, 찌르릉…" 회의가 끝날 무렵 현문이의 스마트폰이 세차게 울렸다. 현시판을 들여다보니 조 부현장의 수행비서인 다른 한 동창생한테서 온 전화였다

"여보세요, 여보세요," 다급해난 현문이가 주석대 뒷켠에 가서 동창생한테 오늘 조 현장께서 어인 일인가고 물었다. 그런데 대방은 아무런 대답도 없이 통화를 뚝 끊어버렸다.

"싱거운 자식, 남은 속이 바질바질 타 재가 되는데 네놈은 잘코사니를 부르며 장난을 쳐?" 현문이가 스마트폰을 휴대가방에 넣으려는데 위챗의 벨이 다시 찌륵찌륵 울렸다. 그가 급히 위챗을 열어보니 방금 통화했던 그 동창생이 보내온 동영상 이였다. 현문이가 남들의 눈을

피해 주석대 뒤 외진 곳에 가서 동영상을 들여다보았다. 그런데 이게 뭔가? 화면에는 화려한 별장들이 나타나고 뒤이어 조 부현장이 왼 낯선 사람들에게 팔이 끌려 별장에서 나오더니 무슨 소형 버스같은 차에 오르는 장면이 나타나지 않는가? 그럼 저게 무슨 차일가? 현문이가 눈을 비비고 동영상에 오른 차의 번호판을 살펴보니 그 차는 성기율검사위원회의 전용차가 분명하였다. '아, 그렇게 기세가 하늘을 찌르던 조 부현장도 이런 날을 맞는구나!'

현문이는 이 돌연 정황을 정 과장한테 급히 알리지 않을 수 없었다. 그가 주석대 앞 중심에 앉아있는 정 과장한테 다가가서 귀속말로 급한 상황이 생겼으니 잠시 주석대 뒤로 오라고 귀띔했다.

"뭐라구? 조 현장이?" 주석대 뒤에 온 정 과장의 손이 사시나무같이 떨리고 낯빛이 금세 백지장으로 변하였다.

"자네 당장 이 부과장한테 나 대신 연회를 주최하라고 여쭈게. 난 급한 용건이 생겨서 나가봐야겠네."

말을 남긴 정 과장은 마치 얼빠진 사람같이 대청을 빠져나가 승용차에 오르더니 어디론가 바람결같이 사라졌다.

평소에 좌석과 신분을 그렇게 중시하고 태산이 무너진다해도 끄떡하지 않을 것 같던 정 과장이 오늘은 왜 저렇게 족제비 만난 암탉같이 허겁지겁할까? 조 부현장이 잡혀갔다는데 정 과장과 무슨 상관이 있기에 평소에 한 번도 빠지지 않던 연회에도 참석하지 않고 급급히 뺑소니치는 걸가? 현문이는 헝크러진 의문의 실타래를 일시에 다 풀길이 없어서 금세 눈앞이 캄캄하고 머리가 텅하였다.

시원한 가을바람이 머리칼을 흩날리자 문득 그의 뇌리를 탁 치는 것이 하나 있었다. 그는 백성은 초개로 알고 권리의 상징인 소위 "좌석"에만 눈이 벌건 "어른"따위들은 다 그렇고 그런 존재들이구나 하는 생각이 들었다. 그는 자신이 겉 다르고 속 다른 일부 지도자들의 눈밖에 나지 않으려고 평소에 꼭 해야 할 공무는 뒤전에 밀어놓고 좌석배치 따위의 허드레 일에만 골몰하던 지난날이 한없이 어리석고 죄스러웠음을 새삼스레 깨닫게 되어 내심 부끄러움에 동사자들 앞에서 고개도 들지 못하였다.

(요녕일보 2021.2.15)

24. 가무분공일람표

영훈이와 정숙이는 한창 꿀이 흐르는 밀월이다. 퇴근하고 보금자리에 돌아오면 두 사람은 가무일에 돌아친다. 영훈이가 주방에 들어서면 정숙이도 뽀르르 따라오고 정숙이가 빗자루를 들면 영훈이는 자루걸레를 든다. 손톱만한 일에도 두 사람이 함께 비벼대니 재미는 좋지만 일은 잘 축나지 않았다. 어느날 정숙이가 남편을 보고 한 가지 제의를 했다.

"여보, 우리 가무를 보다 효과 있게 하기 위해 이제부터 가무분공을 하자요."

"왜? 내가 할 일을 안했다고 그러는 거야?"

"아니, 그런게 아니구요. 깨알만한 일에도 두 사람이 일떠나 마구 덤비니 효율도 안나고 시간만 낭비하니까 말이예요."

“그까짓 가무 나 혼자 해도 얼마든지 할 수 있으니까 당신은 그동안 편안히 책이나 읽으라구.”

“자기만 일하는 걸 보고 글이 머릿속에 들어오겠나요? 딴 말 말고 제말대로 우리 가무분공일람표를 짜고 나서 일람표대로 저마다 자기가 맡은 일만 하자요.”

“그거 참 기발한 제안이네. 그럼 아침저녁에 밥짓기와 설거지는 내가 전적으로 맡겠소이다.” 영훈이는 정숙이가 무남독녀로 자라 일찍 집 떠나 공부했으니 주방일에는 장님 서울가기나 비슷하다 여기고 그녀가 가장 두려워할 주방일을 자청했다.

“고마워요. 그럼 나는 빨래하고 집안 청소하는 일을 맡을래요.”

“가무일이 꽤 많을텐데 그담엔 뭐가 있지? 옳지 그렇지. 채소 사들이는 일은 내가 퇴근전후로 맡으면 되겠군.”

영훈이가 자기가 할 다른 일을 찾자 정숙이도 고개를 갸웃거리다가 평형을 잡았다. 그들은 약속을 지키겠다고 아예 “가무분공일람표”를 만들어서 상장처럼 안방의 정면에 버젓이 내걸었다. 각자가 자기몫만 하니 누가 누구 눈치 볼 일도 없고 눈곱만한 일에 두 사람이 비비적거리는 폐단도 없어졌다.

어느덧 일 년 동안 꿀이 흘러갔다. 시가와 친정의 어른들이 그렇게 바라던 손군이 태여났다. 어린 보배 성실이를 돌보기 위해 사돈 양가의 안주인들이 바람결같이 달려왔다. 젊은 부부는 두 사람만의 비밀인 가무분공일람표를 어른들이 오기 전에 살그머니 떼다가 책장 속에 감추었다.

시어머니와 친정어머니의 일 분공도 묘하게 그들 양주가 하던대로 해서 시어머니는 며느리의 산후구안과 음식장만을 맡았고 친정어머니는 외손자를 돌보고 기저귀를 빠는데 정력을 몰부었다. 집안에는 어린 생명의 존재를 알리는 울음소리, 깔깔대는 웃음소리로 활기가 넘쳤다.

일 년이 지나자 두 사람의 어머니들이 시골로 돌아갔다. 그들에게는 출퇴근할 때 애를 탁아소에 맡겼다 데려오고 애의 먹이를 사들이고 보살피는 일련의 시끄러운 일이 생겼다. 그들은 의논하여 책장 안에서 잠자던 가무분공일람표를 꺼내 내용을 일부 보충하여 다시 벽에 걸어놓고 가무일을 시작했다.

어느 토요일날 저녁 무렵에 영훈이가 주방에서 전기가마에 쌀을 안쳐놓고 채소를 썰고 있는데 초인종이 울렸다. 영훈이가 문밖을 내다보니 이게 웬 일인가? 아버지께서 기별도 없이 찾아오셨다. 영훈이는 미처 앞치마도 벗지 못한 채 아버지를 맞아들였다.

"훈아, 이게 무신 꼬락서니냐? 니 처는 어디 가고 니가 이러고 있나?"

"아버지, 집사람은 동창모임에 갔길래 제가 저녁을 짓는 중이예요. 시내에서 맞벌이부부들은 엄격한 분공이 없어요. 누가 집에 먼저 돌아오면 밥을 짓는데요."

아들의 변명은 듣는둥만둥 방안을 둘러보던 영감의 눈길이 벽에 걸려있는 가무분공일람표에 못박혔다가 어이가 없는 듯 한마디 내 뱉았다.

"이놈아, 뭐이 어쩌구 어째? 가무에 분공이 없다구? 귀신이나 속이지 나는 못 속인다. 니가 밥짓고 설거지까지 맡았다고 저기에 똑똑히 적혀

있는대두 무신 변명이야?"

"아버지, 잘못봤어요. 밥짓는 일은 을인 집사람 몫이예요."

"응, 그래?" 아버지는 잠시 딴말씀이 없다가 일어서더니 방범문쪽으로 몸을 돌렸다.

"나는 문구팀 노인들한테 잠시 어딜 다녀오겠다 했는데 이젠 가봐야겠다."

아버지는 하루밤 쉬고가시리는 아들의 만류도 마이동풍하고 휭하니 집을 나섰다. 영훈이는 긴장이 풀려 후- 하고 안도의 한숨을 쉬였다. 그는 가무분공일람표를 짤 때 안주인인 안해를 갑으로 하고 자기를 을로 정한 것이 봉건통 아버지를 속이는데 한 몫 했다고 은근히 기뻐하였다.

일 년 동안 가무에 손대잖다가 새로 시작하니 생소한 일을 하듯 손발이 서툴었다. 게다가 아침저녁으로 성실이를 보살피자니 시끄러움이 이만저만 아니였다. 그들은 저희들이 늙는 것은 잊고 세월이 빨리 흐를 것만 바랐다.

눈코뜰 새 없이 바삐 도는 꽃나이의 30대도 어느새 지나가고 성숙의 가을이 찾아왔다. 영훈이는 회사사장과 동사들의 신임을 받아 부과장에 발탁되었다. 그리하여 영업관계로 종종 손님들을 접대하다나니 제시에 퇴근할 수 없었고 어두워서 귀가할 때도 종종 있었다. 영훈이는 약속을 못지켜 안해한테 죄송한 마음을 금할 수 없었다.

어느날 영훈이는 요행 손님접대에서 벗어나 퇴근하자마자 달음박질하듯 집에 돌아왔다. 오늘은 음식을 잘 장만해서 안내한테 미안함을 달래기 위해서였다. 그런데 이게 웬 일인가? 그가 방문을 여니 반갑게 맞아준 것은 향기로운 반찬냄새였다.

"오늘 회사에 손님이 왔다면서 어떻게 오셨나요?" 반기는 안내의 물음에 영훈이는 딴전을 쳤다.

"내일은 해가 서쪽에서 뜨려나 보오. 오래 만에 당신이 손재주를 보여줬구먼. 나는 당신이 내가 안 올 줄 알고 빵과 김치로 끼니를 떼우는 줄로만 알았었는데. 당신이 언제 이런 재주를 배웠소? 십년 동안 주방일을 맡은 나는 발벗고도 못따르겠는걸." 남편의 칭찬에 온 낯에 해살이 찬연한 안내가 대답했다.

"나는 자기가 평생 주방과 담쌓고 살까봐 신혼 때 자기가 주방일을 자청하자 선선히 동의했지요. 근데 안내로서 주방일을 몰라서야 되겠어요? 그래서 한가할 땐 요리책을 보고 자기가 안오는 날은 실습하며 요릿법을 조금씩 익혔지요. 이제는 우리 성실이가 중학생이라 등하교 배동도 필요없어 홀가분하네요. 당신이 10여년 동안 주방일에 수고가 많았는데 이제부텀 제가 맡겠어요. 당신은 회사일만 잘하면 돼요. 저 가무분공일람표도 할 일을 다했는데 이제부턴 서재에서 살라 하자요."

"당신 그 말 참 고맙구려. 집안 일을 당신이 전담하면 부담이 너무 크고 가무일람표의 정년도 시기상조라 우리 둘의 갑, 을 위칠 바꾸면 어떨까?"

"좋아요. 성실이의 수학보도는 이공과 출신인 갑의 몫, 어문, 영어는 외대출신인 을의 몫,야, 재미있다. 호호호호호호...."

사막에서 맞이한 은방울소리...

"하하하하하하…"

산곡에서 달려나온 시냇물소리…

웃음풍년에 창문밖 백양나무 위의 참새도 덩달아 좋다고 짹짹거렸다.

(요녕신문 2021년)

25. 선택

구름 한 점 없는 맑고 화창한 봄 날씨다. 승리촌마을로 통한 포장도로 양켠에 늘어선 백양나무는 뾰족뾰족 돋아난 싹들로 실록을 자랑하며 고향을 찾아오는 사람들을 반긴다. 승리촌마을은 오늘 마치 경사를 치르는 분위기다. 마을 어귀에 심어놓은 소나무가지에는 붉은 천으로 만든 "마을을 찾으신 분들을 환영합니다."라고 쓴 프랑카트가 신나게 춤을 춘다. 빨갛고 새까만 택시들이 연거푸 마을로 미끄럼쳐 들어오고 마을 옆을 지나는 신작로의 버스정류소에선 버스에서 내리는 사람들이 붐비고 있다. 나들이복장을 한 노인네들은 동구밖에 나와서 오랫동안 만나지 못한 자식이나 친구들을 마중하느라 법석이었다.

승리촌은 항일전쟁이 끝나고 돈이 없어서 고향에 돌아가지 못한 조선인 농민들 60여세대가 이곳에서 토지개혁을 맞아 조선인마을을 이루고 마을이름을 승리촌이라 지었다. 승리촌마을은 성립초기에 20여명의 젊은이들을 해방전쟁과 항미원조에 참가시켰고 수전을 개발하여 전선의 군량지원에도 앞장섰다. 그 뒤 중화인민공화국의 어엿한 일원이 된 이 마을 사람들은 당의 호소를 높이 받들고 전 현적으로 가장 먼저 농업생산합작사를 꾸려 성과 국무원으로부터 모범촌이란 칭호를 수여받은 영광스런 역사를 지니고 있다. 개혁개방의 봄바람이 불자 승리촌사람들은 여느 마을 사람들보다 먼저 경운기와 탈곡기를 사서 부유의 길에 앞장섰으며 집집마다 서로 경쟁이나 하듯 앞다투어 삼간짜리 벽돌기와집을 지어 인근마을 사람들이 부러워하는 부자마을로 되였다. 40년이란 세월이 흐르면서 마을의 인구도 크게 불어나서 이 마을이 설 때보다 훨씬 많은 100여 세대에 이르렀다.

지난세기 80년대 말부터 마을에 출국바람이 불기 시작했다. 국외에 친척이 있는 사람들이 외국에 가서 약장사를 하여 뭉칫돈을 벌어 와서 흥청망청 돈을 썼다. 그러자 국외에 가까운 친척이 없는 사람들은 브로커에게 거액을 밀어 넣으며 해외에 나가려고 발버둥쳤다. 돈이 딸리자 그들은 어렵게 장만한 경운기며 탈곡기 등 농기구를 이웃마을 농민들에게 헐값으로 처리하고 출국기회만 기다렸다. 그러나 출국기회는 하늘의 별따기로 한 두해 또는 몇 해를 기다려도 올가말가였다. 농사철이 다가오니 농사는 지어야 하지만 농기구가 없으니 부득불 남의 농기구나 손을 빌어야만 했다. 그렇게 일년 농사를 짓고 이것저것 비용을 다 떼고나니 먹을알이 별로 없었다. 그러자 임대받은 토지를 아예 이웃마을 농민들에게 양도하여 약간의 임대료를 받는 것에 만족해 하였다.

머리가 트인 일부 농민들은 현성이나 더 먼 도시에 나가서 김치장사를 하여 김칫내 나는 돈을 벌어들였다. 그 뒤 젊은이들은 선후로 정든 고향을 떠나 도회지나 남방에 진출하여 건설현장에 뛰어들었다. 국외로의 노무수출의 길이 조금 넓게 열리자 마을에 남았던 젊은이들은 너도나도 앞다투어 해외로 진출하였다. 장기적으로 고향을 떠나 외지에서 생활하는 사람이 촌민수의 80%를 넘기다 나니 피땀흘려 농사지어 알뜰살뜰 모은 돈으로 아담하게 지어놓은 고래등같은 기와집의 대부분은 평소에 쇠장군이 눈을 부릅뜨고 대문을 지키고 나머지 일부분의 기와집에서는 호호백발의 늙은이들이 고독에 몸부림치고 있었다. 평소에 쥐죽은 듯 고요한 마을은 간혹 뉘집에서 대사를 치를 때면 외지에 나가 살던 자식들이나 친인척과 친구들이 통기를 받고 찾아와 잠시나마 생기를 찾군 했지만 그런 일의 차수는 해마다 겨우 손꼽아 세어볼 수 있는 한 자리 숫자에 불과하였다.

오늘은 전과 마찬가지로 촌민위원회의 주임을 선거하는 날이다. 몇 해 전까지만 해도 촌주임 선거는 그저 형식에 불과하여 마을에 남아있는 몇 안 되는 노인들과 마을에서 그리 멀지 않은 도회지에 나가 품팔이하거나 손군들의 뒤바라지를 하러 갔던 늙은이들이 더러 찾아와서 촌민의 권리를 행사했을 뿐이고 그밖에 젊은 사람들은 촌주임선거가 나와 무슨 상관이 있나 하고 팔장끼고 강건너 먼 산의 불 보듯 했었다. 하지만 근년에 와서 정부에서 촌주임에게 수당금도 내려주고 촌의 주요간부질을 10년 이상 맡아한 사람에겐 양로보조금도 발급하는 혜택이 주어졌다. 그뿐만이 아니였다. 근년에는 도회지규모를 확장하거나 고속도로며 고속철이 마을의 농토를 점유하는 일들이 종종 발생하면서 촌주임은 할 일이 많아졌고 그중에 권력을 남용하여 개인의 잇속을 챙기는 경우가 종종 촌민들의 눈에 띄였다. 촌주임이 행사하는 권리는 웬만한 향(鄕)의 간부도 못 따를 지경 이였다. 그러다보니 촌주임의 "보좌"에 은근히 눈독을 들이는 사람들이 더러 생겼고 또 천만다행으로 차지한 "보좌"를 남에게 빼앗기지 않으려고 발버둥치는 자들도 있었다. 마을에는 촌장(촌주임)한테 잘보여 "국물"이라도 더 얻어먹으려고 아부하는 자들과 그들을 눈에 든 가시같이 미워하는 사람들이 평소에는 화기애애한 척 하나 기실 그들 사이에는 보이지 않는 장벽이 막혀있었다.

촌주임선거의 서막은 두 달 전부터 시작되었다. 다년간 이 마을의 "어른"질을 하던 장촌장이 촌민들의 고뇌엔 별로 신경을 쓰지 않고 개인 득실에만 눈독을 들여 기름덩어리만 보면 스리슬쩍 삼켜버리다가 민심을 적잖게 잃었다. 그는 이제 더 오래동안 "보좌"를 지키려고 몸부림치다간 자칫하면 "파릿채"맛을 톡톡이 볼 게 불보듯 뻔한지라 임기가 차자 승리촌의 앞날을 위해 "전도유망한 젊은이"에게 촌장직을 넘겨주겠다며 슬쩍 한발 물러나 앉았다. 그러나 장기집권의 야욕을 버리지 못한 장 촌장의 머릿속에 다른 젊은이들은 아예 없으니 자기의 처조카인 공미구를 촌주임의 후보자로 삼을 것을 슬그머니 암시하였다. 그러자 장촌장의 눈치만 살피던 몇몇 약식빠른 촌간부들은 미구를 장촌장의 후임이 될 촌주임의 후보자로 추천하였다. 추천이유는 미구가 머리도 잘돌아가고 군중기초가 좋고 문화수준도 비교적 높으며 젊고 무척 약삭바르다는 것이였다. 기실 미구는 고중에 다닐 때 3년 동안 학교안팎의 말썽꺼리로 건달공부를 했었다. 그는 고중졸업장을 얼렁뚱땅 손에 쥐고 교문을 나서자 마자 한동안 마을의 어중이떠중이들과 단짝이 되어 행패를 일삼던 불한당이였다. 아무런 기술도 없는 그는 해외에 나가서 하기 싫은 노가다판에서 뛰어들었는데 하루 일하면 사흘씩 쉬고 약간의 돈만 생기면 얼싸 좋다 하고 술집에 밀어 넣다 보니 해외에서 십여 년을 보냈어도 빈털털이나 다름없이 귀국하였다. 그는 지난 일을 자책하기는 커녕 얼렁뚱땅 온갖 수단을 다 써서 아비어미가 피땀으로 벌어서 노후준비로 농안에 깊이깊이 감춰둔 땀에 절은 돈을 고양이 생선 채듯 살금살금 홀려내어 현성 교구에 70평방미터짜리 낡은 아파트를 사고 어디서 굴러온 계집인지 정체 모를 요물같은 녀인과 동거하면서 제법 시민행세를 했다. 그는 평소에 제 잇속을 위해서라면 낯가죽에 철판을 두르고 간에 붙었다 쓸개에 붙었다를 기막히게 잘해 웬만한 요술쟁이도 찜쪄먹을 "인물"이라 그자의 개차반 행실을 꼴사납게 본 사람들은 뒤에서 그의 본명을 약간 고쳐 "미꾸라지"라는 별명을 달아주었다.

"아니, "미꾸라지" 걔가 우리 승리촌의 촌장이 되겠다고? 그넘이 촌장이 되기만 하문 워째 되나? 아이고, 아이고 우리 마을이 이젠 폭삭 망할라는가 봐?"

" 그 욕심꾸러기 장 촌장이 물러난다기에 나는 얼싸 좋다 하고 막춤이라도 실컨 춰볼가고 생각했댔는데 이젠 다 글러먹었구나. 이젠 장 촌장이 제 처조카 되는 "미꾸라지"를 앞세우고 수렴청정을 할라고 지랄하지 않나? 참말로 삶은 소대가리가 앙천대소할 노릇이로군." 라고 하며 고개를 설레설레 가로 젓는 촌민도 한둘이 아니였다.

"미꾸라지"의 대항마로 일부 군중들이 지명하고 당지부에서 동의한 다른 한 후보자는 이 마을의 첫 대학졸업생이자 외지에 나가 기업을 꾸려 크게 성공한 김정직이란 50대의 사나이였다. 정직이를 두고 촌민들 사이에선 역시 의론이 분분했다.

"정직이가 통크게 우리 마을에 기부한 돈이야 이루 헤아릴 수 없다마는 걔가 한창 잘나가는 기업을 놔두고 고향마을에 돌아와 골치 아플 촌주임질을 하겠다? 그래 이게 도대체 무신 말이꼬? 나는 어인 영문인지 당최 알 수 없당께." 60대의 한 농민이 도무지 이해가 안 된다며 고개를 기우뚱거렸지만 다른 한 농군은

"정직이가 여북하면 외지에서 꾸리던 기업을 우리마을에 옮겨앉히고 촌주임이라는 말썽많고 시끄러운 동네 심부름꾼질을 할라고 하겠나? 지금 우리 마을이 이게 무신 꼴이고? 젊은이들도 하나 없고 애들은 눈에 쌍심지를 켜고 찾아도 그림자도 몬찾을 적막강산이 아이가? 인제 요 모양 요 꼴로 그냥 나가다간 우리 마을은 승리촌마을이란 이름마저도 영영 잃어버리지 않겠나봐? 새로 촌장을 선거한다니께 이 좋은 기회에 우리 아예 싹싹 갈아치워버자구, 우리가 맘에 드는 사람을 촌장으로 선거하는데 죄될게 뭐가 있노? 괜히 하늘 내려앉을까봐 겁내다간 아무 것도 몬할걸세."

"괜히 자는 범 건드렸다가 봉변당할라. 우리 마을에 장 촌장네 친인척떼거리가 마을인구의 3분지 1이나 되는데 우리가 무신 힘이 있다고

그놈들과 싸워 이겨내겠노? 싸워봤자 괜히 달걀로 바위치길건데 뭐.”

“그럼 평생 이 모양 이꼴로 쪼그리고 살아갈라고 글카나? 우리가 숨도 한번 크게 몬쉬고 내내 지들이 시키는대로 하고 사는 게 좋겠나? 우리가 내 죽었소 하고 가만히 그놈들 하는대로 들어주고 있으니깨 놈들이 우릴 아주 맹물로 아는지 천벌받을 줄도 모르고 마구 덤져친다니깨. 기실 지들이 겉보기에는 한덩거리인 것 같아도 가만히 살펴보니깨 지들끼리도 이속을 따지느라 개처럼 으르렁거리더랑께. 우리가 힘을 합쳐 똘똘 뭉치문 쥐구멍에도 햇살들 날이 있당깨 .”

“그럼 우리가 합심만 하문 이번 선거에서 그 “미꾸라지”를 얼매든지 넘과뜨릴 수있다는 게지?”

“거야 더 말하문 잔소리지. 낯설고 물 선 외지에 나가서 맨주먹으로 큼직한 회사도 버젓이 꾸려낸 정직이는 아무데나 찾을 수 있는 그런 “인재”가 아니랑깨. 그러니깨 정직이가 할라고 하문 무신 일인들 몬해내겠노? 이번 기회에 우리 한번 개를 믿어주고 힘껏 밀어줘보자꾸나.” 라고 다른 한 농부가 차근차근 설득했다.

촌주임을 새로 선거하는 날자가 정해지자 촌민들은 서로 자기가 바라는 후보자에게 더 많은 표를 몰아주기 위해 현내는 물론이고 성내 지어는 관내에 돈벌러 간 사람들까지 선거에 참가하도록 동원하였다. 그리하여 이번 촌주임선거에 참가하려는 촌민수는 역대 참가인수의 기록을 경신하였다.

선거장소는 여러해 전에 폐교되어 일부를 촌민위원회에서 사무실로 사용하고있는 원 소학교의 운동장으로 정하였다. 학교와 운동장은 주위에 한길이 넘는 높은 벽돌담장에 둘러싸여있고 교정으로 통하는 문은 오직 하나뿐이였다. 선거에 참가하는 촌민들은 집에서 쓰던 동그란 간이비닐걸상을 들고 교문앞에 와서 줄을 섰다. 그들은 자기의 신분증을 꺼내 대문을 지키고 있는 보안인원에게 보여 회의장으로 들어갈 수 있는 자격을 확인 받고나서야 선거장 안으로 진입할 수 있었다. 십 여 년 또는 20년 동안 외지에 나가 살다가 오랫만에 고향마을에 발을 디딘 촌민이며 어릴 때 마을을 떠나 성인이 되어서 찾아온 젊은이들...가지각색 사람들이 동시에 들어 닥치면 누가 선거자격이 있고 누가 없는지를 어느 누구도 눈으로 얼핏 봐선 확인할 수 없을 것이였다. 혹시 외지에 나간 뒤 호구를 떼가고도 본 마을 사람인 척하고 선거장소에 발을 들어놓으려고 하는 엉큼한 사람이 있을 수 있고 지어는 서발 장대를 휘둘러도 닿지 않을 외지사람을 고용해서 본 촌 사람으로 둔갑시켜 표를 저희편으로 끌어오려는 심뽀 고약한 망난이가 있을지도 모른다면서 촌민들이 향정부를 찾아가서 미듬직한 보안인원을 파견해줄 것을 청원했었다. 그러자 향정부에서는 촌민들의 요구를 받아들여 보안인원 둘을 파견해 외인의 선거장 진입과 선거장의 질서를 관리하게 했던 것이다.

촌주임을 개선하는 일은 마을의 아주 중대한 행사이므로 주석대를 설치하게 되였다. 선거관리위원회에서는 학교에서 운동대회를 열거나 개학식을 할 때 주석대로 사용하던 세멘트 축대를 이번 행사에 쓸 주석대로 삼고 그 위에 책상, 걸상을 몇개 올려놓은 뒤 향정부에서 내려온 간부들을 모셨으니 회의장소의 분위기는 제법 엄숙해 보였다.

아홉시가 되자 승리촌의 선거공작을 책임진 왕 부향장이 승용차에서 내려 부랴부랴 교문 안으로 들어왔다. 그는 비둔한 몸체를 기웃뚱거리며 거위걸음으로 주석대의 가운데에 올라오더니

“여사들, 선생들, 이제 승리촌촌민위원회의 새 주임을 선거하는 회의의 개막을 선포합니다.” 라고 목청을 돋아 정중히 말하였다. 뒤이어 키가 장대같고 수수대같이 빼빼마른 향민정조리가 주석대에서 일어서더니 이번 선거의 중요성과 후선인의 산생과정 및 선거방법에 대해 상세히 설명하였다. 다음 순서는 촌민들에게 선거용지를 발급하는 사람, 검표원과 검표를 감독하는 사람 등 보조일군을 거수하는 방법으로 선출하였다. 일체 준비공작이 끝나자 촌주임 후보자들이 경선연설을 진행하였다.

먼저 채양이 길어 이마를 가리우는 잔나비궁둥이처럼 빨간 모자를 쓰고 주먹만한 검정테의 안경으로 손바닥만한 얼굴을 반이나 가리운 “미꾸라지”가 자리에서 일어나더니 주석대 앞으로 건들건들 걸어갔다. 그는 주석대를 향해 깎듯이 경례를 올리더니 전임간부들의 본을 따 틀거지를 차리고 군중들을 향해 손을 흔들어 보이더니 저의 짝패들에게 한쪽 눈을 찡긋거리고나서 자신만만하게 경선연설을 진행했다.

“여러분, 저는 여러분들이 누구나 다 잘아는 공미구입니다. 본래 저는 해외에 출국하여 번 돈으로 아파트를 사서 지금 현성에서 아무런 근심걱정 없이 잘 살고있습니다. 저는 고생만 하고 먹을알이 개뿔도 없이 욕이나 무더기로 얻어먹는 촌장따위 간부질하는데는 곁눈도 팔지 않던 사람입니다. 하지만 노 촌장께서 젊고 패기있는 후계자를 배양

하려고 자리를 내놓으시니 촌민위원회에서 우리 동네에 촌민들을 관리할 젊고 유능한 인재가 저 하나밖에 없다면서 출사표를 던져달라고 혀가 닳게 권고했을 뿐만 아니라 많은 친구들도 저더러 꼭 촌장직을 맡아달라고 간청하니 어쩌겠습니까? 저는 인정상 그들의 청을 차마 거절할 수 없어서 원래의 생각을 고치고 촌장경선에 나서게 되었습니다. 저는 워낙 오지랖이 넓어서 밖에 나가면 가는 곳마다 아는 사람이 쭉 깔렸고 천성으로 붙임성이 좋아서 어려운 상하급 관계도 기름기 돌게 원활히 처리할 수 있습니다. 저는 촌민들이 토지를 양도할 때 손해 끼치는 일은 절대로 하지 않겠습니다. 저는 향당위와 향정부의 지시라면 손바닥에 장을 지지라고 해도 기꺼이 손을 내미는 흉내를 내겠습니다. 저는 또 장기적으로 우리 마을을 영도해 오신 노 촌장한테 경험을 허심히 배워 우리 마을 사람들이 지금보다 훨씬 잘살도록 만들겠습니다."

"우리 새 촌장감은 말도 참 청산류수구먼. 잘한다, 잘해.!" 하고 장 촌장의 곁사돈되는 70대 초반의 텁석부리 늙은이가 "미꾸라지"가 이미 촌주임에 당선되기라도 한듯 한바탕 수선을 떨자 그를 따르는 한 무리의 젊은이들이 얼씨구절씨구 맞장구를 치며 "우리미구, 참 잘한다, 잘해!" 라고 함성을 지르고 박수갈채를 련발하며 자신들의 위세를 뽐내였다.

주석대에 어른답게 점잖게 앉아있던 왕부향장은 엊저녁에 술을 과음하고 밤새껏 마작놀이에 빠졌던 때문인지 아래위의 눈꺼풀이 자꾸 싸움질 하고 고개도 자꾸 서툰 방아찧기 연습을 하고 있었다. 그는 갑자기 귀청이 터질 듯한 요란한 함성에 화들짝 놀라 정신을 차리고 앞을 내다보았다. 그는 눈에 안겨오는 광경에 매우 만족해서인지 어줍게 빙그레 웃음을 띄우며 덩달아 손벽을 몇 번 마주쳤다.

"미꾸라지"의 경선연설이 끝나고 한동안의 소란이 잦아지자 얼굴이 둥글 넙적하고 체구가 큼직한 정직이가 주석대앞으로 성큼성큼 걸어 나와 경선연설을 진행하였다.

"존경하는 촌민여러분, 안녕하십니까? 저는 우리 승리촌의 아들 김정직입니다. 제가 오늘 주제넘게 이 자리에 나섰다고 혹시 웃지는 마십시오. 열 한 살 때 끔찍한 교통사고로 아버지, 어머니를 잃고 고아로 된 저는 당조직과 우리 마을 어르신들의 따뜻한 품안에서 큰 어려움 없이 자라났습니다. 저는 어릴 때부터 여러분의 하늘같은 은혜에 보답하려는 뜻을 키워왔습니다. 그리하여 저는 고중을 졸업한 뒤 남들이 가기 싫어하는 농업대학에 지원했고 대학교를 졸업한 후에는 십 여년 간 간고 분투하여 크지도 작지도 않은 기업을 하나 꾸렸습니다. 몇 해 동안 우리 마을의 상황을 지켜본 저는 우리 마을이 생기가 날로 사라지고 고독만 무겁게 지지 눌러 날로 망그러져가는 꼴에 가슴 아팠습니다. 저는 이제 사랑하는 우리 마을이 이 이상 더 망가지는 꼴을 차마 두 눈뜨고 바라볼 수 없습니다. 돈벌이를 위해, 애들 공부시키기 위해 혈육들이 임대받은 자신의 목숨같은 토지를 이웃마을 사람들에게 양도하고 가족이 산산이 흩어져서 밤낮없이 외로움과 근심걱정에 가슴 저미고 그리움에 눈물이 마를 새 없는 우리 마을 어르신들의 참담한 모습을 보고 저는 그 어떤 댓가를 치르더라도 마을의 현황을 개변시키지 않으면 안 된다는 책임감을 무겁게 느꼈습니다.…저는 만약 여러분들의 선택을 받아 촌주임이라는 직책을 맡게 되면 결단코 오늘의 참담한 현실을 180도로 고쳐놓겠습니다. 저는 개혁의 기치를 높이 추켜들고 촌민여러분들을 이끌고 낡은 생존방식을 철저히 개변시켜 공동부유를 목표로 하여 우리승리촌을 생기넘치는 마을로 건설하는데 뛰어들겠습니다. 촌민위원회의 주임이란 직무는 일종의 벼슬이 아니라 촌민들을 위해 앞장서서 일하는 일꾼입니다. 간부로서 사리사욕이란 독약과 같은 금물인만큼 티끌만큼도 남김없이 훨훨 날려버리겠습니다. 저는 재임기간에 우리 마을을 부근의 어느 마을보다 생기넘치고 화기애애하고 풍요로운 마을로 꾸려 외지에 나갔던 젊은이들이 너도나도 앞다투어 고향의 품으로 돌아오게 하고 길거리엔 애들의 웃음소리가 차넘치게 하겠습니다. 그리하여 오래전에 페교된 우리학교도 예전처럼 버젓이 일떠세워 글소리 랑랑한 교정이 되도록 백방으로 힘쓰겠습니다. 저는 여러분과 함께 우리 마을을 진정 살기 좋은 마을을 만들며 지난날의 영광을 되찾아오겠습니다…"

"김정직, 참말로 대단해. 김정직, 나는 자네 말을 듣고 보니 앞이 환히 보인다. 우린 자네만 믿을란다. 힘내라, 힘내!"

"미꾸라지"의 오만무례한 경선연설을 뉘집 개가 짖나 하고 귀등으로 흘려보내다가 미칠듯한 어처구니없는 "환호성"에 눈살을 잔뜩 찌프리고 두 손으로 귀를 막던 50대의 한 촌민이 정직이의 경선연설이 끝나자 자리에서 벌떡 일어나서 환영의사를 밝혔다. 그러자 정직이의 진정성넘치는 연설에 깊이 감동된 촌민들이 너도나도 동조하여 환호하니 선거장은 오래동안 흥분과 기쁨과 일부 사람들의 질투의 도가니속에 빠졌다.

경선연설이 끝났으니 이젠 촌민들이 자신의 권리를 행사할 시각이 찾아왔다. 저마다 선택의 시각이 다가왔다. 앞으로 현실에 만족하고 마을의 현상유지를 해가며 그냥 신경을 조이고 살아갈 것인가? 아니면 마을에 변혁을 가져올 개혁의 길을 선택할 것인가? 여러 해 동안 집권하면서 촌민들의 삶의 어려움에는 눈길 한번 돌리지 않고 자기들의 뱃속만 채우던 기득권세력이 내놓은 허수아비 "미꾸라지"한테 신성한 한 표를 던져줄 것인가? 아니면 촌민들을 이끌고 공동부유의 길을 개척하겠다는 김정직에게 신임표를 줄 것인가? 선거장의 분위기는 한결 긴장해졌다.

드디어 선거관리를 맡은 향의 민정조리가 투표용지를 촌민들에게 발급할 한 중년의 아낙네에게 넘겨주었다. 그녀는 선거용지를 선거장에 와앉은 매개 촌민에게 한장 한장 조심스럽게 나눠주었다. 투표용지를 받아든 대부분의 촌민들은 이미 맘속에 점찍어놓은 후보자가 있었기에 별 생각 없이 그 후보자의 이름아래에 동그라미를 그린 뒤 일어나서 주석대곁에 걸어놓은 선거함안에 넣고 나서 자기의 자리에 돌아와 앉았다. 10여분이란 시간이 소리 없이 흘러갔다. 대부분의 촌민들은 촌민의 권리를 행사했지만 아직 약 40여명의 촌민들은 맘속에 우려하는 것이 많아 누구를 선택할지 결단을 내리지 못한 채 한참동안 눈을 지긋이 감고 깊은 생각에 잠긴 듯 하더니 드디어 결단을 내렸던지 입술을 깨물고 어느 후보자의 이름아래에 동그라미를 그려 투표함에 넣고나서 후—하고 안도의 한숨을 내쉬였다.

이윽고 선거공작일군들이 투표함을 열고 투표용지를 꺼내서 한 장 두 장 세어보았다. 선거에 참가한 촌민들이 투표를 다 했는가를 알아보려는 것이었다. 투표함에서 꺼낸 투표용지를 한 장 두 장 세어보던 검표원의 손이 사시나무같이 떨렸다. 그런데 이게 웬 일인가? 투표한 용지가 회의에 참석한 촌민의 수보다 적으면 혹시 누가 기권을 했다고 생각할 수 있겠지만 투표함에서 꺼낸 투표용지는 좌석에 앉아있는 촌민수보다 10장이나 많은 263장이였다. 투표에 참가한 인수보다 투표함에서 나온 투표용지가 10장이나 더 많다? 아니 이럴 수가 있나? 공작인원도 촌민들도 아연실색하였다. 이런 상황이 발생하리라곤 어느 누구도 예상하지 못했었다. 투표용지를 투표함안에 넣기전에 함안을 깨끗히 털어내지 못한 게 큰 실수였다. 어렵게 진행한 투표행사가 그만 물거품이 되는가 싶었다. 선거관리위원들은 난감하여 발만 동동 굴렀다.

“그만 이대로 검표부터 진행합시다. 비록 양심을 개한테 떼준 고약한 사람이 검은 표를 더 차지하려고 약은 수작을 부린 게 분명합니다. 하지만 우선 검표부터 진행해봅시다. 투표결과 두 후선인이 얻은 표수차가 10표를 넘지 않으면 부득불 투표를 다시 진행해야 되겠지만 두 사람의 득표수의 차가 10표를 넘어선다면 표수가 많은 사람이 승리한 게 분명하지 않겠습니까?” 외지에 나갔다가 마을을 찾아와 선거에 참가한 한 중년의 사나이가 자기의 견해를 말했다.

“그말이 옳습니다. 우선 이대로 검표부터 진행합시다!”

"검표부터 진행합시다."

투표를 새로 다시 진행하는데 진저리를 느낀 수십 명의 군중들이 너도나도 호응해나섰다. 그들은 새로 투표를 하려면 투표용지를 다시 찍고 나서 촌민위원회의 공장까지 찍어야 하니 시간이 무척 많이 걸리면 선거를 마치고 개인이 계획한 일정이 수포로 돌아갈 것을 우려했던 것이다. 검표인원들이 그렇게 해도 되겠는가고 묻는 뜻으로 왕부향장에게 눈길을 돌리자 왕부향장도 별 묘책이 없던지 동의한다는 뜻으로 고개를 살짝 끄덕여 보였다. 검표인원들이 교실에 걸려있던 나무흑판을 떼어 와서 주석대앞에 세워놓고 흑판에 두 후보자의 이름을 적어놓았다. 검표인원중의 한 처녀가 투표용지를 들고 쟁쟁한 목소리로 동그라미가 그려진 후보자의 이름을 불렀고 그곁에는 그녀가 정확하게 이름을 읽었는가를 감시하는 젊은 남성 둘이 눈을 화등잔같이 뜨고 그녀가 읽는 투표용지를 지켜보았으며 그녀 후보자의 이름을 한번 부르면 흑판에 적힌 후보자의 이름아래에 한 획씩 "바를 정(正)"자를 써가는 30대의 아낙네의 분필끝은 회의에 참석한 촌민들의 눈길이 그림자처럼 따랐다.

공미구, 공미구… 김정직, 김정직…공미구, 김정직, 김정직…

선거장의 분위기는 후보자의 이름을 바꿔 부를 때마다 용 허리마냥 마구 요동쳤다. 누가 촌주임으로 당선될지는 어느 누구도 짐작하기 어려웠다. 가슴을 조일대로 조인 군중들의 눈길은 너나없이 흑판에 꽂혀있었다…투표가 절반이상 진행되자 당선자의 륜곽이 서서히 드러났다. 부동한 지지층의 희비가 갈려지고있었다.

선거용지를 다 읽고나자 흑판에 표수를 적던 아낙네가 인차 통계를 마치고 쟁쟁한 목소리로 통계결과를 공포하였다

“김정직이 171표, 공미구가 92표를 각각 얻었습니다. 표수가 더 많은 김정직의 표수에서 10표를 빼버리더라도 김정직이 압승했음이 분명합니다. 이젠 왕 향장님께서 선거결과를 인정하고 정식으로 공포하는 절차만 남아있습니다.”

공미구가 암암리에 찔러주는 무엇인가를 받은 왕 부향장은 투표결과가 자기가 바라던 대로 나오지 않자 그 유들유들한 얼굴에 당황한 기색을 잠시 감추지 못하더니 민심의 흐름을 막는다는 것은 오히려 자신의 속내만 드러낸다는 것을 의식했던지 인츰 진정을 찾고 일어서더니 “어험!”하고 큰기침을 깇고나서 “읍참마속(泣斩马谡)”이라 할가, “차를 버리고 장수를 보호(丢车保帅)”하는 술법을 쓸 수밖에 없었다.

“나는 향의 선거관리위원회를 대표하여 김정직이 승리촌의 촌주임에 당선되었음을 공포합니다. 그리고 당선자한테 축하도 보냅니다.”라고 맘에 티끌만큼도 없는 침발린 말을 얼버무렸다.

“와아! 이제야 우리가 이겼다!”

“이제야 우리도 허리 펴고 편안히 살게 되였구나.”

“우리도 이젠 온 가족이 한집에서 살 그날이 멀지 않았구나.”

촌민들의 환호갈채 속에 왕 부향장이 서리맞은 풀처럼 맥없이 주석대를 내려 선거장을 떠나갔다. 뒤이어 향의 민정조리가 다음 일정을 선포하였다.

“이제부터 촌주임에 당선된 김정직이 취임사를 발표하겠습니다.”

군중들의 박수갈채를 받으며 김정직이 자리에서 일어나 군중들의 앞으로 걸어 나왔다.

"이건 번지르한 말로 촌민들을 우롱한 순수 사기극이야! 이제 정직이가 촌장노릇을 어떻게 하는가 두고볼테다." "미꾸라지"가 드디어 자기의 본색을 드러내면서 자리에서 벌떡 일어나더니 씽!하고 선거장을 뛰쳐나가자 그의 앞잡이노릇하는 졸개들 서넛도 낭패상을 하고 출입문밖으로 빼소니치는 꼬락서니를 촌민들에게 보여주었다.

정직이는 어수선한 분위기가 가라앉기를 기다려 촌민들에게 공손히 90도절을 올리고나서 취임소감과 금후의 타산을 말하였다.

"존경하는 촌민여러분, 여러분들이 많이 부족한 저를 믿어주고 힘껏 밀어주신데 대해 저는 먼저 충심으로 되는 감사를 드립니다. 그리고 비록 저한테 한 표를 주지는 않았지만 저를 믿고 이 자리에 남아계시는 여러분께도 진심어린 감사를 드립니다. 촌간부를 맡아본 경험이 없고 오래동안 우리 마을에서 여러분들과 함께 생활하지도 않은 저의 말 몇 마디만 듣고 믿어줄 사람이 과연 얼마나 있겠습니까? 설사 저한테 한표를 주신 분들도 저를 믿기라기보다는 현실생활에 대한 불만족과 지난 날 촌주임의 공작에 대한 불신임과 원망이 저에 대한 기대로 바뀌졌다고 저는 생각합니다.

우리 마을의 번영발전을 위해 저는 제가 꾸린 기업을 우리 마을에 이전시켰으며 한 달 안으로 가동하게 되겠습니다. 저는 연노하고 행동이 불편한 부모님을 고향에 남겨두고 외지에 나가서 고생하는 여러분들이 마을에 돌아와서 저와 함께 우리기업에서 손잡고 일할 수 있게 하겠습니다. 그리고 저는 저의 손에 있는 회사의 지분도 단계적으로 우리 촌민들께 골고루 양도하여 말 그대로 저의 회사를 우리 모두의 기업으로 만들겠습니다. 우리 마을은 지세가 평탄하여 기계화농사를 짓기에 매우 유리한 조건이 주어져 있습니다. 저는 외지 사람들에게 양도했던 토지를 금년 내로 모두 회수하여 우리 마을의 기계화영농을 실현하겠습니다. 그러면 몇 안 되는 인력으로 2000여무의 토지를 다룰 수 있게 될 것입니다. 그리고 저 마을 북쪽에 있는 야산은 과수원과 중초약재배기지로 만들고 산의 남쪽비탈아래에는 현대화의 양돈기지를 건설하여 경제수익을 대폭적으로 올리는 동시에 대량의 거름을 모아 다년간 앞날을 내다보지 않고 편한 농사를 지으려고 화학비료를 남용해서 메말라진 불쌍한 우리네 토지를 기름기 흐르게 하겠습니다. 그뿐만이 아닙니다. 저 마을 서쪽을 보십시오. 도회지를 건설하느라 파간 흙 때문에 흉측한 웅뎅들이 얼마나 많습니까? 저는 그웅뎅이들을 개조하여 현대화의 양어장을 만들고 수면우로는 유람선이 미끄럼치는 놀이터를 만들고 양어장의 북쪽에는 민속거리를 건설하여 우리민족의 우수한 문화를 세상에 널리 알릴 수 있는 관광명소로 발돋음하도록 해볼 타산입니다.

우리 마을을 화서촌이나 남감촌과 같이 공동부유의 길에서 크게 성공한 생기 넘치고 살맛나는 리상적인 마을로 부상하도록 하는 것이 저의 꿈입니다. 그리고 이것은 우리 모두의 꿈이라고 저는 믿어 마지않습니다. 우리의 이 꿈은 남에게 양도했던 토지를 회수하여 각자가 낡은 방법으로 영농해서는 절대 실현할 수 없습니다. 우리의 이 꿈은 어느 누구 개인의 힘으로는 절대 실현할 수 없습니다. 오로지 당의 올바른 령도와 하나로 뭉쳐진 여러분들의 힘과 과학의 힘, 기계화의 힘. 기업의 힘으로만 실현할 수 있다고 저는 생각합니다. 그리고 한두 해가 아닌 오랜 시간 동안의 꾸준한 노력으로만이 리상의 대안에 이를 수 있다고 생각합니다. 저는 시대가 부르는 이 개혁의 길에서 여러분의 앞장에 서서 기꺼이 여러분들의 눈과 귀, 손과 발이되겠습니다.

여러분, 우리 함께 힘과 지혜를 모아 분투합시다. 우리의 앞길은 한없이 밝습니다.

우리는 반드시 성공할 것입니다.. ."

"좋습니다! 우리의 앞에는 공동부유의 길 하나밖에 없습니다. 우리 함께 새농촌 건설에 발 벗고 뛰어듭시다. "

"우린 새촌장 뜻를 받들고 공동부유의 길로 나가겠습니다.'

회의장엔 함성과 박수갈채가 오래동안 지속되였다. 어느덧 정오가 가까워왔다. 사회자가 회의의 페막을 선포했지만 흥분한 촌민들은 자리를 뜰 줄 몰랐다.

한낮의 태양은 유달리 붉게 상기된 촌민들의 얼굴을 애무하였다. 운동장주위의 백양나무가지들도 흥겨운듯 미풍을 타고 하느적하느적 춤을 추고 나무가지 앉아서 촌민들이 법석이는 흥겨운 장면을 놀랍게 지켜보던 참새들도 훨훨 날며 짹짹 저희 친구들에게 새 소식을 전하였다.

(요동문학 2021. 10)

26. 돌 들어 제 발등까기

아침 해가 동녘하늘에 떠올라 금빛대지를 애무할 때 도석이는 시장관리소를 나와 자기가 관할하는 채소시장으로 갔다. 오늘은 눈에 거슬리는 어느 놈을 혼내줄가 생각을 굴리며 장마당을 돌던 중 아낙네들 여 남은명이 둘러선 곳이 눈길을 끌었다. 그는 붉은 완장이 달린 오른쪽 팔을 보란 듯 흔들며 사람들 틈을 파고들었다.

70대의 늙은이가 마대에 담은 무우를 바닥에 쏟고 있는데 얼핏 보아도 보름달처럼 둥글고 붉은 무우는 너무도 싱싱해 군침이 돌았다. 아낙네들은 저마다 무우를 먼저 사려고 돈을 든 손을 앞으로 내밀었다. 늙은이의 얼굴에 햇빛이 어리자 그만 비위가 틀어진 도석이는 한발 물러서며 중얼거렸다.

“유전자 전의시킨 무우네. 사람 잡겠다.” 그 말을 얼핏 들은 아낙네들은 저마다 가시에 찔린 듯 흠칫 놀라 한 발작 물러서며 자라목같이 움추렸다. 병풍을 이뤘던 아낙네들은 핫바지 방귀 새듯 하나 둘 사라졌다. 그 뒤 구경꾼은 더러 있어도 지갑을 여는 자는 없었다.

이때 도석이는 아닌 보살하고 늙은이 앞에 가서 무우를 싣고 따라오라고 말했다. 리령감이 이제야 살 사람 만났구나 하고 생각하며 무우를 담아 밀차에 싣고 따라갔더니 도착한 곳이 바로 시장관리소였다. 도석이가 차를 밀고 들어오라고 손짓하자 이령감은 관리소 직원들이 나눠 가지려는 가고 생각했는데

“여기 쏟소.” 하는 건방진 소리에 발끈하여

“근수도 안달고 그냥 쏟으라면 도대체 어쩌자는 거요?” 하고 볼멘소리를 질렀다.

“내가 쏟으라면 쏟을 게지 무슨 말이 그리 많소?”

”아니, 채소 매매에 저울질이 먼저잖나? 무작정 쏟으라니 무슨 도깨비감툰지 모르겠네?”

“이 영감, 눈치가 참 발바닥이구만. 이 무우는 문제있어 파는 건 금지요.”

“밭에서 가꾼 무우에 무슨 문제 있다고? 못 팔게 하면 집에 가져가라지 왜 여기다 쏟으라는 거야?”

“아, 이 코막고 답답한 영감, 아직도 모르겠나? 이 무우는 유전자변이한 걸로 의심되니 결론나기 전에는 누구도 못 건드리오. 알겠소? 집전화번호가 얼마요? 내 현에 가 검정 받고 올 때까지 돌아가 통지나 기다리오. ”

관리소안이 떠들썩하니 구경꾼들이 욱 몰려들었다. 그러자 도석이는 큰 무우 하나를 가방 안에 넣고 모터찌클에 몸을 실었다.

리령감은 저녁 때까지 기다렸지만 통지가 없으니 이틀 지난 월요일날 시장관리소를 찾아가 담모서리를 보니 사흘 전에 쏟아놓은 무우는 쥐가 물어갔는지 손을 탔는지 1/3이나 줄어들었고 그나마 바람 들어 아예 먹을 수 없게 되였다. 화가 동한 이령감이 출근하는 도석이를 보자 천둥같이 호통쳤다.

"이 무우가 변이했다는 증걸 내놔라. 무우를 이꼴로 만들었으니 당장 배상해라!"

손에 증거 그림자도 못쥔 도석이는 발뺌할 말을 못 찾아 벙어리처럼 꺽꺽거리기만 했다. 이 때 어험! 하는 기침소리가 나더니 소장이 나왔다. 그는 서리 덮인 낯에 금새 해살을 떠올리고 리령감한테 고개를 꾸벅이며 상냥하게 말했다.

"어르신, 정말 죄송합니다. 제가 직원을 잘못 관리한 탓에 어르신께 큰 피해를 끼쳤습니다. 섭섭찮게 보상해 드리겠으니 량해 하십시오."

'오늘은 해가 서산에서 뜰려나? 우리따윈 개발의 때만큼도 안여던 이 자가 오늘은 무슨 약을 먹었길래 연극을 꾸미나?' 오리무중에 빠진 리령감은 압을 다물고 하회만 기다렸다. 이 때 소장의 낯이 다시 얼음장으로 변하더니 도석이를 호되게 꾸짖었다.

"너 당장 저 어른한테 사과하잖고 뭘해? "

"자형, 아니 소장님, 저는 ..." 도석이는 뜻밖의 봉변에 이해가 안돼 고양이 낙태상을 지으며 상사를 쳐다봤다.

“뭘하고 있어? 내 말 못들었나? 사과하고 무우 값 배상해라!”

언제나 자기를 두둔만 하던 상사한테서 날벼락이 떨어지자 도석이는 울며 겨자먹기로 입에 발린 사과말을 하고 인민폐 100원을 늙은이 앞에 내밀었었다. 그러자 돈을 낚아채듯 받은 이영감이

“며칠 전에 태평촌에 사는 소시적 딱친구 길강영감 댁한테서 몸살땜에 무울 못팔아 걱정하는 전활 받고 내가 대신 팔아줄라고 장에 내왔다가 이런 봉변을 당했구나. 병보는데 이까짓 돈 백 원이야 새발의 피지만 너 그 고얀 버릇 고쳐줄라고 받는거다. 이후엔 뭐든 좀 알고나 까불어라.” 라고 핀잔을 던지고 돌아섰다. 태평촌의 길강영감이란 말에 도득이는 화뜰짝 놀라 전신에 식은 땀이 흘렀다. 길강영감이 바로 그의 아버지였으니 돌 들어 제발등 깐 격이였다. 재수 사납게도 일은 여기서 끝난 게 아니였다.

“너 당장 사무실에 들어와! 내가 너 때문에 정말 못살겠다.” 도석이가 이제 또 무슨 날벼락이냐 하고 사무실에 들어가니 상사의 입에서 불호령이 떨어졌다.

“당장 위챗을 열고 이걸 봐라, 이게 무슨 개꼴망신이야!”

도석이가 “울도 웃도 못할 일”이란 창을 여니 동영상이 나타났다.

술집안의 법석이는 장면이 언뜻언뜻 지나더니 뒤이어 집안이 떠나갈 듯 고아대는 두 주객은 참으로 꼴불견이였다. 그런데 이게 누구야? 도석이가 다시 보니 그 둘은 건달이 아닌 바로 옛 친구 진걸이와 자신이였다. 술이 얼근한 진걸이가 도석이의 가방이 불룩한 걸 보고 “이건 뭐야??” 하며 가방을 여니 애들 머리만한 빨간 무우가 나왔다.

"아거 참 먹음직하구나. 너 이걸 나 줄라고 가져왔나?" 진걸이가 무우를 제 가방에 넣으려 하자 도석이가 급히 말렸다.

"이건 내가 장마당에서 몰수한 유전자를 전이한 무우야. 식품관리소에 가져가 검정하려는 거다."

"이 바보야, 너는 갓 쓴 사람은 다 네 아버진 줄 아는구나. 잘된 무하고 유전자 전이시킨 무우도 가릴 줄 모르나? 네가 이걸 식품관리소에 가져갔다가 무슨 망신 당할라고 그러나? 너 오늘 날 만났으니 다행이지 자칫하면 개꼴망신하고 밥통까지 잘릴 번 했구나… 이건 내 가져가 맛이나 볼란다." 진걸이는 무우를 제 가방에 넣으며 히죽거렸다.

도석이는 지난 금요일 오후. 현성에서 우연히 진걸이를 만나 술집에 들어갔던 일이 생각났다. '에익, 제수 사납게 이 장면이 동영상에 담기다니. 세간에 쫙 퍼지면 어쩐담?'

"당장 동영상 올린 놈부터 찾아가 돈을 쓰더라도 동영상을 말끔히 지워라'

"예." 상사의 심기를 건드릴까봐 모기소리로 대답한 도석이는 급히 밖에 나왔지만 동서남북이 첩첩산중이라 눈앞이 캄캄했다. 까욱까욱 까마귀 울음소리만 징그럽게 복장을 마구 뒤쑤셨다.

27. 흥겨운 홈쇼핑

김장을 부랴부랴 마친 복자할머니는 오늘도 종종걸음으로 "출근길"에 나섰다. 그녀가 가는 곳은 마작판도 아니고 화투놀이방도 아니고 바로 쇼핑 홀이라는 곳이었다. 종일 할 일이 없어 드라마에만 넋을 팔았다가 친구의 손에 끌려 쇼핑홀에 발을 들여놓은 것이 그만 홀에 홀랑 빠져서 하루만 못가도 가슴이 돌에 눌린듯 답답하고 온 몸이 지근지근해서 못견딜 지경이였다. 쇼핑 홀에 가니 석달 열흘 못만났던 친구들을 만나 수다도 실컷 떨고 멋진 유행가도 목청껏 부르고 보건상식도 많이 배우니 십년 묵은 체증이 내려간 듯 후련하고 하루 홍보가 끝나면 사은품으로 위생종이나 사과, 찹쌀, 고등어 등등을 받는 재미 또한 쏠쏠하였다.

쇼핑 홀에서는 어제부터 프리폴리스를 팔기 시작했다. 키가 작그마

하고 무척 영리한 홍보 팀장이 잰나비같이 재롱을 부려 고객들의 웃음 주머니를 흔들다가 노래 몇 곡을 멋지게 넘기고 나서 얼음위에 박밀 듯 청산유수로 제품을 홍보했다.

"이 프리폴리스는 우리 웰빙의 회장님께서 무려 6년간 실패를 거듭한 끝에 성공하여 이런 특허를 받았을뿐만 아니라 세계 최고 제품으로 발돋움했습니다." 입에 침이 마르도록 홍보한 그는 전날 미리 포치하여 고객들이 가져온 모든 음료수병에 프리폴리스를 한두방울씩 떨궈주면서 이것은 최고품의 소염음료이니 마시고 저녁에 돌아갈 때 음료수병에 또 넣어가라고 하였으며 입안이 헌 사람에게는 상처에 프리폴리스를 한방울 떨궈주었다. 사람들은 제품의 특효보다 팀장의 정성에 마음이 더 녹아들었다.

팀장은 프리폴리스를 사는 고객에게는 특별회원증을 발급하면서 그것만 있으면 사은품의 유통비를 안 받다고 말하였다. 며칠 지나 특별회원이 차차 많아지니 팀장은 받는 유통비 표준을 상향 조절하였다. 특별회원증을 받은 사람과 그것이 없는 사람에 대한 차별이 점점 심해졌다. 많은 고객들은 특별회원증을 받으려고 비록 값이 비싸더라도 너도나도 프리폴리스와 프리폴리스 제품을 사게 되였다.

프리폴리스 판매가 끝나자 이번에는 흑삼홍보를 시작하였다. 구증구포(아홉번 찌고 아홉번 말리다)했다는 이 흑삼은 약효가 홍삼의 열배도 훨씬 넘어 보건효과는 말할 나위도 없거니와 각종 병 치료에서 약효를 돕는 기능이 탁월하여 한국 최고병원인 성모병원에서도 이 흑삼을 보조치료제로 사용하고 있으며 중국과 30년간 판매계약을 채결하고 이미 청도에 대형 마트를 꾸렸는데 명년부터 개업한다는 것이였다. 그는 또 화려한 포장에 표기된 판매할 때의 권장가격을 보이면서"대형마트에서는 흑삼을 표기된 이 가격에 판매하지만 우리 홀에서는 순수 광고차원에서 어르신들께 특별할인 혜택을 드리니 사서 써보시고 우리를 대신해서 널리 광고만 잘해주신다면 더없이 고맙겠습니다."라고 말하였다. 직원들의 예리한 눈길은 고객들의 맘속을 꿰뚫고 있어서 마음이 조금이라도 움직이는 사람들을 귀신같이 알아내고 다람쥐같이 뽀르르 다가가서 "아버지(어머니), 이 흑삼은 한국 사람들도 쉽게 못사는 것인데 아버님(어머님)은 오늘 행운을 만났습니다. 이것만 복용하시면 만성병의 예방은 물론이고 심장병, 고혈압치료에도 특효입니다. 우리 웰빙이나 흑삼에 대해선 인터넷을 치면 당장 알 수 있고 한국에 가있는 자식들에게 물어도 알 수 있습니다. 기회를 놓치면 평생 후회할 겁니다."라고 구슬렸다.

정교한 포장, 그럴듯한 광고는 적잖은 노인들의 마음을 움직였다. 돈깨나 있고 몸이 쇠약한 몇몇 노인들이 먼저 흑삼을 사자 팀장의 제의에 따라 우렁찬 축하의 박수갈채가 울리고 노래반주기를 동반한 팀장의 흥겨운 류행가가 울려퍼졌다. 퇴근할 무렵, 홍보팀장이 흑삼을 산 사람들에게 제품이나 팀장에 대한 평가용지를 발급하였다.

"흑삼을 사신 분들은 내일 오실 때 수고스럽지만 우리 흑삼에 대한 평가나 저의 사업에 대한 평가서를 써오시면 감사하겠습니다. 평가서를 잘 써오신 분들께는 선물을 드리겠습니다."

다음날 아침 이였다. "와아-와아-"하는 환호성을 받으며 연단에 오른 홍보팀장은 먼저 고객들이 써온 "평가서"중에서 구미에 가장 맞는 것만 골라서 감정을 돋우어 읽었는데 그 내용들은 일색으로 팀장이 어이어이 잘났고 예의 바르고 책임성이 강하다고 입에 침이 마르도록 춰올리거나 흑삼제품이 너무너무 좋다고 극구 찬양한 글 뿐이였다. 팀장의 입에서 나온 말보다 흑삼을 산 고객들의 달콤한 찬사는 몇배의 광고 효과를 낳았다. 흑삼을 살가 말가 망서리던 사람들은 사겠다는 쪽으로 많이 기울어지게 하였다.

그 다음날 아침이였다. 정식 홍보를 시작하기 전에 팀장은 또 "평가서"를 몇장 골라서 신나게 읽고 나서 글재주가 정말 등단한 문인수준에 가깝다고 춰올리고나서 감사표시의 뜻으로 소급 위생종이 한 다발씩 장려하였다. 모두들 들어보니 흑삼의 효과는 상상을 초월할 만큼 기막히게 좋았다. 기실 약효가 아무리 대단하다 한들 선물을 받기 위해 머리를 짜서 미사여구로 달콤하게 부풀궈 써놓은 글의 작용과는 비길 바가 못되었다. 전날 흑삼을 사서 복용한 80대의 한 시골의사출신으로 허풍을 잘쳐 "허대포"라는 별명을 얻은 늙은이가 일어서더니

"에, 나는 40년 넘게 심장병으로 고생하는 사람이여. 가슴이 아파 밤에 돌아눕지도 못했지유. 어제 흑삼을 복용하고 나니 아픈 증세가 말끔히 사라져서 맘대로 돌아누울 수 있었다우. 세상에 이런 신기한 약이 어디 있겠수?" 라고 말하였다. 우뢰같은 박수갈채가 울리고 흥겨운 멜로디가 실내를 진동하여 고객들을 흥분의 도가니에 빠지게 하였다. 자제력을 잃은 고객들은 흑삼만 먹으면 세상에 못 고칠 병이 없을 것 같이 생각하였다. 이번에는 더 많은 사람들이 구매대오에 가담했는

데 그중 경제상황이 우월한 한 60대 과부는 친정어머니와 큰오빠한테 드리겠다며 혼자 만원이상짜리 흑삼을 세함이나 샀다.

'저 직원들도 돈 좀 벌겠다고 먼먼 외지에 와서 고생이 을매나 많겠노? 외지에 나간 우리 애들보다 나을게 없구나. 벼룩도 낯짝이 있다고 한 두 번도 아니고 여러번이나 선물만 받고 가만 있어서야 되나?' 인정도 인정이려니와 열번 찍어서 넘어가지 않는 나무가 없다고 프리폴리스 외에 치약 치솔 등 일용품만 조금 사고 흑삼에는 눈길 한번 돌리지 않던 복자할머니도 남들이 다 흑삼을 사니 속이 꿈틀거렸다.

'나보다 똑똑해 날고 뛰는 사람들도 다 사는데 나만 안샀다가 기회 놓치면 우짜노?'

평생 림시공을 하여 양로금도 받지 못하고 자식들이 보내주는 생활비로 살며 일전 한푼도 열두 곳에 견주어가며 아끼고 아껴 만여 원을 모은 복자할머니는 오랜 심혈관환자였다. 흑삼가루가 심장병만 고칠 수 있다면 그까짓 돈 만 여 원에 목매랴 하고 큰맘 먹고 사시갈이 떨리는 손을 가만히 들었다. 그러자 직원 총각이 나는듯 달려와서 고맙다고 절을 꾸벅 올리고 나서 흑삼을 담은 정교한 나무함을 드렸다. 복자할머니는 "퇴근" 하기 전에 흑삼을 기계에 갈아가지고 팀장한테 흑삼가루를 복용하는 상세한 방법과 주의사항을 꼼꼼히 묻고 나서 집에 가져왔다.

복자할머니는 흑삼을 산 사실을 자식들이 알면 홍보에 속혔 다고 들 볶을 가봐 그걸 농 안에 깊이 감춰두고 사람들이 없을 때 가만히 꺼내 복용하기 시작했다. 한달이 지났지만 기대하던 신기한 효과는 나타나지 않았다.

'당장 고질병을 못 고쳐도 병이 더하지만 않으면 되지.'

복자할머니는 혹시 과대광고에 속잖았나 하는 의심이 들기도 했지만 이내 뭉개버리고 흑삼의 약효에 대해선 일언반구도 토설하지 않았다. 하지만 쇼핑홀에 "출근"하는 열기는 조금씩 식어졌다. 이젠 흥겨운 노래와 "웃음소리"가 어서 오라 손짓해도 쌈지사정이 허락하지 않으니 어쩔 수 없었다. 아무리 흥겨운 홀쇼핑도 오락장소는 아니고 필경은 쇼핑장소였다. 그럼 이젠 어딜 다녀야 하나? 정말 쇼핑홀보다 고독한 늙은이들의 마음을 보듬어주고 흥겹게 해줄 모임터는 없을까? 그녀는 아무리 머리를 쥐여짜봐도 정답을 찾을 수 없었다. 그러던 중 흑삼을 사간 뒤 혹시 속더라도 혼자만 속지 말고 다같이 속아야 마음이 편다고 생각하고 게 침 발린 거짓말을 해 쇼핑홀에서 깜짝 "스타"로 되었던 "허대포"는 심장병이 정말 다 나았냐고 묻는 친구들을 대하기가 두려웠던지 쇼핑 홀에 낯을 내밀지 않는다는 소문이 돌았다.

(요녕신문 2012.11.19. 조글로문학닷컴)

28. 특이보건품

의과대학을 졸업하고 석사학위까지 받은 혁진이는 막강한 실력으로 수 십 명의 경쟁자들을 물리치고 자신의 이상을 꽃피울 현립병원에 취직하게 되였다. 신입원공의 환영행사에서 혁진이는 병원 원장의 수익제고를 운운하는 연설을 듣고 그만 어안이 벙벙했다.

'병원이 병을 치료하고 환자의 생명을 구하는 신성한 곳이 아니고 무슨 수익만 따지는 기업이란 말인가?'

혁진이는 젊은 혈기에 하루강아지 범 무서운 줄 모르고 하늘같이 높은 원장의 말에 토를 달았다가 그만 상사의 눈 밖에 나고 말았다. 그는 벌 아닌 벌을 받아 고정진찰실도 분배받지 못하고 날마다 임시공처럼 허드렛일만 하게 되였다. 화가 머리끝까지 치밀어 오른 그는 취직한 지 불과 몇 달 만에 병원에 덜컥 사직서를 내고 병원문을 훌쩍 나와 버렸다.

현립병원이 아니면 내가 의사질을 못할가? 다행으로 의사자격증을 가진 그는 위생부문의 허락을 받아낸 뒤 현성 변두리에 있는 빈 아파트 일층을 임대하여 개체진료소를 꾸렸다.

혁진이가 진료소를 차린 초기 찾아오는 환자는 가물에 콩 나듯 하였다. 첫술에 배부를 수 없다고 생각한 혁진이는 무릇 진료소를 찾아오는 환자들이면 아이 어른 가리지 않고 모두 봄날같이 따뜻하게 대하고 세심하게 병을 봐줬고 또 제약공사와 련계해서 약공장의 약을 직구입해 병원은 물론이고 어느 약방보다 훨씬 저렴하게 환자들에게 공급하였다. 차차 소문이 퍼지자 주위는 물론이고 병원 근처에 사는 환자들도 혁진이의 진료소를 적잖게 찾아왔다. 원래 병원에서는 환자들의 병의 경중여하를 불문하고 일단 환자가 진찰실에만 들어오면 의사는 기본적인 진찰도 해보잖고 무조건 현대화의료기를 총동원하여 검진을 하였는데 때론 고뿔에 걸린 경환자가 수백원의 억울한 진료비를 물때도 있었었다. 그리하여 당장 수술을 받지 않으면 생명이 위태한 중환자가 아닌 경환자들은 병원을 염병같이 꺼리는 터였다.

어느 날 혁진이가 환자의 병을 보고 있을 때 "따르릉 따르릉…"하는 요란한 전화벨소리가 귀전을 때렸다. 그가 전화를 받아보니 당장 위생과에 오라는 호출이였다. 그는 응급환자들의 치료를 마칠 때까지 기다려달라고 통사정해 반허락을 받고 저녁무렵에 위생과로 달려갔다.

위생과장은 혁진이를 힐끗 보고 덜익은 오얏 씹는 상을 하고"너는 왜 지정한 곳에서 의약품을 구입하지 않고 제멋대로 약공장의 약을 직구입하여 위생조례를 위반했느냐?"라고 땅이 꺼지게 고래고래 호통을 쳤다.

"저는 환자들의 의료부담을 덜어주려고 한 것인데 그게 무슨 잘못입니까?"

혁진이의 당당한 반문에 말이 막힌 과장은 일후 지정한 도매소에서 약품을 구입하지 않으면 영업허가증을 회수하겠노라고 엄포를 놓았다.

도리도 권력 앞에서는 무력하다는 현실을 절실히 느낀 혁진이는 마지못해 그러겠노라고 응답하고 진료소로 돌아왔다.

'이제 남은 약이 떨어진 뒤에는 어떻하지? 도매소의 약을 사지 않다가는 강제페업을 당할테고 그 약을 쓴다면 환자들이 덤터기를 쓰게 되니 이럴 어쩌나?'

그는 도매소의 약을 눈꼽만큼만 들여오고 약공장의 약을 계속 직구입해 환자들에게 저렴한 가격으로 공급하려고도 생각했지만 그런 눈감고 아웅하는 수로 위생과의 시선을 가리울 수 없는 것은 삼척동자도 알 수 있는 일이였다.

'백성들이 병에 잘 걸리지 않고 건강하게 살 수 있게 보건품을 개발할 순 없을가?'

오래동안 연구를 거듭하던 혁진이는 끝내 일종의 보건품을 개발하였다. 먼저 자신이 복용하여 현저한 효과를 느끼자 친지들에게 선물했는데 모두들 신기하다고 칭찬이 자자했다. 이 보건품을 쓰니 정신이 맑아지고 과체중이 해소되여 몸이 가벼워진다는 것이였다. 그러자 혁진이는 사무실에서 하루 종일 찻물이나 마시고 신문장이나 뒤적이며 세월을 말아먹는 공무원들에게 알맞는 보건품을 복용시키면 얼마나 좋으랴 하는 엉뚱한 생각이 들었다. 그는 무릇 공무원이라면 엉덩이가 가벼워야 할 뿐만 아니라 마음가짐이 발라야 하는데 그들에게 꼭 알맞는 특이한 보건품은 개발할 수 없을가 하고 밤낮으로 머리를 짜다가 그만 지쳐버렸다......

하늘이 도왔는지 신령이 보우했는지 어느날 혁진이는 특이보건품개발에 성공하였다. 그는 친구들을 통해 이 특대소문을 퍼뜨리게 하였다.

어느날 저녁 무렵 혁진의사가 진료를 마치고 퇴근준비를 할 때 공상국의 이아무개라는 한 젊은 공무원이 진료소에 찾아와서 특이보건품이 참말로 소문처럼 효험이 있는가고 물었다.

"제가 개발한 이 특이보건품은 공무원들을 두뇌가 맑아지게 하고 몸이 가벼워 부지런해지게 하는 등등의 특효가 있지만 어떤 사람에게는 부작용도 따른답니다."

"부작용이라니요?" 젊은 공무원이 흠칫 놀라 눈을 동그랗게 뜨고 물었다.

"이 특이보건품은 정직한 공무원한테는 생각이상의 특효가 있지만 불법행위를 저지른 사람한테는 부작용이 따른답니다."

"그래요? 나는 불법을 저지르지 않았고 또 그럴 위치에 있지도 않으니 우려할게 없군요. 특이보건품을 복용하겠습니다."

이아무개는 진료소에서 돌아가 특이보건품을 복용한 뒤 대뜸 눈이 한결 밝아지고 사유가 민첩해 공무에 추호의 실수도 없고 엉덩이가 가벼워 부지런히 일을 잘해 동료들의 칭찬을 받았을 뿐만 아니라 상사의 눈에 들어 고원으로부터 부고장으로 승진하였다. 이아무개의 승진 비결을 알고 남의 눈을 피해 가만가만 진료소를 찾아오는 공무원들이 하나둘 늘어났다. 그중에는 부고장, 고장, 부과장 등 중하급 관원들도 종종 있었다.

그들은 특이보건품을 복용한 뒤 모두다 두뇌가 명석하고 남산같은 배가 꺼지고 엉덩이가 가벼운 관원으로 변하였다. 비록 국가의 인정을 받은 보건품은 아니지만 보건효과가 비상한 것을 알고 미복차림으로 진료소를 찾는 과장들도 더러 있었다. 한동안 현성안은 그 어디라 없이 특이보건품이 뜨거운 화재로 회자하였다.

어느날 과장 하나가 락태한 고양이상을 하고 진료소를 찾아왔다. 그는 한동안 보건효과가 좋아 신나게 사업했는데 며칠전부터 머리가 빠개질 듯 아프고 말이 빗나가고 전신이 가려워서 못 견디겠다고 하소연하였다.

“현립병원에 가보지 않았습니까?”

“신경과며 피부과에서 전문가들이 두루 진단해도 병의 근원을 알지 못해 속수무책이니 이를 어쩌면 좋겠소?.”

“알만하군요. 병 근원은 나보다 당신이 더 잘 알텐데 날 찾아오면 아무 소용이 없소이다. 병을 고치겠으면 기율검사위를 찾아가시오. 표현만 좋으면 완쾌할 것이외다. ”

과장이 죽을상을 하고 엉거주춤 진료소를 나간 뒤 한 열흘 지났을 때 백성들속에서는 기율검사위원회에 찾아가서 자수한 탐관들이 십

여 명에 이르렀다는 소문이 떠돌았다. 탐관들은 고통을 견디지 못해서 자수하러 갔고 자수를 잘한 관원들은 신통하게도 병이 씻은 듯이 나았으며 자수를 철저히 하지 못한 관원은 병이 반쯤만 나았다는 것이였다.

얼마 후 혁진의사가 진료에 한창 바쁠 때 검찰원에서 소환장이 왔다. 혁진이는 어느 한 탐관이 자기를 검찰에 고발했다는 것을 직감했다. 검찰은 그더러 왜 사사로이 보건품을 제조하여 사회질서를 교란시켰는 가고 따져물었다.

"저는 기관단위에 들어박혀있는 탐관들의 악행에 이를 갈고 있습니다. 지금 당중앙에서 호랑이와 파리들을 잡고 있으나 그 많은 파리들을 어느 때 다 잡겠습니까? 그때까지 기다리려니 조급증이 동한 저는 국가를 도와 파리를 한마리라도 더 빨리 잡을 궁리를 했습니다. 탐관오리들이 제가 만든 특이보건품을 복용하면 머리가 빠개질듯 아프고 손이 말을 듣지 않고 온몸이 가려워 견디지 못하여 자수하는 길을 택하게 됩니다. 만약 그들이 철저히 탄백을 잘하고 새사람이 되면 병도 완쾌됩니다. 저의 특이보건품은 백성들과 청관들의 환영을 받고 있습니다. 저는 장차 이 비방을 국가에 바치려고 합니다. 저한테 앙심을 품고 저를 고발한 사람은 보나마나 탐관인게 분명합니다. 제가 국가를 도와 파리를 잡은게 무슨 잘못이란 말입니까?" 혁진이는 당당하게 자신의 정당성을 피력했다.

"국가의 비준을 받지 않고 검은 보건품을 사사로이 만들어 사람들에게 피해를 입힌 것은 일종의 엄중한 범죄행위요. 그러니 우리는 당신을 법정에 기소하겠소." 검찰의 말을 듣고난 혁진이는 너무도 억울하여 치를 떨었다.

"내가 나라를 위해 탐관들을 잡는 것이 죄라면 탐관들을 보호하는 당신들은 도대체 어느 켠의 사람들이요?"

혁진이가 고함을 치려했으나 목구멍이 막혀 소리가 나가지 않아 마구 발버둥치다가 눈을 번쩍 떠보니 자기 집 침대위였다.

"여보, 무슨 악몽을 꿨는데 온몸이 땀투성이예요?"

곁에서 자다가 놀라 깨여난 안내의 걱정어린 물음에 혁진이는 "아니, 별 꿈이 아니오."하고 말하며 피식 웃고 말았다

(2019. 요녕신문, 문학닷컴)

29. 수고비

용팔이는 고중2학년에 올라온 아들 진세가 요즘 저녁자습을 마친 뒤에 집에 와서 자주 수학문제를 놓고 필방아만 찧는 것을 보고 문제풀이의 진펄에 빠진 모양임을 알아차렸다. 새 학년도 첫 공휴일날 일기예보도 보지 않고 친구들과 야외놀이를 갔다가 뜻밖으로 소낙비의 세례를 잔뜩 받고 심한 고뿔에 걸려 며칠간 침대신세를 톡톡이 졌으니 그동안 학교의 질풍같이 내닫는 교수진도에 까마득 뿌리쳐진게 분명하였다.

'애가 개학초부터 공부에 뒤지니 이걸 어쩐담? 내 가슴이 적쇠 우의 고기처럼 지글거리는데 개속은 얼마나 탈가? 앞뒤 지식사이의 련관성이 특별히 강한 수학 과목은 워낙 한부분의 개념만 모호해도 많은 문제풀이에서 막히기가 쉬우니 더 늦기전에 과외수업을 시켜야 되겠구나. 그런데 하늘 높은 줄 모르고 뛰어오르는 "학비"를 마련하는 것도 쉽잖지만 별 수입도 안되게 한 학생만 따로 가르치겠다는 과외선생을 찾는다는 것도 하늘의 별 따기니 이를 어찌 한담?..."수학박사"선생이라도 찾아갈가? 그분은 이미 정년퇴직한 지 10년이 훨씬 넘었고 평소에 과당수업은 얼렁뚱땅하고 과외보도에만 눈독 들이는 일부 교사들을 "양심을 개먹인 사람"이라면서 과외보도와는 담을 쌓고 지내기로 소문난 로교사인데 내가 찾아가서 통사정 한들 그 분이 들어주기나 하실가?...에라 모르겠다, 물에 빠지면 지푸라기라도 잡는다는데 한번 찾아가서 억지라도 써봐야지'

이렇게 결단을 내린 용팔이는 토요일 저녁에 진세를 데리고 정섭선생댁을 찾아갔다. 정섭선생은 용팔이의 고중 3학년 때 수학과 임 선생님이었다. 비록 명문대는 나오지 않았지만 수학교수에 조예가 깊었으며 교수를 직무수행이라기보다 일종의 쾌락으로 삼아 평소엔 입에 자물통을 걸었는지 별 말씀이 없어도 일단 교단에 올라 수학 개념이나 문제를 설명할라치면 흥분을 걷잡지 못하고 멋진 유머와 비유로 학생들의 사유를 유도했고 아무리 까다로운 문제라도 분필꽁다리로 칠판을 두어 번 치며 고개를 끄덕이는 사이에 신통한 풀이방법을 생각해냈다. 그리하여 정섭선생을 흠모하는 학생들은 정섭선생을 "수학박사"라 불렀다.

"선생님, 안녕하십니까?"

"아, 용팔이, 자네 어인 일인가? 어서 들어오게." 저녁식사를 마치고 산책을 나서려고 금방 안전문을 열고 아파트 밖으로 나오던 백발이 성성한 정섭선생은 안경을 추스르며 반색하더니 용팔이 뒤에 서있는 소년의 얼굴을 얼핏 보고나서 "애가 자네 아들인가?"하고 물었다.

"예. 진세야, 이 분은 아버지의 선생님이시다. 어서 선생님께 인사 올려라."

진세가 어줍게 허리 굽혀 꾸벅 고개를 끄덕이자 "애가 참 귀엽게 생겼구나. 몇학년에 다니지? 공부가 어렵잖냐?"고 정섭선생이 말을 걸었다.

진세가 미처 대답하기도 전에 용팔이가 먼저 입을 열었다.

"고중 2학년에 다닙니다. 선생님, 참 면목이 없습니다. 평소엔 인사 올리러 한 번도 안 오다가 발등에 불이 떨어지니 불고렴치 이렇게 찾아왔습니다. 저의 아들을 좀 구해주세요..."

사유를 대충 아뢰고 과외보도를 맡아달라고 간청한 용팔은 정섭선생의 입에서 아니 불자가 나올가봐 두려워서 가슴이 방망이질했다.그런데 가타부타 아무런 말씀도 없이 입만 다시던 정섭선생이 의외로 "애가 수학을 못 따라간다니 얼마나 안타깝겠나? 자네가 얼마나 급했으면 젊은 선생들을 다 놔두고 이 늙은이를 찾아왔겠나?... 사정이 너무도 딱하니 강 건너 불보듯 할 수는 없구나. 내 안하던 굿 한번 해보겠네만 제대로 될는 지는 모르겠네... 평소엔 애가 짬이 없을테구 국경절련휴 첫날 아침 여덟시에 시작하면 어떻겠나?"하고 흔쾌히 허락하니 잔뜩 긴장했던 용팔이는 십년 묵은 체증이 쑥 내려가는 듯 가슴이 후련하였다.

"수학박사"선생이 하루 3시간씩 강행군으로 애가 못배운 부분을 자세히 배워주고 새 지식을 접수하는데 나타날 장애물을 말끔히 제거해 주니 앞이 환히 내다보여 신심이 생긴 진세는 힘이 솟고 금세 날 것만 같았다.

수학보도를 마치는 날 용팔이는 사례드리려 정섭선생을 찾아갔다.

"선생님, 애가 잘 배웠다고 무척 기뻐합니다. 이 은혜를 어떻게 갚아야 할 지 모르겠습니다…약소하지만 수고비 삼아 받아주십시오."라고 말하며 품안에서 돈봉투를 꺼내었다.

"내 자네가 이럴 줄 벌써 알았네. 자네가 수고비를 기어코 계산하겠다면 확실히 따져봐야 되지 않겠나?"

내민 돈봉투는 거들떠보지도 않고 수고비를 정확히 계산하자는 정섭선생의 말에 용팔이는 얼떠름했다. 그는 선생님이 돈봉투를 받지 않는 영문을 알 길이 없어 "정말 미안합니다. 정말 죄송합니다."하고 사과하는 말만 련발했다.

"자네 그게 무슨 말인가?고마워해야 할 사람은 자네가 아니라 바로 나일세. 진세덕분에 내가 며칠간 마음이 즐거워 이마의 주름살이 많이 펴졌는데 늘그막에 이보다 더 좋은 보약이 어디 있겠나? 그동안 뇌단련을 잘해 치매도 멀리 쫓아버렸고 머리속에 든 먹물도 보람 있게 써봤으니 꿩먹고 알먹기 아닌가? 굳이 '수고비"를 따지자면 오히려 내가 진세한테 내야 할걸세. 이보게 자네가 이럴 줄 알고 나도 진세한테 줄 "수고비"를 미리 마련해뒀네. 자네가 이걸 받으면 나도 자네 걸 받겠네."

서로 주거니 말거니 싱갱이질(승강이질)을 계속하다가 별 수 없이 "휴전"하고 정신없이 선생님댁을 나오던 용팔이는 선생님댁 아파트 앞에서 고중동창생 영식이와 마주쳤다.

"너 선생님 댁에 다녀오니? 선생님 량주께선 국경절련휴에 북경에 사는 딸사위의 초청을 받고 딸네 집에 가서 천안문이며 고궁을 관람하고 만리장성까지 오르시겠다면서 무척 기뻐하셨는데 벌써 돌아오신게로구나."

"엉? 응..." 용팔이는 가슴에서 무언가 뜨거운 것이 울컥 치밀어올라 뒤말을 잇지 못하였다.

요녕신문(2018년 11월9일)

30. "불효자"의 애원

"뜨르릉 뜨르릉..."

효식이가 방금 퇴근하고 회사를 떠나 숙소로 돌아가려고 할 때 허리춤에 넣어둔 스마트폰이 세차게 진동하며 벨소리를 울렸다. 누가 이 시각에 나를 급히 찾는 걸까? 그가 스마트폰을 꺼내 현시판을 보니 중국에 계시는 아버지한테서 걸어온 전화였다. 평소에 웬만해선 시내전화도 잘 걸지 않으시던 아버지께서 집에 무슨 급한 사정이 생겼길래 비싼 국제전화를 걸어왔을까? 효식이는 스마트폰을 귀가에 대고 다급하게 물었다.

"아버지, 집에 무슨 급한 일이생겼어요?"

"아니, 내다. 아버지는 요즘 병이 나서 진료소에서 치료를 받다가 엊저녁에 시립병원의 관찰실에 모셔왔는데 보아하니 병세가 아주 심상찮은 것 같구나…"

"예? 아버지의 병세가 위중 하다 구요? 저는 당장 공항에 나가 야간 비행기를 타고 귀국해 그곳에 찾아 가겠어요. 그동안 많이 수고해주세요." 효식이는 마치 홍두깨에 뒤통수를 얻어맞은 것처럼 머리가 윙하고 앞이 캄캄하여 한동안 눈에 아무 것도 보이지 않았다. '수 십 년 동안 몸살 한번 하지 않고 정정하셔서 종종 "나는 병원문이 어디 있는지도 모른다."라고 롱삼아 말씀하시던 아버지께서 갑자기 무슨 큰 병에 걸리셨단말인가?'

안내한테 급한 사정을 대충 말하고 며칠간 회사 일을 대신 믿긴 뒤 당일 밤중에 항공편으로 귀국한 효식이는 국제공항에서 택시를 잡아타고 직접 아버지가 사는 도시로 내 달렸다. 그는 시립병원에 찾아와 호흡계통의 관찰실앞에서 두근거리는 심장을 억제하고 문을 가만히 열고 실내를 들여다보았다. 새어머니께서 병상에 걸터앉아서 정신을 잃고 병상에 누워계시는 아버지의 손목을 잡고 얼빠진 사람같이 링게루 병만 물끄러미 바라보는 모습이 한눈에 들어왔다.

"어머니, 아버지의 병세가 어떠하세요?"

인기척에 화들짝 놀란 새어머니가 효식이를 알아보고 급히 입을 열었다.

"아? 자네가 하마 왔구나. 보아하니 자네 아버지는 지금 병세가 아주 위중한 것 같구나."

"어머니, 아버지께서는 어느 때부터 병에 걸리셨나요?"

"겨울철에 잡아들면서 천식이 심해져서 써취(사회구역)의 진료소에 가서 병을 봤는데 한 달 동안이나 링게루를 맞았어도 아무런 호전이 없더구나. 이러다간 안되겠다 싶어서 내가 큰 병원에 한번 가서 검진을 받아보자고 말했더니 자네 부친은 며칠만 지나면 병이 다 낫는다면서 큰 병원에는 절대 안오시겠다고 우기시더구나. 내가 다시 생각해보니 아무래도 진료소에서는 병을 고치기는커녕 자칫하면 병을 키울 것 같아서 어제 울며불며 억지다짐으로 여기에 모셔왔는데 밤중부터 갑자기 병세가 위중해졌구나. 저녁 무렵까지도 정신이 있어서 나하고 말도 하셨는데 둬 시간 전부터 갑자기 의식을 잃으셨구나… 하긴 작년겨울에도 십 여 일 동안 링게루를 맞았댔는데 이제 가만히 생각해보니 같은 맥락에서인 것 같구나."

"어머니, 저는 담당 의사를 찾아가서 아버지 병의 상세한 정황을 알아보고 오겠어요."

효식이가 담당 의사를 찾아가서 아버지께서 지금 무슨 병에 걸리셨고 또 지금 병세가 어느 정도인가고 물었더니 50대의 담당의사는 입을 쩝쩝 다시며 즉답이 없더니 이윽고 정색하고 책망쪼로 물었다.

"환자의 병세가 이렇게 위중한데 일찍 입원치료하지 않고 무얼 하다가 이제야 왔습니까?" 그는 사무상 위에 놓인 CT사진을 보여주면서

"이걸 보십시오. 환자는 지금 폐암말기라 암세포가 이미 온 폐에 확산되어 성한 데라곤 한 곳도 찾아볼 수 없습니다. 이런 상황에서 환자가 이제까지 버텨낸 것은 참 상상도 못할 일입니다. 하지만 이제는 치료가 불가능합니다. 치료시기를 놓쳤습니다. 우리가 아무리 응급조치를 대더라도 이틀을 넘기기 어렵겠으니 환자를 댁에 모셔가서 후사

를 준비하십시오."라고 찬바람이 씽씽 일게 말하였다.

'아버지께서 불치병에 걸리시다니, 세상에 이런 날벼락이 또 어디 있나?' 효식이는 지금 의사의 제의가 천부당만부당 하다고 생각하고 급히 통사정했다.

"의사선생님, 우리가 이대로 아버지를 모시고 집에 돌아가면 아버지께서는 단 하루도 버티지 못할 것입니다. 우리한텐 아버지께서 운명하시기 전에 다른 자녀들과 지친들이 아버지의 생전의 모습을 보게 해야 합니다. 그들이 여기까지 오려면 시간이 절박합니다. 아버지의 생명을 단 하루라도 더 연장시키기 위해 우리가 여기 좀 더 머물러 있게 하고 선생님께서 백방으로 응급조치해주십시오. 부탁입니다." 효식이가 눈물을 글썽이며 통사정을 하자 담당의사도 그의 난처한 사정에 동정이 생겼던지 안된다는 말이 없었다.

의사와 호사들이 긴장한 응급조치를 진행하는 가운데 긴장한 시간이 빨리도 흘러 이틀이 지나자 국외에서 자그마한 회사를 지키던 큰며느리와 품팔이하던 딸과 작은 아들 및 국내에 거주하는 지친들이 륙속 병원에 도착하였다. 환자는 마치 그들을 기다렸다는 듯 가쁜 숨소리를 고르게 낮추더니 편안히 숨을 거두웠다. 효식이네는 워낙 낯 선 고장인데다가 코로나 사태로 인해 아버지의 장례식은 가족장으로 간소하게 치렀다.

장례를 치른 뒤 친척들은 다 집에 돌아가고 효식이 내외와 두 동생들만 남았는데 동생들은 장례비용을 분담하고 아버지의 유산을 처리하기 위해 집에 남았던 것이었다. 가정살림이 유족하고 동기간에 우애가 극진한 그들은 저마다 자기가 장례비용을 더 담당하겠다고 아름다운 다툼을 벌이다가 결국 의좋게 골고루 평균부담을 하게 되였으나 아버지를 생전에 모시던 새어머니에 대해서는 효식이와 동생들의 생각이 일치하지 않았다.

효식이가 열살나던 해에 여러해 동안 간염으로 고생하던 생모는 어린 세 자식을 두고 불귀의 길을 떠났다. 아버지께선 재혼하면 혹시 계모로 인해 애들한테 말못할 불행이 덮칠가봐 40여년을 홀아비로 지내면서 아버지에 어머니노릇까지 도맡아 하시면서 세 아들딸을 어렵게 자래워 모두 다 성가시켰다. 작은 아들과 딸은 각각 십 여만원의 돈을 써 한국에 로무로 출국했으나 맏이인 효식이는 홀아버지를 모시려고 마음에 흔들림 없이 집에 남아 개체업을 벌이고 있었다. 십 여년 전에 효식이 부부는 한국어시험에 합격한 사람들은 추첨을 통해 한국 입국이 가능하단 소문을 듣고 시험삼아 한국어시험에 참가하였는데 둘 다 조선족학교를 나온 덕에 무난히 합격통지를 받았고 뒤이어 비자추첨에도 성공하여 거액의 돈을 날리지 않고도 한국으로 출국할 절호의 기회가 생겼다. 그러나 정작 집을 떠나려고 하니 60대에 오르신 아버지를 집에 홀로 남겨두고 출국하겠다는 말을 차마 꺼낼 수 없어서 차일피일 날자를 미루었다. 어느날 친구들과 술 한 잔 나눈 아버지께서는 맏아들이 출국기회를 얻었으나 장남의 의무를 수행하느라 집을 선뜻 못 떠난다는 소문을 들었다.

"내가 무슨 병을 앓고 있나? 혼자 밥을 지을 줄 모르나? 빨래를 할줄 모르나? 걱정을랑 꽁꽁 붙들어 매고 래일이라도 어서 출국하거라. 나이 한살이라도 더 먹기전에 출국해서 로후 준비를 해놔야 된다. 당장 준비해 떠나거라 !"라고 노발대발하셨다.

효식이 부부는 아버지한테 쫓기다 시피 집을 나와 출국길에 올랐다. 효식이 내외는 우쑤리강변 고향집에 남겨둔 아버지가 언제나 맘에 걸렸다. 봄, 여름, 가을철은 그래도 괜찮은 셈이지만 시베리아 찬바람이 몰아치는 겨울철엔 추위에 떨 아버지 걱정이 태산같았다. 그들은 그 뒤 몇 해 동안 번 돈으로 기후가 좋은 료하강반의 조선족들이 많이 사는 중소형 도시에 아파트를 사서 아버지께 만년의 보금자리를 마련해드렸다. 그리하여 아버지께서는 돈만 있으면 못살 것이 없는 안온한 도회지생활을 누리시였다.

3년 전에 효식이는 아버지한테서 새어머니를 맞았다는 뜻밖의 소식을 접하였다. 반평생을 자식들을 위해 홀로 사신 아버지께서 만년에 서로 의지할 동반자를 맞았다는 것은 자식으로서는 더없이 반가운 일이 아닐 수 없었다. 하지만 그는 아버지께서 대방에 대해 깊은 료해도 없이 번갯불에 콩 굽듯 급급히 처리한 황혼결혼에는 마음이 내키지 않았으나 이미 쏟아놓은 물이고 지어놓은 밥이 된지라 왈가왈부할 수 없었다. 그는 생각을 고치고 설 연휴를 빌어 두 동생내외를 데리고 귀국하여 새살림을 꾸리는 두 노인들을 뵈러 왔다.

자식들이 우루루 집에 돌아와서 아버지께 인사를 올리자 아버지는 주방쪽으로 목을 돌리고 새 마누라를 불렀다.

"여보, 애들이 돌아왔소. 어서 객실에 나와 앉아서 애들이 올리는 절을 받으소."

“아니, 이렇게 서로 만나보면 되지, 번거롭게 절은 해선 뭘해요.” 새자식들이 온다고 지지고 볶느라 진땀을 흘리다가 주방에서 나와 젖은 손을 앞치마에 닦으며 객실로 나오는 새어머니는 머리에 서리가 하얗게 내렸는데 얼핏 보아 70고개에 오른지 몇해쯤은 되어보였다. 그녀는 아버지한테 이끌려 마지 못해 객실에 나와 앉았는데 새 자식들의 절을 받기 무척 쑥스러워하는 표정이었다.

“나는 배운 게 많지 않고 여러 면에서 모자라는 게 많지만 좋은 새어머니로 되기 위해 힘쓰겠어요… 이젠 우리들이 한집식구가 되였으니 서로 허물없이 의지해 지내자요.” 보아하니 새어머니의 말씀은 입에 발린 빈말이 아니라 맘속에서 우러난 말씀이였다.

“어머니, 우리한테 말씀을 낮추시고 평시에 편한대로 우리들의 이름을 불러주시고 시킬 일은 마음대로 시키세요.” 새어머니의 겸손한 말씀에 황송한 효식이가 급히 받아 말했다. 후에 아버지한테 알아보니 새어머니는 젊어서 남편과 사별하고 중년에 하나밖에 없는 아들마저 교통사고로 가슴에 묻고 의지가지 없이 외롭게 지내시는 분이였다.

효식이는 출국한 뒤 철철이 아버지에게 드릴 새옷을 살 때면 새어머니 몫도 함께 사는 것을 잊지 않았다. 새어머니를 공경하는 것 역시 아버지한테 효도하는 것이라고 여겼기 때문이였다. 천만 꿈밖으로 그토록 건강하신 듯 하던 아버지께선 불치병에 걸려 팔순도 넘기지 못하고 머나먼 하늘나라로 떠나가셨으니 이제부터 우리들이 새어머니와의 관계를 어떻게 설정해야 하나? 집안에서는 며칠 동안 미묘한 분위기가 감도는 게 감지되였다.

삼우제를 마치고 동생들이 회사의 일이 바쁘다며 출국하려고 새어머니께 작별인사를 올리고 집을 나왔다. 효식이는 동생들을 바래주러 기차역전에 까지 나왔는데 남동생 근식이가 입을 열고 형님께 속심말을 했다.

"형님, 내가 아무리 생각해봐도 이 한 가지만은 조만간에 처리해야 할 일인데 아예 새어머니한테 까놓고 말하세요. 아버지의 다른 유산은 새어머니한테 다 후하게 넘겨드리더라도 지금 살고있는 아파트만은 새어머니한테 넘겨줄 수 없다고요."

"오빠, 내 생각도 근식이와 같아요. 우리가 새어머니와 피를 섞었나요, 아니면 새어머니가 우리를 어릴 때부터 키워줬나요? 아버지께서 세상떴으니 이제부턴 우리와 새어머니는 아무런 관계도 없는 남남 사이예요, 새어머니는 상품으로 비유한다면 유효기를 넘긴 상품이라 할 수 있잖겠어요? 우리가 그분이 어버지한테 들인 공을 충분히 인정해주고 인심을 써서 생활비만 넉넉히 드린다면 우리는 자식으로서 할 도리를 다한 셈이예요. 아마 새어머니께서도 우리의 이런 처사에 만족해하실 거예요."

"누님말에 일리가 있어요. 아파트는 아버지의 결혼전 재산이니 기실 법적으로 따져봐도 새어머니한테 차려질 유산은 아무 것도 없잖아요. 기실 아파트야 형님 돈으로 산 것이니 유산이 아니라고 할 수도 있잖아요."

"너희들이 시장경제에 정말 눈이 밝구나. 그런데 인간의 도리란 너희들이 생각하는 것처럼 돈으로 계산할 수 있게 그리 간단하지 않단다.

너희들은 아버지 생전에 아버지와 한 약속을 잊었느냐? 너희들은 새어머니께서 아버지와 함께 사신 시간이 길지 않았고 아버지께서 이젠 세상을 떠났으니 이제부턴 그분이 새어머니가 아니란 생각에 일리가 있다고 여기느냐? 나는 절대 그렇게는 할 수가 없구나. 이 일은 내가 알아서 원만히 처리할테니 너희들은 부질없는 걱정을랑 붙들어 매고 가서 일이나 잘하거라."

효식이는 동생들이 한 말에 도리가 전혀 없다고까지는 생각되지 않았으나 새어머니를 한번 어머니로 모시겠다고 약속한 이상 그분을 아버지가 안계신다고 남으로 간주할 수는 없다고 생각하였다. 인정이란 시장에서 개인의 리득을 위해 값을 부르고 깎으며 흥정하는 상품이 아니다. 새어머니가 아버지와 함께 보낸 시간은 비록 짧지만 그분께서는 아버지를 위해 모든 힘과 마음을 다 쓰셨고 아버지의 림종까지 지키셨는데 아버지께서 세상을 떠나시자 말자 새어머니한테 맘속으로 "바이바이"를 부른다는 것은 수양있는 사람이 할 짓이 절대 아니라고 생각하였다.

효식이가 동생들을 바래주고 집에 돌아오자 새어머니는 주방에서 나오시더니 무슨 말을 하려는지 약간 머뭇거리다가 입을 다물었다.

"어머니, 어디 불편한 데가 있으세요?" 효식이의 관심어린 말에 새어머니는 용기를 내어 입을 열었다.

"이 며칠 동안 자네는 몸도 고달프고 아마 고민이 많았을 걸세. 나는 이집에 들어와서 참으로 행복하게 지냈네. 하지만 무지한 내가 자네 아버지를 잘 돌보지 못해 자네들을 볼 낯이 없다네. 참으로 죄송하네.

나는 자네 부친이 불치병에 걸린 줄도 모르고 그저 감기거나 기관지염이 생긴 줄로만 알고 큰 병원에 모셔가지도 못하고 평소에 보건식품만 사서 복용시켜 오히려 자네 부친을 해치고말았구나. 아이구, 생각하면 할수록 원통하고 무지막지한 내가 미워 죽겠네. 나는 자네 아버지한테 씻을 수 없는 큰죄를 졌구나."

"천만에요. 어머니께선 아무런 잘못도 없으세요. 아버지를 잘돌보지 못한 것은 어머니의 잘못이 아니라 맏아들인 저의 불찰때문이예요. 저는 어느 누구한테 변명할 자격조차 없는 불효자예요..." 효식이는 새어머니가 눈물을 흘리면서 자책하는데 가슴이 메여지듯 깊이깊이 감동되었다. 많은 사람들은 불상사가 생기면 자신의 불찰도 남에게 떠넘기려고 갖은 수단을 다부리고 자기가 겪은 고생을 솜뭉치같이 부풀려 하소연할 텐데 새어머니께서는 어떠하신가? 자신의 공로는 추호도 생각하지 않으시고 자신의 불찰부터 찾아서 반성하시고 맘속깊이 후회하고 계시지 않으신가? 이런 훌륭한 어머니가 세상에 얼마나 계실까?

"자네 며칠만 좀 기다려주게. 시골에 있는 내가 살던 초가집을 좀 손 보고 난 뒤에 나는 곧..."

효식이는 어머니의 말뜻을 알아차리고 정신이 번쩍 들어 새어머니를 친어머니같이 모시고 살며 한평생 효도하려는 결심을 굳혔다.

"어머니, 당신께선 지금 무슨 당찮은 말씀을 하시려고 그러세요? 우리가 당신을 한번 어머니라고 부른 시각부터 당신은 우리들의 영원한 어머니로 되셨어요. 어릴 때부터 어머니의 사랑에 목 마른 저는 당신이 저의 새어머니로 되시면서 의지할 데가 생겼고 마음이 든든해졌고 행복을 느끼며 살아왔어요. 저는 어머니를 평생 성심껏 모시면서 아버지께 못한 효도를 다하겠어요. 어머니, 저의 간청을 절대 거절하시면 안돼겠어요. 아시겠지요?"

"자네가 나를 원망하지만 않아도 나는 더없이 고마워 몸 둘바를 모르겠는데 자네가 하등의 쓸모도 없는 이 짐덩어리를 버리지 않고 계속 어머니로 모시겠다니 고맙기는 이를 데 없다만 그게 어디 될 일이냐? 그건 절대 안된다. 나는 자네들한테 폐 끼치는 일은 절대 하지 않으련다. 후—" 새어머니는 가볍게 한숨을 짓고나서 고개를 들어 초첨잃은 눈길로 벽을 올려다 보았다. 효식이의 눈길도 새어머니의 눈길을 따라 객실 동쪽 벽에 높이 걸린 큰 사진액틀에 이르러 멈추었다. 어깨를 나란히 하신 아버지와 새어머니께서는 그렇게도 행복하게 웃음 짓고 계셨다.

'아버지 만년의 저 행복은 어떻게 이루어졌는가? 저 행복은 바로 아버지와 새어머니가 함께 낳고 정성껏 키우신 보람이 아닌가? 내가 아버지한테 저지른 불효에 따른 후과는 단지 한두 번 후회하는 것만으론 절대 용서가 안 된다. 평소에 아버지께 용돈이나 좀 부쳐드리고 전화로 몇 번 안부나 묻는 게 자식으로서의 효도를 다한 것이라 할 수 있겠는가? 그런 사소한 일은 효도라기 보다는 의무를 겨우 졌다고나 할 수 밖에 없지 않은가? 아버지께서 평소에 아무리 당신께선 아무런 병도 없이 건강하다고 장담하시더라도 그걸 곧이곧대로 믿어서야 되였겠나? 내가 만약에 아버지의 건강검진을 정기적으로 해드렸다면 이런 봉변이야 얼마든지 방지했을 수 있었을 게 아닌가?... 내가 이제라도 진정으로 속죄하려면 오로지 행동에 옮겨야 한다.'

효식이는 작년에 동생네와 함께 집에 돌아와 설을 쇨 때의 정경이 눈에 삼삼하였다. 새어머니께서는 세 자식들을 위해 풍성한 음식상을 차리시고 끼니마다 입맛에 맞는 새 반찬을 장만하시고 세 자식들이 출국할 때 챙기고 갈 음식을 장만하느라 하루밤도 편히 쉬시지 못하셨다.

우리들이 설을 쇠고 집을 떠나기 전날 저녁, 입에 맞는 반찬에 약주 몇 잔을 마셔서 얼굴에 노을빛이 어리신 아버지께선 이날따라 유달리 흥분하셨다.

"애들아, 새어머니가 우리집에 오신 뒤 나는 날마다 명절같이 보낸단다. 너희들은 우리 걱정을랑 꼬물만큼도 하지 말고 너희들 몸이나 잘건사하거라. 그리고 내 한가지 물어보마. 이후에 만약 내가 저세상으로 먼저 떠나가더라도 너희들은 새어머니를 친어머니같이 성심껏 모실 수 있겠느냐?"

"모실 수 있구말구요."

효식이는 그때 동생들이 이구동성으로 통쾌히 대답하던 정경이 눈에 삼삼하다. 비록 새어머니가 아버지와 함께 사신 나날이 매우 짧았지만 그걸 빌미로 삼아 새어머니를 맘속으로 나 몰라라 하고 슬쩍 밀어버린다면 자신들은 저지른 불효에 새로운 불효를 더 보태는 것이라는 생각이 든 효식이는 새어머니한테 애걸하다 시피 간절히 말했다.

"어머니. 당신은 우리를 두고 그 어디에도 가실 수 없어요. 만약 우리가 어머니를 모시지 못한다면 우리는 평생 불효자란 루명을 씻지 못할 거예요. 저의 이 말은 일시적 충동에서 튀어나온 빈 말이 절대 아니예요. 이틀 뒤에 저는 출국해서 그곳에서 벌이던 사업을 마무리 짓고 집으로 영원히 돌아오겠어요. 중국에서 새로운 사업을 모색하겠어요. 어머니, 당신께선 반드시 우리를 불효의 웅뎅이에서 구해줘야 해요, 반드시요." 효식이는 말할수록 더 격동 되었다.

하지만 새어머니께선 가타부타 아무런 말씀이 없었다. 안달아 난 효식이는 새어머니가 왜 자기의 청에 응하지 못하는가 생각을 굴리다가 맘속에 한 가지 집히는 데가 있어서 다시 입을 열었다.

"어머니, 당신께선 혹시 저의 동생들이 맘속으로 그리 내켜하지 않을가봐 주저하시는 거예요? 그건 마음 놓으세요. 걔들도 반드시 저의 이 결정을 손벽치며 찬성할 거예요."

입에 자물쇠를 채우고 오래도록 아무런 말이 없던 새어머니가 가볍게 입술을 놀렸으나 아무런 말도 꺼내지 못하시더니 급기야 효식이의 두손을 으스러지게 잡고 닭똥같이 굵고 뜨거운 눈물을 뚝뚝 떨구었다.

비록 창밖에는 거위털같은 눈송이가 훨훨 날리며 겨울이 왔음을 선포했지만 그들이 있는 집안은 유달리 훈훈하였다.

2021.12

31. 뚝배기아들과 속타는 어머니

중점대학을 졸업하고 집에 돌아온 금이가 어머니에게 청운의 뜻을 펼치려고 연해도시로 진출하게 되였다는 말을 하자 50대 어머니의 반발은 이만저만이 아니었다.

“니 정신이 나갔나? 무작정 멀리 뛴다고 어디 돈뭉치가 호박처럼 데굴데굴 굴러온다더냐? 심양이나 장춘 같은 도회지를 집곁에 놔두고 무작정 멀리만 가면 장땡인 줄 아냐?”

“어머니, 지금은 고속철 시대여서 먼 데나 가까운 데나 다 마찬가지예요. 몇 시간만이면 어디서든지 달려올 수 있거든요. 어머니, 저의 일은 제가 알아서 처리할 테니 그런 사소한 일일랑 어머니께서 심려하지 않아도 돼요 .”

“니는 내가 천리 길이 너무 멀어서 걱정하는 줄로만 아냐?...” 어머니는 속의 말을 털어놓으려다가 목구멍에 무언가 걸린 듯하여 그만 입을 다물었다. 이웃에서 한족이나 만족 젊은이를 사위, 며느리로 맞는 것을 보고 너무도 기막혀 입을 딱 벌리다가 그것이 도무지 남의 일 같지 않아 은근히 속을 태우던 그녀는 자기집에선 그런 일이 절대 생기지 않게 일찌감치 방비하려고 서둘렀던 것 이였다.

어머니의 가슴에 불이 일든 타서 재가 되든 아랑곳하지 않고 제 고집대로 훌적 집을 나와 천리도 더 떨어진 연해도시에 찾아온 금이는 학교에서 이미 계약을 맺은 외국인이 경영하는 독자기업에 들어가서 열심히 뛰었다.

홀로 계시는 어머니한테선 한 주일이 멀다하게 전화가 왔다. 회사부근에 조선족이 얼마나 사느냐, 회사에 맘에 드는 마땅한 처녀가 없더냐고. 이젠 나이도 서른이 래일모렌데 종신대사를 무엇보다 일찌감치 결정해야 한다고 닦달 이였다.

“어머니, 저는 요즘 회사일이 너무 바빠서 그런 사소한 일까지 신경 쓸 겨를이 없어요 그런 얘길 하려면 전화를 끊겠어요.” 금이가 짜증을 버럭 내며 칼로 무우 베듯 어머니의 호의를 썩둑 잘라버리니 어머니로서는 입이 열개라도 설복할 재간이

없었다. 몇 달 동안 혼사에 대해선 꿀먹은 벙어리처럼 입에 자물쇠를 채우고 간신 참아오던 어머니한테서 또 전화가 왔다.

“금이야, 몇 해 전에 사범전문대를 졸업하고 우리 현성에 있는 조선족학교에 와서 교편을 잡은 처녀선생이 하나 있는데 인물도 그만하면 빠질 데 없고 인사성도 밝아 내가 보기엔 니 배필로 딱 안성맞춤이더구

나. 그리고 처녀집 살림살이도 남부럽지 않게 뜰뜰하다더라. 중매꾼이 말하는데 너희들이 결혼만 하면 그 집에서는 딸을 니가 사는 곳의 학교에 전근시킬 능력까지 있다고 하더구나 . 내가 보건대 너희 둘은 천생배필인 듯 하구나. 국경절 때 한번 집에 와서 처녀를 만나보고 혼인대사를 결정하면 어떻겠느냐?"

"어머니, 전 국경절에 집에 갈 겨를이 없어요. 그리고 그 처녀를 만나 볼 생각이 전혀 없어요."

"뭐라고? 그게 무슨 뚱딴지같은 소리냐? 처녀를 만나보지도 않고 왜 설레발치는 거냐? 니가 넝쿨째 굴러온 복을 걷어차는 이유가 도대체 뭐냐? 니가 어디 보아둔 처녀가 따로 있다는 게냐?"

"어머니, 꼭 그런 건 아니지만 저는 중매결혼은 절대 하지 않을 거예요."

치마폭 아래서 자랄 때나 자식이지 어깨쭉지가 굳어지면 제자식이 아니라는 속담이 헛소리가 아니구나 하고 생각한 어머니는 "후~" 하고 땅이 꺼지게 한숨을 내쉬었다. 젊은 나이에 불치병에 걸린 남편을 저세상에 보내고 나서 오로지 외동아들 금이 하나만 바라보고 아득바득 살아온 20 여년 세월을 돌이켜 보면 서러움에 눈물이 앞을 가리고 이루 형언할 수 없는 억울함이 가슴속을 맴돌이쳤다. 고개를 드니 벽에서는 남편이 싱글벙글 웃고 있었다.

"여보, 이녁은 참 속도 편하네요. 금이가 지금 소고집만 부리는데 말 한마디 따끔하게 해주지도 못하나요..."

어머니의 심정을 아는 듯 모르는 듯 유상속의 남편은 마냥 빙그레 웃기만 하였다.

어머니의 간장이야 꼬여지든 찢어지든 알 바 없는 금이는 이 때 한 처녀와 한창 열련에 빠져있었다. 금이가 숙소를 잡은 곳은 회사에서 그리 멀지 않은 임대아파트였다. 이 임대아파트는 시설도 좋고 임대도 그리 비싸지 않아 외지에서 일자리를 찾아 이 도시에 진출한 많은 젊은이들이 숙소로 쓰고 있었다. 그들은 매일 회사에서 퇴근하면 숙소에서 만나 희희닥 거리며 회사생활이며 사회뉴스를 주고받았다. 미래에 대한 희망으로 가슴 설레이는 혈기왕성한 젊은이들은 자신의 고충을 이야기로 어루만지며 서로에게 힘과 지혜와 희망을 키워주고 있었다. 금이는 그들과 사귀면서 합숙생활의 단맛을 보았고 앞날에 대한 무한한 동경으로 가슴이 바다같이 설레였다. 학교에 다닐 때 녀학생들한테 곁눈 한번 팔지 않고 공부에만 열중하던 금이는 사회에 진출하여 동년배 처녀들과 자주 만나면서 이성에 대해 눈이 트이기 시작했고 저도 몰래 그들에게 마음이 자석같이 끌리게 되였다. 그중 수아라는 처녀가 그의 맘속 깊은 곳에 점차 자리잡았다.

수아는 어느 중점고중의 영어교사인데 문학애호가이기도 하였다. 달걀처럼 갸숙한 얼굴에 버들가지처럼 날씬한 중키의 처녀는 성격이 활달하여 롱을 즐기고 언변이 좋아 친구들 가운데서 인기가 높았다. 금이가 수아를 처음 만나 통성명을 하자 수아는 금이가 조선족임을 대뜸 알아차리고 자기는 조선족과 인연이 있어서 조선족을 무척 좋아한다고 말했다.

“저는 어릴 때 꽤 심한 개구쟁이였지요. 제가 여섯살 때의 어느 여름날, 이웃집 애와 함께 마을 동쪽에 있는 배다리에 가서 물장난을 치다가 그만 미끄러져서 허둥지둥 나온다는 게 배다리끝 도랑의 물웅뎅이에 빠져버렸지요. 도랑물을 한 모금 들이키고나서 사람 살려요, 사람살려요! 라고 마구 외치며 몸부림쳤지요 .이때 마침 삽을 메고 논물보러 들에 나가던 한 아저씨가 달려와서 물도랑에 뛰어들어 저를 구해주었는데 알고보니 그분은 한동네에 사는 박 아저씨 였지요. 그일이 있은 뒤 우리집 식구들은 저의 생명의 은인인 박 아저씨네와 색다른 음식이 있으면 서로 나눠먹으며 남달리 친하게 지냈지요. 저는 오늘 동무의 성이 박씨란 말을 듣고 동무가 조선족임을 대뜸 알아냈지요. 이제부터 우리는 친구로 지내자요." 열정에 넘친 처녀는 자그마한 손을 내밀고 금이 에게 악수를 청하였다. 통성명을 하고보니 그들은 한현에서 살던 동향이기도 하였다. 그들은 회사에서 퇴근하고 숙사에 돌아오면 아파트 앞에 있는 화원에서 종종 만나 옛친구처럼 여러 가지 이야기로 꽃피우며 스스럼없이 지냈다.

어느날, 금이가 먼저 퇴근하여 아파트 앞 화단에 방금 피여난 노오란 국화꽃을 감상하다가 농민기의(農民起義)의 수령인 황소(黃巢)가 지었다는 "국화시"가 머리속에 떠올라 한창 신나게 읊고 있는데 뒤에서 누가 살금살금 다가오는 발걸음소리가 느껴졌다. 그가 고개를 살짝 돌리자

"국화시를 읊고 있었군요. 금이씨도 고시를 즐기세요? 저도 당시와 송사를 아주 좋아하거든요." 수아의 랑랑한 목소리가 금이의 귀를 간지럽혔다. 당시와 송사에 애호가 깊은 두 사람은 퇴근하면 이 공원에서

종종 만나 고시를 읊기도 하고 시평도 하면서 시야를 넓히고 서로의 우정을 키웠다.

어느 때부터인지 금이는 수아가 그를 보면 말을 조금씩 더듬고 얼굴을 백일홍처럼 살짝 붉히는 것을 발견하였다. 사랑의 신이 자신에게 살금살금 다가온다는 것을 감지한 금이의 가슴도 걷잡을 수 없게 방망이질했다. 그는 수아와 한나절만 못 만나도 그녀가 그리워지고 퇴근시간이 못내 기다려졌다. 그는 마음과 뜻이 맞는 이성친구에게 자신의 넋이 완전히 빠져든 것을 자각하였다. 사랑의 신은 두 젊은이의 령혼을 하나의 바줄로 꽁꽁 묶어놓았다. 그들은 결혼까진 약속하지 않았지만 누구나 둘이 이미 혼인을 언약한 걸로 여기고 있었다. 하지만 금이는 처녀에게 정식으로 프로포즈하지 못할 처지에 있는 것이 안타까웠다. 고향에 계시는 어머니의 걱정 어린 목소리가 귀에 쟁쟁했기 때문이였다.

'내가 같은 민족의 처녀를 마다하고 언어며 풍속습관이 판이한 타민족처녀와 사귄다는 사실을 만약 어머니께서 아시게 된다면 기절초풍할지도 모를 일이 아닌가. 자식된 도리로 존경하는 어머니의 마음을 헤아리지 않을 수 없으나 사랑하는 수아와 "바이바이!"를 부른다는 것은 상상조차 못할 불행이다. 무슨 방법을 대야 어머니의 마음을 돌려세워 허락을 받아낼 수 있을가? 정답은 어머니의 낡은 생각을 고쳐놓는 것 뿐이다.하지만 몇마디 말로 어머니의 수십년간 형성된 고정관념을 개변 시키는 것은 실로 하늘의 별따기나 마찬가지일 것이니 나는 어찌해야 한담?' 금이는 이 일을 생각하면 할수록 머리가 빠개질듯 아파서 자신의 무능함이 뼈저리게 느껴졌다. 그는 수아가 자기의 마음을 나에게 다 주기 전에 그녀한테 자신의 고충을 털어놓고 그녀와 함께 어머니를 설복할 방도를 찾을 수밖에 없다고 생각하였다. 금이는 자신이 헤어나올 수 없는 진펄에 빠진 것만 같아 초조하고 가슴이 미어질 듯 쓰라리었다. 그는 수아를 만나 고충을 털어놓으려고 몇 번이나 별렀지만 정작 그녀와 얼굴을 마주하면 용기가 나지 않아 목구멍에서 뱅뱅 도는 말을 차마 입 밖에 꺼낼 수 없었다. 그는 사랑하는 수아와 눈길을 맞대기 두려워서 한동안 의식적으로 그녀를 피하기 시작했다.

"금이씨, 요즘은 왜 내가 금이씨를 만나기가 그믐밤에 달보기만큼 어렵나요? 무슨 말못할 고충이 생겨서 혼자 고민하고 있나요?"

"아니." 수아의 물음에 금이는 인츰 "아니 불(不)"자를 놓았다. 그러나 그가 당황함을 감추지 못하는 것을 요정같은 수아가 눈치채지 못할리 만무하였다.

"아무리 어려운 일에 부딪쳐도 우리 둘이 머리를 맞대면 해결 못할 일이 어디 있어요. 우리들의 관계를 어머님께 아직도 알려드리지 못했나요? 어머니가 한사코 반대하실가봐 두려워서 그러는 거죠?"

"그래요. 오로지 나 하나만 바라보고 반평생을 산전수전 다 겪으며 홀로 살아오신 어머니께서는 외동아들인 내가 타민족처녀와 사귈까봐 두려워서 내가 연해도시로 오는 것부터 막으려 애쓰셨고 또 고향근처의 조선족처녀와 맞선을 보라고 들볶기도 하셨댔지요." 금이는 동그스럼한 얼굴에 홍조를 띄우면서 심중의 고충을 토로하였다.

"만약 우리가 결혼한다면 어머니께선 평소에 우리와 함께 생활하지도 않으실텐 데 며느리가 꼭 조선족이여야 된다는 생각은 아무런 도리도 없잖아요?"

"전통 관념이 강하신 저의 어머니께선 장차 손꾼들이 조선말을 모르는 애로 자랄까봐 너무나 속 태우시는 거애요. 마치도 귀여운 손꾼을 타민족한테 빼앗기기라도 할듯이..."

" 그래서였군요. 동무 어머니의 마음은 저도 충분히 리해가 되네요. 하지만 지금이 어떤 시대인가요. 부동한 민족들이 함께 어울려사는 이 시대에 동족끼리만 혼사해야 된다 것은 새대흐름에 뒤진 생각이예요. 만약 가 동무와 결혼한다면 애들이 꼭 한족에 동화된다고 단언할 수는 없지 않나요? 저는 모어가 한어지만 제2언어인 영어도 능란하게 구사하거든요. 이제부터 제가 조선어를 제3언어로 삼고 열심히 배우고 조선족의 풍속습관도 애써 익히면 될 게 아니예요?"

"동무가 정말 그렇게만 해준다면 오죽 좋겠나요. 나는 수아씨의 진정을 믿고싶어요. 하지만 세상일이 어디 다 말처럼 수월하게 풀리지는 않을 거예요.후-"

"되고 안 되고는 한번 부딪쳐봐야 알 게 아니예요? 저는 기어코 금이씨의 어머니를 설득해서 우리들의 혼인을 허락받고야 말겠어요." 수아는 "예비시어머니"의 허락을 받아내기 위해 그날부터 조선말을 열심히 배우기 시작하였다. 외국어의 기초가 튼튼한 수아는 조선어도 제법 빨리 배워냈다. 며칠만에 조선어로 간단한 인사말을 주고받을 수 있게 된 수아는 하루가 삼추같아 며칠 더 기다리지 못하고 "예비시어머니"한테 전화를 걸었다.

"어머니, 안녕하세요. 저는 금이씨의 녀자친구 수아라고 해요. 저는 비록 한족처녀지만 지금 조선말을 익히고 조선족의 풍속습관을 열심히 배우고있어요. 저는 어머니의 좋은 며느리가 되기 위해 백방으로 힘쓰고 금이씨를 한평생 사랑할거예요...." 수아는 앞의 말 몇 마디는 조선어로 표달했으나 그 뒤의 말은 표달하기가 어려운지 유창한 한어로 자신의 굳은 의지를 밝히었다.

금이의 어머니는 어의가 없었으나 웃는 얼굴에 차마 침 뱉지 못하여 가슴에 손을대고 한동안 들뛰는 가슴을 진정 시키고 나서 급기야 자기가 그들의 혼사를 허락하지 않는 리유를 밝였다.

"가당치도 않은 생각을랑 아예 버리게. 자네가 이제 아무리 조선말을 배운다고 서두르더라도 애가 말을 배우기 전까지 다 배워내지 못할 것은 불보듯 뻔한 일이네...세상에 우리 금이 보다 더 나은 총각이 쌔빠졌을 텐데 자네는 부디 한나무에만 매달릴 어리석은 생각을랑 버리고 인생대사를 신중하게 고려해보게나..." 금이의 어머니는 수아가 일시적 충동으로 지금 금이와 죽어도 못떨어질 것처럼 난장을 부리지만 시간이 좀 지나면 감정이 조금씩 식어지고 생각도 점차 달라질 수 있다고 믿고있었다.

하지만 어머니의 타산은 오산이였다. 금이와 수아는 어머니가 천길만길 뛰면서 한사코 반대하지 않는 걸 보고 열번 찍어 넘어가지 않는 나무는 없다면서 신심을 잃지 않고 사흘이 멀다하게 끈질기게 졸라댔다. 어머니한테서 거센 반대는 조금씩 약해졌지만 그래도 허락이 떨어지지 않자 다급해난 금이는 "이러다간 올 한해도 넘기고 말겠네요.

어머니께서 반허락은 난 셈이니 진도를 앞당기려면 선참 후계하는 수밖에 없군요.” 라고 하면서 좀 더 설복해보자는 수아의 권고를 밀막아버렸다. 급기야 그는 수아를 데리고 혼인 등기소을 찾아가 혼인등기를 마치고나서 어머니한테 기정사실을 통보했다.

“어머니, 사정이 너무 급박해서 우리는 어머님의 최종허락이 떨어지기 전에 결혼등기를 마치고 말았어요. 정말 죄송해요. 용서해주세요.. 결혼식은 설 연휴때 집에 돌아가서 간소하게 치를 거예요.”

“뭐라구?” 아들며느리가 이미 결혼등기까지 마쳤다는 말에 어머니는 가슴이 철렁내려앉고 억장이 무너질 것만 같았다. 그녀는 온 몸의 기운이 싹 빠졌으나 이미 익혀놓은 쌀이 되고 쏟아버린 물이 된 일이라 앉은뱅이 용쓰듯 끙끙거려봤자 아무런 소용이 없는 것을 깨닫고 땅이 꺼지게 한숨만 쉬였다.그녀는 자식 이기는 부모 없다는 속담이 이런 걸 두고 생겼구나 하고 자기 마음을 다독이면서 혼수마련을 서두를 수 밖에 없었다.

결국 금이와 수아는 어머니를 완전히 설득하지 못한 채 저희들 고집대로 설 연휴에 고향에 내려가서 간소한 결혼식을 올리고 돌아와 새로 잡은 셋집에서 새살림을 꾸리였다.

‘애들이 살림은 어떻게 꾸렸는지? 걔들이 밥이나 제대로 해먹고 출근하는지?’ 어머니는 비록 아들내외가 사는 정황이 몹시 궁금했지만 자식들의 소행이 괘씸하기도 하고 또 조선말도 잘할 줄 모르는 며느리와 얼굴을 맞대고 하루하루를 지내기가 무엇해서 아들내외가 저들이 사는 살림살이도 보고 바다구경도 할 겸 꼭 놀러오시라고 신신당부했지만 도회지에 가면 아파트안에 갇혀서 지옥살일 하는 게 두렵다며 밀막아버리고 요지부동이였다. 무심한 세월은 빨리도 흘러 만물이 소생하는 봄이 어제같은 데 어느새 무더운 여름도 지나고 앞산에 단풍잎이 붉게 타고 채마밭에 새빨간 고추가 조롱조롱 매달린 초가을이 찾아왔다. 어느날 어머니는 금이한테서 안해가 귀여운 딸애를 생산했으니 어서 와서 산후조리를 할 겸 손녀애를 보살펴달라는 전화를 받았다.

"내가 그 멀고 낯선 데를 혼자 어떻게 가나? 보모를 구해대든지 니 장모를 불러오든지 니들 맘대로 해라." 앵돌아선 어머니의 말엔 가시가 있었다.

"어머니, 어머니는 손녀애가 한족애로 자라도 정말 괜찮겠어요? 저는 어머니가 비록 많이 고달프시더라도 걔를 진정한 조선족애로 키우고 싶어 이렇게 부탁하는 거예요. 어머니, 오실 수 있겠지요.? 차표를 산 뒤 전화해주세요. 제가 역전에 나가 마중갈게요." 금이는 어머니의 대답도 기다리지 않고 제 할 말만 다 내뱉았다.

"니가 이제 뭐라캤나? 애를 정말 조선족애로 키워달라고 했지? 그게 참말이냐? 니 처도 동의하더냐? 손녀를 조선족애로 키우는 건 세상에 뭐보다 큰일이니 내 래일이라도 차표를 끊고 그리로 갈란다. 나는 내 손녀를 우리말도 모르는 맹꽁이로 키우지는 절대 않을 게다."

금이의 어머니가 연해도시에 온지 어느 새 2년이란 시간이 흘렀다. 손녀 선녀는 재롱도 잘 부리고 우리말로 제법 잘 재잘거렸다. 어머니는 선녀가 말을 배울 때 각별히 신경을 써서 애한테서 그림자처럼 잠시도 떨어지지 않았다. 그녀는 며느리가 저녁에 퇴근하고 집에 돌아와 애

앞에서 서툰 조선말을 번져도 가슴이 철렁하였다.

"엄마, 엄마가 하는 말 못 알아 듣겠어."

어머니는 손녀애가 제 어머니를 타박하는 소리를 들을 때면 깨고소한 생각이 들다가도 며느리의 얼굴에 스치는 옅은 그늘을 보면 모성애가 살아나서 가슴이 아리기도 하였다.

"아가야, 니가 니딸을 끔찍이 귀해하는 마음을 낸들 어이 모르겠느냐? 속이 타도 한동안만 견뎌다오. 지금은 선녀가 한창 말을 배우는 때니 니가 중간에 끼어들면 걔 두뇌에 혼란이 생길가봐 그런단다."

"예, 어머니 마음 잘 알겠어요." 며느리는 서운한 생각이 갈마들었지만 사랑하는 금이를 놓치지 않으려고 결혼 전에 "예비시어머니"한테 다짐한 바가 있었기에 시어머니의 뜻을 고분고분 따르는 수밖에 없었다. 그녀는 애가 말을 배울 때 곁에서 함께 웃어주고 손벽을 쳐주다가 애가 잠이 들면 품에 꼭 안고 침실에 돌아가 곁에 두고 함께 자기만 할 뿐이였다. 조선말을 배우는 애 앞에 공연히 한어를 섞어 써서 애의 사유에 혼란이 생길 가 봐 두려워서였다. 문밖에만 나서면 온통 한어뿐인 생활환경이라 애한테 어릴 때 조선어를 모어로 심어주어도 한어는 애가 자라면서 얼마든지 잘 익힐 수 있으니 추호도 우려할 바가 없었다.

어느덧 또 1년이란 세월이 흘렀다. 금이는 어머니가 온종일 집안에 갇혀서 애한테 모든 심혈을 몰붓는 것을 보고 고마운 생각보다 미안한 생각이 더 갈마들었다.한평생을 자식 위해 몸바치신 어머니가 손녀 때문에 친구도 한명 없는 낯선 도회지에 와서 날마다 말 못할 고역을 겪고 계신다는 것이 자식으로서 할 도리가 아니라는 생각이 들었다. 저녁밥을 먹고나서 금이는 조선말로 제잘거리는 딸 선녀를 보다가 온 얼굴에 환한 웃음꽃을 피우시는 어머니를 보고 가슴에 묻어두었던 말을 조심스레 꺼냈다.

"어머니, 이 몇 해 동안 저는 제 욕심만 부리고 어머니의 고달픔을 조금도 헤아리지 못했어요. 우리선녀를 이만큼 잘 키워 놓았으니 어머니께선 이제 집에 돌아가서 편안히 쉬시고 시골친구들과 화투도 치며 즐겁게 지내세요. 혹시 거동이 불편하실 때는 우리가 여기로 모셔오겠어요. 이제부터 선녀는 우리끼리 얼마든지 잘 키워낼 수 있어요. 아무 때든 선녀가 보고 싶거든 찾아 오시구요."

"니 말을 들어보니 내가 성 쌓고 남은 돌 신세로 된 것 같아 좀 서운하구나. 이제 정이 함빡 든 우리 선녀를 놔두고 내가 여길 떠날라니 발걸음이 떨어질 것 같지 않구나."

"어머니, 저도 어머니의 맘은 헤아리고도 남음이 있지만 애를 그냥 어머니가 보시면 우리선녀가 응석둥이로 자랄까봐 두렵네요. 제가 두루 알아보니 이 근처에 한인탁아소가 있더군요. 선녀를 그 탁아소에 맡기면 애들 속에서 단련시킬 수도 있고 어머니의 시름도 덜어드릴 수 있을 것 같아 우리는 선녀를 한인 탁아소에 보내기로 했어요."

어머니를 고향에 돌려보내기 전에 금이내외는 어머니를 모시고 딸 선녀를 데리고 해양공원이며 수족관 등 명소를 두루 구경하면서 기념사진도 여러장 찍고 집에 돌아올 때는 스마트폰도 한 대 사서 어머니한테 선물하였다.

"이 비싼 걸 왜 샀냐?"

"어머니, 집에 가서 우리선녀가 생각날 때마다 위챗으로 전화하면 선녀를 눈앞에 둔 것처럼 얼굴을 마주하고 말할 수 있어요."

"휴대폰이 내한테는 그림의 떡이구나. 내가 폰을 다룰 줄 알아야지."

"위챗을 쓰는 방법은 잠간 새에 배울 수 있어요. 어머니 잘보세요." 금이는 천천히 손을 놀리며 위챗을 열고 통화하는 방법을 자세히 설명하고나서 어머니더러 스마트폰을 직접 사용해 보라고 하였다. 난생 처음 스마트폰을 만지는 어머니는 너무 긴장하여 얼굴이 홍시같이 상기되고 손이 사시나무같이 떨렸다. 금이가 곁에서 손 놀리는 방법을 반복적으로 배워주고 신심을 북돋우어주자 어머니도 차차 손놀림이 자연스러워졌다.

며칠 뒤 금이는 딸 선녀를 근처에 있는 한인 탁아소에 맡기고 나서 어머니를 고향에 돌려보내였다. 한인탁아소는 한국에서 중국에 진출해 기업을 꾸린 젊은 한인사업가들이 설립한 탁아소였다. 비록 비용은 좀 많이 들지만 환경이 좋고 탁아소에서 보모들이 우리말만 하기에 선녀가 적응하는데 아무런 어려움도 없었다.

세월이란 빠르기도해서 선녀가 탁아소에 들어간지 1년이란 시간이 지났다. 선녀는 탁아소에서 집에 돌아오면 간단한 유희도 하고 "곰 세 마리가 한집에 있어."하는 동요도 제법 신나게 불렀다. 금이와 수아는 선녀의 재롱에 종종 배창자를 끌어안 군 하였다.

어느날 금이가 탁아소에서 선녀를 데리고 집으로 돌아오던 중 애가 아이스크림을 먹고 싶다고 하기에 마트에 들렸다가 마침 음료수병을 사들고 나오는 고중동창생 진수를 만났다. 진수는 고중을 졸업한 뒤 직접 사회에 진출하였기에 이 도시의 정황을 잘알고 있었다. 친구와 인사말을 나누고 나서 애에 대해 이런저런 이야기를 나누던 금이가 장차 애를 조선족학교에 보낼 일을 걱정하자 진수는 애를 조선족학교에서 꾸리는 유치원에 보내야만 장차 조선족학교에 입학시킬 수 있다는 정보를 알려주었다. 그리고 나서 친구는 또 "지금 이 연해도시에 진출한 조선족기업인들이 해마다 늘어나서 조선족학교유치원을 찾는 사람들이 넘쳐난단다. 그래서 유치원에서는 한 해 전에 입원등기를 마친다더라."라고 덧붙였다.

명년에는 선녀를 유치원에 보내야 하니 더 지체할 시간이 없다고 생각한 금이는 이튿날 선녀를 데리고 조선족학교 유치원의 책임자를 찾아가서 딸애를 유치원에 보낼 뜻을 밝히면서 애한테 조선말을 배워준 경과를 자세히 이야기하였다. 40대의 유치원 녀책임자는 선녀와 말을 걸어보고 애가 무척 령리하고 우리말을 류창하게 하는 것을 보고 자못 놀라면서 환한 웃음을 띄우며 말했다.

"애가 우리말을 참 잘하네요. 우리유치원에는 조선말을 잘못하는 애들이 적잖아요. 애를 진정한 조선족으로 키우겠다고 아이를 한인탁아소에 보낸 선생님의 성심을 생각해서라도 애를 꼭 우리 유치원에 받아야겠네요. 그럼 등기표를 적으세요."

금이가 등기표를 써바치자 유치원의 책임자는 명년 팔월 아무날에 애를 정식으로 유치원에 데려오라고 알려주었다. 금이는 선생님께 고맙다고 연신 고개를 끄덕이고 나서 콧노래를 부르면서 집에 돌아왔다.

어느덧 또 일 년이란 세월이 흘렀다. 이른 아침, 고향에 계시는 어머니한테서 전화가 왔다.

"…금이야, 우리선녀를 이젠 유치원에 보낼 때가 되잖았느냐? 어느 유치원에 보낼 타산이냐?"

"어머니, 걱정마세요. 저는 작년 이때 조선족학교에서 꾸리는 유치원에 선녀를 보내기로 하고 등기표까지 써바쳤어요. 며칠 지나면 선녀를 조선족유치원에 보낼거예요.우리 선녀는 조선말도 잘하고 무척 령리 해서 작년 면접 때 유치원선생님의 칭찬을 받았거든요. 유치원에 들어가면 선생님들의 사랑을 많이 받을 거예요. 어머닌 이제 우리 걱정일랑 티끌만큼도 안하셔도 돼요… "

"유치원이 너희집에서 멀잖느냐?"

"그리 멀잖아요. 차로 한 반시간 남짓 가면 도착할 수 있으니까요. 날마다 아침에 데려가고 저녁에 데려오면 되잖겠어요."

"그럼 회사에 출근하는데 지장이 많을 텐데…"

"저는 학교근처에 임대아파트를 구했어요. 애를 유치원이나 학교에 보내는 데 아주 편리하게 되였어요. 비록 통근길이 좀 멀지만 이것은 우리선녀를 어머니가 바라는 진짜 조선족애로 키우는 자랑찬 일이고 나아가서는 우리민족의 언어 문자와 풍속 습관을 지키는 장한 일인데 제가 요만한 희생쯤이야 감내해야지요. 안그래요?"

"그래그래, 니가 생각 참 잘했다. 내아들 참 장하구나. 이전에 내가 괜히 니를 못믿고 내주장만 했구나. 이제부터 나는 니가 하는 일이라면 팥으로 메주를 쑨다 해도 믿어주마. 그리고 니 안내한테도 내가 고맙고 미안하다고 하더란 말을 꼭 전해다고. 딸애가 조선말을 잘 배우게 할라꼬 걔는 몇 해 동안 귀여운 딸애한테 맘대로 가까이도 못했으니 이 시어미가 얼매나 야속하고 얼마나 가슴이 아팠겠나?" '아들이 뚝배기질 한 것도 다 그로서 생각이 있어서 그랬는데도 몰랐구나' 하는 생각이 든 어머니는 한시름 푹 놓았다. 그녀는 유치원에서 토끼처럼 뛰놀며 우리말로 참새같이 재잘거릴 손녀의 모습을 머리속에 떠올리며 지금 아들 금이와 며느리 수아가 세상에 둘도 없이 자랑스러운 효자라는 느낌이 들었다. 가슴속에 엉켰던 서리가 봄눈같이 녹아내렸다. 날이 환히 밝았다. 창밖에 나와보니 연분홍노을이 동녘하늘을 곱게 물들이고 있었다.

(요동문학계정 2019)

32. 하얀 위생복

손자손녀들 공부 뒷바라지 하려고 현성에 올라와 학교 근처에 세집을 잡고 지내는 대환령감은 요즘 발등과 발목사이에 콩알만한 혹이 생겼는데 아무리 만져봐도 통증이 조금도 느껴지지 않기에 그냥 내버려뒀다. 그런데 어쩐지 눈에 몹시 거슬려서 자꾸 만지작거렸더니 혹덩이는 물에 불궈놓은 콩알같이 빨리도 자라 며칠 만에 메추리 알 만큼이나 자랐다. 당장은 운신에 아무 불편이 없지만 혹이 계속 자라나면 보기 흉할 건 말할 나위가 없고 신을 신거나 길 걷는데 불편이 이만저만 아닐 것 같았다. "영감, 어서 병원에 가봐요. 그냥 뒀다가 운수 사나울라카문 못쓸 병으로 번질 지도 모르잖아요?"

"이녁 말도 일리가 있네 그려." 마누라의 제의를 받아들인 대환영감은 점심을 먹고 마누라와 함께 현성변두리에 있는 인민병원을 찾아갔다.

평생 병원이 어디 있는 줄도 모르고 살아온 대환영감은 환자와 가속들이 붐비는 병원대청에 들어서자 관청에 잡혀온 시골 수탉처럼 어리벙벙해 어디 가 병을 볼 지 엄두가 나지 않았다. 그래도 친구들 문병차 병원을 몇번 드나들었던 마누라가 약삭빠르게 한 가지 제의를 했다.

"영감, 우리가 저 많은 사람들 속에서 진맘 빼 수 있겠니껴? 저 남쪽 끝 입원부에 가봅시더. 강영감네 세째가 수술을 용케 한다던데요."

"진경이가 수술 잘 한다는 소문은 나도 들었네. 걔한텐 이까짓 혹 떼기야 애들 장난일 걸."

그들 양주가 입원부의 신경외과의사실을 찾아와 강의사가 어디 있냐고 물었더니 의사와 호사들은 놀란 눈길로 량주의 차림새를 훑어보고 나서 그들을 강의사의 친척으로 짐작하고 의자를 내어주고 더운 물을 부어주며 잔뜩 친절을 베풀었다.

"어르신, 저의 선생님은 원장실에 갔습니다. 병원에서 환자들한테 과도한 검진을 하지 말라는 건의를 제출하러 갔는데 곧 돌아올 겁니다." 사무실에 남아있는 30대의 젊은 의사가 묻지도 않은 일을 자랑삼아 말하였다.

이윽고 사무실 문이 열리더니 하얀 위생복을 입은 50대의 중등키의 의사가 들어왔다. 진경의사가 분명했다.

"선생님, 갔던 일이 어떻게 됐습니까? 예쓰예요? 노예요?" 결과가 궁금한 젊은 의사가 다그쳐 묻자 진경의사는 "그게 그리 쉽게 되겠나? 노야 노!"라고 대답하며 고개를 돌리다가 늙은 양주를 한눈에 알아보고 깜짝 놀라면서 깍듯이 인사를 올리고 나서 상냥하게 물었다.

"아저씨, 어인 일로 절 찾아오셨어요?"

"자네 내 발목 좀 봐주게. 여기 무신(무슨) 혹이 생겼당께…" 대환영감이 양말을 벗고 발목을 보여주었다.

대환령감의 발등에 난 혹을 잠간 만져보던 진경이가 자신있게 말했다.

"아저씨, 안심하세요. 이건 낭종(囊腫)이란 종양인데 제거하기 쉽고 일단 제거하고 나면 후유증도 안생길거예요."

"일부러 자넬 찾아왔는데 수고했다고. 그런데 수술비가 얼마나 들겠나?"

"수술은 제가 해드리지요. 수술비는 참 말씀드리기 부끄럽고 죄송합니다. 입원치료에 담보금 2천원을 먼저 내야 하니깐요." 진경이는 마치 죄진 사람같이 머뭇거리며 어렵게 대답했다.

"무어? 새알만한 혹 떼는데 글케 많이 들어? 참 산사람 눈알 빼 먹을 곳이네." 일이백 원이면 극상일 줄 알고 백 원짜리 두장만 달랑 들고 온 대환영감은 너무 어이가 없어 장소도 가리잖고 불만을 터뜨렸다.

"아저씨, 제가 댁에 가서 치료해드릴 수 없는 처지라 정말 죄송합니다. 천부당 만부당한 일이지만 규정은 어길 수 없네요. 저는 네 살때 까무러친 저를 아저씨가 바늘로 사관을 티워 저를 살려주신 걸 잊지 않고 있어요. 그래서 저는 의사가 되여 다치거나 병 땜에 고생하는 사람들을 구하려고 의학을 전공했어요. 하지만 참혹한 현실은 저의 가슴을 막 찢네요. 담보금은 많지만 보험카드로 결산하면 개인 부담은 몇백원쯤 들겁니다. 아저씨께선 사전에 몰랐으니까 담보금을 가져오지 않으셨지요?".

"글쎄, 내일 다시 오겠네." 대환령감의 풀죽은 말에 진경이가 급히 말렸다.

"아저씨, 번거롭게 집에 갔다 오실 것 없이 담보금은 제가 대신 내겠습니다. 카드를 주세요, 입원수속 해야지요."

진경이는 대환령감이 미처 사양할 새도 없이 의료보험카드를 앗아들고 나가 입원수속을 하였다. 이윽고 하얀 위생복을 입은 간호사가 그를 4인용 병실로 안내하고 배당된 침대를 알려주었다. 한참 후30대의 간호사가 병실에 들어오더니 한줌이나 되는 검진용지를 내주면서 이 몇가지 검진을 다 마쳐야만 수술할 수 있다고 알려주었다.

"새알만한 혹을 떼는데 무신 검진이 이리도 많은거여?" 대환영감의 물음에 호사는 들은둥만둥 그저 한 항목도 빠뜨리면 안된다는 말만 남기고는 훌쩍 나가버렸다.

"내가 강도굴에 잡혀온 신세니까 넘들이 시키는 대로 안하고 우짜겠노?" 대환영감은 울며 겨자먹기로 마누라의 꽁무니를 따라 지정한 검진실을 일일이 찾아다녔다. 먼저 키와 가슴둘레를 재고 체중을 달고 혈압을 재고나서 화험실에 들어가 피를 뽑아 간이며 혈당검사 등을 두루 마치고나서 또 심전도와 뇌전도를 해보고 초음파검진까지 하였다.

검진을 마치고 병실에 들어오자 진경이가 대환영감한테 무슨 글이 찍혀있는 종이장을 내놓으면서 "아저씨, 이건 수술협의서예요. 아저씨의 수술은 아무 위험도 없으니 마음 놓고 싸인만 하시면 돼요."라고 말하였다.

'협의선데 나보고만 싸인하라카는 건 도대체 무신 감투끈이야?' 대환영감은 허무한 생각이 들었지만 말해봤자 입술만 닳을 것 같아 참고 지정한 자리에 이름을 적고 나서 대기하고 있는 수술차에 올라갔다. 수술실에서 진경이는 보조의사를 데리고 발목에 국부마취주사를 놓고 조금 지나서 수술칼을 놀리는 감촉이 어렴풋하더니 어느새 수술이 끝났다 한다.

"아저씨, 수술이 쉽게 잘 됐어요. 저녁때까지 기다리다가 통증이 없으면 집에 갔다 내일 오세요." 진경이의 당부였다.

대환령감은 해질무렵까지 침대에 누웠다 앉았다를 거듭해도 통증이 느껴지지 않아 집에 왔다가 이튿날 아침 담보금을 가지고 병원을 찾았다. 그가 병실에 들어서니 이게 웬 일인가? 그의 침대에 낯선 환자가 누워있는데 침댓머리를 보니 꽂아놓은 환자의 명패도 바뀌져있었다. 경제효익을 노리는데 이골 난 병원에서 침대 하나로 두 몫을 벌고 있었다. 이윽고 병실에 들어와 침대곁에 어정쩡 서있는 대환영감을 본 진경이는 난처한지 머뭇거리다가

"아저씨, 밤새 통증이 없었나요?"하고 물었다, 대환영감이 "그려."하고 고개를 끄덕이자 진경이는

"마침 잘됐네요. 번거롭게 날마다 오실 것 없이 아예 나흘 뒤에 와 출원하세요. 지금 출원하면 보험혜택을 못 받게 되니 어쩔 수 없네요."라고 난감한 표정을 지었다.

"어제 자네 덕에 헛걸음 안했는데 오늘 담보금을 가져왔네." 대환영감이 돈지갑을 꺼내자 진경이는 일이 바쁘다면서 급히 돌아섰다.

지정한 날 대환령감이 병실에 오니 호사가 출원 수속을 마쳤다고 알려주었다. 이게 도대체 어인 영문인고? 대환령감이 의사사무실을 찾아가는데 마침 진경이가 싱글벙글 웃으면서 복도에 나와서 의료보험카드와 보험결산서를 내주었다. 대환영감이 결산서를 얼핏 보니 비용이 약 2천원인데 담보금에서 의료보험으로 천2백 원가량 제하고나서 실제 비용은 8백 원가량 되였다. 그걸 갚으려고 돈지갑을 꺼내는데 진경이가 받을 념을 하지 않고 말했다.

"아저씨, 오늘은 운수대통입니다. 아침에 병원에서 출원환자를 위한 추첨행사가 있었습니다. 그때 아저씨가 안계셔서 제가 대신 제비를 뽑았는데 일등에 당첨되어 자부담 비용 전액을 면제받았습니다. 그러니 돈 내실 필요가 없어졌습니다. 아저씨, 당첨 축하드립니다. 저는 바빠 가보겠습니다. 조심해 돌아가세요." 말을 마친 진경이는 고개를 꾸벅하고 급히 엘리베이터 쪽으로 걸어갔다.

마누라와 함께 집근처의 버스정류소에서 내린 대환영감은 파아란 하늘에서 떠다니는 뭉게구름을 보니 기분이 유달리 좋아 오늘은 참 복받은 날이라고 말하였다.

"영감, 아무래도 이상치 않우? 며칠 전에 진경이가 우릴 일부러 피하며 주는 돈을 안받는 것도 그렇구, 무슨 제비뽑기에 당첨됐다는 것도 돈을 안받을라고 지어낸 거짓말 같아요. 돈에 눈이 먼 병원에서 그런 자선행사를 벌인다는 게 가당키나 해요? 진경이가 우릴 도울라고 치료비를 대고 거짓말 한게 분명하다니깐요.”

“걔가 돈을 안 받을라고 작심한 거면 우짜겠노? 내 짐작에도 그런 것 같당께. “

“영감은 진경이가 월급 받던 날 장금을 안 받겠다고 하다가 원장한테 불려가서 시뿌옇게 훈계 받고 나서 주는 장금을 모아뒀다가 학교 도서실 건설에 기부했다는 소문 못들었수?” 대환영감은 마누라의 물음에 직접 대답은 하지 않고

“걔는 과한 장려금을 받는 게 맘에 께름해서 그랬는가 보지. 그 착한 애가 강도굴 같은데 있으니 깨 을매나 속 태우겠노? 다들 위생복은 걸쳤지만 옷에 걸맞는 일을 하는 의사들이 몇이나 있을라구. 하얀 위생복은 딱 진경이한테만 어울린당께.”

“글캐요. 하얀 위생복은 환자들한테 깨끗해 보일라고 입는 게 아니고 더러운 걸 일찍 발견하고 지때 씻으라고 입는 거래야 되는 기지. 몸도 맘도 다 말이예요.”

“요 며칠 진경일 보니 병원에도 조만간 새 바람이 일기 시작할 것 같당께. 하얀 위생복을 입는 참뜻을 아는 사람들이 하나 둘 늘어날 것 같당께. 그런 날이 제발 일찍 와야 되것는데.” 늙은 양주는 단풍잎이 노랗게 물든 가로수아래서 잠시 걸음을 멈추고 이야기에 열을 올렸다. 파아란 하늘에 뜬 구름도 하얀 위생복마냥 깨끗해보였다.

(요녕신문2022.2.12)

33. 전진, 전진, 전진

소한절기를 바라보는 겨울철이지만 장강남안의 날씨는 북방의 봄날마냥 화창하다. 가없이 넓고 푸른 장강에는 유람선들이 북살같이 오르내리고 방금 하늘로 날아오르려는 기상을 지닌 황학루에는 관광객들로 붐비고 있었다. 질빵을 등에 메고 강변도보에서 서성이는 키가 헌칠한 20대 중반의 한 청년은 이 아름다운 경치에는 별로 관심이 없는 듯 의자에 맥없이 엉덩이를 덜컥 걸치더니 방금 사온 조간신문을 펼쳐 들었다. 큰 제목을 대충 훑어가던 그는 기사에는 별로 흥미가는 데가 없던지 신문지를 의자우에 내려놓고 허리춤에서 휴대폰을 꺼내 위챗창을 열어본다. 새로 들어온 소식이 하나도 없는 것을 발견한 그는 후유- 하고 한숨을 쉬더니 휴대폰을 허리춤에 넣으려다가 다시 꺼내 위챗창에서 "선녀"를 찾아 클릭하였다.

선녀: “정말 미안해요. 딱한 사정이 생겨서 올 방학에는 동행하지 못하게 되였네요. 양해해주세요.”

천일: “무슨 부득이한 사정인지 저한테 알려주면 안 되겠는가요?”

선녀: “그건 후에 알려드릴게요. 지금 구체적으로 설명해드릴 상황이 못돼요. 정말 미안해요.”

그 뒤의 몇 줄을 더 읽어보니 자기가 쓴 글외에 선녀한테선 안무런 답복이 없었다. 상을 찡그린 젊은이는 땅이 꺼지게 “후~” 하고 무거운 한숨을 내쉬었다.

“도대체 너는 지금 어디서 뭘 하고 있는 거야? 왜 위챗에 소식 한번 전하지 않고 내 속이 타서 하얗게 재가 되게 하는 거야? 그 어떤 어려움에 부딪치더라도 내게 기별한다면 내가 함께 애간장을 태우면서 두팔 걷고 도와나설 텐데 참 야속하구나. 쯔쯔…”

천일이가 무한에 온지 어느덧 나흘이 지났다. 그는 선녀가 다니는 대학교의 기숙사부터 찾아갔었다. 머리에 성에가 희끗희끗 내려앉고 구레나룻이 거무스레한 초로의 사감선생은 천일이가 내민 신분증을 받아 보고나서 잠간 기억을 더듬더니

“선녀학생은 방학에 집에 가려고 짐까지 싸놨는데 엊그제 저녁에 마트에 다녀온다며 기숙사를 나가더니 아직까지 돌아오지 않았수다.” 라고 알려주었다.

“급한 일이 생겼으면 나한테 알려주면 될텐데 왜 아직도 나와 거리를 두고 전화마저 받지 않는 거야? 혹시 경미한 교통사고를 당하거나 무슨 말못할 의외의 사고가 나지 않았는지? 참 너무 야속하구나.”

선녀가 십상팔구 병원에 입원했으리라고 추측한 천 일이는 무한시내의 병원을 빗질해서라도 선녀의 행방을 알아내고야 말겠다고 마음먹었다. 인구 천만을 바라보는 특대도시이니 크고 작은 병원이 깨알같이 많을텐데 선녀가 입원했다면 도대체 어느 병원에 입원했을까? 그녀를 찾기란 실로 망망대해에 떨군 바늘 하나 찾는 거나 다를 바 없었다. 그는 먼저 선녀의 기숙사에서 가까운 병원의 입원실부터 찾아가서 선녀의 이름을 대면서 그녀의 입원여부를 물었다. 몇몇 병원을 찾아다녔지만 대답은 "우리 병원에는 그런 환자가 입원한 적이 없습니다."라는 판박이의 쌀쌀한 대답 뿐이였다. 천일이는 입원환자의 명부도 보지 않고 입에 발린 거짓말을 하는 입원수속창구 복무원의 얼음장같은 태도에 화가 울컥 치밀어올랐지만 지금 그들과 언성을 높여봤자 아무런 도움도 없을 것 같아 울화를 간신히 억누르고 얼굴에 억지웃음을 바르며 입원환자명부를 한번만 보게 해달라고 통사정하였다. 하지만 천일이의 안타까운 사정을 티끌만큼도 동정해 줄 그들이 아니였다. 며칠 동안 등곬에 비지땀이 흐르는 것도 아랑곳하지 않고 여러 병원을 찾아가봤지만 복무원들의 태도는 구관이 명관이란 속담만 연상하게 할 뿐이였다.

"입원환자의 신상을 보호하는 것이 병원의 규정인 것도 모릅니까?" 도움을 받기는 커녕 면박만 부옇게 당하고나니 "네놈들은 다 하나같은 랭혈동물이구나."라고 한마디 내뱉고 싶었지만 화를 내봐야 제 심장만 아플 것 같아 가까스로 참았다.

천일이가 선녀를 알게 된 것은 4년 반 전이였다. 대학교 3학년에 진급한 천일이는 새학년도를 맞아 남방으로 가는 고속열차에 올랐다. 차표에 적힌 좌석표를 보며 지정 좌석을 찾아가니 그 옆 창문결 좌석에는 한 처녀가 단정히 앉아있었다. 처녀의 얼굴을 슬쩍 훔쳐보던 천일이는 그녀의 동그란 볼이며 정어린 눈빛을 얼핏 보고나서 그녀가 혹시 조선족이 아닐가 하는 생각이 들었으나 공연히 말을 잘못 걸었다가 아차 할가봐 가만히 앉아서 말없이 그녀의 동정을 훔쳐보고 있는데 "따르릉따르릉"하고 처녀의 휴대폰 벨이 울렸다.

"응, 응, 엄마, 내 걱정은 꼬물만큼도 하지마. 이제 방금 심양역을 떠났어. 무한에 도착하면 전화할게. ... 응응."

'내 짐작이 면바로 맞아떨어졌구나.' 기나긴 여로에 동족 동행자를 만난다는 것은 실로 사막에서 오아시스를 만난 거나 다름없는 행운이였다. 천일이는 처녀를 향해 햇볕같이 환하게 웃어 보이면서

"동무도 조선족이군요? 동행을 만나 참 반갑습니다. 저도 조선족입니다 우리 알고지냅시다. 저는 장사 의대의 3학년생 천일입니다."라고 말하면서 자기의 차표를 보여주었다.

그러자 처녀도 반가움을 감추지 못하고 인츰 대답했다.

"저는 무한의대의 신입생 정선녀입니다."

수인사를 나누고보니 그들은 무한역까지의 동행이였다. 천일이가 장사로 가려면 무한을 거쳐야 하니 선녀가 하차할 때까지 그들은 줄곳 함께 있게 되었다. 기나긴 십여 시간을 열차 안에서 홀로 어떻게 보낼까 은근히 걱정이 많았댔는데 우연히 다같은 의대생인 조선족 동행을 만나게 되어 가슴이 후련하였다. 그들은 오래만에 만난 고향친구마냥

스스럼없이 이야기를 주고받았다. 자기들의 가정주소며 고중 때 모교 정황이며 의과대학을 지망한 동기며 세상만사를 신나게 주고받는 새에 시간은 숨박꼭질하듯 소리없이 빨리도 흘러갔다.

선녀가 하차하기 전에 두 사람은 서로의 휴대폰전화번호를 교환했고 위챗주소도 나누며 앞으로 종종 련계하자고 약속하였다...

며칠 뒤 천일이는 한 큰 병원에 찾아갔다가 얼굴이며 손발이며 눈까지 방역안경으로 가리운 의무일군들이 환자들을 싣고 격리병동을 오가며 팽이같이 돌아치는 장면을 목격하였다. 천일이는 자신이 대학교에서 배운 의료지식으로 지금 이 병원에 전염병환자들이 여럿 입원해 있고 환자들의 병 상태가 매우 위중하며 입원환자들이 눈더미처럼 늘어난다는 것을 직감하였다. 혹시 2003년의 사스 때처럼 역병이 도는게 아닐까? 혹시 지금 선녀가 재수 사납게 무서운 역병에 걸려 병원에 입원하여 병마와 사투를 벌이고 있는지도 모르잖는가? 나는 반드시 사랑하는 선녀를 사경에서 구해내야 한다. 아니, 역병에 걸린 모든 불행한 사람들을 다 구해내야 한다. 내가 의학을 전공한 것이 바로 질병에 고통받는 사람들을 구해내기 위해서가 아니였던가? 내가 이렇게 한가히 서있을 때가 아니다. 당장 병원의 지도자를 찾아가야 한다. 한시가 급하다...

물어물어 병원장의 사무실을 찾은 천일이는 자신이 역병과 싸우는 전투 마당에 자원봉사자로 나서겠다는 뜻을 밝히며 품에 지닌 연구생 증서를 내보였다. 그러자 병원장은 천일이를 대견스레 바라보다가 만면에 웃음을 띄우며 말했다.

"참으로 장한 생각이오. 역병에 걸린 환자들이 육속 불어나는 상황에서 우리병원에는 의무일군이 턱없이 모자라오. 그러나 이번 자원봉사에는 수시로 생명의 위험이 뒤따르고 있다는 것을 학생은 알고있소? 좀 더 생각해보고 확실한 결심이 서거든 여기 등기표에 등기하십시오."

"믿어주시니 고맙습니다. 저는 역병과 싸우는 성스러운 전투에 뛰어들 만단의 준비를 하고 있습니다."

등기표에 인적사항을 적어 바치고난 천일이는 안내원을 따라 공작실로 들어가갔다. 공작실에는 천일이와 마찬가지로 자원봉사에 참가한 젊은이들이 5~6명이 대기하고 있었다. 그들은 방역공작에 대한 전문인원의 강의를 듣고나서 각자에게 차려진 방역작업복을 갈아입고 지정한 공작터에 가서 봉사활동에 뛰어들었다. 이번에 덮친 역병은 병독성신관폐렴이라 간칭했는데 후에 국제위생기구에서 코로나19로 명명했다.

코로나19의심환자들이 무더기로 들어오고 확진환자도 기하급수로 불어나는데 병원에 침대가 턱없이 모자라서 입원하지도 못하고 대기하다 죽거나 치료에서 효험을 보지 못하고 딴 세상으로 떠난 환자도 부지기수였다. 코로나19가 인간을 향해 선전포고를 내리고 전면전을 벌인 것이였다. 비록 포연탄우가 자욱한 전투장은 아니지만 치열처절하기는 전쟁터나 추호도 다를 바 없었다. 급기야 무한성을 봉폐했다는 소식이 들렸다. 역병이 성 밖으로 전국으로 퍼져나가는 길을 막고 성안에서 섬멸전을 벌인다는 전술이였다. 봉사인력이 턱부족이다나니 그들에게는 고정한 일거리가 없이 급한 일부터 닥치는대로 처리해야 했었고 근무시간도 하루 8시간제가 아니라 교대일군이 올 때까지여서 교대인원을 기다리다가 끼니때도 놓지고 하루 10여시간동안 일터를 떠나지 못할 때가 다반사였다. 교대인력이 들어오면 그는 지친 몸을 간신히 움직여 침소로 돌아가서 더운 물에 땀벌창이 된 몸을 깨끗이 씻고나서 지칠대로 지친 몸을 간신히 침대에 올려놓기 바쁘게 굳잠에 곯아떨어지군 했다. 일에 지친 그에겐 개인일이란 생각할 여유도 없었고 잠시도 몸을 떠나지 않던 스마트폰도 일종의 짐덩이로 되어 들가방 안에서 잠든지 옛날이였다.

뒤이어 영웅적 무한인민들을 도우려 전국인민들이 일떠났다. 각 성 시에서 의료지원팀이 달려오고 의료장비며 구호물자들이 꼬리에 꼬리를 물고 무한으로 들어오고 화신산병원이 일떠나 중병환자들을 받아 치료하였다. 백의전사들의 두달 동안의 사투 끝에 코로나19의 등등한 기세는 한풀 꺾였다. 코로나19로 의심되는 환자와 확진환자의 수도 정점에서 내리막길로 서서히 움직였고 완치환자도 날따라 늘어나고 입원환자수도 많이 줄어들었다. 의료일군들의 의료환경도 날따라 개선되여 모든 것이 정상으로 돌아가기 시작했다.

3월도 어느덧 저물어가던 어느날 저녁 무렵 이였다. 천일이는 그날의 봉사 임무를 완성하고 작업터를 나와 의례적인 의료검진도 마쳤다. 사악한 코로나19 앞에서는 아무리 조심에 조심을 더하더라도 의외의 사고가 발생 할 가능성이 있으므로 방역총부에서는 의무일군들이 그날 일을 마치면 핵산검사를 받는 것을 의무화했다. 방역일선에서 분투하던 이름난 의사와 몇몇 간호사도 감염되여 격리치료를 받고있으며 의술이 높기로 소문난 몇몇 전도유망한 젊은의사는 과로에 지치고 감염되어 치료 도중에 순직했다는 안타까운 소문도 돌았다. 옷을 갈아입고 숙사에 돌아온 그가 따스한 물에 전신을 목욕하고나니 마침 저녁식사시간을 알리는 벨소리가 울렸다. 그는 새마스크를 갈아끼고 병원식당쪽으로 성큼성큼 걸어갔다.

맞은켠에 있는 여성숙사에서도 저녁 식사하러 백의전사들이 삼삼오오 식당쪽으로 걸어오고 있었다. 무심코 그들을 바라보던 천일이의 눈이 갑자기 새별같이 빛났다. 아니, 이게 꿈인가, 생시인가? 천일이는 자기가 혹시 환각에 빠졌는가 싶어 자신의 허벅지를 꼬집어보았다. 분명 환각은 아니였다. 마중켠에서 고개를 약간 숙이고 사색에 잠긴 듯한 한 백의전사는 파아란 방역마스크로 얼굴을 반쯤 가리웠지만 반짝이는 눈빛이며 사뿐사뿐 걸어오는 모습은 얼핏 보아도 매우 눈익어 보였다. '저 여인이 혹시 내가 오매불망 그리며 함께 고향에 돌아가려고 약속했던 선녀라면 오죽 좋을가?'

"천일씨! 동무가 어떻게 여기에 와계시나요?" 기쁨에 넘쳐 외치는 정겨운 목소리가 상념에 잠긴 천일이의 귀청을 때렸다. "아!"내가 꿈속에도 그리던 선녀가 아닌가? 천일이는 가슴에 붉은 피가 거꾸로 샘솟고 대뜸 코언저리가 찡하여 눈물이 핑그르 돌고 목안이 울컥했다. 여러 사람들의 시선이 일제히 알아듣지 못하는 타민족 말을 하는 그들에게로 향하였다. 천일이는 그런 것은 아랑곳하지 않고 무작정 그리고 그리던 선녀한테 반달음으로 걸음을 다그쳤다. 그러나 두 사람은 한 발짝의 거리를 남겨두고 그만 못박혀버리고 말았다. 마음같아서는 두팔벌려

포옹도 하고 싶었지만 아무리 반가운 연인을 만나더라도 일정한 거리를 유지해야 하고 악수따위는 일절 금한다는 방역규정에 따라 눈인사를 나누는 것만으로 만족하고 아쉬움을 달랠 수밖에 없었다. 하지만 오매불망 그리고 사모하는 선녀와 천일이는 나누고 싶은 말이 너무도 많았다. 식당에서 저녁식사를 대충 때린 그들은 식당 뒤켠에 자리잡은 아늑한 정원의 의자에 나란히 앉아서 두서없이 이야기를 나누기 시작하였다. 가슴 속에 차넘치는 그 많고많은 말들을 무엇부터 토로해야 할지 갈피를 잡을 수 없었다. 먼저 궁금증부터 해소해야 하였다.

"선녀씨, 피치 못할 사정이 생겨서 함께 집에 가지 못한다는 건 나도 일찍 알고있었지만 선녀씨가 이 병원에 와서 자원봉사를 할 줄이야 정말 꿈에도 생각하지 못했었소. 동무는 어찌하여 이곳에 와있소?"

"그건 저도 한 두 마디의 말로 설명해줄 수가 없네요. 사실은 갑자기 이런 일이 생겼어요…" 선녀의 머리속에는 천일이와 만나기로 약속한 날의 일들이 주마등같이 스쳐지나갔다.

선녀는 내일 천일이가 학교로 찾아오면 천일이와 함께 차표를 사서 고속철을 타고 집에 돌아갈 생각에 마음이 푸른 하늘의 흰구름마냥 둥둥 들떠있었다. 여행가방에 짐을 다 꾸려놓고난 선녀는 내일 고속철을 타고 집으로 돌아갈 때 긴긴 여로에서 천일이와 함께 먹을 음식을 마련해야겠다 생각하고 숙소를 나와 근방에 있는 마트에 들리려고 걸음을 재우쳤다. 그녀가 대통로를 건너가 한 골목을 돌아서니 이게 웬 일인가? 눈앞에 왼 사람이 인행도에 쓰러져 있지 않는가?! 그녀가 걸음을 재우쳐 급히 다가가보니 길에 쓰러진 사람은 이마에 주름살이 받고

랑같고 백발이 성성한 70대의 한 시골노파였다.

"할머니, 어찌된 일이세요? 어서 일어나세요." 선녀는 할머니를 팔을 잡아 마구 흔들었으나 노파는 아무런 반응도 없었다. 등골이 오싹했다. 그녀가 떨리는 가슴을 누잦히고 손등을 노파의 코 밑에 가져다대보니 로파가 간간히 숨을 쉬고있는 것이 감지되였다. '노파가 아직까지 생명이 존재하는데 응급조치를 대서 살려야겠구나. 그런데 손에 아무런 의료기구도 없이 어찌한담?' 선녀는 선생님한테 배운 응급처치방법이 생각나서 손톱으로 로파의 인중을 자극하였다. 이윽고 노파는 "으흐..."하고 신음소리를 내더니 정신을 가까스로 차리고 실눈을 가늘게 뜨더니 일어나려고 허우적거렸다. 선녀가 노파를 부축하려고 오른쪽 손목을 잡자 노파는 기겁을 하며 "아야!"하고 몸을 움추렸다. 선녀가 놀라 손을 놓자 노파는 몸을 왼쪽으로 돌리더니 왼팔에 힘을 써 땅을 짚고 간신히 일어났다.

"할머니, 어디 다치셨어요?"하고 선녀가 묻자 노파는 그말엔 대답하지 않고

"아이고 내 가방, 내 손가방이 없어졌어." 하며 부르짖었다.

"할머니, 제가 올 때 할머니의 손에 손가방이 쥐여진 걸 보지 못했는데요. 오른쪽 팔을 다치신 것 같네요. 어서 가까운 진료소에 가봅시다."

"아니, 나는 그 손가방을 잃어버려서 이젠 아무 데도 가지 못한다네. 여기 보자기는 잃더라도 별 일 없는데 돈보다도 몇배 소중한 손가방을 잃어버렸으니 이젠 아무 데도 갈 수가 없다네."

"할머니, 팔을 다쳤으니 오래 지제하면 치료하기가 더 어려울거예

요. 치료비는 제가 내겠으니 어서 진료소로 갑시다. 어디를 다쳤는지도 어서 진료소로 가보자요. 그리고 도대체 어찌된 일인지 대충 말씀해 주세요." 선녀는 노파를 안착시키면서 어찌된 영문인가를 물었다.

노파는 눈물투성이가 되어 간신히 대답했다.

"나는 소흥 시골에 사는 늙은인데 아들집을 찾아왔다네. 몇해 전에 왔댔길래 혼자서 얼마든지 찾아갈 자신이 있어서 애한테 알리지도 않고 집을 떠나 여기까지 왔는데 몇해 새에 시가지가 너무도 많이 변했더구나. 이 길이 저 길 같고 저 길도 이 길 같아 반나절이나 동동걸음을 쳤어도 개미 채바퀴 돌듯 이 근방에서 뱅뱅돌이만 쳤구나. 나는 원래 혈압이 좀 높은 편이라 몸이 지칠대로 지쳐 파김치가 됐으니 눈 앞이 캄캄해지고 머리가 아찔하더니 그만 정신을 잃고 길에 쓰러졌던가보네. 어떤양심을 개한테 먹인 나쁜 자슥이 쓰러진 할망구를 부축해 일으켜주지는 못할 망정 돈도 몇푼 안든 헌 손가방을 훔쳐가지고 도망쳤구나. 참, 천벌을 받아도 쌀 놈이지. 가방 안에는 전화번호 책이 들었는데 금시 듣고도 돌아서면 잊어버리는 이 무뎌빠진 머리가 하늘같이 믿고 들고 다니는 전화 책을 잃어버렸으니 이젠 아들하고 연락할 방법조차 없구나, 아이고 이런 낭패가 어디있나? 아이고 기차라."

"할머니, 이 큰 도시에서 잃은 물건을 찾기란 쉽잖을 거예요. 하지만 제가 110에 신고는 해드리지요. 어서 가까운 골과진료소부터 찾아가봅시다."

"내 손엔 일전 한 푼도 없는데 아들을 찾는 게 우선이지, 팔이야 이담에 천천히 고쳐도 될텐데 뭐, 아들한테 련락부터 해야겠는데 이를 어쩐담?" 노파는 울상이 되어 했던 소리만 되풀이한다.

"할머니, 시기를 늦추면 치료하기가 어려울 거예요. 응급치료비는 제가 대드리겠으니 진료소부터 찾아가자요."

선녀는 노파의 허락도 받지 않고 다짜고짜 택시를 부르더니 노파를 태우고 가까운 골과진료소를 찾아갔다. 다행히 노파는 팔목관절이 탈골만 했을 뿐 뼈는 상하지 않았기에 선녀는 큰 돈을 들이지 않고 노파의 팔치료를 끝내고나서 진료소를 나왔다. 이젠 아들을 찾기 전에는 오도가도 못하는 노파의 숙식부터 해결해줘야 했다. 선녀는 시골로파를 가까운 파출소에 데려가 민경들한테 맡기면 만사필이겠지만 의지가지할 곳 없는 노파를 사회치안에 바삐도는 민경들한테 떠맡기고 나 몰라라 하고 슬쩍 몸을 빼기엔 양심이 허락하지 않았다.

"할머니, 댁에선 평시에 누구와 함께 계시는가요?" 혹시 댁에 다른 식솔이 있으면 소식을 듣고 이 상황을 무한에 사는 아들한테 알려주어 아들이 여길 찾아와서 어머니를 모셔갈 수 있지 않을가 해서였다.

"작년에 바깥양반이 날 버리고 혼자 딴 세상에 가버리고나서 나는 줄곳 혼자 시골집을 지키고 있었다네."

"그럼 댁에 전화해도 받을 사람이 없겠으니 당장에 아드님과 연락하기는 쉽지 않겠네요. 할머니께서 몹시 시장하실텐데 우선 요기부터 하고 가까운 민박집에 주숙하시면서 천천히 방도를 대보자요. 너무 심려하지 마세요. 아드님은 꼭 찾으실 수 있을 거예요." 선녀는 로파를 다독이면서 그녀를 간이음식점에 데려가서 저녁식사를 대접하고나서 부근에 있는 민박집을 찾아 노파와 함께 주숙하였다. 선녀는 노파를 도와 그녀가 기억을 더듬어 가까운 이웃집이나 친구들과 연락하고 다시 그들을 통해 노파의 아들과 통신련락이 닿을 수 있는 중소학교 동창생들을 찾아 아들의 스마트폰번호를 알아내거든 다시 자기한테 알려달라고 간곡히 부탁했다.

민박집에 주숙하면서 하루가 삼추같이 안타깝게 사흘을 기다렸어도 노파의 아들의 스마트폰번호를 알아냈다는 이웃은 한사람도 나타나지 않았다. 가슴이 바질바질 타기는 선녀도 마찬가지였다. 자기가 공연히 민박에서 천금같이 소중한 시간만 허비하고 있는지 모를 것 같았다.

나흘째 되던 날 점심무렵이였다. 선녀는 아무리 속이 바질바질 타도 끼니를 굶고 기다릴 수는 없었다.

"할머니, 밖에 나가 간단히 식사나 하고 돌아와서 기다립시다." 선녀가 몹시 미안해하는 노파를 설복하여 데리고 민박집을 나서려고 서두를 때였다.

"찌르릉. 찌르릉..." 선녀의 스마트폰의 벨이 힘차게 울렸다. 스마트폰의 화면에 나타난 숫자는 낯선 전화번호였다. 평소에 낯선 전화를 받지 않는 선녀는 전화를 받을가 말가 잠시 망설이다가 혹시 노파를 찾는 전화일 수도 있겠다는 생각이 들어 접수란을 눌렀다.

"여보세요. 저는 어머니를 찾는 사람입니다. 폐를 많이 끼쳐드려 정말 죄송합니다. 미안하지만 저의 어머니와 잠간 통화하게 해주십시오." 선녀가 노파에게 스마트폰을 넘겨주며 아드님한테서 온 전화니어서 받으라고 말하였다.

아들의 전화를 받는 노파는 반가움보다 서러움이 북받쳐 울음섞인 통화를 몇마디만 하다가 통화요금이 많이 나가는 걸 염려하여 스마트폰을 선녀한테 돌려주며 아들의 전화를 받으라고 말하였다. 선녀가 노파의 아들한테 지금 자기들이 주숙한 민박집의 명칭이며 상세한 위치 그리고 찾아오는 길을 일일이 알려주었다…

선녀는 노파를 아들 댁에 보낸 뒤 학교기숙사로 돌아왔다. 길에 쓰러진 낯선 시골로파를 돌보다가 천일이와 먼먼 길을 동행할 기회도 놓쳐버리고 천일이한테 함께 집에 돌아가지 못하게 된 사유마저 밝히지 못한 죄송한 마음이 자신을 몹시 괴롭혔다. '그이께선 아마 며칠 전에 고향집에 도착했을테지? 아마 전화도 못쳐준 나를 무척 원망했을테지.' 이제라도 천일이한테 미안하다는 위챗 편지를 보내야겠다고 생각한 선녀는 그와 함께 집에 돌아가지 못하게 된 사유를 대충 적어보냈다. 그런데 어찐 영문인지 대방에선 일언반구의 회답도 없었다. 고향에서 동창생들이며 친척, 친구들을 만나 술좌석에 빠졌는지 아니면 자기와의 약속을 일방적으로 어긴 나한테 앙갚음을 하려는 것인지 한 시간이 지나고 두 시간이 지나고 하루가 지났어도 천일이한테서는 한마디의 회답도 없었다. '혹시 그이한테 어떤 불행이 떨어지지 않았나?' 걱정이 앞선다. 당장 북방으로 날아가고싶었다. 하지만 그건 마음뿐이였다. 선녀는 이제 집으로 돌아가려고해도 려비가 허락하지 않았다. 진료소에 가서 로파의 병을 보이고 사흘남짓 민박에 들었기에 차표를 살 때 쓰려던 돈의 거의 1/3이나 날려버렸기 때문이였다. 그러나 후회는 추호도 없었다. 자신이 사회에 진출하기 전에 보람찬 일을 한가지라도 해봤다는 긍지감에 오히려 가슴이 뿌듯했다. 려비를 넉넉히 마련하자면 당장 림시일자리부터 구해야 했다. 그런데 곰곰히 생각해보니 려비를 넉넉히 장만하려고 일하다보면 길잖은 방학시간의 근 절반이 나무아미타불되겠으니 돈을 벌어서 려비를 장만해 고향집에 돌아가는 것도 별 의미가 없었다. 새학년도부터는 학생들이 병원에 가서 실습을 해서 실천경험을 쌓아야 하므로 차라리 남들보다 좀 일찍 실천에 뛰여드는 셈치고 실습기지가 될만한 병원을 찾아보는 건 어떨가? 닥치는대로 일하는 것보다 한결 나을 것 같았다. 선녀는 고향에 계시는 어머니에게 방학간에 학교에 행사가 있어서 집에 돌아갈 수 없으니 기다리지 말라는 메세지를 보냈다. 선녀가 이틀 동안 발바닥에 불이 일 정도로 실습할만한 병원을 찾아 돌아다녔으나 개별행동을 하는 그녀를 실습생으로 받아들이겠다는 병원은 한곳도 나타나지 않았다…

그런데 며칠이 더 지나자 병원의 상황이 돌변했다. 무슨 영문인지 병원마다 발열환자들이 차넘쳐서 병원에서는 병상이 모자라고 의무일손이 모자라서 쩔쩔맸다. '비록 겨울철이라지만 동북의 늦가을과 비슷한 날씨인데 무슨 감기가 이리도 심할가? 혹시 여러해전의 사스와 비슷한 전염병이 덮쳐든 게 아닐가? 전염병이 류행한다면 내가 이러고 있어서는 절대 안된다.' 선녀는 병원에 찾아가서 자원봉사에 나서는 것이야말로 의학을 전공한 자신의 초심에 부합된다고 생각하였다. 그녀는 병원판공실을 찾아갔다. 자원봉사에 나서 환자들을 돌보고 의사들의 일을 도와주겠다는 것이였다. 대학교에서 전공한 전업이 전염병이기에 실천경험을 쌓는데 큰 도움이 될듯 하였다. 선녀가 학생증을 보이면서 자원봉사를 신청하러 온 사유를 말했더니 유관책임자는 지금 병원에는 일손이 모자라던 참인데 마침 잘왔다고 반기였다. 흰 방호복을 입은 50대의 남자책임자는 전염병환자를 돌보는 일은 매우 간고하고 위험하며 매사에 고도로 세심해야 한다면서 추호의 실수에도 감염될 수 있고 지어는 보귀한 생명까지 잃을 위험성도 뒤따를 수 있으니 일후 후회가 없도록 충분히 고려하여 결정하라고 알려주었다.

"괜찮습니다. 저는 모든 각오를 다하고 여길 찾아왔습니다. 방역사업에 몸바칠 각오를 한 저를 믿어주십시오."

선녀의 결연한 태도에 마음이 놓인 책임자는 그녀에게 자원봉사자등기표를 내주었다. 선녀는 이것저것 고려할 여지도 없다면서 자원봉사자등기표의 해당한 란에 자신의 상세한 인적사항을 적어넣은 뒤 싸인하여 바쳤다. 판공실의 공작인원은 매우 흡족해하면서 그녀를 해당책임자한테 데려가서 새로 온 자원봉사자 아무개라고 소개하고나서 선녀더러 지금부터 이 사람이 시키는대로 일만 잘하면 된다고 알려주었다.

선녀가 맡은 곳은 제 307호 중환자병실이였다. 그녀의 임무는 병실의 중증환자들을 보살피는 일이였다. 그녀는 방호복을 입고 방역마스크에 방역안경까지 "전신무장"하고 병실에 들어갔다. 원래 환자 두명이 들 병실이지만 환자가 너무 많아서 한병실에 환자가 4명이나 들어있었다. 환자들은 모두 코에 산소 호흡기를 달고 병상에 반듯히 누워있었는데 두 환자는 심한 고통을 견디기 어려워 몸을 부르르 떨며 신음하였고 다른 두 환자는 혼미상태에 빠져있어 생사조차 가늠하기 어려웠다. 병실 안은 심한 소독냄새며 구린내가 물씬하여 숨도 쉬기 바빠 견뎌내기가 매우 어려웠다. 선녀는 시간맞춰 환자의 체온도 재보고 혈압과 맥박이 뛰는 정황을 지켜보다가 이상이 생기면 주치의사한테 정황을 회보하는 외 환자의 대소변을 받아내고 속옷을 갈아입혀야 했다. 중증환자실에서는 사흘이 멀다하게 생명을 마감하고 태평실로 옮겨지는 시신, 병이 호전이 되어 경환자실로 옮겨가는 환자, 새병실로 옮겨오는 중증환자들로 복닥거렸다. 중환자실은 실로 생과 사를 판가름하는 결투장이였다. 선녀는 인간이 역병과의 전쟁이 이렇게 처참하리라곤 꿈에도 생각하지 못했었다. 그녀는 교과서에서는 배우지 못했던 수많은 지식을 현장에서 배우고 삶의 의미를 되새기면서 단 하나의 생명이라도 더건져야겠다는 일념에 자신의 안위는 아랑곳하지 않았다. 10여일이란 숨막히고 긴장한 나날이 흘러갔다. 전국 각지에서 호북, 무한을 지원하러 의료일군들이 구름떼같이 몰려오고 화신산병원이 조립되어 중환자들의 일부를 해방군이 맡아 관리하기 시작했고 뒤이어 뢰신산병원이 번개같이 일떠서 병실과 의료일군들의 압력이 조금씩 해소되였다. 의료일군들은 공작이 정상으로 돌아서기 시작하여 하루 8시간근무를 보장할 수 있어서 업여(근무하며 남는) 시간에 휴식할 짬도 생기고 저녁이면 기숙사에서 TV를 보거나 부모, 친지들과 전화하거나 침대 우에서 단꿈에 미소를 살짝 피울 수도 있었고 짐가방에서 오래동안 고독에 잠긴 스마트폰을 꺼내 충전하는 친구들도 더러 보였다.

"선녀씨, 선녀씨도 그런 우여곡절을 겪었군요. 오늘 우리들의 이기이한 상봉은 아마도 인연인가 봐요." 천일이가 선녀를 마주보며 눈

웃음을 살짝 지어보였다. 선녀는 천일이가 자기한테 사랑을 정식으로 고백할 뜻을 슬쩍 내비친다는 것을 대뜸 눈치채고 가슴이 파도같이 설레였다. 그녀도 마음속으로 천일이를 사모한지 이미 한 해가 넘었다. 하지만 온 나라 백성들이 코로나19와 판가리싸움을 벌이는 치렬처절한 전투마당에서 그들이 사랑의 강물에 뛰여든다는 것은 시기상조라고 생각하였다. 그녀는 자신의 생각을 사모하는 사람에게 고스란히 털어놓으면 대방의 기분에 찬물이 튕길까봐 슬쩍 한걸음 물러서며 모르쇠를 하고 웃음으로 얼버무렸다.

"저의 생각엔 꼭 그런 것만은 아닌 것 같아요. 우리들의 고속철에서의 첫만남은 순전한 우연이였잖아요. 한날한시 한차량 옆좌석에 앉아서 장거리동행이 된 것이야 하나의 순전한 우연이였지요. 그 우연이 생소한 우리가 서로를 알게 하였고 이야기를 나누면서 대방을 료해하게 되였고 또 서로 간에 마음과 뜻이 통하니 서로 그리워하게 되고 방학 때나 개학 때 조건을 창조하여 두 사람이 한 렬차 옆좌석을 차지했었지요. 안 그런가요?"

"물론 지난 경과는 그렇다 하지만 우리들이 오늘 역병과 싸우는 치렬처절한 전투장에서 기적같이 만나게 된 것은 단순한 우연이라기보단 일종의 필연이였고 또 인연이라 할 수 있잖을까요? 우연이 때론 인연의 참된 길잡이로 될 수도 있잖아요?"

"지나간 나날을 돌이켜보면 우리가 마음과 뜻이 맞는 훌륭한 벗인 것 만은 어느 누구도 부인할 수 없는 명백한 사실인 거예요. 정직하고 능력있는 의무전사로 성장하려는 장한 뜻을 키우고 인류를 역병에서 구해내기 위해 코로나19와의 사투에서 더해진 우리들의 우정은 강철보다 굳세고 그 발전공간은 저 우주마냥 끝없이 넓을 거애요."

"선녀씨, 고향에 계시는 어머니와는 전화를 통했나요. 어머니께서 걱정이 많으실텐데."

"아니요. 미처 전화 올리지 못했어요. 오늘 저녁에는 안부도 묻고 이곳 상황도 소개해드리겠어요."

오래동안 그리고 그리던 대방을 만난 두 청춘의 꿀물같이 달콤한 이야기는 끝날 줄 몰랐지만 야속한 시간은 눈치 없이 빨리도 흘러 어느새 취침시간을 알리는 벨소리가 울리였다. 그들은 보람찬 래일의 견투를 위해 부득불 다음 기회를 기약하며 서로 다른 방향으로 천근같이 무거운 발걸음을 옮겼다.

취침 전의 샤워를 마친 선녀는 어머니한테 전화를 걸어 어머니를 안심시키고나서 잠자리에 누웠으나 벅찬 흥분은 그녀로 하여금 오래오래 잠을 이루지 못하게 하였다. 눈을 감고 이리 돌아눕고 저리 돌아누우며 밤 열시가 지나서야 가까스로 잠이 들었다. 그녀는 오래간만에 참으로 달콤한 잠을 잤다.

오늘 치료하는 환자는 병세가 류달랐다. 교활한 코로나를 잡아죽이려고 경험이 많은 의사가 병을 진단 하고 있다. 여러 의사들이 로중의의 설명을 들으면서 환자를 지켜보고있다. 환자호리에서 일정한 경험을 쌓아온 선녀도 의사의 부름을 받고 그자리에 참석하였다. 로중의가 정밀한 현미경으로 환자의 목구멍에 들어있는 코로나를 발견하고 주사로 코로나를 잡으려 할 때였다. 교활한 코로나는 금새 일본군패잔병이 되여 도망치고 있었다. 저놈을 잡아아 고함소리에 다른 코로나들이 모두 일제의 패잔병이 되어 산악지대로 뿔뿔이 달아났다. 여기는 태행산항일근거지였다. 어엿한 의용군전사들이 도망치는 적들을 향해 추격하고있다. "앞으로 앞으로..." 장엄한 의용군행진곡이 산천을 진동한다. 선녀는 어엿한 해방군군위가 되어 위생가방을 메고 대오를 따라 전진하고 있다. 앞을 내다보니 대오의 앞장에는 천일이도 힘차게 행군하고있었다.

갈팡질팡 도주하던 놈들은 아군의 사야에서 아물거릴 때 다시 코로나19로 변하여 백성들의 몸에 숨어들었다. 적군을 추격하던 인민해방군전사들은 하나하나가 백의의 전사로 변하여 코로나19를 찾아 나섰다. 포연이 자욱하던 전장은 역병과의 전투로 바뀌여졌다. 이 백의의 전사들의 대오에는 백전로장 종남산이며 장백례, 장정우, 진미, 리란견 등 명장들의 모습이 얼른얼른 지나간다. 그리고 백만대군이 장강을 건너는 장면도 언뜰언뜰 나타난다. 영화 속에 보던 위대한 인민해방전쟁의 장면이 펼쳐졌다. 그녀의 눈에는 코로나19가 금세 일제, 장개석비도 그리고 미제로 변하여 이나라 인민들을 못살게 구는 것만 같아 보였다. 역병과의 처절한 싸움은 지난날의 싸움의 계속인 듯 생각 되였고 역병과 싸우는 전투에 나선 모든 의무일군들이 팔로군용사나 인민해방군장병들로 보였다. 그녀는 흥에 겨워 공목이 작사하고 정률성이 작곡한 인민해방군군가를 열창하였다.

"전진, 전진, 전진, 우리 대오는 태양을 따른다. 파시스트를 향해 불을 뿜는다."

"선녀학생, 지금 무슨 좋은 꿈을 꾸고있나?"

옆침대에 누워있던 30대의 간호사가 그녀의 팔을 흔들며 말하자 꿈결에서 헤여난 선녀는 쑥스러운 듯 싱긋 웃었는데 온몸은 땀으로 흥건 하였다. 선녀는 코로나와의 싸움은 한차례의 전투나 전역이 아니라 인류가 병독과의 장기적인 전쟁으로서 오랜 세월을 겪어야만 승리할 수 있는 전쟁이라고 생각하였다. 비록 자신이 인민해방군의 전사는 아니지만 병독과의 전쟁에서 자신은 군복을 입지 않은 인민해방군의 한 전사라고 생각하였다. 그녀는 자신이 참으로 훌륭한 전업을 선택하였구나 하는 생각에 가슴이 벅차올랐다. 그녀는 보다 보람찬 래일을 위해 인민해방군군가를 울리며 전쟁판으로 나가는 전사들처럼 목숨바쳐 투쟁할 결의를 다지며 잠자리에 다시 누웠다.

2019년 료동문학계정

34. 졸업사진

M대학 어느 졸업반의 보도원인 금란선생은 학기초부터 깊은 고민에 빠졌다. 자신이 맡은 학급의 학생들이 평생에 둘도 없이 소중한 졸업사진을 찍지 못하게 될까봐 몹시 애간장을 태웠다, 이전에는 림시로 날을 잡고 학생들을 불러서 졸업기념사진을 찍으면 그만이었지만 이번 기 졸업반학생들의 상황은 이전과 확연히 달랐다. 코로나로 인해 정상수업이 제대로 진행되지 못했고 인터넷수업으로 대면강의를 대체할 때가 많았으니 전국각지에 산산이 흩어져있는 학생들의 빠짐없는 등교여부가 큰 걱정거리였다. 그녀는 새학기에 학생들이 등교하면 졸업사진부터 찍어야겠다고 마음먹었었다. 그런데 지성이면 감천이란 말은 있지만 세상만사란 어느 누구의 뜻대로 좌우되는 것이 아니었다. 이곳에서 코로나가 종식될 기미가 보이면 저곳에서 감염환자가 튀어

나오고 경진지구에 코로나가 잠잠하면 남방이나 동북지역이 또 몸살을 앓는 것이였다.

졸업학기를 맞았지만 학생들이 등교할 수 없는 상황이니 집에서 인터넷수업을 받으라는 지도부의 통지가 내리자 금란선생은 너무도 안타까워 그만 울상이 되였다.

"금란이, 너 왜 날마다 얼굴에 구름장을 깔고 있는 거야?" 한사무실에서 공작(근무)하는

동갑내기친구 진순이가 창밖의 먼 하늘에서 유유히 흘러가는 뭉게구름을 하염없이 바라보는 금란선생의 수심어린 얼굴을 의아한 눈길로 쓸어보다가 슬그머니 입을 열었다.

"우리반 애들이 졸업사진을 찍지 못하게 될 것 같으니 정말 애타서 죽을 지경이야."

"야, 너는 참 근심도 팔자구나. 남들이 찍으면 따라 찍고 남들이 찍지 못하면 너네 도 못찍는건데 너 혼자 구질구질 애간장 태운다고 사진이 절로 찍혀지겠니?"

"너는 졸업반의 보도원이 아니니까 내 심정을 티끌만큼도 헤아리지 못하는구나. 일이란 그런 게 아니잖아. 졸업사진이란 풍경구에 가서 려행할 때 맘이 내키면 한 장 두장 찰칵찰칵 마구 찍었다가 시간이 지나 시들해지면 아무 때건 서슴없이 지워버리는 그런 장난거리사진이 아니잖아. 우리가 졸업사진을 찍는 목적은 학생들이 인생의 황금시기에 겪은 달고 시고 맵고 짠 일들을 검은 머리 백발이 될 때까지 두고두고 되새기고 정든 모교와 4년 동안 고락을 함께 한 정다운 동창

생들의 모습을 기억속에 영원히 간직하고 공작 학습, 생활의 동력으로 삼게 하려는 거야. 졸업사진에 대한 사랑은 나로 말하면 아마 조손 3대를 이어가며 내려오는 애착이라고도 할 수 있는 거야."

"뭐 조손 3대라구? 너 그건 또 무슨 천방야담같은 소리야? 학생들이 등교하지 않아서 너나 나나 별로 바쁜 일이 없고 또 지금 사무실에 우리 둘 밖에 없으니 마침 잘됐구나. 너희가족의 졸업사진에 얽힌 사연이 참으로 궁금하구나. 시름도 덜 겸 나한테 한번 애기해줄 수 있겠니? "

친구의 궁금증을 풀어줘애겠다고 생각한 금란선생은 "우리할머니는 젊은 시절에 사진이라곤 도무지 두 장 밖에 못찍으셨대."라고 서두를 떼였다.

"그 흔한 사진을 겨우 두 장밖에 찍지 못하셨다구? 그게 정말이니? 나는 도무지 믿어지지 않는구나. 그럼 너 할머니의 그 사진애기부터 해줄래?" 호기심이 동한 진순이가 눈을 동그랗게 뜨고 금란이의 얼굴을 마주보며 그녀의 입을 열려고 물음을 던졌다.

"내가 그걸 다 이야기하자면 시간이 꽤나 걸린단다. 그럼 내 먼저 우리할머니가 젊은 시절에 겪은 눈물겨운 애기부터 할란다. 한번 들어보렴." 금란이는 어릴 때 할머니한테서 수도 없이 들어 머리속에 자리잡은 할머니의 젊은 시절을 옛말을 하듯 신나게 펼쳐나갔다.

지난 세기 30년대 말에 락동강반에 살던 한 쌍의 젊은 부부는 일제의 가혹한 억압과 략탈에 더는 생계를 유지하기 어려워서 나서 자란 정든 고향을 떠날 마음을 먹었다. 만주땅에 가면 비록 배불리 먹지는 못하더라도 굶어죽지는 않는다는 소문을 귀에 깡치가 앉도록 들어왔지만 정작 떠나려고하니 산설고 물설고 말조차 통하지 않는 머나먼 만주로 떠날 자신이 생기지 않아서 망설이고 있었다.

어느날, 마침 일 년 전에 북만주에 가서 정착하고 나서 부모님을 뵈러 고향을 찾아왔다가 만주로 돌아가려는 40대의 먼 친척을 만났다. 서로 이야기를 나누며 궁금증을 풀고 난 그들은 만주행를 결심하고 남편은 이불이며 가장집물을 지고 안해는 방금 돌을 지낸 옥실이란 딸애를 업고 그릇을 담아 싼 보자기를 머리에 이고 그 친척을 따라 먼나먼 만주행을 나섰다. 고향의 산과 들엔 오얏꽃이 하얗게 피어 따사로운 햇살에 봄기운이 완연하건만 이곳 북만주엔 아직까지 살을 에이는 칼바람이 몰아치고 어디라 없이 일망무제한 백설천지였다. 그들은 친척의 도움을 받아 한 중국인의 북켠방을 세내어 짐을 풀고 밥을 지을 부뚜막을 손질하였다. 불어오는 동남풍에 대지를 덮은 두꺼운 눈이 다 녹고 땅속에서 파아란 새싹이 돋아나자 그들 량주는 3년 뒤부터 소작료를 물기로 계약하고 지주가 버려둔 진펄을 개간하여 올벼종자를 뿌리고 논농사를 시작하였다. 진펄은 물이 차서 밭농사는 지을 수 없었지만 워낙 기름진 흑토인지라 가을에 예상밖의 풍작을 거두었다. 수확한 벼를 팔아 잡곡을 사먹으니 하루 세끼 밥을 지어 먹을 수 있어서 배곯는 설음만은 면하게 되였다. 진펄개간에서 재미를 본 젊은 량주는 이듬해에도 그 다음해에도 진펄을 조금씩 더 일구어 논면적을 늘이니 농번기와 명절에는 이밥을 지어먹을 수 있게 되였고 약간의 용돈도 만져볼 수 있게 되였다. 그런데 만주를 강점하고 중원까지 침범한 일제는 온 세계를 제놈들의 손아귀에 넣으려는 망상에 빠져 태평양

전쟁까지 발동하였다. 간악한 일제는 "대동아공영권"을 실현하기 위해 전쟁판에서 목숨바쳐 싸우는 "황군용사"들에게 하얀 입쌀을 대접해야 한다면서 조선인 농부들이 피땀으로 가꿔 거둔 벼를 한알도 남겨주지 않고 모조리 빼앗아갔다. 탈곡할 때가 되자 총창을 메고 탈곡장이란 탈곡장은 빠짐없이 점령한 왜놈들은 농민들이 탈곡한 벼를 모조리 마대에 담아 알곡수매소로 실어가 팔도록 강박하였다. 농민들은 벼 대신 뜨거나 모래투성이인 좁쌀을 사서 간신히 목숨을 이어가야만 했다. 몇해가 지나 일제가 패망하고 농민들은 그렇게도 고대하던 8.15광복을 맞았다. 돈푼이나 있는 조선인들은 고향으로 돌아가는 렬차에 올랐지만 손에 일전한푼도 없는 이들 량주는 추수하기를 기다려야만 했다. 그런데 그들이 고향행차표를 살 돈을 마련하느라 며칠 동안 벼가을을 다그쳐서 탈곡을 서두르는 사이에 고향가는 철길은 영영 막혀버렸다.

이해 가을, 북만에는 난데없는 토비떼들이 실북나들듯 출몰하였다. 토비들은 시도 때도 없이 총을 꽝꽝 쏴대며 마을에 쳐들어와서 농민들의 집에 있는 식량을 빼앗아가거나 젊은 녀자들을 강탈했다. 마을사람들은 토비들의 성화에 도저히 견딜 수 없어서 식량이며 가장집물을 다 버리고 이불짐과 솥이며 그릇만 싸서 달랑 짊어 지고 어린 애들을 데리고 무작정 동남방향으로 피난길을 다그쳤다. 길을 걷다가 지치면 길에서 조금 쉬고 비오듯 솟은 땀을 식히고나서 다시 걸음을 재촉하다가 해질 무렵에 마을을 만나면 주인없는 집에 들어가서 밥을 지어먹고 새우잠을 자고 나서 이튿날 아침이면 다시 걸음을 다그쳤다. 피난민들은 한 달남짓이나 걸음을 다그쳐서 초겨울이 찾아올 무렵에 송화강반의 한 중국인들이 사는 큰마을에 이르렀다. 그들은 토비들이 이 마을에는 들어온 적이 없다는 주민들의 말을 듣고 셋집을 얻어 마을에 정착하고 소작농사를 짓기 시작하였다. 이해 여름에 마을에는 난생 듣도 보도 못한 장질부사라는 무서운 역병이 덮쳐들었다. 그 무서운 역병은 돌개바람마냥 마을안을 빗질하면서 불과 십여일 동안에 마을의 가난한 농민들 근 절반의 목숨을 앗아갔다. 역병은 처음엔 옥실이의 억대우같은 아버지를 순식간에 불덩이로 만들어 쓰러뜨리더니 뒤이어 옥실이의 여덟살난 남동생의 목숨을 앗아가고 나중엔 옥실이의 어머니까지 쓰러뜨렸다. 불과 며칠 사이에 량친부모와 어린 동생을 다잃고 혈혈단신의 고아로 된 옥실이는 눈앞이 캄캄하여 머리가 빙빙 돌고 하늘이 무너지고 땅이 꺼지는 것만 같았다. 마을사람들이 어머니의 시신을 묻을 때 공동묘지까지 따라갔다가 마을에 돌아온 옥실이는 비통함을 금할 길이 없어서 동구밖 나무그늘에 앉아서 목이 쉬도록 다시 못올 엄마를 부르다가 기진맥진하여 밑둥 잘린 나무같이 쓰러져버렸다. 비몽사몽간에 어디선가 "옥실아,옥실아!"하고 애타게 부르는 소리가 옥실이의 귀전을 때렸다. 옥실이가 깜작 놀라 고개를 들어보니 60대의 한 꼬부랑할머니가 그녀한테로 허둥지둥 달려오고있었다.

"할머니, 왜 이러세요?" 너무 울어서 퉁퉁부은 옥실이의 눈이 화등잔이 되자 로파는 " 억실아, 억실아 어서 집으로 가자."라고 하며 옥실이를 다짜고짜 당신집으로 끌고 가는 것이였다. 후에 알고 보니 이번 역병에 남편과 자손들을 다 잃어버린 불쌍한 이 로파는 너무나 기막혀서 일시 눈에 이상이 생겼던지 이 소녀를 역병에 죽은 당신의 손녀

억실이로 착각했었고 옥실이도 할머니가 억실이라 부르는 소리를 옥실이라 부르는 줄로 알고 심히 놀랐던 것이였다. 의지가지없는 옥실이는 그날부터 외로운 할머니의 수양손녀가 되어 피 한 방울 섞이지 않은 두 사람이 새로운 가정을 이루어 서로서로 의지하며 인생의 가시밭길을 헤쳐나갔다. 겨울철에 민주련군이 마을에 들어왔다. 하루는 민주련군이 이 마을에 사는 조선인들을 학교마당에 불러놓고나서 당전의 형세를 말하고나서 이제 며칠 지나면 이곳이 큰전쟁판으로 될 것이라면서 그들을 당장 안전지대로 피난시켜주겠다는 것이였다. 이불과 솥과 밥그릇을 대충 싸들고 문앞에 나와 길에서 대기하고 있는 마차에 세집 식솔씩 한차에 올라탔더니 말 네필을 메운 십여 대의 군용마차는 동으로 동으로 내달렸다. 군용마차는 사흘만에 송화강반에서 약 4백여리 떨어진 해방구 현성에 이르렀다. 민주련군은 위만때의 현의 량식창고를 한동안 군영으로 쓰던 곳을 비워서 피난민들의 림시거처로 만들어주고 좁쌀이나 두병(콩에서 기름을 짜고 남은 찌꺼기)을 식량으로 나눠주었다. 이해 이른 봄에 각지에서 피난온 조선인들은 해방구에서 토지개혁을 맞아 대지주가 소유했던 현성밖의 토지를 분배받았고 산에 가서 나무를 찍어와서 농토근방에다 60여 호가 사는 조선인마을을 세우고 마을이름을 해방촌이라고 명명했다. 해방구정부에서는 가난한 농민들이 눈을 밝힐 수 있도록 야학을 꾸려주었는데 옥실이는 낮에는 들에 나가 일하고 저녁이면 어른들을 따라 야학에 다녔다. 한해가 지난 1948년 봄에 부대에서 내려온 간부가 해방촌에 소학교를 창립하고 애숭이처녀교원 둘을 데려왔다. 토벽으로 새로 지은 학교에는 사무실 하나에 교실이 셋밖에 없고 교원도 모자라서 처음에는 1,2,3학년에 입학할 학생들만 모집했다가 후에 학년수가 점차 늘어나자 여섯 개 학년의 학생들을 3개 교실에 나누어서 복식교수를 진행하였다. 그때 열두 살에 잡아든 옥실이는 야학에서 우리글을 익히고 사칙운산도 배운 덕에 직접 최고학년인 3학년에 입학하여 4년 동안 공부하고 소학교를 졸업하게 되였다. 그때 학교에서는 현성에 있는 사진사를 청해와서 졸업사진을 찍었는데 옥실이는 그게 난생 처음으로 찍어보는 신기한 사진이였다. 졸업사진을 들여다보면 당장 시집장가를 들만큼 숙성한 처녀총각도 있고 코흘리개애숭이들도 있었다. 해방초기 우리민족의 교육열이 얼마나 높았던가를 한눈에 보아낼 수 있었다. 다른 하나는 새중국이 성립되면서 정부에서 조선인들에게 외국인 거주등록증(거민증)이라는 걸 발급하느라 1촌짜리 사진을 찍어준 일이 있었는데 몇해 뒤 그들이 국적을 얻어 중화인민공화국의 어엿한 일원인 조선족으로 되자 거주등록증을 정부에 바쳤으니 옥실이에겐 졸업사진이 자기가 소유한 사진의 전부였으니 실로 보물이나 다름없이 소중하였다. 옥실이는 소학교를 졸업하고 3년 동안 농사일을 하다가 할머니가 돌아가시자 어느 중매군의 소개로 이웃마을의 한 로총각과 백년가약을 맺고 자기네 초가집마당에서 초라한 결혼식을 올렸다.

이듬해 옥실이는 아들딸 쌍둥이남매를 낳았다. 애들이 재잘재잘 말을 번지고 뛰어다니며 재롱떠는 세 살 때였다. 논의 초벌김매기가 끝난 어느 쾌청한 날, 옥실이는 장난꾸러기아들애가 지쳐서 방에서 잠에 곯아빠진 기회를 타 딸애를 데리고 볕쪼임하려고 마당에 나왔다. 마을의 남쪽에 사는 옥실이네 마당 앞에는 큰 물도랑이 있고 도랑너머에는 학교가 있었다. 옥실이가 딸애와 함께 학교마당에서 학생들이 업간체조하는 걸 구경하는데 갑자기 배창자가 끊어질듯 아프고 또 뒤가 마려워 견딜 수 없었다. 배를 움켜쥔 옥실이는 딸애더러 옴짝달삭하지 말고 제자리에 가만히 앉아있으라고 신신당부하고는 반달음으로 뒤간을 찾아갔다. 뒤를 보고 복통이 얼마간 덜해진 옥실이가 부랴부랴 마당에 나와보니 문앞에 가만히 앉아있어야 할 딸애가 온데간데 없었다. 옥실이는 딸애의 이름을 애타게 부르며 정신없이 주위를 맴돌아쳤다. 반시간쯤 지나서 논물 보러 들에 나갔던 이웃집 젊은 농부가 물참봉이 되어 헐레벌떡 달려오더니

"아주머니, 아주머니. 큰일났어요. 애가 애가…"하고 뒷말을 잇지 못하였다.

"뭐라고요? 애가 어쨌단말이예요?"

"내가 방금 들에 갔다오다가 도랑물에 어린애가 떠내려오는 걸 보고 급히 물에

뛰어들어가서 건져냈는데 애는 물에 빠진지 오래되어 이미 잘못됐더군요. 댁의 애인 것 같아서 알려드리려 달려오는 길이예요." 라고 말하였다.

몽둥이에 정수리를 얻어맞은 듯 눈앞이 캄캄해진 옥실이가 농부를 따라 허둥지둥 현장에 달려가보니 익사한 그 애는 방금전까지도 토끼처럼 깡충깡충 재롱부리던 자기의 딸애가 분명하였다. 애는 학생들이 업간체조하는 게 너무너무 신기해서 발돋움하다가 좀 더 가까이서 구

경하려고 도랑둑에 올라서서 학생들의

체조동작을 모방하느라 손발을 놀리다가 그만 발을 헛디디고 미끄러져서 불행하게도 물이 한길 넘는 도랑에 풍덩 빠져 피지도 못한 꽃망울이 아침이슬로 사라졌던 것이였다. 눈에 넣어도 아프지 않을 귀염둥이 피붙이를 눈깜짝할 새에 잃어버리고 억장이 무너져서 여러 날 동안 구들장만 지고 누워서 끙끙 앓던 옥실이는 일어나 문만 열면 학교가 보이고 일손만 놓으면 없어진 딸생각에 억장이 무너지고 잠자리에 누우면 악몽에 시달려 도무지 잠을 이룰 수 없었다. 옥실이는 날이 가면 갈수록 더여위어 젊은 나이인데도 피골이 상접하여 보기도 민망하였다. 의원을 찾아 약을 쓰고 침도 많이 맞아보았지만 아무런 효험도 보지 못하자 옥실이의 남편은 혹시나 안해의 사는 환경을 바꿔보면 병이 좀 낫지 않을가하는 생각이 들어서 몇 년 간 정붙이고 살던 해방촌을 떠나 수백리 밖 생소한 지방으로 이사하였다.

대약진에 뒤이어 3년 동안의 전례없는 재해에다 엎친데 덮친격으로 나라에서 쏘련에 진 빚을 갚느라 알곡과 가축까지 거둬가니 온 나라 백성들은 극심한 기아에 허덕이였다. 들여다보면 제 얼굴이 훤히 비끼는 멀건 죽으로도 허기를 달래지 못하는 백성들은 가까운 야산이나 들에 가서 풀뿌리를 캐고 나무껍질을 벗겨서 대식으로 끓여 먹었으니 얼굴과 몸은 보기 흉하게 퉁퉁 부었고 혹독한 허기는 달랠 길이 없었다. 자칫하면 아들애와 뒤에 낳은 두 딸애마저 굶겨죽이게 될지 모르겠다는 두려움이 엄습하자 옥실이 량주는 아무리 첩첩산골이라도 먹을 것만 해결할 수 있는 곳이면 하늘밖 땅끝이라도 찾아가 살겠다면서 이사짐을 꾸려 벌방에서 멀리 떨어진 심심산골로 이사하였다. 온나라 백성들이 하나같이 다 기아에 허덕이는 세월에 산골도 벌방과 별로 다를 바가 없었다. 극심한 재해를 가까스로 넘기고나니 자라나는 애들을 공부시키는 게 큰 걱정거리였다. 쪽박들고 비럭질을 하더라도 자식 공부만은 시키려고하는 것이 우리네 백의 민족의 공성이였다. 문명과 거리가 먼 산골에서는 애들을 제대로 공부시킬수 없으니 다시 보금자리를 옮기지 않을 수 없었다. 마침 60년대 초반에 접어들면서 정부에서는 료하량안에 펼쳐진 대량의 한전을 수전으로 개발하면서 벼농사에 경험이 많은 조선족농민들을 대량으로 모집하였다. 그들이 남으로 내려와 정착한 곳이 바로 그때에 건립된 단결촌이라는 지금 사는 이 조선족마을이였다. 옥실이는 어린시절을 회억할 수 있는 유일한 보물인 소학교졸업사진을 정신없이 이사다니느라 어느 때 어디서 잃어버렸는지도 알 수 없었다..

"내가 말한 옥실이란 주인공이 바로 우리할머니란다. 할머니께서는 손에 졸업사진이 없고 워낙 바쁘게 사시다보니 몇 십년 전에 살던 고향에 한 번도 다녀오시지 못해서 동창들이나 어릴 때 친구들 이름마저 까맣게 다 잊고 항상 외롭고 서글프게 지내셨지. 할머니께선 후에 내가 찍은 소학교졸업사진을 보시고는 나는 어린 시절을 영영 잃어버린 것만 같구나 라고 한탄하면서 무척 상심하셨단다."

"왜 안그렇겠니? 평생에 단 한번 밖에 찍지 못한 소중한 졸업사진을 잃으셨으니 아마 세월이 아무리 흘러도 그 아픔이 완전히 가셔지지는 않으실거야." 진순이가 동감하며 자기의 이야기에 흥미를 보이자 금란이는 신나서 다시 말주머니를 열었다.

"졸업사진에 대해 말하느라면 우리아버지의 일을 빼놓을 수 없구나. 아버지가 단결촌에서 9년일관제 학교를 졸업하던 해가 바로 '4인방'이 타도되기 2년 전이였지. 3년동안 생산로동에 참가하다가 1977년 12월에 나라에서 대학입시제도를 회복하자 사범대학에 진학했던 우리아버지는 졸업한 뒤 우리현의 조선족중학교에 배치받으셨단다. 아버지는 중학시절부터 친하게 지내던 녀학생과 졸업한 뒤 같은 생산대에서 일하면서 서로 뜻이 맞고 정이 통해 사랑하고 있었는데 대학 다닐 때 여러군데서 중매가 자꾸 들어오자 '나는 의리없는 사랑의 배신자로 되진 않겠다'고 하면서 아예 졸업하기 한 학기 전인 방학때 그 처녀와 혼례식을 올리셨대. 물론 그 처녀가 후에 나를 낳아 키워준 우리어머니지뭐. 중학교에는 교원사택이 없어서 아버지는 자전거를 타고 시골에서 30리 떨어진 현성중학교에 통근하셨대. 아버지는 옹근 2년 동안 비가 오나 눈이 오나 하루도 빠짐없이 통근하셨대. 그러다가 아버지가 고중졸업반의 교수를 맡게되던 해에 학교에서는 낡은 단층집을 헐고 4층짜리교수청사를 지었단다. 새교수청사를 짓고나니 허물지 않은 낡은 교실이 몇칸 남아있었지. 학교에서는 낡은 교실에 칸을 막아 시내에 집이 없는 일부 교원들에게 사택으로 분배해줬는데 우리아버지도 이 기회에 교실 한칸을 3등분하여 만든 15평방미터(약 5평)짜리 사택을 분배받으셨지. 방 한칸에 부억칸 하나뿐인 좁은 집이라 가장집물을 놓을 자리도 없었지. 아버지는 방이 너무 좁아서 선반을 걸 곳이 없으니까 천반(천장)에 네모나게 구멍을 내어 자그마한 문을 해달고 문주위에 합판을 깐 뒤 그걸 선반삼아 아버지가 대학교에 다닐 때 쓰던 교과서며 아끼시던 서적이며 일기장같은 것을 그위에 가즈런히 꽂아놨는데 아버지의 대학졸업증서도 책사이에 끼워넣고 함께 보관했단다. 겨울이 되니 방안에는 우풍이 어찌나 심한지 방바닥이 뜨끈뜨끈하게 군불을 때고 솜옷을 입고있어도 더운줄 몰랐고 밤중에는 추위에 떠느라 잠들기조차 어려웠지. 그래서 벽과 천정에 도배를 했는데 천반문도 봉할 수밖에 없었단다. 천반우에 일용품이 놓여있지 않았으니 문을 열 일이 별로 없을 것 같아서였지. 3년이 지난 1987년 후반기의 어느날의 일이다. 교육계통에서 직함평의를 진행하는데 현의 평심위에서는 직함평의에 참가하는 교원들은 일률로 최종학력을 증명할 수 있는 졸업증서를 바치라는 지시를 내렸지. 아버지가 집에 돌아와서 졸업증서를 꺼내려고 천반 도배를 뜯고보니 어이쿠 이게 무슨 날벼락이람? 천반우는 온통 쥐들의 천국이었단다. 천반위에 가즈런히 꽂혀있던 책들은 한권도 제자리에 놓여 있지 않고 갈기갈기 찢어져 있었고 그 주위는 쥐똥이 가득하더란다. 아버지가 다급히 졸업증서를 찾아보니 졸업증서는 쥐들이 물어뜯어 먹었는지 형체도 알아볼 수 없는 빈껍질만 조금 남아있었더랬지 뭐. 아버지가 학교에 찾아가서 이 기막힌 상황을 아뢨더니 교장선생님께서는 너무도 어이가 없었던지 한참 동안 창밖을 멍하니 바라보며 입만 쩝쩝 다시다가

"선생은 대학교를 졸업하고 직접 우리학교에 배치받아왔으니 대졸학력을 소유한 것이야 불보듯 뻔하지만 (직함)평심위에 졸업증서 대신 내놓을 간접증거라도 있어야 대학졸업을 증명할 수 있지 않겠소? 이를

테면 졸업사진이라든가…" 라고 귀뜸해주셨지. 부랴부랴 집에 돌아온 아버지는 동쪽벽에 조심스레 모셔놓은 사진틀을 내리웠지. 17인치 텔레비화면만한 사진틀에는 아버지의 중소학교와 대학교졸업사진 그리고 아버지와 어머니의 약혼사진외에 내가 유치원에서 찍은 사진 한장만 달랑 들어있었단다. 아버지는 사진틀 안에 소중히 건사한 대졸사진을 꺼내서 직함평심관을 간신히 통과하고 중급직함을 받으셨던 거야. 그 졸업사진은 관건적인 시각에 졸업증서를 내놓지 못하는 우리아버지를 열길 낭떠러지에서 구해준거나 다름없었잖아."

"그래, 그 대졸사진이 정말 요긴한 때 한몫을 톡톡이 해냈구나. 하지만 지금은 지난세기 80년대와는 상황이 천양지차란 말이야. 위조한 졸업증서도 곳곳에서 내로라 하고 란무하는 판에 누군가 그까짓 졸업사진을 보여주며 자기가 대학졸업생이라고 자랑한다면 그말을 믿어줄 사람은 아마 세상에 아무도 없을거야."

"그래, 네말이 조금도 그른 데는 없다만 내가 졸업사진에 연연하는 건 꼭 그래서만은 아니잖아. 내가 대학교를 졸업할 때 졸업사진을 찍을 기회를 잃어서 얼마나 속을 태웠는지 너는 아마 모를 거야. 그해가 어느 해던가 ? 바로 2003년 내가 대학교를 졸업하는 학기중간에 나는 우리집에서 5.1절련휴를 리용해 할아버지의 7순잔치를 치른다는 기미를 알았었지. 나는 할이버지, 할머니를 깜짝 기쁘게 해드리려고 밤도와 기차역에 달려가서 고향가는 기차표를 샀는데 차표를 늦게 산 탓인지 좌석권이 없었단다. 그때는 바로 명절전이라 렬차 안은 려객들이 콩나물시루같이 빼곡하여 몸을 움직이기조차 어려웠지. 고속철이 없던 시대라 십여 시간 동안 이를 악물고 비지땀을 흘리며 간신히 버텨내고 현소재지 역전에서 내린 뒤 장거리뻐스역에 달려가서 차표를 사서 근 두 시간이나 기다려서야 우리마을 근방을 지나는 뻐스를 타고 간이역에 내려 비실거리며 간신이 할머니네 집을 찾아왔었지. 나는 려로에서 지칠대로 지친데다가 고뿔까지 덮쳐들어 그만 쓰러져 파김치가 돼버리고 말았단다. 제딴에는 장한 일을 한다고 덤볐던 게 도리어 집안식구들한테 피해만 잔뜩 끼치고말았었지. 그때는 전국적으로 사스라는 무서운 역병이 퍼졌을 때라 현성의 의사들은 나를 혹시 사스환자가 아닌가 의심하고 전염될까봐 두려워 부들부들 떨면서 나를 아예 전염병실에 격리시키고 정밀검진을 한다며 사나흘 동안 부산을 떨었었지. 그뒤 현병원에서는 내가 사스가 아닌 독감에 걸렸다는 걸 뒤늦게 확인하고 치료를 다그쳤더랬지 뭐. 내가 독감이 거의 나아 학교에 돌아왔을 때 학교에서는 원 계획대로 이미 졸업사진을 찍어버린 뒤였더구나. 생에 단 한번밖에 찍을 수 없는 대졸사진을 찍을 기회를 허망하게 놓쳐버린 나는 십년공부 나무아미타불이듯 너무도 억울하고 속상하고 안타까워 풀이 죽고 울상이 되였지만 어디가서 하소연할 곳 조차 없더구나. 나는 식당에서 밥을 먹어도 밥알이 뜸 안든 밥을 씹는 것 같았고 과당에 선생님의 강의가 한미디도 귀안에 들어오지 않았고 문체활동에도 참가할 기분은 전혀 없더구나. 이때 나의 안타까운 사정을 남먼저 헤아리신 분은 바로 우리 보도원선생님이였단다. 그때 지금의 내 나이이신 보도원선생님께선 우리반 학생들을 불러놓고 내가 졸업사진을 찍을 때 참가하지 못하게 된 불행한 사정을 알려주면서 졸업사진을 새로 찍는 게 어떻겠는가고 물으셨지. 우리반 동창들도 사진 속에 내 얼굴 하나만 빠진 게 몹시 찝찝해하던 차에 보도원선생님께서 졸업사진을 다시 찍을 의향이 있는가고 물으시자 반드시 찍어야 한다면서 만장일치로 찬성해준 덕분에 나는 동창생들과 함께 졸업사진을 찍을 수 있는 행운을 맞게 되였던 거야. 하지만 안타깝게도 그 졸업사진속에 우리 보도원선생님의 모습이 보이지 않는 것이 더없는 유감이더라. 보도원 선생님께선 그날 학교의 수요에 의해 급히 출장가시느라 우리와 함께 기념사진을 찍지 못하셨지. 후에 알고보니 보도원선생님께서는 학생들의 경제부담을 덜어드리려고 졸업사진을 새로 찍는 비용을 혼자서 부담하셨더구나. 얼마나 고맙고 미안한지 지금 생각해도 코마루가 시큰하고 눈시울이 뜨겁구나. 내가 만약 그때에 졸업사진을 찍지 못했더라면 나라는 존재는 많은 동창생들의 기억속에서 하루하루 희미하게 빛바래지다가 점점 개끗이 지워지고 말았을거야. 그때 보도원선생님의 고마운 처사는 나에게 교육자로서의 훌륭한 본보기로 되였고 나에게 삶의 자세를 어떻게 취해야 하는가를 무언의 행동으로 배워주셨던 거야."

"애, 너 너무 부질없이 애간장만 태우지 말아, 하늘이 무너져도 솟아날 구멍이 있다 잖아. 설마 코로나가 이번 학기 내내 물러나지 않을라구?"

"제발 그랬으면 얼마나 좋겠니? 하지만 전세계를 덮친 이 지독한 역병이 그리 순순히 물러날 수 있겠니? "

방역전사들이 생사를 무릅쓰고 앞장서서 코로나와 결사적으로 싸우고 시민들이 한마음 한뜻으로 코로나의 감염을 피했지만 교활한 코로나는 변종에 변종을 거듭하며 발악하고있었다. 기세등등한 추위가 한풀 꺾여 물러나고 화창한 기운이 감돌아 교정에 늘어선 은행나무도 파란 잎이 신록을 자랑하는 봄철도 지나고 해볕이 살가죽을 꼬집는 무더운 여름이 몰려왔건만 무심한 시광은 끝내 금란이와 모든 사생들의 절절한 기대에 찬물만 끼얹었다. 학생들이 졸업날자가 림박했지만 코로나와의 전쟁은 종말을 보지 못하였다. 이젠 졸업사진을 찍을 실오리만한 희망마저 물거품으로 되고말았다.

‘우리학년의 애들은 참으로 불행하구나. 평소에 선생님들의 정상적인 강의도 제대로 듣지 못했는데 졸업사진마저 찍지 못했으니 그 답답한 마음을 어디가서 하소할 수 있고 마음속 상처를 무엇으로 어루만질 수 있담? 이후 코로나가 이땅에서 깨끗이 소멸된 뒤 적당한 기회를 찾아 기념사진을 찍어 졸업사진을 보충하자고 학생들한테 위챗으로 부탁했건만 그건 서울에 가서 김서방찾기나 마찬가지이지. 진학을 위해, 직장을 찾아 전국각지에 모래알같이 흩어진 학생들을 내가 무슨 수로 다 불러모을 수 있단 말인가? 그건 나의 사랑스런 학생들에게 하늘의 별을 따 주겠다고하는 빈 약속이나 별로 다를 바가 없을 거야. 내가 사랑하는 학생들의 이까짓 어려움도 해결해주지 못하고서 보도원으로서의 소임을 다했다고 자부할 수 있단 밀인가? 나는 무슨 방도를 대서라도 이 난국을 헤쳐서 학생들의 얼굴에 밝은 해살을 담아줘야 한다. 그런데 내가 아무리 머리를 짜고 생각을 거듭해도 신통한 방도가 나오지 않으니 이걸 어찌 한담? 혹시 우리학급 학생들의 평소에 찍은 사진을 조합해서 "졸업사진"을 만들 수는 없지 않을가?' 금란선생은 이리저리 생각을 굴리며 머리를 짜다가 그만 맥없이 고개를 설레설레 가로저었다. 설사 자기가 크나큰 공을 들이고 컴퓨타조작에 능한 친구의 도움을 받아 여러 학생들의 '머리'를 사진에 묘하게 옮겨온다 한들 그렇게 만들어놓은 "졸업기념사진"은 필경 위조품에 불과할 것이거니와 엄격히 따지면 일종의 위법행위여서 법적 효력도 없거니와 진실감조차 전혀 없어 애들의 사랑을 받기가 어려울 것이었다.

"찌르릉 찌르릉..." 휴대폰에서 소식을 알리는 벨이 울렸다. 금란선생이 위챗을 열어보니 계림관광공사에서 사업하는 대학시절의 절친한 동창생 연이가 관광명소에서 찍은 사진 석장이 눈에 안겨왔다. 금란선생이 아름다운 경치에 흠뻑 빠진 연이의 웃음꽃 만발한 모습을 감상하노라니 문득 뇌리를 탁 치는 영감이 번뜩이였다.

아차, 내가 왜 그런 걸 미처 생각하지 못했나? 하늘이 무너져도 솟아날 구멍이 있다는 속담은 헛말이 아니구나! 내가 학생들과 함께 졸업사진을 찍으려는 목적이 바로 즐겁고 행복했던 대학생활을 사생들의 기억속에 오래오래 남기자는 것이 아니였던가? 위챗시대에 사는 우리가 졸업사진 하나에만 연연할 수는 없지 않은가? 졸업사진 대신 생기 넘치는 멋진 위챗방을 꾸려보면 어떨까? 위챗방을 꾸리고 그것을 장기적으로 잘만 운영한다면 학생들이 졸업사진을 찍지 못한 아쉬움을 얼마든지 덜어줄 수 있을 뿐만 아니라 졸업후의 사생들간의 정을 끈끈이 이어주는 졸업사진 이상의 역할도 얼마든지 할 수 있을거야"

생각을 고치고나니 가슴이 후련하고 머리가 깨운하고 온 몸에 힘이 솟아 금새 날 것만 같았다. 그녀는 원래 학급에서 사용하던 "학급생활"이란 위챗방을 "우정의 샘터"로 개칭한 뒤 먼저 동창생일람표를 작성하려고 마음먹었다. 학생일람표는 학생의 평소에 사회적 위상이나 졸업성적순이 아니라 원래의 학호순으로 하여 매 학생의 특징을 살리는 프로필을 재미있게 엮어서 사진과 함께 올리고 휴대전화번호와 현주소를 밝히기로 하였다. 그리고 학생들이 거주지나 련락전화가 바뀔 때면 위챗책임자인 췬주에게 즉시 알려 개정하도록 약속하고 위챗에 흥미를 가지는 덕망높은 강사교수님들도 모셔오기로 마음먹었다.

금란선생은 학생들에게 항상 해살같은 사랑을 주던 학창시절의 보도원선생님한테서 받은 사랑의 씨앗을 가슴에 고이 심고 정성껏 가꾸어서 자기의 학생들에게 배 이상으로 듬뿍 안겨줄 뿐만 아니라 학생들의 영원한 지기로 되어 그들과 언제 어디서나 허물없이 속심을 나누며 인생길에서 힘과 용기를 안겨주겠다고 마음먹었다. 그녀는 졸업증서를 발급하기 전에 새로운 위챗방을 꾸리려는 이 즐겁고 행복한 일을 마치기 위해 자투리시간을 짜내 열심히 일손을 다그쳤다. 금란선생의 정성을 대견해하는듯 따사로운 햇살과 환한 네온등빛도 종종 찾아와 발가우리하게 상기된 그녀의 오동통한 두 볼과 훤한 이마 그리고 오뚝한 콧등에 송글송글 돋아난 이슬방울에 영롱한 빛을 담아주었다.

2022년 10월

찾아보기

* 견증자 : 證見者. 명사. 직접 제 눈으로 보고 증명하는 사람. - 118p
* 딱친구 : 서로 속을 터놓고 지내는 단짝 친구. - 146p
* 모대겨야 : 괴롭거나 안타깝거나 하여 몸을 이리저리 뒤틀며 움직이다. - 235p
* 모지름 : 고통을 견디어 내려고 모질게 쓰는 힘 - 199p
* 무던하다 : 어련무던하다(별로 흠잡을 데가 없고 무던하다 - 216p
* 삼검불 : 삼거웃의 북한어. 삼거웃. 삼의 껍질 끝을 다듬을 때에 긁혀 떨어진 검불. 여기서는 심경이 매우 복잡함을 의미. - 215p
* 선유하고 : 船遊하다. 배를 타고 놀다. 여기서는 쭉 둘러보듯이 알아보는 것을 의미. - 120p
* 순보령감 : 등장인물 - 35p
* 쉬쓸던 : 쉬슬다. 파리가 알을 여기저기에 낳다. 파리가 알을 여기 저기 낳듯이 사방 다니며 딸자랑을 한다는 의미 .- 35p
* 슴배인 : 슴-배다. 동사.조금씩 스며들어 안으로 배다. - 98p
* 언녕 : 정녕코 - 100p
* 오얏상 : 오얏은 자두. 설익은 오얏은 불그락 푸르락한 얼굴 모양. - 36p
* 용약 : 勇躍 용감하게 뛰어감 - 106p
* 월고 : 월말시험 - 99p
* 자류지 : 自留地. 사회주의 국가에서, 개인적으로 가꿀 수 있는 땅 - 216p
* 통방울눈 : 통방울처럼 불거진 둥그런 눈. 놀란모양을 형용하는 말. - 117p
* 폐부지언 : 肺腑之言.마음속에서 우러나오는 참된 말 - 218p

작가 작품 연보

연번	분야	발표한 작품명	발표시간	작품원지
1	시	논물관리원	1973년	연변시집 ≪태양의 빛발아래≫
2	동시	사회주의 큰길을 지켜	1975년 1977년	≪홍소병≫ 초등학교어문교재
3	시	휘황한 등불빛(외2수)	1977년	연변시집 ≪변강의 무지개≫
4	시	출근길 (외2수)	1977년 1979년	요녕첫시집 ≪꽃피는 새봄≫ 연변 ≪시선집≫에 수록
5	시	시험지	1980년 7월 23일	≪요녕조선문보≫
6	시	흰신을 벗으시오	1980년	≪연변문예≫ 제5기
7	시	아침	1980년	≪연변문예≫11기
8	시	좋구나, 남새시장은 (외2수)	1982년	≪새마을≫ 1기
9	시	산간의 냇물	1984년 9월 28일	≪요녕조선문보≫
10	회고록	화북에서 동북으로 (외2편)	1985년	≪이홍광지대≫총서에 수록
11	시조	도깨비언덕	1998년 11월28일	≪요녕조선문보≫
12	민담	금쥐에 서린 한	1998년	≪이야기천지≫제63호
13	민담	마담이 도적을 잡다	1999년	≪이야기천지≫제6호
14	수필	환경보호에 대한 단상	2000년 7월 14일	≪요녕조선문보≫
15	민담	넓은 도량으로 음덕을 쌓다.	2001년	≪요동문학≫제1기
16	수필	요녕신문은 조선족사회를 내다보는 창구		
17	역사인물 전기 (중편)	조선조의 명신— 학봉 김성일	2001- 2003년	≪요동문학〉제2, 제 3, 제4기 연재
18	시	밀물	2004년	≪요동문학≫제4기
19	장편역사 가사	한양가	2005년	≪동문학≫제 8, 제9기 연재
20	시	금 상경옛터에서(외2수)	2006년	≪장백산≫ 5기
21	민담집	구수한 조선민담	2006년	요녕민족출판사 출판

22	시조	인정세태 (외2수)	2007년	시조집 《하늘의 소리》
23	수필	다람쥐의 계시	2007년 6월 22일	《요녕조선문보》
24	시조	혈맥(외8수)	2008년	뒤의 두 시조집에 수록
25	시	고향을 다녀왔습니다 (외1수)	2008년	《연변문학》제 5기
26	시	배없는 나룻터에서(외1수)	2008년	한국 《성남문학》제 기
27	시	별세상과 나(외1수)	2008년	시집 《시향만리》제5기
28	시	저 호랑이는 무엇을 생각하고 있을가 (외1수)	2009년	《시향만리》제6기
29	시	애초 (외1수)	2011년 4월 15일	《요녕조선문보》
30	수필	술문화에 대한 나의 생각	2011년 4월 15일	《요녕조선문보》
31	민담집	갈처사의 예언	2011년	요녕민족출판사 출판
32	민담집	기묘한 이화접목	2011년	요녕민족출판사 출판
33	역사 인물전기	광복의 선구자 고헌 박상진	2012년	《조글로》연재
34	장편 민담	오성대감 이항복	2012년	《조글로》 연재
35	시	기나긴 설명절(외2수)	2013년 6월	《요동문학》22집
36	민담집	천하명의 이석간	2018년	요녕민족출판사 출판
37	민담집	신기한 현판글씨	2018년	요녕민족출판사 출판
38	다큐	백가지 조선족민간이야기		제작발표요녕성민족사무위원회및 성 문화청
39	수필	갸륵한 마음은 감미로운 노래마냥	2017년 11월	《요동문학》제30집
40	시	웃이와 아랫이	2019년	《연변문학》제4기
41	수필	나의 우체함	2020년 3월 6일	《요녕조선문보》
42	수필	아버지와 우리집 황소	2021년	《연변여성》
43	수필	70년을 함께 한 벗	2021년	《청년생활》
44	수필	더는 미룰 수 없는 일	2022년 6월 22일	《요녕조선문보》